A Culpa é Do Meu Ex
Mila Wander

A culpa é do meu ex

Copyright ©2023 by Mila Wander

1ª edição: Agosto 2023

Direitos reservados desta edição: CDG Edições e Publicações

O conteúdo desta obra é de total responsabilidade do autor e não reflete necessariamente a opinião da editora.

Autora:
Mila Wander

Preparação de texto:
Flavia Araujo

Revisão:
Paola Sabbag Caputo
Debora Capella

Projeto gráfico:
Jéssica Wendy

Capa:
Dimitry Uziel

Ilustração de capa:
Pikisuperstar / Freepik

DADOS INTERNACIONAIS DE CATALOGAÇÃO NA PUBLICAÇÃO (CIP)

	Wander, Mila
	  A culpa é do meu ex / Mila Wander. — Porto Alegre : Citadel, 2023.
	  384 p.
	
	ISBN: 978-65-5047-244-3
	
	1. Ficção brasileira I. Título	

23-4255		CDD B869.3

Angélica Ilacqua - Bibliotecária - CRB-8/7057

Produção editorial e distribuição:

contato@citadel.com.br
www.citadel.com.br

A Culpa é do Meu Ex

Mila Wander

Classificação etária: +16

2023

ALERTA DE GATILHO:

Esta obra aborda alguns temas sensíveis, como luto de separação, remorso, depressão, raiva e culpa. Os relatos, as poesias e as frases nos começos dos capítulos são de cunho pessoal da autora e não necessariamente estão vinculados ao que acontece na história.

A todos os meus ex,
que me ensinaram perfeitamente
como não me relacionar.

A CULPA É

PRÓLOGO

AO PRIMEIRO,

Eu era muito nova para lidar com a crueldade de quem não pretendeu entregar amor, mas foi covarde demais para me deixar partir. Era imatura para enxergar as mentiras disfarçadas e detectar o odor fétido da mesquinharia: o tipo perfeito para cair nas garras de alguém cheio de ego.

Você distribuía migalhas a cada toque, espalhava-as para qualquer tola carente que necessitasse, deixava pouco e não reunia nada – para os outros ou para si. Eu possuía a minha própria completude, estava com brilho nos olhos porque mal iniciara a vida. Paixão era novidade. Estranhei receber apenas dor e desconsideração em troca do que eu tinha de precioso, mas nada fiz porque achava que você fazia parte do meu tudo.

Esperei desesperadamente por um amor que nunca veio. Idealizado, confesso, mas por que tão ínfimo? Chorei pela atenção que sempre me pareceu exigida. Implorei por um sentimento de alguém incapaz de retribuir, e ainda me considerei culpada; por me achar insuficiente, por não ser perfeita, por agir diferentemente do que achava que deveria.

Você foi a minha maior decepção, talvez por ter sido a primeira. Fui pega despreparada. Mergulhei com entusiasmo num poço sem profundidade e repleto de podridão. O que me sobrou foi um constante vazio na alma, porque acreditei que me faltava uma peça importante, que o erro havia sido meu, por desejar mais do que tive. Você me fez pensar, por anos a fio, que deveria exigir menos.

A você, o primeiro que me traiu e destruiu: desejo em dobro todo sentimento de desolação que me causou. Aqui eu me desobrigo de perdoar, compreender e seguir em frente, como os hipócritas. Não o perdoo pelo que fez comigo, e me sinto aliviada por finalmente entender que não preciso. Eis a minha liberdade.

A CULPA É DO ADEUS

(TREZE ANOS ANTES)

Podia reconhecer os mesmos passos arrastados, de quem carregava o peso do futuro nas costas, seguindo pelo corredor antes de ele pegar as chaves e abrir a porta da frente da quitinete que dividíamos.

A sua chegada sempre me causava um frio gostoso na barriga. Sabia que em seguida veria seus olhos me analisando com cuidado e o sorriso amplo de sempre, ainda que seu dia tivesse sido ruim e estivesse cansado demais até para saber como havia sido o meu. Ainda assim, ele me perguntava com o costumeiro interesse, e eu respondia a verdade. Era o único com quem ousava ser totalmente sincera.

Entretanto, naquela fatídica vez, ao ouvir os passos lentos tão decorados na memória, fechei os olhos com força e me neguei a enxergar o ponto em que havíamos chegado, porque não via nada além de escuridão. Cada segundo que passava deixava o meu peito contraído pela angústia.

As suas coisas estavam espalhadas por toda parte, como ele mesmo se encontrava dentro de mim – em pequenos cacos sem sentido –, e sabia que apenas uma limpeza completa daria jeito em tanta bagunça. Foi por isso que comecei pelos meus pertences, todos dentro de malas e caixotes velhos que guardamos por motivo algum.

Eu me perguntava se, inconscientemente, já previamos o fim.

Não podia responder por ele, mas o meu desespero deixava óbvio que não fazia parte de qualquer previsão me afastar ou sequer pensar em fazer aquelas malas. Sentia-me completamente despreparada porque, de repente, o que eu achava que seria para sempre estragou no meio do caminho e anunciou um prazo de validade que era muito cedo. Mais do que meu coração destroçado suportava.

Assim que abriu a porta, provocando o ruído que normalmente me fazia feliz, Silas se demorou observando os meus destroços amontoados no canto da pequena sala, onde mal cabíamos. Naquele instante, menos ainda. Nenhum dos objetos reunidos me parecia ter valor, mas eram meus, talvez as únicas coisas que me pertenciam e eu precisava me agarrar a algo para não cair de vez.

— O que está fazendo? — Sua voz murmurada ecoou no ambiente silencioso e continuei com os olhos fechados, trêmula e sem conseguir me mover um milímetro. Alguns segundos se passaram, mas, naquele curto espaço de tempo, pensei, sobretudo, no que jamais seria; no que poderia ter sido e no que até o dia anterior ainda era. — Para onde você vai, Brenda? Por que... Por quê?

A minha raiva veio com seu timbre desafinado pela surpresa.

— Não finja que não estava com aquela mulher — eu disse baixo, e me virei de costas porque ainda não queria vê-lo. Não o encararia daquele jeito. — Vou embora.

— Brenda...

Senti o toque de sua mão no meu cotovelo e paralisei. Queria ter forças para me afastar, para pedir que me largasse, mas apenas fiquei ali sentindo a pele dele na minha pelo que seria a última vez.

Rezei para que existisse uma forma milagrosa de consertar tantos estilhaços. Mas não havia, sabia bem disso, jamais perdoaria aquilo. Eu poderia perdoá-lo por ser um chato em vários momentos, por ter manias esquisitas, por ser bagunceiro, por fazer piada de tudo o que era sério, mas não por ter traído a minha confiança.

— Brenda, escute, não é nada do que está pensando. — Bufei diante daquela justificativa tão manjada. Não era o que se dizia sempre? "A culpa é minha, não sua, o problema sou eu, não é o que está pensando, não foi assim…". Eu não queria ficar para ouvir nenhuma ladainha. – Olhe para mim, eu não estava com ela, não desse jeito. – Continuamos em silêncio e imóveis, até que Silas implorou: – Brenda, por favor.

Balancei a cabeça, tentando negar a mim mesma o que tinha visto poucas horas atrás. Queria ser capaz de esquecer depressa a imagem de Silas na companhia de Poliana, uma garota da nossa sala que obviamente estava a fim dele e muito disposta a me tirar do sério com suas provocações. Havia sido daquela forma durante quase todo o curso; a competição pelas melhores notas evoluiu para uma rixa pessoal.

Não o perdoaria por trocar risadinhas com ela, enquanto bebericavam seus cafés no fim daquela tarde, como se fossem amigos de longa data. Pela forma como Poliana esbarrara nos dedos dele, ficou óbvio que o que tinham era mais do que amizade.

Não precisei ficar para conferir nada além disso, porque apenas o fato de eu ter pedido que Silas se afastasse, já prevendo que ela causaria problemas, deveria ser o suficiente para que nunca deixasse nada parecido acontecer. E o pior, em público, diante de vários de nossos colegas de classe. Aliás, apenas soube daquele encontro asqueroso porque uma colega me mandou mensagem quando eu estava saindo do estágio e voltando para casa. Tive que conferir pessoalmente.

– Qual é a sua maravilhosa explicação? – perguntei com certa impaciência. Eu me virei um pouco, mas ainda não tinha coragem de olhar em seus olhos. – Vi o jeito como conversavam, Silas. Não sou idiota.

Custava-me acreditar na forma como havia sido feita de otária.

Guiei meus olhos para o pequeno quadrado que ousamos chamar de lar; o nosso canto. Era tudo muito humilde porque não tínhamos dinheiro para nada. Dois estudantes se enrolando entre pilhas de livros, estágios mal-remunerados e contas que pareciam brotar de algum lugar.

Fomos morar juntos pelo desespero da paixão, sem qualquer planejamento – ao menos não financeiro –, movidos pela energia envolvente que não nos permitia desgrudar um do outro. Eu não sabia onde todo aquele fervor do início tinha ido parar. Talvez no último boleto não pago. Ainda assim, acreditei no futuro. Tive fé na gente e na nossa capacidade de construir uma vida a partir do zero.

– Poliana me fez uma proposta de emprego fixo. – Ele começou a explicação de forma bastante nervosa. – Fui ouvir o que ela tinha a dizer, pretendia te contar caso conseguisse a vaga. Você sabe que o pai dela é dono daquela editora famosa, com alcance mundial. Não pude simplesmente ignorar essa chance.

Fiz uma careta e, enfim, virei o corpo para me colocar na frente dele. Silas era alto e um tanto magricela. Ainda guardava algumas espinhas que apareceram na adolescência e teimavam em perdurar. O cabelo castanho-claro vivia despenteado, para a minha agonia, e os olhos verdes se mantinham brilhantes o tempo todo.

Era um nerd meio desengonçado, mas com um senso de humor contagiante, de dar inveja. Sempre me fazia rir nas mais loucas situações. Aquele era o mal dos engraçadinhos. Entre uma risada e outra, você acaba na cama deles e no mês seguinte larga tudo para unir as escovas de dentes dentro de uma quitinete.

– Proposta de emprego? – Soltei uma leve risada. – Por que acha que ela faria isso? Que chamaria logo você? Tanto que te avisei... – Senti as lágrimas se formando enquanto percebia Silas com o rosto todo vermelho. – Por que você é tão ingênuo?

– Essa competição entre vocês não faz sentido algum. – Endureceu a expressão e me encarou com seriedade. – Nós precisamos de dinheiro para ontem. Não sei se percebeu, mas não estamos conseguindo nos manter.

– A ideia foi sua. – Dei de ombros, tomada por um repentino desespero. – Eu sabia que não conseguiríamos pagar as contas mais básicas, você que insistiu em…

– Então a culpa é minha agora? Você topou morar comigo.

– Topei. – Assenti, deixando uma lágrima ser derrubada pelo meu rosto. – É por isso que trabalho feito condenada, enquanto você toma café com aquela cobra.

Silas removeu a mão que ainda repousava em meu cotovelo. Sabia que o tinha machucado profundamente ao mencionar o meu trabalho, já que ele havia sido afastado do último estágio e estava arranjando uma maneira de colocar dinheiro em casa. Não questionava seu empenho, mas estava magoada demais para manter o discernimento. Às vezes parecia que apenas eu me importava de verdade, tinha uma preocupação mais adulta. Sentia que Silas brincava de casinha comigo na maior parte do tempo.

– Eu estava correndo atrás. Acha que gosto de te ver trabalhando assim? Sei que está exausta – resmungou, visivelmente irritado. – Estou fazendo o possível para encontrar uma fonte de renda mais segura, pensei até em trancar a faculdade.

Suas palavras me encheram de desgosto.

– Se não gosta de me ver trabalhando, então por que essa casa está sempre suja e bagunçada? Por que nunca tem jantar pronto, por que sempre tem pilhas de pratos na pia? – soltei de uma vez, com a voz realmente afetada. – Você não está fazendo nada por essa casa e vem com a história de arranjar trabalho com aquela doida? Ah, me poupe, Silas. Estou cansada dessa merda!

Desta vez, foi ele quem deixou algumas lágrimas escorrerem. Não fiquei para assistir ao seu sofrimento, puxei as alças de duas malas e me encaminhei para a porta. Fiz isso devagar, porque no fundo não desejava ir embora, não queria desistir. Estava sendo obrigada a dar adeus pela força da situação. Por culpa de sua imaturidade.

– Passo o dia inteiro entregando currículos ou trancado na biblioteca, estudando para concursos, fazendo bicos aqui e ali... – Silas murmurou, virando o rosto para o lado. – Não fico em casa coçando o saco. Achei que soubesse disso.

Eu sabia, ou ao menos achava que sim, mas naquele momento foi difícil compreender, porque sempre parecia que eu estava fazendo mais do que ele. Irritava-me profundamente essa sensação de unilateralidade, que perdurava dia após dia.

De repente, olhei para aquele homem e não enxerguei mais o garoto de bem com a vida por quem tinha me apaixonado. Não vi o colega de classe do curso de Letras lá do início, que insistia em fazer trabalhos em dupla comigo e era péssimo com cantadas, o mesmo que demorou alguns bons semestres para ter coragem de me chamar para sair. Não encontrei a pessoa com quem dividi sorvetes, colheres de brigadeiro ou fones de ouvido. Aquele que não me deixou duvidar de que tudo daria certo.

Não sabia direito onde o meu Silas estava, por isso me via com menos motivos para ficar. Talvez ele sempre tenha estado ali, com todos os seus defeitos ocultados pela minha paixão cega, e eu que fui embora ao notar a realidade, parti antes mesmo de fazer aquelas malas. Era uma possibilidade que não poderia ser descartada.

De qualquer forma, tudo doía muito. Latejava e se contorcia dentro de mim. Desejava arrancar aquela dor que me assolava. Sentia-me traída, desconsiderada e sozinha, e não me preparei para me sentir daquele jeito logo com ele. Achava que Silas seria o meu porto seguro por toda a vida.

Eu tinha um plano bobo que envolvia três filhos, um cachorro, dois gatos e um sítio tranquilo, afastado da metrópole o suficiente para que realizasse o meu sonho de viver da escrita – sonho este que parecia distante. Já havia idealizado tantas coisas que faríamos juntos. O noivado, o casamento, o nosso sucesso, a nossa família.

Não queria abrir mão daquilo. O meu corpo inteiro não se via capaz.

Porém, como não respondi nada, Silas prosseguiu:

– Então é assim que me vê? Como um peso? – Sua voz se manteve tão séria que soava quase desesperada. – Acha que não estou fazendo nada por nós e que ainda estou te traindo? – Continuei muda, próxima da porta, sentindo muita covardia para abri-la. – O seu ciúme está descontrolado. Achei que confiasse em mim.

Encarei-o com a visão totalmente embaçada.

– Vamos falar sobre ciúmes, então? – Pisquei e mais lágrimas escorreram.

Silas engoliu em seco, porque sabia que o mais ciumento entre nós era ele. Eu me afastei de pessoas e me desfiz de amizades por causa dele. Tomava ciência de que não havia agido tão diferente assim. Criamos uma bolha ao nosso redor, uma redoma feita de possessividade. Naquele momento, percebi que estávamos nos sufocando até ficarmos sem ar. Éramos uma mistura fadada ao fracasso e nos iludimos o tempo inteiro.

O pavor que aquele pensamento me causou me fez segurar a maçaneta.

– Você não pode desistir assim. Não pode simplesmente ir embora. – Ele ainda chorava sem cessar, mais angustiado a cada segundo. – Por que fez suas malas sem nem questionar nada? Sem me dar a chance de uma conversa? Já pensava em fazer isso? Era esse o seu plano?

– Não.

– Eu consegui o emprego, Brenda. As coisas vão melhorar, prometo. – Gesticulou para a pequena casa, que, na minha percepção, desmoronava sobre nós. – Tudo vai ficar bem.

Quando Silas dizia aquilo, eu costumava acreditar piamente e me tranquilizava como em um passe de mágica. Daquela vez, não pude, e o fato de não conseguir me abalou. Balancei a cabeça.

– Conseguiu o emprego com ela.

– Não importa com quem consegui, se fiz isso por nós.

Silas se aproximou um pouco e me deixei ficar porque perdi as forças. Ele segurou meus ombros e me encarou por um tempo prolongado. Eu queria muito o abraçar e beijar, mas fazer isso não resolveria o problema. Não arrancaria aquela raiva de dentro de mim.

– Nós vamos para a Espanha – Silas disse, com um pequeno sorriso no rosto. A minha reação foi fazer uma careta carregada de confusão.

– Como?

– A editora do pai da Poliana está precisando de um tradutor que trabalhe lá. O salário é muito bom, vamos recomeçar em outro país. Chega de contar moedas. Só preciso que você não desista da gente.

Todo o meu corpo enrijeceu.

– Como? – murmurei. – Quando?

– Começarei no mês que vem. Vamos nos organizar e ir.

– Silas, estamos no penúltimo semestre. Eu preciso terminar o curso, tenho minhas coisas, meus pais... – Arfei, sem acreditar naquela reviravolta louca. A conversa estava tão esquisita e sem sentido. Espanha? Do nada? Sabia que Silas era do tipo que demorava para agir e, quando agia, era totalmente por impulso. Mas não naquele nível. – Eu nem sei falar espanhol.

Enquanto a especificidade dele era a língua espanhola, a minha era a língua inglesa, por isso pegávamos algumas disciplinas separadamente.

– Bobagem.

– Bobagem? Você quer me levar para outro país sem mais nem menos? – Pisquei os olhos várias vezes, ainda bastante embasbacada. Arquejei, descrente. – Aposto que Poliana também vai estar lá.

Silas chacoalhou os ombros, sem se dar o trabalho de negar. Meu desdém se transformou num riso afetado.

– É claro. Ela quer nos separar e finalmente conseguiu.

– Mas você virá comigo, não vamos nos separar. – Segurou meu rosto com as duas mãos e sorriu. – Não me importo com o que ela acha, só preciso de você.

Balancei a cabeça em negativa. Se já estava me sentindo desnorteada, Silas só tinha piorado a situação com aquela notícia. Eu me sentia fora do corpo de tão arrasada, e o fato de ele simplesmente ter decidido sozinho o rumo da nossa vida me devastava.

Encarei-o e demorei alguns segundos para entender que tudo sempre havia sido do jeito dele. Desde o início. Eu só havia pedido uma coisa, uma única coisa, que era se manter longe daquela menina, mas nem isso ele foi capaz de fazer.

Eu não queria ir embora, mas percebia que, no fim das contas, tinha sido ele quem fizera isso primeiro. Não duvidava de que aquela era uma boa oportunidade de trabalho, porém era endereçada e não me via mudando a minha vida inteira a ponto de segui-lo sem qualquer planejamento, como havíamos feito quando resolvemos dividir um lar.

Precisava admitir para mim mesma que nada tinha dado certo e novamente não daria. Ficar longe de tudo e todos, sem meus estudos, meu estágio, distante da família e dos amigos, em um lugar que nunca pensei em ir, cuja língua eu desconhecia…

Ele só podia ter ficado doido. Ou então estava me enrolando porque sabia que eu não aceitaria. Será que fazia parte de seu plano para se livrar de mim e fugir com ela, e ainda deixar parecendo que a culpa havia sido toda minha? Desconfiar disso acabou comigo.

Dei alguns passos para trás, afastando-me de vez. Silas deixou as mãos no ar e me encarou como se não entendesse nada. Era difícil acreditar em tamanha desatenção.

Em que planeta vivia, que não enxergava os problemas reais?

– Eu não vou – sussurrei, sem forças até para manter o timbre seguro. – Para mim já deu. Vá... – Dei de ombros. – Vá e seja feliz, porque comigo não vai ser.

– Brenda... Não. Não fale isso. Escute, eu posso...

Silas parecia descontrolado, mas eu não acreditava em nada. Não confiava mais nele ou em nós. O que tínhamos estava espalhado ainda, em cacos por toda parte, e assim ficaria em qualquer lugar do mundo. Não sabia o que ele estava tentando fazer conosco, talvez juntar tudo de qualquer jeito, sem se importar com o resultado.

Não ficaria bom.

– Não! – resmunguei um pouco mais alto. – Acabou. Já estava acabando, temos que admitir. Independentemente dela, já se esgotava. – Engoli em seco. – E acaba de vez aqui, Silas. – As lágrimas me assaltaram completamente, passaram a escorrer sem que eu fizesse esforço. – Adeus.

Apesar de ter falado aquela palavra, não a sentia na totalidade. Era cruel demais pensar a respeito dela. Apenas a proferi sem a mínima firmeza, porque tudo doía e se espalhava em meu corpo. Entretanto, ao conferir o seu olhar desolado em minha direção, finalmente soube que aquele era de fato o fim. Pude reconhecê-lo, sentir o gosto do adeus, o último suspiro de esperança se esvaindo entre os dedos.

Se eu já achava que meu coração estava partido, era porque ainda não havia sentido a força bruta do fim. Quando ela surgiu imponente, toda a base que me sustentava desceu em queda livre, curta e rápida, anunciando uma tragédia. O meu espírito descompensou e eu já não sabia mais qual era meu nome, o que queria, o que faria.

Os olhos verdes de Silas refletiram o adeus; era desesperador e definitivo. Entendi que não teria chance de retorno. O véu da ilusão se rompera, a paixão, tão tola, sumiu feito fumaça. O que sobrou foi um vazio tão grande que só pôde ser preenchido por uma emoção muito destrutiva, como a raiva. Qualquer outra não daria conta.

Enfim, girei aquela maçaneta e puxei comigo as duas malas que consegui carregar sozinha. Não me importei em levar o restante, só queria sair dali o mais depressa possível, porque não suportava mais respirar o mesmo ar que ele.

Saí sem olhar para trás, desci as escadas aos prantos, com dificuldade por causa do peso das malas e do fracasso. Aquele pequeno atraso me fez torcer para que Silas surgisse e me implorasse para ficar. Eu quis que desistisse da viagem, que falasse de novo que tudo ficaria bem e que poderíamos recomeçar como se fosse o primeiro dia. Voltar para o instante em que nos encaramos pela primeira vez, no meio da aula de boas-vindas à universidade.

Mas nada disso aconteceu. Ele não implorou nem reagiu. Fui embora com aquele adeus proferido de qualquer jeito e sem nenhuma resposta, uma briga decente, uma discussão mais acalorada feita por aqueles que se importam. Fui obrigada a lidar com o adeus porque, afinal, fui eu que falei, e então descobri algumas coisas importantes, que nunca mais me fariam ser a mesma de antes de conhecer Silas.

O amor podia machucar de um jeito impensável. Apenas ele estava longe de bastar. Não existia "feliz para sempre". Planos eram coisas que fazíamos para dar sentido a uma existência fadada à mediocridade. Confiar era perigoso, porque cavava decepções. Depender tanto de outra pessoa só podia ser maluquice. Ser machucada era inevitável, porque a paixão nublava a realidade. O mundo estava tomado por ilusões a cada esquina; a verdade era que sua base fora moldada com uma matéria sempre disposta a ferir.

Eu não me deixaria ser arrasada de novo.

A CULPA É

CAPÍTULO 1

O erro que me acometeu
Foi não ter dito adeus
Quando a paixão acabou.

Você me sufocou,
Criou uma vida para nós
Sem pedir minha opinião.
Eu gostava do meu caos
Não queria sua solução.

Deixei de te amar e calei o fim
Tive medo dele
Tive medo de mim.

Perdoe-me por adiar o inadiável,
Mas nunca vou te perdoar
Pelo que me fez após o adeus.

Pelas cartas embaraçosas que enviou
Pelos dedos que apontou
Pela raiva caluniosa.

Eu era uma garota machucada
Que machucou sem entender nada.
Continuei achando que a
Culpa era sempre minha
Por sua causa.

A CULPA É DO EMPREGO NOVO

(TREZE ANOS DEPOIS)

Após muitos anos trabalhando em home office, eu me sentia estranha por ter que acordar cedinho naquela manhã de segunda-feira e dar um jeito de não parecer desleixada ao longo do dia, como costumava ficar dentro de casa. Coloquei a última calça jeans boa que eu tinha e uma das blusas que havia comprado durante o fim de semana, com o objetivo de me tornar alguém apresentável.

Fui obrigada a pentear os cabelos e fazer uma maquiagem decente, que escondesse as olheiras crônicas que já faziam alguns anos de aniversário. Eu não me considerava uma pessoa exatamente vaidosa, porém tinha meus truques. Passei um batom de coloração discreta, coloquei um blazer por cima do look e sapatos com saltos para dar uma melhorada na postura. Não sabia o que me aguardaria, mas era sempre bom estar bem-vestida, principalmente no primeiro dia como funcionária em um emprego fixo.

Antes das oito horas da manhã, já estava sentada na recepção da VibePrint Editora, esperando para ter a primeira conversa com o chefe após a contratação confirmada. Eles eram uma empresa de médio porte, com distribuição de livros de alcance nacional, nada muito glamoroso, e focavam o gênero de não ficção.

Por outro lado, tinham bastante tempo no mercado. Tempo demais, na verdade, pois eram bem tradicionais, o que explicava o fato de preferirem manter uma equipe de funcionários trabalhando presencialmente, com carteira assinada.

Eu achava aquilo muito antiquado, mas era exatamente do que estava precisando. Uma hora a idade cobra seu preço. Já não conseguia trabalhar na mesma velocidade de antes, por isso diminuí os serviços como freelancer e, consequentemente, passei a ganhar menos. Não ter um salário garantido no fim do mês começava a me encher de angústia e ansiedade.

Precisava de um bom plano de saúde, de benefícios, demais comodidade e suporte, por isso não pensei duas vezes antes de me candidatar à vaga de revisora, tradutora e preparadora de texto. Após uma entrevista virtual com a encarregada do RH, consegui ser contratada rapidamente, talvez até demais – o que me fez estranhar um pouco –, mas o importante era que estava ali, pronta para levar uma vida mais tranquila.

A recepção era pequena, mas limpa e cheirosa, com dois sofás velhos um de frente para o outro e plantas conservadas aqui e ali. Alguns funcionários chegavam conforme a hora avançava, e passavam por mim deixando um "bom-dia" sério, sem muita emoção ou entusiasmo. Eu estava envergonhada e nervosa, por isso mal os identificava, apenas mantinha uma educação tímida.

– Brenda Nunes? – A recepcionista me chamou do outro lado do balcão. Era uma jovem que já parecia ter desistido da vida. Podia entendê-la profundamente. – Seu Bartolomeu a aguarda na sala dele. – Levantei-me do sofá e olhei ao redor, sem saber para onde ir, e só então ela percebeu que eu estava perdida. – Pode me acompanhar.

– Obrigada.

Passamos pela porta larga pela qual todos os funcionários que chegaram haviam adentrado. Fiquei surpresa ao perceber que o ambiente se abria para um escritório amplo, com grandes janelas ao fundo, exibindo a vista da cidade através do sétimo andar daquele prédio. Algumas pessoas já trabalhavam em suas mesas carregadas de papéis, e havia estantes repletas de livros em toda parte. Eu poderia me acostumar com aquilo.

Era ali onde a mágica literária se realizava e sempre achei o processo fascinante.

A recepcionista me colocou diante de uma porta e deu algumas batidas antes de abri-la. Parou para me olhar e me ofereceu um sorriso esquisito, como se sentisse pena de mim, em seguida se afastou, dando espaço para que eu entrasse. Não fiz perguntas, apenas segui o protocolo, já ciente de que me depararia com o chefe.

A porta foi fechada atrás de mim e confesso que me surpreendi com o que vi de relance, antes de um cara alto e encorpado simplesmente me abraçar com força.

– Brenda! Brenda Nunes, é um prazer! – Ele se afastou um pouco e me encarou com os olhos brilhando, como se fosse uma espécie de tiozão que não via a sobrinha há certo tempo. Não contive a careta, mas bem que tentei me controlar. – Que bonita. Seu cabelo está cheiroso. Não é uma cantada, que fique claro, sou muito bem casado. Quase vinte anos de muito amor. Mas o seu cabelo é realmente cheiroso, qual é o nome do xampu?

Pisquei os olhos várias vezes.

– E-Eu...

– Ah, você é meio tímida. Desculpe, desculpe, pode se sentar aqui... – Apontou para uma poltrona da cor vinho, de camurça. Uma antiguidade, sem dúvida. Na verdade, a sala toda daquele homem parecia ter vindo do século passado. Tinha uma grande cabeça de veado empalhada ao lado de duas espadas cruzadas na parede, além de uma quantidade impensável de quadros que não faziam sentido. Eu não conseguia entender nada. A mesa dele estava cheia de bonecos aleatórios. Foquei o Darth Vader e tentei buscar algum discernimento. – Seja muito bem-vinda à sua nova casa. Aqui nós somos uma família.

Seu Bartolomeu abriu um sorriso de orelha a orelha após se sentar na minha frente, do outro lado daquela mesa bizarra. Ele me olhava como se eu fosse um sorvete de casquinha com bastante cobertura. Estava mais empolgado do que eu.

– Brenda. Brenda. – Piscou, encarando-me com os olhos azuis bem redondos. – Gosto como esse nome soa. Você me parece jovem, mas nem tanto. Eu chutaria uns trinta e um. Acertei?

Continuei sem entender qual era a daquele sujeito.

– T-Trinta e cinco – murmurei, incrédula.

Ele fez um barulho esquisito com a boca e gritou um "yes" entusiasmado.

– Sabia que estava na casa dos trinta! É uma ótima idade. Sem aqueles dramas dos jovens, com responsabilidades adultas, mas ainda com brilho nos olhos. – Apoiou-se na sua cadeira executiva, que parecia grande demais para ele, o que o deixaria com ar mais poderoso se não parecesse um cachorro balançando o rabo, pronto para brincar a todo custo. – Você é casada?

Paralisei diante daquela pergunta. Enquanto Seu Bartolomeu tentava analisar minhas mãos, repousadas sobre as pernas que cruzei na tentativa de me manter elegante, em busca de uma possível aliança, sentia o meu coração ser arrancado da caixa torácica.

– Não.

Ele soltou uma risada suave.

– Ah, querida, então você é do tipo que tem gatos.

Continuei piscando, ainda meio congelada e me sentindo uma merda.

– Não…

– Você deveria ter gatos. Eles são incríveis. Lindas criaturinhas… – Fez um gesto com as duas mãos, como se puxasse algumas bochechas num ataque de fofura. Meu cérebro deu um nó completo. Aquele homem era totalmente pirado. – Aproveite que você não tem marido e… Tem filhos?

Engoli em seco e sentia que, ainda que mantivesse a postura altiva, começava a me afundar naquela poltrona, feito geleia. Como uma pessoa aparentemente do bem era capaz de arrasar com a cara da outra com tanta facilidade? Eu não sabia.

– Também não – resmunguei, com o timbre insosso. Já teria sido mais indelicada se ele não fosse meu mais novo chefe, sem dúvida.

– Oh… – Seu Bartolomeu fez uma expressão de pena, levantou-se rapidamente e se colocou agachado diante de mim, como se eu precisasse de consolo imediato. Arregalei os olhos de surpresa, enquanto ele acariciava as costas da minha mão. – Às vezes aparecem uns filhotinhos na rua lá de casa. Se eu vir um, trago para você.

– Eu não quero um gato, Seu Bartolomeu.

Ele soltou uma risada divertida. Levantou-se, meio capengando, e se escorou na mesa enquanto continuava rindo. Parecia que eu tinha dito algo muito divertido.

– Por favor, me chame de Bartô. Seu Bartolomeu, humpf… – Bufou, prendendo os dentes na parte superior dos lábios, ficando com a expressão engraçada. Segurei o riso no mesmo instante. Teria gargalhado se eu não estivesse tão chateada. – Parece que sou um velho de noventa anos. Pois saiba que tenho apenas cinquenta e oito.

Sinceramente, ele não parecia ter mais do que doze.

– Bom… Foi como a recepcionista se referiu ao senhor.

Ele me encarou como se sofresse muito com aquilo.

– Betinha não tem muita personalidade, coitada. Escreve uns poemas tão sórdidos rabiscados no canto da agenda… – Meneou com a cabeça, entristecido. De repente, bateu nas próprias coxas e se endireitou. – Mas vamos ao que importa, Brenda. Brendinha. Bren--Bren. – Parou para raciocinar um pouco. – Você tem um apelido?

Minha careta se intensificou.

– Apenas Brenda está bom.

– Apenas Brenda. Tudo bem. Apenas Brenda. – Ele não escondeu a decepção. – Vamos, vou te mostrar onde fica a sua mesa. – Bartô abriu a porta e eu não tive escolha além de segui-lo pelo chão acarpetado, mais retrô impossível.

Até que me senti empolgada por saber que teria uma mesa só minha. Caminhamos pelo lado de fora e fiquei ainda mais alegre ao entender que ela estaria longe da sala do chefe. Eu realmente não o aguentaria por um tempo diário prolongado.

– Aquele é o Gilberto, editor-chefe, a Marisa, editora, a Giovana, assistente editorial, o Clodovaldo, da limpeza… – Apontou para o senhor que varria um canto. Tentei gesticular para cada um deles, mas a maioria simplesmente me ignorou. – E aqui é onde nossos revisores ficam. – Parou na frente de outra porta, no lado oposto, mas aquela era de vidro e dava para ver algumas mesas enfileiradas e pessoas trabalhando diante delas. – Foi uma confusão medonha. – Bartô suspirou e chacoalhou a cabeça em negativa, mas não chegou a se explicar de verdade. – Sei que vocês precisam de silêncio, por isso ficam nessa sala especial. Estou terminantemente proibido de entrar nela.

Soltei um riso espontâneo, mas o segurei quando percebi que Bartô me encarava com seriedade e tristeza. Imaginava o que teria acontecido no passado. O chefe não era do tipo que ficava calado, sempre tinha algo esquisito para comentar e, claro, devia enervar os demais revisores, que necessitavam de um ambiente com tranquilidade e sobretudo silêncio, sem interrupções.

– Onde já se viu? – Bartô continuou com a expressão chateada. – Pago o aluguel caro deste escritório todo mês e não posso entrar numa sala sem graça. – Passou as mãos pelos cabelos escuros e depois as apoiou na cintura. Ficou encarando o lado de dentro. – A mesa desocupada é a sua. – Olhou para o relógio de pulso. Tentei não ficar surpresa ao perceber que era um modelo de plástico azul, daqueles digitais antigos. – Temos uma reunião às dez horas, para falarmos sobre o novo projeto. Pode decorar a sua mesa como quiser, Bren-Bren.

Bartô passou por mim com visível chateação, resmungando alguma coisa ininteligível, e fiquei embasbacada porque ele realmente não entraria naquela sala para me apresentar às pessoas ou ao meu local de trabalho. E havia me dado um apelido, afinal.

Revirei os olhos, meio desnorteada, sem saber direito o que achar de tudo aquilo.

– Você vai se acostumar. – O senhor da limpeza, cujo nome esqueci, aproximou-se e abriu um sorriso gentil. Sorri de volta, sem graça. Ele abriu a porta para mim e agradeci com educação antes de adentrar o recinto.

– Bom dia – murmurei, sentindo o rosto quente pela vergonha, e logo meu olhar localizou a única mesa vazia disponível. Só podia ser aquela.

Recebi algumas saudações de volta enquanto me encaminhava pelo espaço razoável. Havia uma grande máquina de xerox no canto, entre a única abertura de um móvel comprido que circulava todas as faces da sala. Por esse motivo, as quatro grandes mesas estavam localizadas bem no meio, duas de frente para as outras duas, praticamente grudadas.

Eu me sentei no que parecia o meu lugar e, instantaneamente, percebi que a cadeira era muito desconfortável. Equilibrei para um lado, e ela capengou. Fiz uma careta. Movimentei meu corpo para a esquerda, e a porcaria foi junto. Não parecia que me sustentaria nem por dez minutos, muito menos por um dia inteiro.

– Não se preocupe, vamos fazer o Bartô comprar uma nova. – Olhei para o lado, onde uma garota muito bonita estava sentada. Era loira, com os cabelos curtos pintados de rosa nas pontas. Achei-a bem estilosa com aquelas roupas que não faziam tanto sentido para uma *millennial* feito eu. – Que será minha, claro, pois desenvolvi bico de papagaio nos cinco anos em que trabalho aqui. – Revirou os olhos. – Você pode ficar com a que uso agora. Até que é boazinha.

Não consegui definir se gostava da nova colega.

– Sem problemas.

– Ou você pode trazer uma de casa – disse o rapaz que estava sentado de frente para a garota loira. Parecia alguns anos mais velho que ela, porém era mais novo que eu. Negro, boa-pinta, com óculos de armação branca. Abriu um sorriso amigável, que devolvi prontamente, ainda que estivesse tímida. – Não esperei pela boa vontade do Bartô. Se eu fosse você, não esperaria também. Nunca se sabe o que pode vir dele.

– Coisa feia, já colocando medo na novata, Edgar – a loira disse num resmungo. – Meu nome é Zoe, e se me chamar de "Voe" ou "Zoé", juro que perderei minha condição de ré primária ainda hoje, antes do almoço.

O rapaz, o tal de Edgar, prendeu uma risada.

– Ele te chama assim? O Bartô? – perguntei.

Zoe assentiu com insatisfação.

– Brenda. – Ergui uma mão para cumprimentá-la. – Ou Bren--Bren.

Ela soltou uma risada escandalosa e apertou minha mão amigavelmente. Eu me levantei e a oferecei para Edgar, que também me saudou.

– Ed, Edinho, Gagá… Depende do dia – soltou, divertido.

– Nossa senhora – murmurei.

– Pois é. – Ele fez uma careta.

Ao perceber que havia alguém sentado na mesa em frente à minha, e que ainda não havia declarado nada até o momento, foi gesto automático continuar me apresentando. Virei o corpo com a mão estendida e um sorriso razoavelmente simpático estampado no rosto, porque seria péssimo dar uma de chata no primeiro dia.

Contudo, o meu corpo sofreu um imenso abalo ao se deparar com aquela figura silenciosa. Eu não estava preparada para aquilo. Talvez para uma recepcionista tristonha, um chefe maluco e colegas novos demais para manter uma conversa, mas para aquilo… Não mesmo. Sem chance. Não havia a mínima possibilidade.

Fiquei tão desnorteada que me esqueci de guardar a mão. O sorriso me escapou de imediato, e tive ciência de que meu rosto empalidecia conforme os segundos se estendiam. Senti vontade de gritar e chorar, de sair correndo, de fazer qualquer coisa que anunciasse a tragédia, mas nada fiz além de encarar aqueles olhos verdes. Ao menos eles pareciam tão espantados quanto os meus.

O homem me observava como se eu fosse um fantasma – e de fato era. Nós dois éramos a assombração um do outro. Minhas pernas vacilaram, e praticamente caí sentada na cadeira terrível, que provocou um barulho grotesco e deve ter ficado mais capenga do que antes. Não soube direito, porque ainda mantinha os olhos nele.

Várias perguntas rodopiaram a minha mente numa velocidade insuportável, mas a que sobressaía era: como um nerd bobalhão poderia ter se transformado num homem estupidamente sexy como aquele?

Não pareciam a mesma pessoa. Não poderiam ser. E aliás, o que raios ele estava fazendo ali? Como foi parar num lugar feito aquele?

Arquejei, sentindo meus dedos trêmulos e os olhos ameaçando marejar. Alguém soltou algum comentário que talvez devesse nos fazer rir, porém, tanto eu quanto ele nos mantivemos emudecidos, espantados, em completo choque. Reparava na barba curta bem-feita, nos cabelos claros penteados, nas roupas sociais de homem sério e mal podia acreditar em nada.

Treze anos bastaram para transformá-lo naquilo? Naquele?

– Vocês vão dizer o que está acontecendo? – Ouvi a voz de Zoe como se ela estivesse bem longe, não ao meu lado, a pouco mais de um metro.

– Acho que estamos presenciando uma paixão à primeira vista – Edgar anunciou.

– Isso poderia dar um livro.

– Por que você não escreve, Zoe?

– Porque escrever não paga as contas. E não perco meu tempo com romances. A minha praia é suspense, terror psicológico... Por que você não escreve, Edgar?

O homem diante de mim finalmente piscou uma vez. Continuei sem me mover.

– Eu poderia – o rapaz retrucou.

– Claro, se fosse disciplinado e terminasse algum projeto na vida.

Aquelas palavras tão bruscas me assustaram, então finalmente tive coragem para ao menos desviar o rosto. Encarei o notebook aberto diante de mim, o único objeto que ocupava a minha mesa. Era de um modelo antigo, talvez nem tivesse ou suportasse a versão mais recente do programa que eu usava para revisar.

Soltei um longo suspiro, com o coração batendo a mil por hora, e olhei só um pouco para cima. Os olhos dele ainda estavam sobre mim. O fantasma simplesmente estava sentado na altura do meu rosto. Mesmo que eu focasse o notebook, ainda o veria meio embaçado pela visão periférica, como pano de fundo de trabalho.

— Não seja tão ácida logo cedo, Zoe — Edgar resmungou. — Que saco. Vamos voltar ao silêncio e meus pêsames para todo mundo que terá reunião com Bartô hoje.

— Não ficou curioso com esses dois? — A garota prosseguiu. — Estou fascinada, e nem sei o que está acontecendo. Será que vão se pegar aqui mesmo?

Silas, enfim, endireitou-se na cadeira. Clareou a garganta, recompondo-se, em seguida abriu um sorriso carregado de sarcasmo e desviou os olhos para o lado.

— Acontece que Brenda é a minha ex. — E me encarou de novo. — Bem-vinda ao inferno, docinho.

Quase vomitei ao escutar a voz dele, bem mais grave do que me lembrava, chamando-me pelo mesmo apelido que costumava usar comigo, muitos anos atrás, em outra vida. Fazia menção a uma personagem de desenho animado que conseguia ser fofa e feroz ao mesmo tempo.

Aquele era o homem que havia me destruído por dentro e o culpado pela minha incapacidade de ter um relacionamento minimamente normal com qualquer pessoa. Ele me arrancara dois fatores primordiais para qualquer existência saudável: a esperança e a confiança. Havia me acarretado pelo menos uns três transtornos psicológicos, com os quais eu tentava lidar todos os dias. Figura repetida nas incansáveis sessões de terapia.

De fato, acreditei mesmo que eu tivesse morrido e ido parar nas profundezas das trevas, porque o próprio capeta estava diante de mim e, pelo visto, eu seria obrigada a encará-lo o tempo inteiro, durante todo o horário comercial.

Considerei o salário razoável e os benefícios muito bons, quando encontrei aquela vaga. Só que, naquele instante, compreendia que eu deveria ganhar, no mínimo, o triplo, e nem era por ter que aturar o chefe.

Quanto valia a minha disposição para lidar com Silas após tantos anos de sofrimento? Ninguém seria capaz de pagar por isso, eu tinha certeza.

A CULPA É

CAPÍTULO 2

Esqueça o cheiro
O som daquele riso
E o aconchego
Que era o paraíso

Esqueça todo o tempo
O que passou foi vento
O para sempre é tolo
Quase sempre acaba

Esqueça os gostos
Sobretudo o beijo
Esqueça cada olhar
E o toque certeiro

Tudo se perdeu
O que nunca será
Tudo se esqueceu
Já não mais haverá

Esqueça aquele rosto
Que você amou tanto
Esqueça cada gozo
E os nossos planos

Ninguém nunca falou
Não dá para esquecer
Ninguém te contou
Mas você vai sofrer

Esqueça a estrada
O som da chegada
Todos os caminhos
Já não valem nada

A CULPA É DO CARPETE

Foi impossível não recordar os nossos minutos finais, quando me senti incapaz de respirar o mesmo ar que Silas dentro da quitinete. O meu corpo sofria os mesmos sintomas daquele terrível dia: taquicardia, vontade de sumir, desespero e uma tristeza que tentava manter controlada, mas que sabia ser inevitável. Perceber que eu ainda oferecia àquele homem o poder de me machucar me deixava com ódio.

Foi por isso que, sem tecer qualquer comentário, levantei-me da cadeira de péssima qualidade, endireitei a minha bolsa no ombro, mantendo o olhar fixo em algum vazio, e caminhei até a saída da sala dos revisores.

– Espera, para onde você vai, Brenda? – Zoe perguntou, e senti que ela tinha se levantado comigo.

Notar certa preocupação por parte dela me emocionou e também constrangeu. Queria passar despercebida, mas enfim compreendi que nunca conseguiria ir embora sem que ninguém notasse, como era minha pretensão. Mas uma coisa era certa: não ficaria ali, de frente para o meu cruel passado, menos ainda ouvindo piadinhas.

– Deixa quieto, Zoe. Brenda está acostumada a ir embora sem mais explicações. – Ouvi a voz de Silas atrás de mim e prendi os punhos, bastante irritada. Como era capaz de dizer uma coisa daquelas? Eu não era a vilã da história e não aceitaria que se fizesse de coitado na frente daquelas pessoas. – É o que ela faz.

Fui tomada pela ousadia e me virei na direção dele, exalando raiva. Seus olhos me avaliavam, mantinham uma frieza que não existia no jovem que Silas foi um dia. A expressão era irreconhecível e indecifrável, o que me causou estranhamento. Quase sempre sabia o que ele estava pensando, mas o tempo havia me arrancado essa habilidade.

– *Adiós, capullo* – sibilei entredentes, usando o idioma que eu sabia que Silas compreenderia muito bem. Ergui os dois dedos do meio num gesto carregado de grosseria, enquanto encarava a sua expressão se transformando em verdadeiro espanto.

A ideia de não ser notada foi para o espaço, mas pouco me importava, porque sua provocação merecia uma resposta à altura, e eu não iria embora sem oferecê-la. Silas ficou com os olhos arregalados, petrificado.

Eu não soube o que fazer depois, por isso apenas dei alguns passos cambaleantes para trás, enojada, sentindo o estômago revirar e o meu corpo se contorcer de raiva, um rancor insuportável e uma tristeza aterrorizante. Fiquei ainda mais indignada por entender que, depois de tantos anos, aquele idiota deveria ser completamente indiferente para mim.

Mas não era. A sua existência me incomodava e feria.

Abri a porta e me virei, pronta para dar o fora dali. Desistiria do emprego sem sequer ter iniciado. Não consegui pensar nos boletos atrasados nem em qualquer benefício, apenas que precisava ficar bem longe dele.

Os editores ergueram os olhos ao mesmo tempo, quando provoquei um barulhão ao fechar a porta atrás de mim. Pensei em pedir desculpas, mas nada saiu entre meus lábios. Minhas entranhas estavam em polvorosa, o enjoo alcançava um nível tão absurdo que começava a me deixar tonta. Soltei um arquejo forte e inspirei, dando mais alguns passos para o que deveria ser a saída. Não reconheci o caminho de volta. Desnorteada, andei feito uma barata tonta, com o embrulho ameaçando sair.

Notei quando a porta da sala dos revisores se abriu, bem como a do chefe, e de repente estava rodeada de pessoas que faziam perguntas demais. Mal as escutei, porque o asco de fato abriu passagem dentro de mim e precisei me curvar para colocá-lo para fora. O resultado foi ter o meu café da manhã inteirinho sobre o carpete da VibePrint.

Ouvi a comoção da plateia, um uníssono que dividia nojo e pena ao mesmo tempo.

– Oh, meu Deus… – murmurei, arrebatada pelo desespero ao ver o que tinha acabado de fazer no meu primeiro dia de serviço. A poça de coloração nojenta começava a empestear o ambiente. – Oh, minha nossa, eu posso limpar isso e... – Não ergui a cabeça porque nunca senti tanta vergonha em toda a minha vida.

– Ela está bem?

– O que aconteceu?

– Meu Deus, que cheiro terrível, vou vomitar!

As pessoas se dispersaram, e eu ainda tentava arranjar uma maneira de limpar a minha bagunça, embora não soubesse como. Estava meio tonta, ainda que me sentisse um pouco melhor do que antes de vomitar sobre aquele carpete.

– Falei que você devia mandar arrancar essa merda de carpete, Bartô – alguém comentou, uma voz feminina que não reconheci. – Olha aí, está vendo?

– Mas ele é elegante, traz aconchego, aquece nos dias frios... – O chefe tentou se justificar. Eu ouvia aquelas vozes em um volume bem abaixo do normal. – Um escritório que se preza precisa de um bom carpete.

– Um escritório que se preza não precisa feder a vômito, café, urina e tantas coisas juntas e misturadas o tempo todo!

– Esse carpete já vai tarde.

– Até que eu gostava dele. – Reconheci a voz de Edgar.

– Ela ainda está passando mal, calem a boca!

Zoe se agachou ao meu lado e finalmente me tirou de perto do vômito, obrigando-me a levantar. Tonteei um pouco, respirando fundo para me recompor. Não ousei encarar a plateia, estava envergonhada demais para isso, com o rosto inteiro aquecido.

– Vamos levá-la para a minha sala – Bartô acrescentou, segurando-me do outro lado. Fui praticamente escoltada e depositada na poltrona de camurça, dentro da esquisita sala do chefe. Eu só queria sair correndo.

Será que daria tempo ou eu pararia de novo para vomitar?

– Vou pegar um copo d'água. – Zoe desapareceu num instante, deixando-me diante de Bartô, que simplesmente se ajoelhou na minha frente e ficou me encarando como se eu fosse uma criança.

– Não se preocupe, Bren-Bren. – Deu de ombros, soltando um riso suave. – Devo ter vomitado umas cinco vezes nesses vinte anos de empresa. E teve um dia que... Hum, bem, não deu tempo de chegar ao banheiro. – A risada dele se tornou mais alta. – Tivemos que trocar o carpete naquele ano, mas a VibePrint fedeu a merda durante meses, mesmo após a troca. Então não se preocupe, isso não foi a coisa mais constrangedora que já aconteceu por aqui. – Bartô parou para refletir um pouco. – Talvez esteja no top 10, mas não tenho certeza. Foi um belo vômito, afinal.

Eu estava horrorizada e sem acreditar na força dos acontecimentos daquela manhã, mas o chefe conseguiu arrancar de mim uma risada nervosa. Zoe apareceu com a água e dei alguns goles, para tentar melhorar o gosto horrível que sentia na boca. Ao menos já podia respirar com certa normalidade, e a minha barriga tinha se aquietado.

– Você está bem? – a loira perguntou, agachando-se ao lado de Bartô.

A minha vergonha era tão grande que só fiquei sentada ali porque estava com medo de vomitar de novo.

– A-Acho que sim. B-Bom... – Inspirei profundamente. – Eu já vou.

– Como assim já vai? – Bartô fez uma careta e olhou de novo para o seu relógio de plástico, que não combinava em nada com o terno escuro que vestia. – O expediente começou agora e temos reunião daqui a pouco. Não sei se te informaram, mas seguimos todos os dias até as dezoito horas. – Ele se levantou e, dentre os bonecos sobre a mesa, retirou um pedaço de papel. – Inclusive, o seu contrato chegou, é só assinar.

– Acontece que não vou ficar no emprego.

Ele fez a expressão de quem tinha acabado de receber a notícia de uma morte ou algo da espécie. O homem pareceu completamente desestabilizado.

– Como é que é? Não, Bren-Bren, você não pode ir embora só porque vomitou no carpete no seu primeiro dia.

Aquela frase deixou minhas bochechas mais coradas, com certeza absoluta.

– Vai desistir do emprego por causa do Silas? – Zoe interferiu, encarando-me. Sentia-me horrível. Eu não devia desistir de nada por causa dele. – Olha, conviver com ex deve ser horrível e esse trabalho nem é lá essas coisas... – Bartô bufou na frente dela, e Zoe apenas prosseguiu: – Mas, poxa, é um emprego novo. Você parecia animada quando entrou na nossa sala.

– Ex? Que ex? – o chefe perguntou, e o meu corpo enrijeceu naquela poltrona. Tudo de que menos precisava era que ele soubesse aquela informação.

– Ninguém. – Eu me adiantei, antes que Zoe falasse qualquer coisa. Pela forma como seus lábios abriram, estava bastante disposta a compartilhar a novidade.

– A gente pode mudar de lugar, se preferir – ela completou, enquanto a careta do chefe só crescia. – Bem que eu gostaria de não ter que olhar para a cara do Edgar o tempo todo.

– Isso é loucura. – Balancei a cabeça e me levantei, disposta a realmente partir. Perder o emprego não era nada diante do que Silas já tinha me feito perder ao longo da vida. Uma coisa a mais, outra a menos, tanto fazia. – É melhor eu ir.

Zoe se levantou, ficando ao lado de Bartô.

– Querida, não vá, foi muito difícil conseguir alguém com seu currículo. Todo mundo só quer saber de home office. Acabaram o olhar, a conversa, o toque. – O chefe iniciou um discurso acalorado. – Mundo solitário esse moderno. As pessoas preferem passar horas na frente de uma tela, sem contato com outros seres humanos.

– Não sei o que ele te fez, Brenda, mas não desista. – Encarei a Zoe, que ignorou a ladainha de Bartô e continuava me olhando. Concentrei-me nela. – Não deixe que te vença desse jeito. Se ele te machucou, dê o troco. Provoque, reaja. Homem nenhum vai te tirar do lugar que você quiser ocupar.

De súbito, aquela desconhecida me encheu de coragem.

– Alguém te fez alguma coisa? – Bartô arregalou os olhos. – Minha nossa, foi assédio? Juro que não foi minha intenção, só perguntei do seu xampu porque é realmente cheiroso. Desculpa, Bren-Bren. Vou falar com a Aninha do RH e vamos resolver esse impasse, eu prometo, mas não vá embora, por favor.

Zoe revirou os olhos.

– Assine seu contrato e reaja! – Ela pegou o papel das mãos de Bartô, que ainda estava imerso na sua própria confusão. – Se quiser ajuda para ferrar com ele, estou aqui! – Abriu um sorriso cúmplice. – Até que eu gostava do Silas, mas se te fez mal, então me fez mal também. Nós mulheres temos que nos unir contra esses babacas.

Bartô finalmente encontrou o fio da meada, para o meu desgosto.

– O que Silinhas fez com você, querida?

Só que aquele apelido idiota me fez rir, bem como marejar. Eu o havia chamado assim incansáveis vezes, no passado distante, e Silas fingia não gostar, o que apenas me fizera repetir até se tornar comum entre nós. Saber que o chefe se referia a ele daquela maneira me deixou estranhamente alegre.

Busquei forças no olhar decidido de Zoe e, por fim, peguei o contrato.

– Nada, Bartô. Ele não fez nada. Eu vou ficar.

– Isso! – Zoe gesticulou com os braços.

– Maravilha! – Bartô aplaudiu, abrindo um sorriso enorme. Porém, em seguida, ele levantou o rosto e cheirou o ar, chacoalhando o nariz feito uma ratazana. – Estão sentindo esse cheiro?

Droga. O odor do meu vômito havia chegado até a sala dele, o que significava que grande parte da VibePrint poderia ter sido atingida. Saímos dali e encontramos apenas uma pessoa presente, que era o pobre do zelador. Ele tentava passar o esfregão por cima do carpete, mas é óbvio que só piorava a situação. O cheiro estava tão ruim que até eu, a dona do vômito, senti repugnância.

– Clodô, alguma chance? – Bartô perguntou com a voz anasalada, tampando o nariz com o polegar e o indicador, o que me trouxe ainda mais vergonha.

O funcionário balançou a cabeça em negativa e ajustou a máscara que estava usando, claramente para não ter que sentir aquele cheiro insuportável.

– Esta parte terá que ser removida. – Traçou um quadrado ao redor da lambança. – Já abri todas as janelas e desliguei o ar-condicionado.

– Cadê o pessoal? – Zoe questionou.

– Do lado de fora. Ninguém aguentou o cheiro.

– Minha nossa, o que você comeu hoje, querida? – O chefe se virou para mim e abri bem os olhos, sem conseguir responder àquilo de jeito nenhum. – Vamos, vamos lá para fora, não consigo nem pensar aqui dentro.

Não tecemos qualquer questionamento. Caminhei para a saída com os ombros caídos e a dignidade tão arrasada quanto o coração, o que me fez questionar se deveria mesmo assinar o contrato que levava comigo. Quando entrei ali mais cedo, jamais me passou pela cabeça o que me aguardava. Como encararia aquelas pessoas de novo? Aliás, como estava encarando naquele instante?

Havia uns dez funcionários da VibePrint no corredor do andar, amontoados em pequenos grupinhos. A maioria parecia feliz pela pausa forçada, alguns se mostravam indiferentes e havia aqueles que mantinham a carranca fechada, como era o caso do editor-chefe. E do Silas. Prendi a respiração ao vê-lo mais afastado, com os braços cruzados e uma seriedade de arrepiar qualquer um. Ao menos eu me arrepiei.

Desviei o rosto assim que ele percebeu que eu tinha saído do escritório, ao lado de Bartô e Zoe. Edgar se adiantou:

— Você está bem?

Apenas assenti com um leve balançar de cabeça. Todos me encararam curiosamente, o que me fez permanecer com os ombros caídos. Enfim, os funcionários cercaram o chefe e o encheram de perguntas. Reclamavam que tinham muita coisa para fazer, que os prazos se esgotariam, que precisavam adiantar seus serviços, que isso e aquilo outro... Foi tanta pressão que dei vários passos para trás, a fim de me afastar do aglomerado. Eu era a culpada pela bagunça, por isso tive a ideia de sair de fininho.

Virei as costas e estava pronta para fugir pelo elevador, quando Silas se colocou na minha frente. Pisquei os olhos várias vezes e tentei desviar daquela pedra no meu caminho, mas ele insistiu:

— Podemos conversar ou você vai vomitar de novo?

Contive um resmungo de raiva.

— Nem um nem outro. — Apertei o botão do elevador e aguardei, enquanto o meu ex se apoiava na parede, perto demais para o meu gosto.

— O que está fazendo num lugar como esse? Revisora? — Bufou, colocando as mãos nos bolsos. — Você nem gosta de revisar.

— Calma, iremos resolver! — Bartô falou mais alto, alguns metros adiante.

A minha frustração era tão palpável que soltei um xingamento. E ainda tinha aquele idiota me fazendo perguntas como se tivesse o direito de falar comigo. Meus olhos embaçaram pelas lágrimas não derramadas e voltei a observar as luzes do elevador. Infelizmente, ainda estava longe do sétimo andar.

– Você não devia estar na Espanha? – perguntei com grosseria, encarando-o, mas me arrependi muito depressa.

O coração falhava e a coragem, também. Eu ainda não conseguia acreditar naquele sujeito. Na tamanha transformação pela qual passou. O tempo fez bem a ele, ao menos aparentemente. O que era aquele rosto amadurecido, meu Deus?

Sinceramente, senti-me depenada a cada ano, e ali, diante de Silas, havia apenas uma mulher dilacerada, cansada e amarga.

– Eu deveria mesmo estar na Espanha – Silas resmungou. Seu olhar estava sobre mim, e o meu, sobre o painel do elevador. Contava os andares como fazia com os segundos para me ver longe dele. A conversa com Zoe foi esquecida, bem como a ousadia ou a coragem. – Era exatamente o que devia ter feito.

– Pois bem. *Hasta la vista*, Silinhas.

Um segundo de silêncio se passou sem que ele nada dissesse. Eu queria ter falado aquilo no tempo certo para a chegada do elevador, assim a minha saída seria mais triunfal – não que eu pudesse vencer a cena do vômito –, porém nada aconteceu. Fiquei apenas com o constrangimento e a sua mudez.

– Você acha mesmo que fui para a Espanha, não é? – Silas se endireitou, aproximando-se perigosamente com toda a sua altura. Recuei alguns passos, olhando para qualquer canto que não fosse ele. – Ainda bem que foi embora, eu teria ficado com uma pessoa que não me conhecia de verdade.

Bufei, descrente. Silas deveria saber que eu estava lá quando não deu mais as caras na universidade e desapareceu com a Poliana. Passei o resto da graduação sendo taxada como a "corna mansa", recebendo todos os olhares de compaixão dos colegas de classe.

– Ainda bem que eu fui embora. Teria ficado com um encostado-egoísta-traidor.

– Egoísta? Traidor?

– Pare! – berrei um pouco mais alto. – Não vou entrar numa discussão contigo, depois de tantos anos, como se estivéssemos naquele dia. Pare com essa merda. Eu te daria tantos "adeus" quantos fossem necessários, em todos os idiomas que desejasse. O que você pensa não me interessa, Silas.

– Claro que não. – Ele riu perto de mim. Afastei-me para o lado a fim de não ter o desprazer de sentir a minha pele arrepiando com o ar que saía entre seus lábios. – Também não me interesso pelo que você pensa, Brenda. Não mais. Se não me ouviu antes, não espero que me ouça agora.

Balancei a cabeça em negativa. Assim que o elevador apitou e abriu as portas metálicas, fiquei paralisada diante do pequeno espaço vazio. Encarei o espelho grande na face do fundo. Até que eu ainda mantinha a boa aparência, apesar de ter vomitado e pagado o maior mico.

Enquanto encarava a mim mesma, percebia que tinha uma escolha muito clara na minha frente: desistir de um emprego cômodo ou enfrentar aquele idiota que se fazia de vítima, mesmo tendo me destroçado. Voltar para os escassos trabalhos freelancer na minha vidinha insossa, solitária e mal-remunerada ou pagar meus boletos em dia, ainda aproveitando a chance única de deixar Silas bastante ciente da merda que fez comigo.

Estava cansada de tentar acolher e perdoar o passado para poder seguir em frente, como tanto repetia a minha terapeuta. Exausta de colocar na minha cabeça uma suposta ausência de culpados. O que passei não tinha perdão. De jeito nenhum. A culpa era dele, e eu sabia disso. Ser boazinha e condescendente não havia funcionado, mesmo treze anos depois. Talvez eu devesse experimentar outra abordagem. Uma mais severa e vingativa.

Segundos se passaram sem que me movesse. Silas ainda me olhava, e eu sentia a força daqueles olhos sobre mim, bem como os contornos do contrato na minha mão. Bastava assiná-lo e ter coragem, depois de anos me lamentando, remoendo o ódio, esquivando-me de relacionamentos, surtando e afundando na melancolia por não ter conseguido realizar nem um por cento do que queria para a minha vida.

Ele não me tiraria mais nada. Naquele instante, decidi que Silas não teria esse poder sobre mim de novo.

As portas se fecharam e virei meu rosto para aquele homem mudado.

– Quer saber? Você vai ter que me engolir.

Andei de volta para o restante do pessoal, que ainda discutia se entraríamos ou não no escritório, disposta a perguntar se alguém havia trazido uma caneta.

A CULPA É

CAPÍTULO 3

Em certa feita eu te vi de longe e parei para refletir sobre como eu estava, quem eu era e o que havia feito da minha própria vida após tantos anos. Por algum motivo, não percebi o quanto você parecia acabado, cansado, o quanto o tempo havia te feito mal. Apenas reparei no que deixei de ser por sua causa. Nos sonhos que parei de sonhar; nos planos que risquei do papel; nos meus pés que foram colocados no chão sem qualquer cuidado. O impacto me atingiu além do imaginável. Eu havia te superado há mais de uma década, mas certamente houve um custo alto que apenas o meu ego pôde reconhecer e calcular. Talvez nenhuma ferida seja capaz de cicatrizar, ainda que o tempo passe. Lidei com a minha de um jeito e de outro, chorando e sorrindo; tentei várias formas e ainda não sei, de fato, se alguma funcionou. Sangro todos os dias. Sinto que jamais deixarei de sangrar, porque é a dor que faz com que eu seja eu. Você me destruiu, mas também ajudou a me construir: essa mulher exausta que ainda quer ser amada e que agora sabe exatamente onde não deve se meter. Sigo tentando gostar dela.

A CULPA É DOS GIRASSÓIS

Bartô foi vencido pelo cansaço, porque os funcionários não aliviaram de jeito nenhum. Insistiram tanto na confusão generalizada que, enfim, percebi que enchiam o saco dele de propósito, para serem liberados mais cedo. Após uma calorosa discussão no meio do corredor e o cheiro do meu vômito se manter impregnado na VibePrint, o chefe ofereceu a todos a possibilidade de trabalhar em home office naquele dia, enquanto não resolvia o que seria feito com o carpete sujo.

Tentei fingir que nada era comigo, para manter alguma dignidade, mas toda vez que pensava a respeito, sentia vontade de desistir e nunca mais voltar àquele lugar. Contudo, a última coisa que fiz antes de ir para casa foi assinar o contrato. Não teria retorno; encarar aquela gente seria meu novo propósito. Um dia esqueceriam o que fiz, e talvez eu até chegasse ao ponto de achar engraçado.

A reunião que teria com Bartô foi adiada para a manhã seguinte, por isso passei o dia inteirinho sem fazer nada, apenas me corroendo entre pensamentos conflituosos e a pura vergonha. Pensar no Silas foi inevitável. Suas palavras me fizeram questionar e recapitular todos os acontecimentos do passado, o que me trouxe muita melancolia.

Não fazia ideia de por que Silas deixara subentendido, ironicamente, que não havia ido para a Espanha. Não fazia sentido. Ele e Poliana sumiram ao mesmo tempo. Todo mundo da sala não falou de outra coisa. Não tive coragem de frequentar a faculdade, ou lugar algum, depois do término. Passei alguns dias sem reagir, deitada em minha cama, na casa dos meus pais, e quando voltei deparei-me com essa cruel notícia.

No fundo, desejei que Silas me procurasse, que me ligasse pedindo para voltar, que me chamasse para uma conversa. Meu desespero foi tanto que eu tinha certeza de que jogaria tudo para o alto e voltaria com ele, tamanha a saudade que me açoitava. Mas meu orgulho não me permitiu dar o primeiro passo. Não achava que deveria fazer isso, depois da forma como ele agiu, decidindo a nossa vida sozinho.

Assim que soube de seu sumiço, compreendi que não teria como perdoá-lo. Ainda que estivesse destroçada, bloqueei tudo sobre aquele homem que ousei chamar de amor da minha vida. Não pude ver como ele estava, com quem ou onde se encontrava. Meu coração não aguentaria conferir essas respostas.

Segui em frente como pude, morta de vergonha e com muita raiva pela forma como tudo ocorreu. Ainda me lembrava das lágrimas que escorriam pelo meu rosto toda vez que pegava a condução para ir da faculdade ao estágio. Sempre que me sentava e me deparava com a realidade, sofria sem esforço. O choro simplesmente vinha e não havia nada que eu pudesse fazer para impedi-lo. Foi a fase mais dolorosa pela qual passei, e perdurou meses. As consequências de tanta dor foram profundas demais.

Silas marcou a minha alma com seu desprezo e sua desconsideração.

Na manhã seguinte, acordei com o corpo inteiro doendo, só de pensar no que me esperava no emprego novo: humilhação, vergonha, agonia, tristeza. Tomei um banho enquanto arrancava forças sabe-se lá de onde para enfrentar cada situação. Precisava me fortalecer de alguma maneira, e a que usei foi meio óbvia: queria me sentir bem comigo mesma.

Se havia me arrumado direitinho no dia anterior, naquela manhã fui ainda mais minuciosa com a aparência. Escovei os cabelos castanho-escuros, caprichei no look executiva descolada, tirei do armário um par de sapatos caros e usei o meu melhor perfume. O que menos precisava naquele momento era me sentir um lixo.

Só saí de casa quando o espelho me agradou consideravelmente. Respirei fundo e dirigi até a VibePrint com a cabeça erguida, prometendo a mim mesma que, não importava o que acontecesse, eu superaria e saberia lidar. Levaria tudo menos a sério, na esportiva. Afinal, eu não era nenhuma criança birrenta, precisava agir como adulta.

Adentrei o escritório com um sorriso enorme no rosto. Não importava que fosse forçado, às vezes é bom fingir que está tudo bem até de fato tudo ficar bem.

– Bom dia! – saudei a recepcionista, que logo me olhou e sorriu de volta. Ela parecia mais animada do que na manhã anterior. Talvez porque sentisse pena de mim e também estivesse a fim de fingir normalidade.

– Bom dia, Brenda. Seu Bartolomeu a aguarda na sala de reuniões.

– Ah… Tudo bem. – Pisquei algumas vezes. Havia um caroço esquisito no meu estômago, mas eu tinha comido só umas frutinhas para garantir que tudo ficasse lá dentro durante o expediente. – Obrigada.

Depois que entrei no salão maior, percebi que não sabia onde ficava a sala de reuniões. Em vez de manter a postura de novata perdidona, decidi que a encontraria sozinha. Saudei a assistente editorial, que já havia chegado, mas não vi nenhum sinal dos editores. Paralisei quando encarei o exato ponto onde havia vomitado no dia anterior. O carpete havia sido cortado literalmente. Tinha um grande buraco nele, e o piso original de coloração cinza, muito feio por sinal, estava exposto.

Prendi os lábios, contendo o constrangimento, e prossegui a minha busca. Encontrei uma passagem que dava para a copa, de tamanho aceitável. Havia uma mesa redonda com algumas cadeiras para os funcionários fazerem suas refeições, bem como uma geladeira, um micro-ondas e uma máquina de café. Achei o ambiente até que bacana.

Continuei a caminhada e me deparei com outra passagem, que dava para uma espécie de anexo, onde dois homens e uma mulher trabalhavam em suas mesas individuais. Reconheci a funcionária que havia me entrevistado on-line, certamente era a profissional de Recursos Humanos. Todos olharam para mim e me cumprimentaram. Fiquei bastante tímida e desconcertada, mas os cumprimentei de volta.

– Chego daqui a pouco à sala de reuniões, Brenda – a senhora do RH, cujo nome esqueci, avisou. – Só estou imprimindo uma ficha.

Eu não sabia o que ela queria comigo, mas subentendi que fosse um documento a ser assinado. Talvez sobre os benefícios ou algo da espécie.

– Tudo bem. – Eu me afastei um pouco, mas acabei retornando. – Onde fica a sala de reuniões?

– É na próxima porta, à sua esquerda – um dos rapazes respondeu, solícito.

– Obrigada.

Retomei o caminho e bati na porta indicada antes de abri-la e me deparar com um ambiente de tamanho médio, composto por uma mesa grande bem no centro e várias cadeiras ao redor. Havia uma única pessoa me esperando, e era justamente o Bartô. Ele se levantou e abriu um sorriso imenso. Aproximou-se e me deu um abraço apertado.

– Ah, Bren-Bren, que bom que está aqui! Espero que seu estômago esteja melhor. – Bartô se afastou e segurou meus braços, enquanto eu me restabelecia. Ainda não estava acostumada com a sua abordagem sempre tão... calorosa? Esquisita? Inconveniente? Talvez tudo isso misturado. – Fico feliz por não ter desistido de nós.

Bartô apontou para a mesa, onde um enorme buquê com girassóis reluzia dentro de um vaso bonito. Fiquei tão encantada que meus olhos deram uma marejada. Aproximei-me das flores – que eram minhas favoritas –, maravilhada com a beleza delas, percebendo que tinha um bilhete bem em cima.

Enquanto o chefe sorria de orelha a orelha, olhando para mim quase sem piscar, li as palavras simples de boas-vindas e a assinatura de todos da empresa. Inclusive do Silas.

O meu coração ficou do tamanho de um amendoim. Achei um gesto bacana da parte deles, sobretudo depois da cena terrível no meu primeiro fatídico dia. Foi a forma que encontraram para dizer que estava tudo bem.

– Obrigada, Bartô.

– Imagina, querida. Foi ideia da Zoe e todo mundo concordou. – O chefe se sentou à ponta da mesa e achei que deveria me sentar também. Não estava conseguindo parar de sorrir, e dessa vez não era nada forçado.

– Eu adorei. Vocês adivinharam, amo girassóis.

Bartô ainda sorria amplamente, mas sua expressão foi ficando esquisita.

– Bom, não adivinhamos. Girassóis... São tão óbvios, não é? Prefiro as violetas ou os lírios, mas tem gente que não gosta. Eu não gosto da cor amarela. – Deu de ombros. – Silas ajudou nessa parte.

Fiquei paralisada enquanto o observava, como se tivesse levado um choque. O meu sorriso simplesmente desapareceu. Claro, eu deveria ter imaginado. Era coincidência demais. De repente, já não achava as flores tão bonitas ou radiantes. Foi como se tivessem murchado na minha frente, de um segundo para o outro. Não soube o que sentir, porém não foi nada bom ou agradável. Era similar a um incômodo bem profundo.

– Depois falamos sobre essa parte confusa, pois não tenho autorização de me meter em problemas do RH. – Bartô acrescentou, meio irritado. Meu corpo ainda estava congelado quando ele puxou uma pasta da cor verde e a estendeu em minha direção. – Aí dentro está o original que preciso que você revise com urgência. Aninha já te deu acesso ao seu e-mail da empresa?

– Ainda não.

– Ela vai te dar a senha. A versão digital está lá, mas como é a última revisão, creio que prefira fazer desse jeito e só depois realizar as alterações. Sempre prefiro papel. – Ele se endireitou na cadeira. – Se você parar para pensar, nada que é digital existe de verdade. É tudo ilusão. Por isso sou defensor do livro impresso. Onde já se viu, esses e-books modernos... Tudo porcaria. – Revirou os olhos, e continuou mais um de seus discursos acalorados: – Livro é para a gente sentir o cheiro, virar a página, usar marcadores... – Gesticulou com exagero. – Que graça tem ficar olhando para uma tela? Acho que esse pessoal nem lê direito. Quando terminam o livro, não sabem de nada. Você pergunta o nome de um personagem e não conseguem responder. Para mim, um livro bom é inesquecível. Decoro até os diálogos.

Eu acreditava piamente que o futuro dos livros estava nos e-books, e as editoras deveriam, sim, adaptar-se a essa nova realidade, por toda uma questão logística e democrática. Entretanto, Bartô tinha certa razão, por isso apenas concordei:

– Verdade.

Abri a pasta e descobri uma quantidade imensa de folhas. Pelo título do original, era uma obra repleta daquelas frases já prontas e com uma quantidade absurda de positividade tóxica. Mas fazer o quê? Já esperava por algo assim.

– Qual é o prazo de entrega? – questionei, passando algumas das tantas páginas entre os dedos. Quinhentas e quarenta e seis, para ser mais exata. Nem comecei o serviço e já me sentia cansada.

– Quarta que vem.

Arregalei os olhos.

– Mas esse prazo me dá apenas uma semana.

Bartô deu de ombros.

– Você consegue. Aqui trabalhamos na máxima velocidade.

Fiquei encarando meu chefe e refletindo sobre como seria aquele emprego. Se todos os prazos fossem iguais, eu estava ferrada. Trabalharia muito mais do que como freelancer, teria que manter o ritmo frenético e certamente ganharia menos, se colocasse na ponta da caneta o preço de cada página revisada. Senti como se tivesse entrado numa fria na maior inocência, mas estava disposta a experimentar e ver no que daria.

Não havia outro jeito, afinal.

– Está bem, farei o possível.

Contive o suspiro porque achei que seria indelicado. Ao menos eu teria muito serviço e ficaria concentrada nele nos próximos dias. Dificilmente desviaria o rosto para observar certo alguém que não me interessava.

Ouvi batidas na porta e imaginei que fosse a tal de Aninha do RH, mas, para o meu profundo estarrecimento, Silas entrou logo em seguida, trajando um terno preto todo engomadinho. Tinha os cabelos milhões de vezes mais bem penteados do que no dia anterior e a barba curtinha parecia ter sido refeita milímetro a milímetro. O perfume dele incensou a sala de reuniões e, embora fosse uma fragrância decente, fiz uma careta como se ainda cheirasse o meu próprio vômito.

– Bom dia – ele disse, sério demais, e se sentou na cadeira do outro lado da mesa, bem na minha frente. Encarou os girassóis por alguns instantes, depois desviou o rosto e fez cara de paisagem.

– Bom dia, Silinhas – Bartô o saudou e eu segurei a risada, mas acabei fazendo um barulho esquisito pelo nariz.

Silas contraiu a mandíbula com força, deu para notar. O fato de ter se arrumado inteiro, como eu mesma tinha feito naquela manhã, deixava claro que aquele homem também buscava me atingir. Talvez me fazer compreender o que perdi? Soava como crueldade. Queria se sentir melhor consigo mesmo? Para quê?

Aquela informação chegava atravessada para mim. Não sabia qual era a dele. Se estava querendo me irritar, constranger ou seduzir. Nenhuma das três opções era aceitável. Eu só conseguia sentir agonia e ficava mais angustiada ainda ao perceber que Silas estava realmente bonito. Do tipo lindo para cacete.

Bartô tamborilava os dedos na mesa, enquanto apoiava o queixo com a outra mão. Olhou de mim para o meu ex, depois fez o caminho inverso. O silêncio era tanto que deu para ouvir o ruído dos ponteiros do relógio na parede da sala.

– Ah, que demora da Aninha! – o chefe reclamou, endireitando-se. – Só podemos resolver com o RH presente. Eu odeio essa porcaria de RH. Quem inventou isso deveria ser uma pessoa completamente amarga. Tudo pode ser resolvido numa conversa franca e aberta, não é verdade? – Silas olhou para mim por um segundo, depois voltou a analisar o nada. – Um bom chefe resolve todas as coisas de sua equipe, inclusive um impasse como este. – Balançou a cabeça em negativa.

Conforme Bartô falava, mais vermelha eu ficava ao compreender o que estava se passando, e percebia que Silas também estava completamente desconfortável, mantendo o silêncio talvez por saber que não adiantava dar corda para Bartô. Eu ainda tentava digerir o fato de que toda a empresa já sabia sobre o nosso passado. Fui tola em achar que a informação não se espalharia.

— É uma coisa engraçada esses reencontros. Eu sinceramente acho que vocês deviam tomar um drinque e colocar a conversa em dia. Faria muito mais sentido. Mas a Aninha... — Revirou os olhos. — Aninha é um porre. Uma vez encontrei uma ex-namorada, ela fingiu que não me viu. — Riu sozinho. — Mas ela me viu, sim, até mudou de calçada, não foi à toa. Eu poderia tê-la chamado para um drinque. A vida continua, não é? O tempo passa, e aprendemos a amar outras pessoas.

Percebi que Silas estava quase mandando Bartô calar a boca — se não o fizesse, talvez eu, sim —, porém não foi preciso, porque logo alguém bateu na porta e a abriu. Aninha do RH salvou a nossa vida. Era uma mulher baixinha e magra, com os cabelos escuros num corte chanel e óculos grandes demais para o seu rosto pequeno. Aparentava uns quarenta e poucos anos e possuía um ar de "tia legal".

— Bom dia, gente! — Chegou empolgada, e recebeu de volta saudações forçadas das três pessoas presentes na sala de reuniões. Mas Aninha não ligou, parou na frente do Bartô e esperou um tempinho.

O chefe soltou um resmungo e se levantou.

— Mas não é melhor eu estar presente? — reclamou, usando um timbre acalorado que o deixou parecido com uma criança que perdia o doce. — Sou o chefe, tenho que saber o que acontece debaixo desse teto.

— Pode sair, Bartô. Deixe comigo.

Ele soltou um ruído esquisito e engraçado, depois saiu da sala praticamente batendo o pé e fechou a porta com certa força. Ninguém se importou com sua birra. Aninha se sentou na cadeira outrora ocupada por Bartô e abriu um sorriso largo para nós.

— Não vamos nos demorar, esse procedimento é padrão. — Continuou com o sorriso aberto. Considerei-a uma pessoa agradável logo de cara, diferentemente da opinião do Bartô, e olha que eu estava me sentindo uma merda por ter que passar por aquilo. – Só preciso saber se há algum problema com o fato de trabalharem juntos dentro da mesma sala.

Silas ficou em silêncio. Eu não soube o que dizer, por isso apenas dei de ombros.

– Ok, apenas tenho que saber se a empresa pode fazer alguma coisa a respeito e se essa relação poderá afetar a equipe ou o desempenho de vocês.

– Por mim, tudo bem. – Resolvi me adiantar. – Não quero que modifiquem a organização da empresa por minha causa. Somos adultos, nós nos relacionamos há muitos anos e temos que lidar com isso.

Senti que o homem me encarava, mas mantive o rosto direcionado para a Aninha.

– Você concorda, Silas? – A profissional olhou para ele. Foi inevitável guiar meus olhos naquela direção.

– Concordo. – A voz saiu estranhamente grave. Visualizei as mãos grandes que se esfregavam uma na outra sobre o tampo da mesa, como se estivesse tão nervoso quanto eu. Tive raiva de mim por conferir se existia alguma aliança em seus dedos longos. E tive ainda mais raiva ao perceber certo contentamento por não encontrar nada. – De minha parte, não haverá problemas.

– Muito bem, então. Por favor, gostaria que avisassem se… – Aninha fez uma pausa curta, limpando a garganta. – São normas da empresa. Preciso que avisem no caso de decidirem reavivar um relacionamento amoroso.

Sem querer, nós nos encaramos ao mesmo tempo, com os olhos arregalados.

– Isso não vai acontecer! – Minha voz saiu alta e desesperada demais. Amansei o timbre, percebendo a cena constrangedora que estava fazendo a troco de nada. – Quer dizer, o que tivemos está no passado e assim permanecerá. Não se preocupe.

Aninha me deu uma bela analisada, depois encarou o Silas.

– Não são proibidos os relacionamentos amorosos dentro da Vibe-Print, mas é recomendado que sejam evitados. Mas nem sempre essas coisas podem ser evitadas, não é? Sejamos realistas. – Ela sorriu para nós dois. Vi o instante exato em que o rosto de Silas ficou completamente vermelho. Já eu mal conseguia respirar. – Se precisarem de alguma coisa, falem comigo.

– Obrigado, Ana – Silas murmurou. Parecia tão incrédulo quanto eu.

– Ah, Brenda, a senha do seu novo e-mail está num papel embaixo do notebook que está na sua mesa.

– O-Obrigada.

– Tenham um bom dia.

A funcionária se levantou e, educadamente, deixou a sala. Fiz o mesmo, pois não queria ser deixada para trás na companhia de Silas. Mas a voz dele declarou, quando eu já estava quase saindo, logo atrás de Ana:

– Não está se esquecendo de nada?

Virei-me para olhá-lo. O homem apontava para o buquê de girassóis e para a pasta verde que simplesmente larguei sobre a mesa, na pressa de sair dali. Precisei fazer o caminho de volta, sem encará-lo, com o rosto afogueado pela vergonha e pelo misto de sentimentos que eu não conseguia compreender separadamente.

Apoiei a pasta em um braço e segurei o vaso com as duas mãos, constrangida demais sob o seu olhar fixo em mim.

– Você ainda gosta de girassóis? – Silas perguntou baixinho.

Fechei os olhos e, por uns instantes, fui levada para algum momento do passado em que ele me levava para o interior do estado, numa fazenda que cultivava girassóis. Um dos cenários mais lindos que já vi. Abri os olhos e contive a vontade de mandá-lo à merda. Não respondi, apenas virei as costas.

– Não tem nenhuma curiosidade? – Silas continuou. – Se responder à minha pergunta, posso te responder a qualquer outra que quiser fazer.

Novamente, precisei olhar para ele. Pensei em dizer que nada me interessava, que não estava curiosa, que não queria saber de sua vida de jeito nenhum, mas, além de ser uma mentira medonha, sentia-me fraca para um novo embate.

– Ainda gosto de girassóis. Você não foi à Espanha? – emendei.

Ele abaixou o olhar no mesmo instante.

– Não.

O meu coração ficou menor ainda do que um amendoim. Talvez do tamanho de um carrapato.

– Por quê?

– Não faria sentido ir sem você.

Passei um segundo completo olhando para a cara de Silas, tentando achar algum indício de inverdade, porém só encontrei uma convicção comovente. Não era possível. As informações não se encontravam na minha cabeça, nem ao recapitular o que passei por causa dele, toda a humilhação e o sentimento de fracasso.

– Então onde raios você esteve?

– Era apenas uma pergunta. – Deu de ombros. – Você já fez três. É uma pena que só tenha me perguntado agora.

Balancei a cabeça em negativa, com todo o meu corpo tremendo diante daquelas respostas. Precisava elaborá-las, porém não seria naquele lugar, nem tão depressa.

– Eu teria perguntado, se você não tivesse desaparecido. Se tivesse ligado ou me procurado, se tivesse entendido o quanto me magoou e não fosse um egocêntrico de merda. – Silas assentiu com suavidade, e eu marejei tanto que me vi incapaz de continuar naquele espaço, tendo uma conversa que já não cabia mais naquela fase da minha vida.

– Não acha que é melhor a gente tomar um drinque? – Silas fez a pergunta de repente, e me vi assustada diante de qualquer possibilidade de um encontro com o passado. Ele deu de ombros. – No meio de tanta baboseira, às vezes Bartô fala verdades que ninguém diz ou quer escutar.

Balancei a cabeça, negando sua proposta nada a ver, e de súbito ficando mais magoada do que antes. Se aquele homem permaneceu no país o tempo inteiro, significava que teve milhões de oportunidades para se explicar e conversar, afinal, eu estive no mesmo lugar de sempre. Mesmo assim, Silas escolheu não me procurar.

– Não serei sua amiga. Não consigo. Não sei nem se quero ser sua colega.

– Muda alguma coisa? Saber que não fui? – Ele fez uma careta e parecia que vomitaria a qualquer momento. O carpete deve ter se encolhido de medo, por puro trauma. – Você já tinha partido. Já havia nos desacreditado, desconfiado de mim e decidido que não me queria mais. Fez as malas e disse adeus.

– Você não vai fazer com que eu me sinta culpada. Tive motivos de sobra para desacreditar e desconfiar. – Ri de nervosismo, completa-mente trêmula. Não queria me desestabilizar de novo por causa dele. Silas se manteve em silêncio, sério demais. – É por isso que esse drin-que aí não vai acontecer. Não permitirei que se vitimize para o meu lado. E tem razão, não muda nada. Continuo sendo uma Brenda que você não conhece nem vai conhecer. Não pense que sabe quem eu sou só porque ainda gosto de girassóis.

Saí da sala de reuniões com a cabeça erguida, mas por dentro não sentia firmeza alguma. Entrei na sala dos revisores e me deparei com Edgar e Zoe, que discutiam calorosamente sobre alguma coisa. Eles pararam assim que me viram.

Eu os saudei com uma animação forçada, agradeci pelo buquê e logo percebi que a garota tinha trocado de lugar comigo. Não comentei nada, por puro constrangimento, apenas ocupei o espaço vazio na frente de Edgar e tentei me dar por satisfeita. Percebi que havia continuado com a cadeira capenga, pois Zoe levara tudo o que era seu. Uma música instrumental ressoava num volume ameno, o que me ajudaria no quesito foco, e agradeci internamente por isso.

Minutos depois, Silas adentrou a sala e se sentou em silêncio. Foi então que percebi que a troca de lugares, em vez de melhorar, havia piorado a situação drasticamente. Eu via não apenas o rosto do homem, mas também boa parte dele; o que vestia, como se sentava, o que fazia com as mãos e a forma como mexia nos objetos distribuídos em sua mesa. Era só olhar um pouquinho para o lado e pronto. Visão total.

Coloquei o vaso estrategicamente posicionado, resolvendo o problema, ao menos por enquanto.

– Nossa, Silas, como você está cheiroso hoje! – Zoe comentou, gargalhando.

– Ele está elegante, não está? – Edgar deu corda. – Desde quando você usa terno em serviço, cara? Cadê aquelas camisas sociais sem graça, todas da mesma cor?

– Parece que alguém está querendo impressionar. – Zoe virou o rosto para mim, porém continuei fingindo que estava mexendo no original recebido.

– Se eu fosse ele, também me esforçaria para alcançar o nível de elegância e charme da Brenda. – Abri um pequeno sorriso para o colega à minha frente, que soltou o elogio de forma espontânea e realmente curti. Senti-me bem por terem achado que eu era daquele jeito normalmente. Sorte a minha ter vindo bem-vestida no primeiro dia.

– É mesmo! Nunca vi alguém tão refinada até para vomitar. Eu teria saído daqui toda descabelada, mas a mulher continuou maravilhosa. – Dessa vez, também ri, oferecendo um olhar de agradecimento para Zoe, por ser tão legal comigo.

Silas soltou um resmungo, somente. Os dois colegas gargalharam da cara dele.

— Mas você não é charmoso, Edgar — Zoe, de repente, alfinetou. — Teria que nascer de novo.

Eu discordava dela, o rapaz tinha seus encantos bem evidentes, o que me fez desconfiar um pouco da natureza do relacionamento daqueles dois. Olhei para Edgar, que pareceu realmente ofendido e logo contra-atacou:

— Nem você! Que porcaria de blusa é essa que está vestindo?

Desviei o rosto para o lado e concluí que a roupa toda moderna da Zoe era linda e cheia de personalidade. A pessoa precisava ter muito estilo para usar aquelas cores.

— Silêncio — Silas soltou novo resmungo, e então todos se calaram.

Eu tinha certeza de que os meus dias se tornariam mais longos, porém, também poderiam ser bem interessantes.

A CULPA É

CAPÍTULO 4

O que mais me ofende é entender que
a sua melhor versão será da próxima.
Eu te consertei para os outros
e fiquei com sua pior parte.

A CULPA É DA MÁQUINA DE CAFÉ

Por algumas horas, pareceu que eu estava sozinha na sala, e isso foi um ótimo sinal de que as coisas encontrariam certa normalidade. Na hora do almoço, no entanto, percebi que a maioria dos funcionários levava suas marmitas e me senti uma imbecil por não ter pensado nisso. Demorei tempo demais procurando um restaurante por perto e me atrasei alguns minutos para retornar ao serviço na parte da tarde.

Para mim, foi o pior horário. Fiquei morrendo de sono, porque era acostumada a tirar um cochilo depois do almoço e só então voltar a trabalhar. O meu corpo não estava habituado com aquela rotina, o que me fez manter um ritmo lento e me distrair com facilidade. Qualquer ruído chamava a minha atenção, por isso percebi a quantidade de vezes que Edgar olhava para a Zoe, que por sua vez se remexia mais do que o aceitável. Ela era do tipo que precisava estar mexendo em alguma coisa o tempo todo.

Fechei os olhos por alguns instantes, totalmente sonolenta e arrependida por ter comido sobremesa, até dar uma cochilada e acordar em sobressalto. Meu espanto chamou a atenção daqueles que eu conseguia visualizar sem ter um vaso bem no meio.

– Oh, não, você precisa do cantinho do cochilo. – Zoe balançou a cabeça.

– Cantinho do cochilo?

– Vem comigo discretamente.

A garota se levantou e eu fiz o mesmo. Foi inevitável trocar um olhar rápido com Silas, que me encarava com curiosidade. Desviamos nosso rosto bem depressa. Edgar apenas aquiescia e demonstrava compaixão.

Segui Zoe pelo salão principal e atravessamos a copa até uma portinha que indicava o almoxarifado. O espaço era claustrofóbico e ocupado por várias estantes metálicas cheias de papel, livros e demais itens de escritório. Andamos um pouquinho, viramos à esquerda e, no fim, havia uma poltrona grande e velha, com um pufe para colocar os pés.

– Fica aqui meia horinha, eu te dou cobertura se o Bartô aparecer. – Zoe apontou para o pequeno e abafado espaço que deveria ser o tal do cantinho do cochilo. – Depois pega um café e segue o baile. Lembre-se de que nunca falamos sobre este lugar.

Concordei com a cabeça. Pelo visto a VibePrint guardava algumas surpresas, e algo me dizia que só estavam começando. Não fiquei tão animada para me sentar ali, mas, assim que a poltrona abraçou o meu corpo, percebi que seria fácil cair no sono.

Zoe me deixou com apenas um sorriso cúmplice e eu coloquei o despertador no celular para dali a meia hora, como o combinado, pois tive medo real de dormir durante toda a tarde no meu segundo dia. Com certeza seria demitida. Já bastava o vômito.

Foi revigorante fazer aquela pausa, ainda que curta, por isso saí do almoxarifado me sentindo melhor. Olhei de um lado a outro para conferir se não havia alguém por perto, ou se haviam notado o meu rápido sumiço. A copa estava vazia e aproveitei para pegar o café recomendado por Zoe. Certamente me daria energia para finalizar o expediente.

Notei que os funcionários tinham uma caneca com o próprio nome e uma foto do rosto, o que me fez segurar a risada assim que as vi enfileiradas numa prateleira. Que coisa mais brega. O ambiente empresarial ali era engraçado, de certo modo.

Guiei os olhos por cada uma delas até me deparar com a de Silas, que exibia um sorriso imenso e que, intimamente, pude reconhecer. Eu ainda não tinha revisitado aquele sorriso aberto, espontâneo, por isso paralisei por muitos instantes.

Balancei a cabeça para não recordar das tantas vezes em que ele gargalhava por qualquer besteira. Era uma pessoa fácil para rir. Tinha um humor nem um pouco refinado. Será que ainda era assim? Tanta seriedade não combinava com o Silas do passado, mas com o do presente parecia vir a calhar. E no fim das contas me senti triste por isso. Porque a vida, em vários momentos, tenta nos arrancar a graça.

Encontrei um pacote com alguns copos descartáveis no armário flutuante, compreendendo que teria que trazer uma garrafa para a água e uma caneca no dia seguinte, além de, claro, o almoço. Não dava para gastar todos os dias com restaurantes. Parei na frente da enorme máquina de café, que continha vários botões, mas nenhum deles indicava para o que servia. Tentei encontrar alguma lógica.

Estava quase desistindo e apertando qualquer botão quando Silas adentrou a copa. Trocamos outro olhar curto, rápido como um flash. Congelei da cabeça aos pés e me mantive na mesma posição, sem saber o que fazer. O homem andou até o bebedouro ao lado da máquina e começou a encher uma garrafa térmica. Estávamos a menos de um metro de distância e continuei imóvel.

– Então… – Limpei a garganta. O constrangimento era tanto que não suportei o silêncio. De repente, falar com ele me pareceu menos ruim do que não dizermos nada. Eu poderia ir embora e esquecer o café, porém não consegui pensar em muita coisa ao mesmo tempo. – Edgar e Zoe. O que está rolando?

Silas me encarou com espanto e soltou um risinho.

– Eu sabia que não estava ficando maluco. Está na cara, não é? – Assenti com a cabeça, e ele riu novamente. Talvez Silas ainda tivesse o mesmo senso de humor, apesar de os olhos estarem visivelmente mais cansados. – Os dois negam tudo. Não sei até quando vão fingir que se detestam.

Dei de ombros.

– Bom, não temos nada a ver com isso. – Virei-me novamente para a máquina de café. Aquela conversa, ainda que iniciada por mim, estava me fazendo mal pelo único motivo de vê-lo respirando. Era impensável que eu estivesse iniciando uma fofoca no ambiente de trabalho, e logo com o meu ex. – Que se resolvam.

– Nunca me meti nessa história – Silas completou. – É uma pena porque são jovens e só estão perdendo tempo. Talvez seja tarde quando compreenderem que tudo poderia ser resolvido se fossem sinceros um com o outro.

Senti a cutucada profundamente e contraí a mandíbula numa expressão asseverada.

– Ou talvez não – comentei, amarga, encarando aquelas porcarias de botões. Eu odiava café expresso. Tinha a sensação de que qualquer um deles me levaria a uma péssima escolha. – Nem a paixão, nem o amor vencem tudo. São pessoas muito diferentes, isso acaba pesando. Talvez só estejam evitando decepções futuras. Nesse caso, fazem bem. São inteligentes demais para se iludirem.

– Ninguém precisa ser igual para ficar junto. – A voz de Silas se tornou mais grave, o que me causou certo arrepio no lado esquerdo do pescoço. Eu me esquivei um passo para o lado, incomodada. – Não é ilusão, quando o que se sente é de verdade.

De súbito, a garrafa dele encheu demais e transbordou. Silas fez a maior bagunça enquanto tentava controlar a água, que caiu e molhou o chão em toda parte. Olhei para aquela cena com ar de divertimento ao perceber o quanto ele tinha se distraído com a conversa. Fiquei contente por não ser a única espalhafatosa.

– Merda. – Bufou, depositando a garrafa cheia sobre a pequena pia.

– Não me diga que você ainda é um otimista. – Cruzei os braços e me apoiei na geladeira. – Não aprendeu nada com os baques?

– Claro que aprendi. Mas o que nos resta sem um pingo de otimismo? – Silas apontou para determinado botão da máquina de café, enquanto eu ainda estava pensando sobre o seu questionamento. – Este é o único que presta. O restante tem gosto esquisito. Por isso que ele está um pouco marcado, veja.

Analisei o botão preto de perto, semicerrando os olhos e, de fato, estava com um pequeno risco, que poderia passar despercebido para uma novata feito eu. O homem pegou a sua garrafa e saiu da copa sem dizer mais nada.

Enchi o copo descartável com o café que ele recomendou. Segundos depois, o moço da limpeza, o tal de Clodô, apareceu com um sorriso no rosto, a fim de enxugar a água que tinha molhado o piso. Ao menos não havia carpete na copa, que era toda coberta por uma cerâmica marrom bem feia, mas de fácil limpeza.

Acenei para ele e beberiquei um gole do café. Logo senti um gosto muito forte de azedo, uma coisa tão horrível que simplesmente precisei cuspir. Só que Clodô estava entre mim e a pia, e me vi desesperada por eternos instantes. O cuspe foi parar no chão pela urgência, juntamente com a poça de água que Silas deixou.

– Oh, meu Deus – murmurei, arregalando os olhos com pavor. Clodô ficou estarrecido, petrificado, provavelmente achando que eu estava passando mal de novo. Ele deveria estar tão traumatizado quanto o carpete. – Minha nossa, desculpe. Eu limpo isso.

Mas ele não me deixou pegar o esfregão.

– Você está grávida, querida?

Meus olhos se abriram ainda mais.

– Não… Não! É que esse café está com um gosto horrível. – Ergui o copo de plástico. – Acho que tem algo estragado dentro dessa máquina.

O funcionário abriu um sorriso sem graça. A sua tentativa de continuar sendo gentil comigo era visível. Coitado. Por dentro, creio que estava querendo me bater com aquele esfregão.

– Qual botão você apertou? – questionou pacientemente.

– Este. – Apontei.

Ele riu.

– Ah, moça, esse botão é o único que não deve ser apertado, não sabemos o que aconteceu com ele. – Clodô passou o dedo por cima do risco. – Toda vez mistura tudo sem critério. Por isso que fizemos essa marca.

Contive um resmungo frustrado. Silas me pagaria pela sacanagem, havia feito de propósito para me atiçar. Por alguns segundos, lembrei-me de que ele fazia brincadeiras assim o tempo inteiro. Deixava armadilhas em que eu caía toda vez, só para rir da minha cara depois. Eu, boba, sempre acreditava nele e nas suas piadas.

O meu paladar sentiu um gosto milhões de vezes mais azedo do que aquela porcaria de café, por causa das lembranças que me acometeram.

Enquanto Clodô limpava o piso, joguei o líquido ruim na pia e apertei outro botão aleatoriamente. Fui agraciada por um belo *capuccino*. Maravilha. Caminhei de volta para o serviço e vi Bartô ao longe, conversando com o editor-chefe. Diminui a velocidade dos passos para não chamar a sua atenção, mas não teve jeito; ele me viu e soltou um berro:

– Bren-Bren! Como está seu "segundo" primeiro dia? – Aproximou-se rapidamente, deixando o pobre do editor falando sozinho. – Ah, encontrou os prazeres da máquina de café? Só não aperte o botão marcado. – Negou com a cabeça. – Nunca ingeri nada tão ruim quanto o café que sai daquele maldito botão.

– Estou sabendo. – Abri um sorriso forçado e carregado de vergonha.

– E como está com... – Inclinou-se para me olhar de perto, sorrindo com certa malícia. – Você sabe, o Silas. Estão se aturando? – Apenas dei de ombros, sem nada responder. Bartô tinha a capacidade de me deixar sem palavras. – Acho que precisamos fazer uma reunião sobre relacionamentos no trabalho. É isso. Vou preparar um material completo. Talvez alguma coisa sobre assédio sexual. Bren-Bren, você precisa me dizer se o Silinhas... Hum... Passar dos limites. Aninha não vai entender isso. Ela é uma frígida, aposto. Ninguém do RH tem cara de que entende os desejos da carne.

– Está tudo bem, Bartô. – Praticamente corri na direção da entrada da sala de revisores, mas o chefe veio junto, sem se importar com minha visível fuga.

– Afinal, Silinhas te olha como se fosse te devorar a qualquer instante. – O homem piscou os olhos, e eu paralisei com a mão na maçaneta. Simplesmente congelei. Já começava a me cansar de me sentir sem chão. – Bom, eu sou homem, posso entender. Você é muito bonita, uma formosura, e acho que ele está solteiro. Não sei. Bom, mas posso entender que o Silinhas queira repetir a dose. Um amigo uma vez me disse que voltar com ex era como comprar de novo o mesmo carro que você usou no passado; a diferença é que estará com vários quilômetros rodados e sem o mesmo desempenho. – Soltou uma risada enquanto eu não sabia como reagir. O meu cérebro sempre travava na frente daquele sujeito. – Mas, claro, isso é um comentário meio ridículo. Bastante ridículo o meu amigo. Você não me parece nenhum carro velho, Bren-Bren. Eu acredito em segundas chances. Sou um grande defensor do...

– Com licença, Bartô, preciso trabalhar. – Abri a porta e me enfiei tão rápido na sala dos revisores que não medi a força para fechá-la atrás de mim. Soltei um suspiro carregado e encarei os três pares de olhos que focavam o meu rosto.

– O que foi? – Edgar questionou, com uma sobrancelha levantada.

– Bartô.

Zoe bufou, e o rapaz apenas balançou a cabeça em negativa.

– Gostou do café? – Silas perguntou, sorrindo com deboche.

Ergui o copo de plástico com o meu *capuccino*.

– Adorei. Muito obrigada pela importantíssima dica – ironizei. Andei de volta para a minha mesa, e só então percebi que os girassóis não estavam por perto. E Silas ainda me olhava com um sorriso cretino. – Cadê o meu vaso?

– A gente achou melhor tirar – Edgar respondeu.

– Estava nos distraindo. Girassóis são meio psicodélicos – Zoe resmungou, apontando para o móvel onde o vaso fora parar.

– O nosso cérebro sempre nos atrai para as cores solares. É científico – Edgar completou com seu jeito inteligente de se expressar, porém visivelmente constrangido. – A cor amarela nos faz produzir serotonina, e o nosso corpo a procura como uma forma de sentir bem-estar imediato. Sem dúvida, um mecanismo fascinante.

Olhei bem para o sujeito que se justificava e, raciocinando com um pouco mais de malícia, entendi que o vaso, na verdade, estava posicionado no meio das quatro mesas o tempo todo, ou seja, também os impedia de se encararem direito ao longo do dia.

Meu olhar fixou no Silas, que continha a gargalhada provavelmente por ter notado a mesma coisa que eu. Ele chacoalhou os ombros para mim.

– Sei – murmurei. – Serotonina.

– Mas é verdade – Zoe resmungou. – Se fosse um vaso com rosas vermelhas, por exemplo, não chamaria tanto a nossa atenção.

Encarei-a por alguns instantes, percebendo que seu rosto estava meio corado.

– Quem teve a genial ideia de colocar quatro pessoas se encarando o dia inteiro? – perguntei, porque o posicionamento daquelas mesas era, no mínimo, absurdo.

– Preferia olhar para a parede? – Zoe perguntou, sem desviar de seu notebook. Ela sempre parecia fazer muitas coisas ao mesmo tempo, de forma acelerada. – Porque era isso ou a parede. Não temos opções aqui.

– Acho que Brenda preferiria olhar para um espelho – Silas se adiantou.

– O que quer dizer com isso? – Fiz uma careta para ele.

– É o que se espera de quem tem dificuldade de se colocar no lugar do outro.

– Eita! – Edgar soltou, batendo uma palma e assoprando.

Imediatamente, senti que a largada havia acabado de ser dada. Na verdade, começou com o mísero café e Silas estava na frente, talvez por ter entendido primeiro que não ficaríamos no mesmo lugar seguindo a ordem natural das coisas. Jamais seríamos comuns um para o outro. Era bobagem acreditar nisso.

Alguém atirou para cima, anunciando o princípio, e fiquei para trás. Eu deveria correr com tudo o que tinha para vencer um embate que nem fazia sentido, mas sempre achei toda competição desconexa, mesmo. Nunca fui das que gostam de perder. Talvez essa minha dificuldade tivesse me custado mais coisas do que imaginava, e ainda assim estava ali: com vontade de vencer sempre, a qualquer custo.

– Vai mesmo entrar nessa, Silinhas? – perguntei, carregada com o mesmo tom de deboche. – Você deve saber que tenho algumas armas. Como está o seu braço? – Apontei com o rosto, e ele logo arregalou os olhos para mim. Piscou uma vez, rápido, endireitando-se na cadeira. Não conseguiu esconder o pavor, o que me fez rir.

– Que braço? – Edgar quis saber.

Zoe olhava para mim, parecendo confusa.

– Conta para eles, Silinhas.

– Pare com isso, Brenda – meu ex reclamou.

– Não, não, agora não vou parar. Vamos lá. – Continuei encarando-o, percebendo o rosto dele inteiro entrar em combustão. – Não se acha o suprassumo da maturidade? O senhor de todas as razões? Vai lá, bonzão. Vamos ver quem constrange mais o outro na frente dos colegas de trabalho.

– Que merda é essa, gente? – Zoe perguntou, deixando seu notebook de lado. Edgar nem piscava e até sorria, envolvido pelo combate. – O que tem o seu braço, Silas?

– Nada. Vamos voltar ao serviço.

Bufei, rindo.

– É… Melhor a gente trabalhar. – Puxei o original imenso, com algumas páginas já revisadas separadas por um prendedor de papel. – Porque, a partir de agora, toda piadinha vai ter volta, e só brinca quem aguenta troco.

– Rapaz… – Edgar soltou uma risada e balançou a cabeça, em seguida voltou a se concentrar nos seus papéis.

Zoe ainda me encarou por um tempo, depois desistiu de fazer perguntas. Sem querer, olhei para Silas e ele estava me observando. Em vez de desviar o rosto, como fiz desde que pisei naquele lugar, continuei mantendo a firmeza. Estava disposta a mudar de postura com relação àquele homem. Hora de girar a chave.

– Desculpe pelo que falei, Brenda – ele disse, por fim, o que me surpreendeu muito. Eu não esperava por isso. Pisquei os olhos. – Fui indelicado. Também não me coloquei no seu lugar, só pensei na minha própria raiva. – Em seguida, referiu-se aos colegas: – Desculpe, pessoal. Não tenho colaborado para melhorar o clima nesta sala.

– Imagina, cara – Edgar murmurou.

– De boa, mano. – Zoe gesticulou um "v" com os dedos. – Mas o que tem no seu braço, afinal? Agora você vai ter que dizer, eu não estou me aguentando! Não podem fazer isso comigo, sofro de ansiedade. – Silas apenas deu de ombros. – O que ele tem no braço? – A garota olhou para mim.

– Uma tatuagem com o meu nome – soltei rápido, enquanto olhava para Silas e avaliava sua reação. Pela segunda vez naquele dia, parecia que ele ia vomitar. Eu apenas estava me vingando pelo que me fez passar desde que cheguei à VibePrint. Não queria suas desculpas. Percebi que sequer precisava delas. – Sem perdão, Silinhas.

Ele não havia mencionado o inferno? Pois bem. Que tudo ardesse.

– Meu Deus, você tem que nos mostrar! – Zoe gritou.

– Cara... – Edgar passava as mãos pelos cabelos. – É sério isso?

– Ele já deve ter removido – comentei com desdém, enquanto Silas parecia não ter a capacidade nem de engolir a própria saliva.

– Será? – Zoe estava quicando na cadeira, de tão empolgada. – Ou feito uma maior por cima. O que você fez, Silas? Ainda tem a tatuagem? Não, né? Eu não fazia ideia de que você era do tipo tatuado!

Silas soltou um enorme suspiro e decidiu que ignoraria todo mundo. Voltou a trabalhar como se nada tivesse acontecido, enquanto eu me sentia ótima. O meu sangue circulava pelas veias. Fazia muito tempo que não me sentia assim, viva de verdade.

Sinceramente, não queria ser boazinha nunca mais ou fingir uma maturidade que ninguém tem. Não precisar perdoar ou ser perdoada era libertador. Para Silas, eu já era a vilã da história, o que explicava a raiva mencionada. Eu também a sentia. Muita, muita raiva. Nada mais justo do que a trocar.

A CULPA É

CAPÍTULO 5

Caí na obviedade. Quis para mim o que para o mundo seria aceitável; construir uma família. Desejei vestido branco, véu e grinalda para começar. Escolhi a música certa, que anunciava o "felizes para sempre". Tudo como manda o figurino. Envolvi-me na empolgação de um novo lar que nascia com amor. Fiz mudanças para me adaptar à nova fase. Senti-me bem por me considerar normal, uma mulher de verdade seguindo os caminhos já traçados para todas nós desde o nascimento. Sair da linha não estava nos planos. Talvez por covardia, ou pela poderosa força do comodismo. Em algum momento acreditei piamente em príncipe encantado. Sabia que não seria fácil, havia me ferido o bastante para compreender que um relacionamento exigia certos cuidados. Compartilhei planos e sonhos, decidi pelo diálogo aberto, achando que receberia de volta o mesmo senso de responsabilidade. Ser feliz exige muito, todo dia, e quase nunca é algo que se faça sozinha. Falhei em tantos pontos quanto consigo lembrar, mas a primeira e miserável falha foi na principal escolha: a pessoa com quem passar o restante da vida. Não podia ser qualquer um e, enfim, tarde demais, percebi que não podia ser você. Eu precisava de um parceiro com toda a potência que exige o significado dessa palavra. Você não foi nem o mínimo. Não deu para conviver com quem era muito abaixo do esperado. O pior de tudo é ainda não saber se posso te culpar por não ter suprido sequer um punhado das minhas expectativas.

A CULPA É DO PORTA-RETRATOS

Depois que mencionei a tatuagem, Silas nem olhou mais para a minha cara e achei isso ótimo, porque consegui adiantar várias páginas daquela revisão chata antes do fim do expediente. Voltei para casa me sentindo bem, no entanto, depois que tomei um banho e deitei a cabeça no travesseiro, milhões de pensamentos surgiram, recapitulando o que fora dito ao longo do dia, além de memórias indesejáveis sobre o passado com aquele homem. Sentir um profundo incômodo foi inevitável.

Dormi muito mal e acordei cedo demais, tomada pela ansiedade. Aproveitei para organizar melhor as coisas que levaria para o serviço e continuar mantendo a pose de elegante. Cheguei tão cedo à VibePrint que nem a Betinha havia chegado ainda. Sentindo certa vergonha pela golfada no chão, saudei o Clodô, que regava algumas plantas de maneira distraída, a caminho da copa.

Coloquei minha caneca lilás enfileirada com as outras e abri a geladeira para guardar o pote com o meu almoço. Ela estava vazia, exceto pela presença de uma única marmita, com o adesivo em cima indicando o nome do Silas. Perguntei-me se ele também havia chegado cedo. E se de fato era melhor colocar uma etiqueta para que ninguém pegasse meu almoço. Apesar da dúvida, acabei deixando-o ali.

Fiquei olhando para o interior do eletrodoméstico, de repente curiosa com o que o meu ex comia. Será que ainda era macarrão com salsicha, como nos tempos da faculdade? Aposto que não. Na época, nós não tínhamos tempo nem dinheiro para nada mais elaborado. Fiz menção de fechar a geladeira, porém a abri de novo. Hesitei, sem saber o que fazer e tentando controlar o impulso. Olhei para um lado e para o outro. Prestei atenção em qualquer ruído, para ter certeza de que não havia ninguém por perto.

Olhei novamente para o maldito pote com o nome dele. Suspirei e, tomada por aquela energia maluca que me carregava de curiosidade a seu respeito, finalmente o abri e me deparei com uma porção considerável de batata-doce, dois ovos inteiros cozidos e um pedaço de frango aparentemente grelhado. Contive a gargalhada. Fechei-o depressa, contorcendo-me de vontade de rir bem alto, em seguida me afastei e coloquei a mão nos lábios para me manter silenciosa.

Dentre tantas opções, não esperava por aquilo, embora fizesse sentido. Silas não havia encorpado à toa, claro que mantinha uma dieta *fitness*, que, anos atrás, tanto repugnava. Era bem magrinho, porém costumava comer bem e se entupia de besteiras mais do que o aceitável. Eu dizia que ele tinha um buraco negro dentro do estômago, pois não fazia ideia de onde tanta comida ia parar. O antigo Silas gastava horas dentro de uma biblioteca, mas não conseguia passar nem dois minutos numa academia.

Fiz tanta força para conter a crise de riso que derramei algumas lágrimas. Clodô apareceu na copa de repente, dando-me um susto. Olhou para mim com uma expressão assustada, já empunhando o esfregão em posição de ataque.

— Você está passando mal?

Fiz um barulho que saiu pelo nariz antes de, enfim, soltar a risada toda de uma vez. Segurei a barriga num tranco e gargalhei escandalosamente, enquanto o coitado do zelador me observava como se eu fosse doida. Mas o seu medo de ter que limpar vômito de novo foi tão visível que, somada a toda a situação, fez com que eu explodisse.

— Está tudo bem… — tentei dizer depois que me acalmei um pouco, mas a voz saiu meio esquisita e as palavras, cortadas. — Tudo certo, juro que não vou te dar mais trabalho. Estava rindo de uma piada que me lembrei.

— Ah… — Ele soltou uma risadinha sem graça.

Enxuguei o rosto e me recompus para só então deixar a copa. Antes de sair de casa, decidi que não perderia o meu tempo sentindo vergonha, mas a ideia foi por água abaixo. Meu rosto estava afogueado enquanto caminhava na direção da sala dos revisores. Parei ao encontrar o próprio Silas do lado de fora, tão arrumado quanto no dia anterior, fazendo uma careta desconcertada.

Abri um sorriso forçado.

— Bom dia, Silinhas — cutuquei, passando por ele. — Caiu da cama, foi?

– Bom dia, docinho – respondeu à altura, de imediato, e continuei com a expressão indiferente, embora tivesse sentido vontade de esganá-lo. – Do que estava rindo? – Ele fechou a porta atrás de si e andou até a sua mesa. Percebi que Edgar e Zoe ainda não tinham chegado. Era cedo, afinal.

Relaxei os ombros.

– Nada de mais. Um meme na internet.

– Ah.

Abri a bolsa e retirei a caixa na qual havia colocado alguns objetos a fim de trazer mais personalidade à minha mesa de trabalho. Não olhei para o Silas enquanto depositava meu porta-lápis ao lado do notebook, em seguida o preenchendo com uma quantidade excessiva de marca-textos coloridos e canetinhas variadas. Puxei o porta-retratos que exibia uma fotografia minha com meus pais e irmãos, todos juntos no Natal passado. Eu gostava de olhar para ela quando as coisas ficavam difíceis.

Retirei duas agendas novas com desenhos de bichinhos e um pequeno vaso com uma suculenta. Seria mais fácil mantê-la ali do que os girassóis, que acabei levando para casa. Percebia o olhar de Silas fixo em mim, o que me trazia certo constrangimento, porém continuei fingindo normalidade.

– Como eles estão? – perguntou, por fim, com a voz murmurada.

Olhei para ele, sem entender a pergunta. Silas apontou para o porta-retratos e precisei controlar as batidas aceleradas do meu coração.

– Bem.

Ele assentiu. Tentei ficar calada, mas de novo me vi envolta por aquela energia que se alimentava da mais pura curiosidade.

– E os seus pais? Seu irmão?

– A minha mãe está bem – sussurrou. – Saulo casou ano passado. Parece feliz, vou ser tio em breve. – Eu não soube como me sentir. Ao mesmo tempo que era tomada por uma espécie esquisita de alegria, também existia a melancolia. – O meu pai faleceu faz quatro anos. Teve um infarto.

O meu coração errou a batida. Sabia o quanto Silas era ligado ao senhor que eu costumava chamar de tio Joaquim. A sensação súbita de perda me desestabilizou.

– Eu sinto muito.

– Obrigado.

Ficamos em silêncio por alguns segundos. Disfarcei o acanhamento remexendo nas minhas coisas, posicionando-as melhor sobre a mesa. Não queria iniciar o dia com aquele bolo entalado na garganta, mas precisava me acostumar. Em algum momento, tê-lo por perto deixaria de me afetar tanto.

– Posso vê-los? – Silas esticou o braço e abriu a mão.

Olhei para o porta-retratos diante de mim. Pareceu-me muita maldade negar aquele pedido. Por outro lado, também me senti um pouco invadida. Mas se havia trazido um porta-retratos, não podia esperar que ninguém prestasse atenção nele. Era uma parte de mim exposta com meu consentimento.

Foi por isso que o coloquei na mão de Silas, que o puxou e abriu um sorriso genuíno assim que o observou de perto. Uma quentura sem precedente arrancou o meu fôlego naquele instante.

Era difícil demais definir meus próprios sentimentos. A mistura de emoções me dilacerava, e meus olhos marejaram um pouco. Fiz uma força sem igual para não chorar, mas quando Silas me devolveu o objeto, sem tecer qualquer comentário sobre a família que o havia acolhido calorosamente, e percebi seus olhos também brilhando, uma mísera lágrima me escapou. Enxuguei-a depressa. Silas pigarreou e disfarçou como pôde.

Fomos salvos por Zoe e Edgar, que chegaram ao mesmo tempo, já discutindo sobre algo que não compreendi a princípio.

– ... Não quer dizer nada! – Ela estava bem chateada. Saudou a mim e ao Silas, mas continuou encarando o Edgar com raiva. – Brenda, diga para esse sujeito que o fato de eu ter chegado com o cabelo úmido significa apenas que sou uma pessoa limpa, que tomou banho e estava atrasada demais para usar o secador.

Edgar estava com uma expressão esquisita, carregada de sarcasmo.

– Foi só uma piada, Zoe. Relaxa. Não me interesso pelas suas noitadas.

– Qualquer motelzinho barato tem um secador, afinal.

Fiz uma careta. Que discussão doida era aquela?

– Não sei, você que sabe dessa informação. – Ele deu de ombros.

A menina praguejou com força.

– Mas você é um escroto mesmo, hein? Isso tudo deve ser falta de sexo. Vive enfiado nos livros, perde o lado bom da vida e desconta suas frustrações em mim. Se eu sou alguém transante, não é da sua conta.

– Então você admite. – Edgar soltou um riso, mas não atingiu os olhos.

– Ah, vai se ferrar. Você é a última criatura do mundo para quem devo alguma explicação.

Pisquei os olhos várias vezes. Será que aqueles dois se sentiam assim quando eu discutia com Silas? Porque estava achando tudo incrivelmente interessante e uma grande bosta ao mesmo tempo.

– Já falei que não estou interessado – Edgar completou, bastante sério. Alguém mais notava que ele estava quase explodindo de ciúmes? Para mim, era muito óbvio. – Foi uma piada idiota, que veio à minha cabeça quando te vi, apenas isso. E se quer saber, prefiro qualidade a quantidade.

– Da próxima vez, guarde seus pensamentos imbecis só para você. E não, não quero saber de suas preferências.

– Gente... Calma – Silas interferiu.

Zoe largou a mochila verde neon sobre a mesa e saiu da sala batendo os pés, bufando de chateação. Encarei o Edgar, que deu de ombros.

– O que foi isso? – questionei.

– Não foi nada. Zoe sempre leva tudo o que digo no pior sentido possível.

– Talvez você deva tomar mais cuidado com o que fala – eu disse, mas logo me arrependi porque não queria me meter na confusão deles. Tarde demais. Edgar já estava me encarando e raciocinando sobre minhas palavras.

– Eu não sei o que Zoe espera de mim – desabafou, expirando ruidosamente. – Parece que me odeia a troco de nada. Vive me ofendendo, mas, quando falo qualquer coisa, faz uma tempestade.

Olhei de relance para Silas, que acompanhava tudo sem se envolver.

– Ela não te odeia, Edgar. – Ele ergueu a cabeça na minha direção. O espanto se tornou notável. – Se prestar um pouco mais de atenção, vai entender o que está acontecendo. – O rapaz piscou os olhos várias vezes. – Fique atento e não vacile.

Ouvimos a porta sendo aberta de supetão e Bartô surgiu do nada, berrando:

– REUNIÃO! OLHA A REUNIÃO!

Parecia que ele estava no meio de uma feira, vendendo batatas. Fechou a porta tão rápido quanto a abriu e nós três permanecemos estarrecidos.

– Era só o que me faltava nessa porcaria de manhã – Edgar murmurou, já se levantando.

Silas não pareceu contente, mas também se ergueu da cadeira, e fiz o mesmo. Acompanhei-os na direção da sala de reuniões, onde os outros funcionários adentravam um a um, todos com cara de que queriam estar fazendo qualquer outra coisa, menos aquilo. Era o primeiro encontro coletivo do qual eu participava, e mal podia conter o nervosismo, sobretudo ao compreender que Bartô falaria uma gama de besteiras.

– Sobre o que é essa reunião? – Aninha do RH questionou, com uma careta que expressava descontentamento.

As pessoas circulavam a mesa grande, sentando-se em silêncio, e encontrei um lugar entre a Zoe, visivelmente emputecida, e a assistente editorial, a tal de Giovana.

Bartô não respondeu à Aninha, apenas suspirou e colocou as mãos na cintura. Fechou a porta assim que todos se acomodaram. Ligou o retroprojetor com um controle remoto e fomos agraciados por uma imagem de um cara soltando uma cantada para uma mulher que parecia sua funcionária. Eu teria gargalhado, se não tivesse ficado ainda mais nervosa.

Aninha se levantou no mesmo instante.

– Bartô, esta reunião não foi acordada com o RH!

– Sente-se e se acalme, Aninha, pelo amor de Deus! – Ele passou a mão sobre a testa. – Só vou falar sobre isso rapidamente, relembrar o assunto. E dar as boas-vindas para a nossa nova funcionária, a Brenda. O que há de mal nisso? Por que você nunca me deixa fazer as coisas que um chefe precisa fazer?

Ana parecia que ia vomitar, o que me fez olhar para Clodô, que estava entediado enquanto esperava pelo desenrolar daquela cena bizarra. Eu tinha certeza de que o meu rosto estava vermelho pela vergonha.

– Levante-se, Brenda, deixe o pessoal te ver. Nós recebemos as pessoas com cordialidade e educação. – Bartô abriu um sorriso e apontou para mim. Eu me senti no primeiro dia de aula numa escola nova. Desconcertada, pensei sobre como agir, e só me levantei da cadeira porque Aninha se sentou, resignada. – Brenda Nunes é a nossa nova revisora, tradutora e preparadora de texto. Vocês devem saber, claro. Quem se esqueceria? Mas ela merecia uma apresentação melhor, que não envolvesse nada… nojento. Certo? Já resolvemos a questão do carpete. Agora vamos aplaudir a nossa querida Bren-Bren. Um amor de pessoa, pelo pouco que conheci.

Por alguns instantes, todos ficaram imóveis. O delay para o início dos aplausos foi mais constrangedor do que quando eles se iniciaram de fato. Tinha certeza de que não havia nenhum pedaço da minha pele na coloração certa.

Sentei-me antes mesmo de a comoção acabar, sem saber para onde olhar e o que fazer, até que Zoe me ofereceu uma mão por debaixo da mesa. Agarrei-a como se precisasse daquilo para viver.

– Como todos já devem saber, a nossa querida Brenda, infortunadamente, deparou-se com um problema que deixou o seu estômago sensível.

– Bartô… – Aninha começou, mas o chefe a cortou com um gesto.

Olhei para o outro lado e notei que os dois editores mexiam em seus celulares. Não estavam nem aí para aquela reunião. Outro funcionário encarava o nada. De relance, percebi Silas de braços cruzados, com a expressão indiferente.

– Até pensei que a moça estivesse grávida – Clodô soltou com uma risadinha, e pelo jeito como disse aquilo, não teve maldade, apenas foi levado pela espontaneidade do momento.

No entanto, todos me encararam, inclusive o próprio Bartô.

– Oh… Eu… Não tinha pensado nisso. Não, não pensei. – O chefe chacoalhou a cabeça com força. – Achei que tivesse vomitado por ter reencontrado o ex. Uma vez passei mal por causa disso, só que não saiu por cima, foi por baixo. – Soltou uma risada, sozinho. – Ai, ai… Querida, então você está grávida? Foi por esse motivo que aceitou o emprego? Oh, meu bem… Aqui somos uma empresa que entende as necessidades das mulheres e…

— Bartolomeu, não vamos conversar sobre este assunto aqui, dessa forma. – Aninha estava quase tendo uma síncope. Voltou a se levantar. – Isso não existe!

Tive uma vontade séria de vomitar de novo. E, dessa vez, não sentiria nenhuma pena do Clodô por ter que limpar a sujeira, pois a confusão foi por culpa dele. Meu olhar encontrou o de Silas do outro lado da mesa. Ele estava em choque, com o rosto vermelho, e parecia que tinha prendido a respiração enquanto me encarava.

— Mas ela disse que não estava, Seu Bartô… Foi só um pensamento meu… – Clodô murmurou, com os olhos arregalados. Percebeu o que fez.

— Eu não estou grávida – completei em alto e bom tom. – Só passei mal.

— Tudo bem se estiver, querida. – Bartô me ofereceu um olhar carregado de compaixão. Parecia que já estava vendo o neném dentro do berçário. Fez até um biquinho. – Podemos planejar um chá de bebê. Ou um de revelação. Esta semana vi um vídeo com um avião jogando uma fumaça cor-de-rosa. Muito bonito. Já sabe o sexo?

— Mas eu não estou grávida! – Quase esmaguei a mão da Zoe entre a minha. A garota me encarava como se não estivesse acreditando em nada daquilo. Bom, eu também não estava. Parecia que tinha sido tragada para outra realidade.

— Já chega! – Aninha tomou a frente ao lado de Bartô. – Por favor, meus queridos, queiram se retirar da sala. A reunião de hoje está cancelada.

— Graças a Deus – alguém resmungou.

— Mas eu ainda nem falei sobre assédio! Sabiam que, como Silinhas é do mesmo patamar hierárquico de Brenda, nem assédio se chama? A nomenclatura é importunação sexual. Assédio seria apenas se eu, o chefe, fizesse alguma coisa em troca de uma vantagem. Mas claro que não fiz, não é, Bren-Bren? Já resolvemos a questão do xampu.

Conforme Bartô falava, os funcionários passavam por ele com os ombros caídos e nenhuma coragem de viver. Zoe ficou, porque não a larguei de jeito nenhum. Silas continuou imóvel e avermelhado.

– Vou deixar uma coisa bem clara – ele disse, por fim, quando todos os que não tinham a ver com a história saíram. Estava bastante sério. – Jamais importunei a Brenda sexualmente. Não fiz e jamais farei uma coisa dessas. – Olhou-me com atenção. – O fato de já termos nos relacionado não significa nada dentro da VibePrint. Entendeu, Bartô? De agora em diante, se insistir no assunto, vou tomar como calúnia.

– Calma aí, Silinhas! – Bartô ergueu as mãos, rindo de nervosismo, finalmente notando a seriedade do que tinha feito. – Ninguém disse que você a estava importunando. Eu só queria falar a respeito disso para não corrermos o risco de uma situação desagradável. – Perguntei-me se Bartô em algum momento parava para se escutar. – Você é um cara respeitador, sei que nunca faria isso. Além do mais, Brenda parece não ter te esquecido nem um pouco, tenho certeza de que qualquer coisa que possa ocorrer entre os dois será bastante consentida.

Silas paralisou tanto quanto eu. Tive vontade de gargalhar e negar tudo, mas só pareceria desesperada se fizesse isso. O meu ex, por fim, soprou bastante ar e se levantou. Evitou olhar para a minha direção.

– Pois bem, acho que agora estamos resolvidos, não é?

– Claro, claro. Não se fala mais no assunto. – Bartô ficou sem graça pelo menos uma vez na vida.

– Ótimo.

Aninha olhou para o chefe com uma careta terrível.

– Podemos ir? – Zoe questionou.

– Sim, meninas, por favor. – A funcionária do RH se sentou na cadeira e continuou olhando para o chefe com ar de poucos amigos. Ele ia levar uma baita bronca, sem dúvida alguma.

Foi a minha colega de trabalho que me deu forças para sair dali. Voltamos para a sala de revisores, com um clima extremamente carregado nos envolvendo. Passamos muito tempo em silêncio, cada qual envolto na sua própria perturbação. Sentia bastante arrependimento por ter aceitado aquele emprego.

– Acho que errei, afinal – Silas comentou em certo momento. – Aqui não é um inferno. Está mais para um hospício. Só tem maluco.

Nós quatro soltamos uma risada ao mesmo tempo. Só que a do Edgar saiu meio desafinada, engraçadíssima, o que nos fez rir mais, até que tudo evoluiu para uma gargalhada em conjunto. Entramos numa crise de riso em *looping*, porque alguém sempre voltava a rir fora de hora.

De alguma forma, toda a tensão entre a gente se esvaiu como se tivessem dado uma descarga e, assim que conseguimos algum controle, voltamos ao trabalho.

A CULPA É

CAPÍTULO 6

Você me fez sentir uma profunda

necessidade de ser desejada.

Por outra pessoa.

Quando me redescobri como mulher,

sua opinião a meu respeito

deixou de ser importante.

A CULPA É DO FONE DE OUVIDO

A sexta-feira chegou e percebi que o clima na VibePrint estava diferente, mais descontraído. Eu não sabia que era o dia em que os funcionários podiam se vestir como quisessem, por isso, de cara, já precisei segurar o riso quando vi o Bartô vestido de bermuda caqui, com uma camisa toda florida, parecendo que estava de férias no Caribe. Ele me saudou depressa, para o meu contentamento.

Assim que abri a porta da sala dos revisores, percebendo que estava uns dois minutos atrasada, fui surpreendida por um rock pauleira tocando. Zoe estava de *cropped* laranja e um short de cintura alta, parecia animada e abriu um enorme sorriso quando me viu.

– Sextou! – ela disse antes mesmo do bom-dia. – Qual é a boa de hoje, Brenda?

– Acho que nenhuma.

Eu me sentei na cadeira, ainda meio desnorteada, enquanto a música ficava mais acelerada e violenta. O que raios estava acontecendo ali? Edgar gesticulou em saudação, sorrindo, e percebi que usava enormes fones de ouvido. Silas só me olhou de relance, mas também notei que usava fones sem fio, discretos.

– Que barulho é esse? – Fiz uma careta.

Os rapazes retiraram os aparelhos quase na mesma hora.

– Hoje é o dia da Zoe – Edgar comentou, olhando para a garota como se não a entendesse nem um pouco.

– É seu aniversário? – perguntei. Zoe riu abertamente.

– Não. Nós escolhemos um dia só nosso para usar a caixa de som da sala. O meu dia é a sexta-feira. – Apontou para a caixinha de som que costumava tocar músicas clássicas ou instrumentais, todas ótimas para a concentração. – Você pode escolher um dia para você, aliás. Temos as segundas e as quintas livres.

– Eu uso às terças – Edgar comentou.

– Quarta. – Silas ergueu dois dedos.

Pisquei para a garota animada. Eu não havia trazido um fone de ouvido. Até então, havia considerado as escolhas de música bem ponderadas e agradáveis, por isso não senti qualquer necessidade de usar um.

– Qual dia vai escolher, Brenda? – Zoe perguntou.

– Pode ser segunda... Mas... Vamos ouvir isso o dia todo?

– Bom, eu vou. Não sei você. O uso de fones de ouvido é liberado. – Zoe mostrou a língua para os meninos.

– E por que só estou sabendo disso hoje? – Pisquei na direção dela.

– Porque eu me esqueci de avisar. Desculpe.

Olhei para o Edgar primeiro, que ergueu as duas mãos em rendição.

– Já é tudo tão natural que também me esqueci. Silas e eu temos gostos parecidos, nem percebo a diferença entre nossas playlists.

Encarei o Silas, que abriu um sorriso cretino.

– Acho que também me esqueci de dizer. Ou talvez não. – Semicerrei os olhos. – Até pensei em te contar ontem... – Fingiu que estava refletindo, passando a mão pelo queixo másculo. – Mas talvez seja bom, para você, viver a experiência.

Olhei-o por bastante tempo, enquanto ele me encarava com deboche.

– Você tem um fone sobrando? – perguntei para a Zoe.

– Eu nunca trago. Acho sacanagem não ouvir a playlist do colega... – Encarou os garotos como se estivesse ofendida. – Passo a semana toda ouvindo música de velho. É injusto que não deem espaço para algo mais contemporâneo.

– Então acho que temos que fazer uma nova regra nessa sala, para as coisas ficarem mais justas. – Tive uma ideia e logo a coloquei em ação, para não ficar por baixo, visto que Silas tinha me sacaneado de propósito e deixado isso bem claro.

Depois de dois longos dias sem fazer nada contra mim, finalmente voltou com suas brincadeirinhas, e eu estava ansiosa para o embate. Sabia que não demoraria muito tempo. Seu senso de humor atravessado costumava ser mais forte do que ele.

– Por mim, está proibido o uso do fone de ouvido – soltei, sem evitar um sorriso malicioso. Os rapazes ficaram contrariados imediatamente. – Vai todo mundo respeitar o gosto musical do colega, independentemente do dia.

Zoe deu uma risada alta e bateu palmas.

– Maravilhosa! Concordo com isso.

– Claro que concorda. – Edgar se adiantou, enfático. – É a única entre nós que ouve barulho, e não música. Aposto como Brenda também tem um gosto refinado.

– Ou talvez não! – brinquei, encarando o Silas.

Ele estava fazendo uma expressão cheia de sarcasmo, mantendo um sorriso de lado que me deixou um pouco aérea. Diferentemente dos outros dias, em que manteve o ar de executivo comportado, usava uma camisa preta casual, com as mangas dobradas nos cotovelos, o que nos impedia de conferir qualquer sinal de tatuagem.

– Aqui somos uma democracia – ele disse, colocando mais palha na fogueira que prometia queimar. – Se vamos criar uma nova regra, então que seja votado. Quem concorda com a abolição dos fones de ouvido?

Zoe ergueu os dois braços. Levantei um dedo, ainda o confrontando com um olhar combativo. Edgar ficou quieto, bem como ele próprio. Estava claro que não chegaríamos a qualquer desempate, não sem bastante argumento e persuasão.

– Eu pago uma semana de almoço para quem discordar dessa nova regra – Silas prosseguiu, ainda me encarando.

Piscou algumas vezes, enquanto eu corava de raiva e também de algo parecido com excitação. Ele estava me convidando para almoçar? Ou tentando convencer a Zoe? Eu não entendia qual era a dele.

Olhei para a loirinha, que balançava a cabeça em negativa.

– Isso não vale. É corrupção pura!

– Não é corrupção – Silas prosseguiu, virando o rosto para ela com forçada seriedade. – Só estou fazendo a campanha eleitoral em prol dos fones de ouvido. O que me diz, Zoe? Uma semana inteirinha almoçando naquele seu restaurante vegano favorito. – Piscou um olho. – Topa?

Ela me encarou com espanto, enquanto eu saboreava uma emoção esquisita ao imaginar Silas almoçando com a Zoe todos os dias. Eram colegas, obviamente, mas não consegui me livrar daquele gosto amargo na boca. Aquilo me removeu o ar e me deixou ainda mais disposta a continuar lutando.

– Você não pode desistir dos seus ideais assim – resmunguei para a Zoe. – O que é uma semana de almoço? Somos mulheres independentes e remuneradas, podemos pagar pelo que comemos. – Puxei sardinha para o lado feminista dela, que eu sabia que era aflorado. – Na verdade, podemos fazer isso juntas.

85

Zoe sorriu.

– Claro que podem – Silas debochou. Pela forma como acompanhava, Edgar estava achando tudo divertidíssimo. – Até você descobrir que Brenda é completamente carnívora. Ela ama churrasco, adora uma costelinha de porco, até rói o osso. Imagina só, Zoe, almoçar com uma colega que, na verdade, pode devorar um bichinho indefeso.

Zoe pareceu revoltada comigo, enquanto Edgar segurava a gargalhada e Silas continuava com uma seriedade irônica estampada na cara.

– Não espero que todo mundo seja vegano, como eu, Silas – minha nova colega de trabalho resmungou. – Ninguém é perfeito, afinal de contas.

Eu já estava toda vermelha de irritação, mas, por outro lado, considerando a conversa engraçada. O meu coração batia forte, envolvido por um embate que nem era importante. Uma besteirinha que me animava, empolgava e chateava ao mesmo tempo.

– Isso é porque você nunca a viu lambendo os dedos depois de estraçalhar um hambúrguer de picanha cheio de bacon. – Silas não me olhava, enquanto eu relembrava todos os momentos em que dividimos um lanche. Fazia propositalmente. Cavava minhas memórias a todo custo, com poucas palavras. Um cretino.

Zoe fez uma careta gigantesca e me olhou. Ergui as mãos.

– Ok, não sou vegana, mas também como vegetais. E isso não tem nada a ver com a questão dos fones de ouvido. Em vez de almoçar, podemos tomar um drinque. – Pisquei para a garota, sabendo que Silas ficaria com raiva por eu aceitar fazer aquilo com ela, não com ele, como propôs na sala de reuniões. – Um *happy hour*. Podemos fazer isso toda sexta, inclusive. Comemorar o seu dia inteirinho!

Zoe abriu um sorriso, animada.

– E podemos convidar o Edgar – continuei, afinal, a ideia era também puxar uma pessoa a mais para o nosso time. Não adiantaria se Zoe e eu ficássemos juntas o tempo todo, não ajudaria no desempate. – Não é, Edgar? O que acha? Se concordar com a abolição dos fones de ouvido, vamos nós três tomar um drinque toda sexta. – Pisquei para ele, sorrindo com malícia e fazendo uma expressão de quem facilmente poderia esquecer de ir, só para deixá-los um tempo juntos. – Não seria ótimo?

O rapaz assentiu.

– Bom, seria. – Encarou o Silas. – Mas não sei se vale um dia inteiro de trabalho ouvindo essa porcaria.

Revirei os olhos. Edgar não entendeu nada do que eu quis dizer. Ou então era realmente lento, por isso Zoe sentia tanta raiva dele. Podia entendê-la. Silas demorou uma eternidade para me chamar para sair. Se eu não o tivesse beijado, teria demorado muito mais, com certeza. A nossa primeira vez só aconteceu porque praticamente me joguei nua em cima dele. Era um lerdão. Na época, eu achava que seu jeito tímido era uma qualidade.

O meu ex olhou para Edgar sem acreditar nele, pois claramente compreendeu o que propus em sua totalidade. Ele e Zoe saindo e, quem sabe, se entendendo.

– Também gosto de drinques – Silas prosseguiu. – Por que não? Aliás, posso cobrir qualquer proposta que a Brenda fizer.

– Que maravilha, então agora fazemos parte do joguinho de vocês? – Zoe comentou, e achei que estivesse ofendida, mas, ao olhá-la, estava sorrindo amplamente. Bastante entusiasmada. – Isso está ficando interessante. Vamos lá, quem dá mais?

Encarei o Silas, que me olhava de volta.

– Eu vou para o time de qualquer um deles que chamar o outro para sair primeiro – Edgar soltou, cruzando os braços e esperando a bomba explodir.

Zoe gargalhou, enquanto o meu corpo inteiro sofria um baque tremendo. Os dois ergueram uma mão e trocaram um cumprimento ruidoso bem na nossa frente.

— Boa, Edgar! É isso aí. – A menina gesticulou com exagero. – Nós dois vamos para o time de quem chamar o outro para sair primeiro. Como é que vai ser? – Olhou de mim para Silas. – Hein? Quem tem coragem?

O homem tentava se recuperar da armadilha que os colegas montaram para nós, assim, na maior facilidade do mundo. Eu me recompus rápido e falei no impulso, antes de me arrepender por me considerar uma perdedora:

— Quer tomar um drinque comigo, Silinhas? – perguntei e logo emendei, antes da resposta dele. Não quis nem pensar sobre aquela possibilidade. As paredes pareciam que me imprensariam a qualquer instante, por isso me virei depressa na direção do Edgar. – Pronto, agora você vem para o time sem fones de ouvido. Não é?

— Dei minha palavra. – Edgar riu alto.

— E aí, Silas? – Zoe perguntou em tom de zombaria. – Perdeu o jogo, mas ganhou o encontro. Como se sente?

Ele soltou um suspiro prolongado.

— Estou de boa. Brenda fez a pergunta primeiro e venceu o embate. Mas não sou obrigado a aceitar. A minha resposta é não.

O meu sangue simplesmente congelou dentro das veias. Mal pude acreditar nas palavras dele, ditas como se fossem cuspidas. A ideia de sair com Silas me deixava arrasada, mas receber sua negativa daquela forma brusca acabou comigo. Abalou minhas estruturas. Zoe e Edgar fizeram um silêncio ensurdecido pelo rock que ainda ressoava.

— Não vou sair com a Brenda por obrigação – explicou-se, em seguida me encarou com seriedade. – Quando ela se sentir pronta para conversar, ótimo. Estarei disposto a isso. A conversa que precisamos ter é séria demais para ser barganhada.

Nós quatro terminamos mudos, apenas nos olhando com constrangimento.

– Mas como você é sem graça, Silas – Zoe murmurou. – Ficamos sem drinques, sem almoços e sem encontros. – Ela bufou, irritada. – Porcaria. Bom, pelo menos posso irritar todo mundo com a minha playlist. Todos vocês estão merecendo.

– Você ainda pode chamar o Edgar para sair, Zoe – Silas disse, voltando a sorrir um pouquinho. Fiquei impressionada porque, pela primeira vez, ele se meteu de verdade entre os dois jovens. – Se for de sua vontade, é claro.

Por uns instantes, os dois se encararam. O rapaz parecia ansioso por uma resposta positiva, mas não disse nada, o que foi seu maior erro. Por que raios os homens nunca entendem quando precisam lutar mais? Apenas uma mísera confirmação de desejo bastaria para que ela cedesse, eu tinha certeza absoluta disso.

– Passo – Zoe resmungou, após aquela espera interminável em que tive vontade de sacudir o Edgar. – Aliás… – Sorriu, de repente. – Posso sair com quem você quiser, se me mostrar a sua tatuagem, Silas. Pensa que me esqueci dela? – Apontou para o braço dele, coberto pelo tecido da camisa casual.

O rosto de Silas corou no mesmo instante.

– Por que eu faria isso?

– Não sei. Só quero ver essa tatuagem. – Zoe apoiou o rosto nas costas dos dedos. Prendi a risada nervosa que ameaçou escapar. – Mostra? – Fez o formato de um coração usando as duas mãos em concha.

– Lógico que não.

– Então admite que a tatuagem existe? – Continuou alfinetando.

Silas resmungou. Mantive-me atenta aos dois, sobretudo nas reações dele. Não era possível que ainda tivesse o meu nome escrito em seu braço. Seria loucura demais. Porém, toda vez que a tatuagem era mencionada, Silas corava com força. Por quê? Eu estava absolutamente curiosa, mas lógico que não podia obrigá-lo a tirar a camisa.

– Vamos trabalhar. Já perdemos muito tempo discutindo.

Silas sempre fugia do assunto, era inquietante. Zoe ainda deu algumas cutucadas aqui e ali, mas depois desistiu porque realmente tínhamos muito serviço para dar conta. Nenhum dos quatro pareceu contente com as resoluções feitas naquela manhã de sexta. A playlist de Zoe era insuportável e, após algumas páginas revisadas, eu já não sabia mais o que estava fazendo. Desconcentrava-me o tempo todo.

Em algum momento, fui ao banheiro para jogar uma água no rosto e parar de ouvir aqueles instrumentos martelando o meu cérebro. Eu não devia ter lutado pela abolição dos fones de ouvido. Tinha dado um tiro no meu próprio pé só para não sair por baixo.

Passei alguns minutos no banheiro vazio, compreendendo que o jeito seria levar a pasta para casa e adiantar a revisão durante o fim de semana, do contrário jamais entregaria tudo pronto na data prevista. As minhas sextas, provavelmente, se tornariam inúteis no quesito trabalho.

Quando voltei para a sala, parecia que o som estava ainda mais alto. Após fechar a porta e me virar, percebi que Edgar jogava Paciência em seu notebook. Também havia desistido, como eu. Sentei à minha mesa e, daquele ângulo, não sabia o que Silas estava fazendo, mas sua perna chacoalhava de ansiedade e impaciência. Apenas Zoe trabalhava na sua velocidade de sempre, bastante compenetrada.

Foi com surpresa que encontrei um bilhete colado no meu porta-lápis vazio.

*Suas canetas estão
No mesmo lugar do seu coração.* 😊

O pequeno bilhete vinha acompanhado com um *smile* que me pareceu bastante cínico, tudo porque reconheci a letra de Silas. Não havia mudado nada, continuava bem redondinha e mais bonita do que a minha jamais foi.

Olhei para ele, que sorriu amplamente. Nosso jogo ainda prosseguia. Pela sua expressão, notei que Silas achava que havia ficado em desvantagem, embora a sua negativa para o meu convite tivesse sido como uma facada bem no meu peito, de tanto que doeu. Graças aos céus, o homem não fazia ideia disso.

– Onde estão? – murmurei para ele, chacoalhando os ombros.

– Não sei. – Silas se curvou para a diagonal, na tentativa de fazer com que apenas eu o escutasse. O que me ajudou naquele momento foi a leitura labial, porque se dependesse da música... – Ouça o seu interior e descubra.

Ergui uma sobrancelha.

– O que você sabe sobre o meu coração? Absolutamente nada.

– Bom, a diferença é visível até no seu olhar. – Silas virou o rosto, como se me evitasse de repente, e deu de ombros. – Por isso sei que você se tornou uma pessoa fria.

Aquela palavra, dita com tanto desdém, acendeu uma lâmpada dentro do meu cérebro. Não fiz mais perguntas, apenas me levantei e aproveitei a oportunidade para sair daquela sala barulhenta de novo.

Praticamente corri até a copa, sentindo empolgação e raiva ao mesmo tempo. A primeira coisa que fiz foi abrir a geladeira. Os almoços dos funcionários estavam enfileirados com certa ordem, inclusive o meu. Procurei pelas minhas canetas lá dentro, apressadamente, mas não as encontrei em parte alguma. Talvez tivesse entendido errado. Onde mais poderiam estar? Aquela palavra havia sido enfatizada, sem dúvida, soando-me como uma dica. Ou...

Fechei a porta da geladeira e percebi que havia outra logo acima: a do congelador. Assim que o abri, no impulso, encontrei todas as minhas canetas dentro de um saquinho plástico, ao lado de uma forma de gelo. Não pareciam estar ali há muito tempo, mas a embalagem já estava fria por fora.

Soltei um praguejo.

– Ah, você me paga, Silinhas! – Engoli em seco. – Fria, é? Não viu nada!

Bati a porta do congelador com força, trazendo minhas coisas comigo, e dei alguns passos para trás. Não sabia se achava aquilo tudo engraçado ou mesquinho. Se me irritava ou gargalhava. De fato, tornei-me uma mulher muito mais fria do que antes, e a culpa era dele. Deixei meu lado carinhoso, romântico e iludido para trás por um forte motivo. Detestava e adorava o fato de Silas ter percebido com facilidade.

De qualquer forma, aquele homem ainda conseguia me atingir profundamente e sabia disso, mas eu não era a única a ser afetada. Ele estava sendo mexido e revirado, portanto, a ideia de revidar me deixava alvoroçada. Era terrível que eu considerasse nossa pequena batalha uma resolução fantástica? Parecia que não havia resposta correta.

Foi olhando para a geladeira que tive uma grande ideia, que me fez rir sozinha, feito uma alucinada. Voltei a abri-la e agarrei o pote com o almoço de Silas. Conferi o que tinha dentro: batata-doce e frango, de novo. Eu não sabia como conseguia comer aquilo todo dia, mas, pelo visto, estava disciplinado com a dieta.

Não por muito tempo.

Olhei para os dois lados, só para conferir se alguém veria a minha pequena sabotagem. Tive pena de jogar a comida fora, por isso, só para sacanear, despejei todo o conteúdo no compartimento vazio da minha própria marmita, pois eu havia trazido apenas um risoto sem graça, feito às pressas. Devolvi o pote dele para o mesmo local, sem nada dentro. Agora era só esperar o horário do almoço para conferir sua reação.

Saí da copa com um sorriso aberto, sentindo-me vingada e mais fria do que nunca.

A CULPA É

CAPÍTULO 7

Não quis ser mãe.
Não quis cuidar
de mais um bebê
além de você.

Meu erro é
sempre achar
que devo passar
a mão na cabeça
de marmanjo.

A CULPA É DO DELIVERY

Esperar pelo horário do almoço foi martirizante. Silas me olhava vez ou outra, com a expressão de quem estava muito satisfeito com a minha forçada cara de tacho, sem saber que eu já tinha aprontado um contra-ataque dos bons. Não falei nada, apenas devolvi as canetas para o porta-lápis, joguei o bilhete no lixo e fingi normalidade. A ansiedade para conferir a reação dele me animava como nunca imaginei.

Em algum momento, Edgar conseguiu diminuir o volume da caixinha de som, e Zoe estava tão compenetrada em seu serviço que sequer notou a diferença. Para nós, foi gigante. Agradeci internamente por isso, porque, ainda que de forma mais lenta, pude voltar para a revisão e adiantar mais algumas páginas.

Eu já estava me contorcendo de empolgação para a hora do almoço, quando o celular de Silas tocou e ele fez uma expressão de surpresa. Atendeu prontamente e usou uma voz murmurada, muito séria. Tentei ouvir a conversa, tomada pela bisbilhotice, mas perdi grande parte dela porque o homem se virou para o outro lado, a fim de ter alguma privacidade. Escutei apenas o final:

– Não tem problema, eu o levo agora. Dou um jeito aqui. – Fez uma pausa curta. – Certo, certo.

Silas encerrou a ligação e se virou para nós. Olhou-me de relance, em seguida analisou uma Zoe focada e um Edgar visivelmente exausto. Decidiu-se pelo colega que estava ao seu lado.

– Cara, terei que sair rapidinho. – Olhou para o relógio de parede. Ainda faltava meia hora para o início do nosso intervalo. – Vou tentar chegar antes do fim da hora do almoço. Tem como me cobrir?

– Tudo bem. Algum problema? – Edgar questionou e quase o aplaudi. Eu estava curiosa e faria a pergunta, se tivesse um pouco mais de coragem e cara de pau. Continuei fingindo que não estava ouvindo o que se desenrolava.

– Não, só vou ter que levar o Fabinho na avó. Está um pouco febril. – Silas fez uma expressão preocupada. – Volto o quanto antes.

– Ah, beleza.

O homem se levantou e foi embora sem olhar para trás, levando consigo o celular, a carteira e as chaves que deixava em um compartimento sobre a sua mesa de trabalho. Eu não sabia o que estava acontecendo, no entanto, meu coração já previa o abalo. Fiquei remoendo as informações. Travei a pergunta dentro da garganta e quase passei mal de verdade, enquanto pensava, refletia, martelava aquela dúvida no meu juízo.

Edgar deve ter percebido a forma angustiada como fiquei.

– Você está bem, Brenda?

Olhei-o de repente, assustada. Até dei um pequeno pulo na cadeira ruim, que fez um ruído perigoso. Eu não conseguiria prender a pergunta por mais tempo. Estava me corroendo, espalhando-se pelo meu interior como uma espécie de ácido.

– Quem é Fabinho?

Edgar foi bastante enfático:

– O filho dele.

Enquanto o meu coração chacoalhava com força – e errava tantas batidas quanto era possível –, removendo todo o meu ar, Edgar simplesmente voltou ao trabalho, como se o que tivesse acabado de dizer não significasse nada. Disfarcei a tragédia que acontecia dentro de mim, mas, assim que abaixei o rosto para olhar de novo a papelada na minha frente, algumas lágrimas molharam a página.

Ergui a cabeça para conter o estrago, percebendo que cada nervo meu tremelicava. Senti muito frio, de repente, embora o ar-condicionado estivesse funcionando dentro da normalidade. Ao mesmo tempo, comecei a suar. Peguei a minha garrafa d'água e tomei alguns goles, na tentativa de me recuperar e não fazer outra cena na frente de todo mundo. A verdade era que o meu estômago revirava e dentro da sala de revisores tinha carpete.

Eu não podia vomitar de novo.

Soltei o ar devagar, porém meus braços ficavam a cada segundo mais dormentes. Inspirei fundo. Precisava usar as artimanhas que já conhecia para não ter um ataque de pânico ali mesmo. Senti-me na beira de um precipício, fora de qualquer realidade, por isso, além de controlar a respiração, prestei atenção redobrada em cada objeto dentro da sala. Impressora preta e cinza, mesa marrom, caixinha de som azul, caneta verde, porta-lápis rosa, caderno branco...

Passei alguns minutos naquela atividade, conectando-me com o presente para não me deixar levar pelo desespero. A informação nova havia sido uma apunhalada tão forte e inesperada que tudo o que me restou foi uma tristeza profunda, uma sufocante melancolia. Meu cérebro, automaticamente, buscou colocar as coisas sob perspectiva e compreender melhor a essência daquela emoção que tanto me perturbava.

Enxuguei o rosto com as duas mãos, disfarçadamente, sem acreditar que meus colegas ainda não tinham percebido o meu estado. Uma parte de mim sabia que muitos anos haviam se passado, que era óbvio que Silas tinha seguido em frente e formado uma família. Não deveria ser espantoso o fato de ele ter um filho – talvez mais de um. Claro que alguém como ele não pararia no tempo, nem desistiria dos planos. Óbvio que prosseguiria. Sempre foi muito mais otimista.

O fato de eu ter desistido era muito particular. Minha reação ao nosso término foi fugir para longe de qualquer envolvimento que me fizesse lembrar o que havia tido com ele. Ao sinal de qualquer afeto, eu me fechava. Sentia pavor de me apaixonar, de amar de novo.

Tentei apenas uma vez e deu muito errado, porque eu já não era a mesma. Não fazia sentido desejar as mesmas coisas de antes. Não dei adeus apenas ao Silas, mas ao que representava nós dois, e isso significava tudo o que mais quis para minha vida.

Abri mão de tanta coisa que já não sabia mais contabilizar. Pelo visto, eu deveria ter prosseguido, superado, insistido em seguir os planos. Foi decisão minha me manter fechada, talvez esperando por um milagre que nunca veio. Deveria ter tido mais forças para buscar minha própria felicidade. O que raios esperei? Por que me anulei tanto? O tempo passou e deixei que corresse sem fazer nada que me agradasse.

Do que me orgulhava?

Prendi o choro como pude. Engoli as conclusões com a água e demorei muito tempo para me recompor. A vontade que tive foi de largar tudo e ir embora daquele lugar, porém seria apenas mais uma fuga. Talvez encarar a realidade me ajudasse. Afinal, ainda estava viva, minha vida não tinha acabado. Precisava pensar no futuro e tentar arrumar aquela bagunça que perdurava tempo demais.

Só percebi que já era a hora do almoço quando Zoe e Edgar se levantaram de suas cadeiras. Como não falaram nada, apenas seguiram a rotina, eu me deixei ficar por mais tempo. Não estava a fim de almoçar ou de descansar. Havia uma quantidade dobrada de comida na minha marmita, porém sequer me movi. Continuei revisando por alguns minutos, até a porta da sala ser aberta pelo Bartô.

– O que está acontecendo aqui? – Os olhos dele estavam esbugalhados e confusos. Não deu sequer um passo para dentro da sala, continuou me olhando do portal, como se fosse um vampiro e a sua entrada fosse proibida até que alguém a autorizasse. – É hora do almoço! O que está fazendo, Bren-Bren?

– Bom... – Suspirei fundo. – Pensei em adiantar o serviço. Estou sem fome.

– Não, nada disso. – Chacoalhou a cabeça com veemência, de um jeito divertido. – Aqui não trabalhamos no horário de descanso. Vamos, vamos, largue esses papéis! Funcionária minha não vai trabalhar mais do que o aceitável.

Fui obrigada a devolver o original para a pasta. Saí dali ao lado do chefe, que estava realmente ridículo com aquelas roupas, porém não fui capaz de sentir qualquer graça. Os funcionários pareciam animados ao redor da mesa da copa. Uns esquentavam suas comidas, outros haviam escolhido comer fora. Bartô avisou aos presentes que tinha um almoço marcado com um agente literário e saiu, o que para nós foi um alívio.

Tive vontade de devolver o almoço para a marmita de Silas, porém havia muita gente por perto e nunca passaria despercebida. Teria que ir até o fim. Apesar de não sentir vontade de comer, esquentei a comida e não somente detonei o meu risoto, como também a batata-doce e o frango de Silas. Não estavam tão ruins, aliás.

Após a refeição, que fiz em total silêncio, entrei no banheiro feminino a tempo de ouvir a assistente editorial comentando:

– ... muito lindo e está solteiro. Bem que eu queria saber como ele é sem roupa. Talvez a revisora nova possa ajudar. – Ouvi algumas risadas.

Giovana se calou assim que me viu entrando, bem como Marisa, a editora-executiva, o que me fez ter certeza absoluta de que falavam do Silas. Imediatamente, senti o meu rosto corar. Passei alguns segundos sem saber o que fazer, até que Zoe saiu de uma das cabines e se juntou a elas na frente do espelho.

– Eca – a garota reclamou, fazendo uma careta. – Não me façam imaginar os homens deste escritório nus.

Giovana voltou a sorrir. Tirou um batom de dentro da bolsa.

– Não estou falando de todos. Imagina só, o Bartô pelado?

Elas gargalharam, inclusive eu, embora ainda estivesse intimidada. Caminhei até uma pia para escovar os dentes.

– Deus me livre – Marisa emendou. – Mas ele é bonito mesmo, o Silas. Conta para a gente, Brenda, como ele é? Você sabe... – Riu e olhou para mim pelo espelho. – Fica aqui entre nós.

– Credo, gente, não quero imaginar o Silas pelado, trabalho de cara com ele. – Zoe ainda fazia uma careta enorme. – Aliás, por que querem tanto saber? Tentem a sorte, vai que acontece e vocês conseguem ver ao vivo.

A frase dela me fez engolir em seco.

– Sou muito bem casada, foi só uma curiosidade para saber se ele cumpre o que a boa aparência promete – Marisa disse, enquanto aprumava a blusa de botões. – Deixo para a Giovana. Ela que está interessada.

A assistente abriu um sorriso carregado de malícia e não negou o que a colega sugeriu. Pelo semblante, deu para notar que estava pronta para jogar seu charme, o que me deixou estranhamente incomodada.

– Não se animem tanto – eu disse, por fim, disfarçando a vergonha. Não sabia o que estava fazendo, mas não me via anunciando aquele homem para ninguém. Muito pelo contrário. Sendo assim, compreendi que minhas palavras seriam apenas para zoar, faziam parte da nossa batalha. – O desempenho não é lá essas coisas e o tamanho não corresponde à altura dele.

Zoe me olhou com estranhamento. As outras duas riram entre lamentações, apesar de Giovana não ter disfarçado o quanto ficou decepcionada. Elas saíram do banheiro logo em seguida, ainda rindo da situação, deixando-me na companhia de Zoe.

– Você mentiu, não foi? – Piscou os olhos para mim, através do espelho.

– Não sei. Não me lembro mais de nada, faz muitos anos – menti outra vez, na maior cara dura. Eu me recordava de cada toque, do primeiro ao último, e, se fechasse os olhos, talvez pudesse senti-los no meu corpo. – Só quis sacanear mesmo.

– Ah… – Ela riu. – Boa. – E ficou me olhando.

– O que foi?

– Por que não conversa logo com Silas?

Ergui os ombros. Eu não tinha uma resposta clara. Parecia-me terrível reviver o passado quando nada mais importava – ao menos não deveria. Silas me deixou acreditar que estava com outra pessoa durante todo aquele tempo, não me procurou nem quis papo, mesmo sabendo onde me encontrar.

Por que conversarmos, treze anos depois? Se ele não sabia, até então, onde havia errado, o problema era apenas dele. Ficaríamos nos apontando dedos e de nada adiantaria. Sentia o peso da culpa nas minhas costas, toneladas de dor e ressentimento, do contrário não seria tão afetada pela sua presença. Vê-lo tão perto era, também, reafirmar em quais pontos errei. E eu não gostava de me deparar com minhas fraquezas.

– Não tenho motivo para isso – comentei, por fim. – Essa conversa que ele tanto quer só servirá para jogar a culpa toda em mim. Dispenso.

– Mas você tem alguém? Digo, está namorando?

Balancei a cabeça em negativa.

– Não. – Ela abriu um sorriso largo, que insinuava muitas coisas impensáveis. – E não me olhe assim, Zoe, não vamos voltar. Seria tolice.

– Não falei nada. Só quis saber porque ele perguntou, e eu não soube responder.

Fiquei bastante surpresa.

– Ele perguntou? Quando?

– Ontem.

Minha mente trabalhou à toda para buscar algumas respostas, mas não as encontrou. Por que meu estado civil interessaria a ele? Achava que Silas era solteiro até descobrir que tinha um filho. Depois supus que fosse casado ou divorciado. Foi a própria Giovana que mencionou a solteirice dele quando entrei no banheiro. Eu não sabia o que pensar, só não compreendia por que meu ex perguntaria algo assim logo para a Zoe.

– E ele perguntou na lata, sem mais nem menos? – questionei.

– Deve ter enlouquecido de curiosidade. Ou então está interessado... – Sorriu com malícia. Tive vontade de sumir do mapa instantaneamente. – Quando fez a pergunta, o rosto dele estava meio verde.

– Verde? – Soltei uma risada nervosa.

– Você mexe com ele, Brenda. Não adianta negar. Silas também mexe contigo, isso é visível. Talvez...

– Não tem nenhum "talvez", Zoe. – Eu me adiantei, antes que ela se animasse demais. – Silas não tem o direito de me machucar de novo. O fato de eu estar solteira não significa que tenha espaço para ele na minha vida.

A CULPA É DO MEU EX

Zoe não objetou, apenas assentiu devagar, sem conter a própria frustração. Eu também me sentia frustrada em muitos sentidos, embora disfarçasse.

Nós duas terminamos de nos arrumar ao mesmo tempo. Ela avisou que usaria o cantinho do cochilo. Aproveitei que Bartô não estava por perto e voltei para a sala dos revisores dez minutos antes do fim do horário de almoço. Edgar também já tinha retornado, provavelmente porque se atrasou no serviço, como eu.

A porta se abriu de repente, assim que me sentei na cadeira desconfortável.

– Alguém pegou o meu almoço? – Era Silas, meio esbaforido.

Gelei completamente, porque no fim das contas não tive tempo para me preparar de verdade quanto à reação dele.

– Eu não! – Edgar fez uma careta. – Não está na geladeira?

– A marmita está vazia – comentou, já guiando os olhos na minha direção.

Prendi os lábios e nada respondi. Precisava continuar no jogo. Sentia que tudo tinha dado errado, mas recuar não era uma opção, não àquela altura do campeonato. Silas, enfim, compreendeu o que havia acontecido e bufou, contrariado. Abriu um sorrisinho sem graça e, depois de me olhar dos pés à cabeça, entrou na sala de vez.

Sentou-se à sua mesa.

– Não vai almoçar? – Edgar perguntou.

– Alguém comeu o meu almoço e não tenho mais tempo. – Silas deu uma olhada no relógio de pulso. O meu coração batia acelerado, e foi difícil admitir a mim mesma que me arrependi do que fiz. – Acabei me atrasando muito por causa do trânsito. Espero que a pessoa que confiscou minha comida esteja bem alimentada e satisfeita – concluiu, desdenhoso. – Que não tenha uma indigestão.

Edgar olhou para mim.

– Pegou o almoço dele?

Movimentei os lábios, fingindo que estava refletindo.

– Na verdade, fiz um grande favor ao Silas. Duvido que quisesse de verdade mais um dia comer batata-doce e frango de almoço.

Silas bufou novamente. Não tinha jeito, toda vez que olhava para ele, imaginava como poderia ser seu filho. Quantos anos teria? Quem era a mãe? Ainda estavam juntos? Cuidava da criança ou bancava o paizão apenas quando lhe apetecia? Imaginá-lo no modo pai me deixava com uma sensação esquisita.

Eram muitas dúvidas.

– Cara… – Edgar balançou a cabeça em negativa e riu, entrando na brincadeira: – Tem razão, Brenda. Aquele negócio fede.

Nós dois rimos juntos.

Voltamos ao trabalho e senti muita pena do homem que, emburrado, ligou o notebook disposto a iniciar mais um turno sem ter comido nada. Meu arrependimento foi tão grande, enquanto o olhava, todo sério, que peguei o celular e abri num aplicativo de delivery. A princípio, não soube o que fazer. Apenas tinha certeza de que Silas precisava comer alguma coisa, caso contrário poderia até passar mal.

Eu não esperava que ele fosse sair do escritório para resolver questões pessoais naquele dia, menos ainda com relação a uma criança adoentada. Na minha cabeça, assim que descobrisse o que fiz, o meu ex seguiria para algum restaurante ou daria um jeito de pegar de volta o seu almoço. Cheguei a vislumbrar a imagem de nós dois brigando por uma marmita no meio da copa, o que me divertia. No entanto, não era engraçado que passasse fome por minha causa.

Rolei os dedos pela tela do celular atrás de uma opção rápida, e paralisei ao encontrar aberto o restaurante italiano do qual Silas costumava gostar. Era um lugar caro, quase nunca o frequentávamos, por causa da falta de grana.

Não contive o impulso e cliquei. Encontrei na promoção a lasanha à bolonhesa de que ele tanto gostava, por isso não pensei duas vezes antes de fechar o pedido. Deixei como observação que fosse entregue a Silas Monteiro, no sétimo andar do prédio, dentro da editora Vibe-Print, para não ter erro no quesito surpresa.

Quarenta minutos depois, quando Zoe já havia retornado à sala fazia um tempo, a porta foi aberta e Betinha da recepção avisou, com sua costumeira voz entediada:

– Seu pedido chegou, Silas.

Nós quatro paramos o que estávamos fazendo e a encaramos. Silas fez uma expressão engraçada, tomada pela confusão.

– Que pedido?

– O seu almoço. O rapaz da entrega acabou de deixar. Coloquei na copa.

Instantaneamente, o olhar esverdeado de Silas repousou sobre mim. Não falei nada. Acompanhei quando o resquício de um sorriso ameaçou modificar seu semblante muito sério, mas ele se controlou e resolveu deixar a sala sem tecer qualquer comentário.

Por dentro, quis estar presente quando Silas descobrisse qual seria a sua refeição do dia. No entanto, eu me contive. Prossegui ansiosa, fingindo normalidade, aguardando pelo seu retorno quase sem paciência. As perguntas me deixavam louca: será que comeria? Que ainda gostava daquela lasanha? Que reclamaria comigo por ter saído da dieta? Que havia alguma restrição alimentar surgida ao longo daqueles anos?

Esperei porque foi minha única opção, mas quase não revisei nada enquanto isso, até porque a música ruim havia retornado com a Zoe. Silas voltou 23 minutos depois, com o rosto meio corado e a expressão ainda fingindo seriedade. Não estava mais irritado, pelo que logo percebi.

Assim que se sentou, ele olhou para mim. Mantive o rosto em sua direção, impassível, até que, enfim, Silas abriu um pequeno sorriso. Tive a sensação de que alguns fogos de artifício explodiam ao meu redor. E nem era Ano-Novo.

A CULPA É

CAPÍTULO 8

É engraçado esse tal de "ficar sério". Você vai ao cinema de mãos dadas, divide um lanche na frente da TV, dorme e toma banho junto, compartilha algumas intimidades entre um orgasmo e outro. O sexo cheio de química é o que os une. Depois que se despede, é como se nada tivesse acontecido. A família e os amigos não sabem de nada; ninguém sabe. Não há vestígios. Até você mesma se põe em dúvida se aquilo é real ou se é apenas um devaneio. A falta de compromisso se torna um ambiente confortável, muito cômodo para quem se feriu e prefere não ter que se explicar, que já não faz questão de ganhar ou perder. Alguém para ficar sem se apegar; sem os planos frustrados e possíveis decepções. Rótulos são inúteis para quem se enche de covardia e se recusa a enfrentar um relacionamento de verdade. Foi desta forma que descobri que não posso ser assim. Um dia a coragem retornou e o coração se abriu de novo. Senti a necessidade de mais. Sabia que merecia muito além de encontros esporádicos e do escasso contato depois do "até breve". A frieza nunca me fez bem; a falta de nomenclaturas, tampouco. Não sei se a culpa é do meu Sol em câncer ou da minha Vênus em sagitário, mas "ficar sério" não me agradou, porque, de um lado, só tinha um vislumbre de carinho e cuidado, e do outro, senti-me presa a uma só realidade – que sequer era verdadeira. Eu me percebi em um limbo, um purgatório emocional, esperando pelo começo ou pelo fim. Nenhum dos dois surgia. Após um longo e confuso ano, decidi que desceria para o inferno ou subiria ao céu. Então você me disse que ainda não estava apaixonado, mas que gostava muito de ficar comigo. O tipo de resposta de quem considera o topo do muro o melhor lugar do mundo. Nunca fui imparcial, por isso me joguei nas profundezas das trevas, porque preferi queimar a viver na sua falsidade afetuosa. Não foi indolor me deparar com as chamas, porque olhei para cima e me perguntei se não teria sido melhor ter ficado. Duvidei se havia algo de errado com minha própria bondade. Mais uma vez, eu me culpei e me desmereci. Você fez com que eu me sentisse alguém difícil de ser amada. Acompanhei minha autoestima ser dilacerada e o ego, novamente, rompido. Quantas vezes mais? O peso da culpa sempre me acompanhou e, meus parabéns, você ajudou a aumentá-la. Algumas toneladas para o que já era insuportável de carregar. Até que eu descobrisse que não havia nada de errado comigo, mas, com sua sordidez, já tinha entrado novamente na zona do medo e da frieza. "Ficar sério" nunca mais. Então, continuei queimando.

A CULPA É DO *GHOST WRITER*

Bartô chegou ao escritório no final da tarde, todo contente porque conseguiu fechar o livro de um youtuber que estava no auge, sobretudo por causa da grande quantidade de besteira que falava nas redes sociais. A VibePrint faturaria horrores com as vendas, porque o público do garoto, que não tinha mais do que quinze anos, era imenso.

Os funcionários pararam o que estavam fazendo a mando dele, e nos juntamos na sala de reuniões, mais uma vez, por motivo algum. Até a presença de Clodô fora solicitada, coisa que sequer tentei compreender. Eu já começava a achar que os encontros inúteis eram costumeiros dentro da editora. Ninguém nem reclamava.

— Vamos alcançar a lista dos mais vendidos do país com esse moleque! — o chefe já foi logo dizendo, sem se dar o trabalho de explicar por que, exatamente, estávamos ali. O sorriso que exibia iluminava toda a sala. — É um gurizinho engraçado. Eu o conheci hoje, estava com o agente. Bastante personalidade, sabe falar. Não tem uma história de vida muito elaborada, o coitado mal viveu. Mas o público vai se interessar mesmo assim, sabe-se lá por qual motivo. O importante é vendermos feito água! Aplausos para a VibePrint editora!

A empolgação dele me animou, por isso fui a primeira a iniciar a sessão de palmas que se sucedeu. Os funcionários sorriam também, deixando o clima mais descontraído.

– Só temos uma grande questão a resolver. – Bartô silenciou de repente, apoiando um cotovelo no braço e o rosto numa mão. Tamborilou os dedos sobre o queixo e ficou com o olhar perdido por alguns instantes. – O moleque não escreve nem uma frase que faça sentido. É realmente péssimo. – Soltou um longo suspiro e apoiou as mãos sobre a mesa enorme. Balançou a cabeça em negativa. – Não, nem todos podem escrever. Uma boa personalidade e senso de humor não significa que seja intelectual. Ele deve estar no Ensino Médio ainda. Vocês sabem como anda a educação deste país. Lamentável… É realmente uma pena. – Continuou negando com a cabeça, enquanto eu fazia uma careta confusa. Se o youtuber não escrevia nada, como lançaríamos um livro dele? A não ser que… – Nós precisamos de um *ghost writer* com urgência. Prometi isso ao agente para fecharmos logo o contrato. Não podia perder essa chance. Falei que tínhamos uma equipe preparada para isso.

– Mas não temos uma equipe preparada para isso, Bartô. – Aninha se adiantou prontamente, já com o rosto deformado pelo choque. – Nosso *ghost writer* se demitiu ano passado, esqueceu? Por causa daquilo que você disse.

Bartô chacoalhou os ombros. Eu ainda me perguntava como ele teve coragem de ir a um almoço aparentemente importante vestido daquele jeito.

– Ora… Só falei a verdade. Não tenho culpa se o sujeito era desprovido de emoções e só entregava textos que pareciam escritos por um robô.

Aninha revirou os olhos.

– Não precisava ter dito aquilo no meio do lançamento do livro, na frente de todo mundo. – Segurei a gargalhada, enquanto Bartô apenas colocava a mão na cintura e parecia relembrar do feito. Eu queria ter visto aquilo. Por outro lado, detestava sentir vergonha alheia e achava que não suportaria. – Espero que não se repita com esse youtuber famoso. A VibePrint precisa andar na linha, se teremos mais visibilidade.

Bartô soltou um resmungo.

– Vou ficar controlado, porque entregaremos um ótimo livro. Não é?

– Mas quem vai escrever? – Edgar perguntou.

Olhei para o meu colega e, de relance, percebi que Silas se acomodara ao lado dele e me encarava fixamente. Virei o rosto, esperando por aquela resolução que não tinha nada a ver comigo. Pelo menos era o que eu achava.

– Brenda poderia escrever. – De súbito, ouvi a voz de Silas soltando aquela sugestão maluca e travei inteirinha. Encarei-o. Ele mantinha um sorriso cínico aberto. – Os textos dela costumavam ser ótimos e cheios de personalidade. Emoção não vai faltar, além de um excelente português.

Soltei um arquejo audível. Sentia que todos dentro daquela sala olhavam para mim. O meu rosto estava tomado pela quentura e o coração batia ensandecido.

– É verdade, Bren-Bren? Você também escreve?

Pisquei os olhos na direção de Bartô.

– B-Bom… – A gaguejada que soltei me deixou ainda mais desconfortável. Como Silas teve a coragem de fazer aquilo comigo? Outro mico na frente de todo mundo? – Nada oficial. Não tenho experiência como *ghost writer*.

– Mas você escreve? – Bartô insistiu. – Porque aqui temos uma editora com leitores assíduos de vários estilos, mas nenhum escritor de verdade. Contratar um terceirizado vai contra tudo o que acredito! – Deu um soco leve na palma da mão.

– Edgar também escreve – Zoe comentou em tom de deboche.

– Eu não escrevo.

A CULPA É DO MEU EX

– Verdade, você nunca terminou nenhum dos seus romances "mel com açúcar". Mas bem que essa poderia ser a sua chance.

– Prefiro me manter um bom revisor e preparador de texto. – Edgar estava visivelmente chateado, mas segurou o timbre sério e firme. – O que tenho a ver com esse moleque? Detesto o YouTube.

– Claro que detesta – Zoe resmungou.

O pequeno embate entre os dois me ajudou a recuperar o fôlego e aquietar as batidas do meu coração. Ao menos a atenção sobre mim foi dispersada, porém, não durou muito. Bartô voltou a me encarar e apontou o dedo indicador para mim.

– Você escreve – definiu, simplesmente. – Marisa… – A mulher ergueu a cabeça de seu celular. Nenhum editor prestava atenção nas reuniões, e eu podia entendê-los. – Você edita. – Em seguida, o mesmo dedo recaiu sobre Silas. – E você revisa. Quero que se virem para entregar um texto emocionante, digno de *best-seller*. Vamos vender feito água no deserto! – O chefe soltou uma risada estranha, que me faria rir, se eu ainda não estivesse embasbacada.

– Mas, Bartô, eu não… – Comecei a negar toda aquela palhaçada, mas ele sorriu na minha direção com carinho, como se eu fosse uma filha que lhe trouxesse orgulho.

– Querida, eu li a redação que fez para se candidatar a esta vaga. Ninguém nunca se esforçou tanto. – Minhas bochechas se esquentaram ainda mais. – Muito boa. Você consegue, sem dúvida. Além de tudo, o bônus financeiro para o serviço é maravilhoso, vou te mostrar o contrato. – Fechei a boca no mesmo instante, porque achava que não ganharia nada para escrever. Pelo visto me enganei. Se a VibePrint fosse justa, eu receberia ao menos uma dezena de milhar na conta. – Se precisar de ajuda, chame o Silas. Já que ele te indicou, podem trabalhar juntos para garantir que o livro saia perfeito. – Bartô abriu uma expressão de quem fizera aquilo propositalmente, só para me deixar próxima

110

do meu ex. – Aposto como teremos grandes emoções por aqui. É disso que precisamos! – Bateu palmas sozinho e soltou uma risada cheia de contentamento. – Ah... Que bela sexta-feira. Acho que precisamos de um brinde para comemorar. Clodô, arranje aquele espumante, chegou a hora dele. Sim, temos que festejar este contrato!

Encarei o meu ex do outro lado da mesa e quase ergui o dedo do meio para ele. Não acreditava que havia me colocado numa situação como aquela, em que precisaria voltar a escrever depois de ter desistido de qualquer rabisco. As palavras deixaram de fazer sentido dentro de mim. O meu sonho de ser escritora fora engolido pela incapacidade de manter a inspiração. Não terminava nada do que começava. Havia umas trinta histórias iniciadas e jamais finalizadas no meu computador pessoal.

Silas era um grande cretino. Montou uma armadilha muito depressa, na velocidade dos acontecimentos, e o pior era não saber se havia sido para me zoar ou ajudar. Eu precisava do dinheiro, sem dúvida, mas necessitaria lidar, também, com tudo o que deixei para trás. Não fazia ideia se seria capaz de voltar a escrever.

Clodô apareceu com um espumante bom, e o brinde foi realizado com copinhos de plástico. Senti que os funcionários enrolaram o máximo possível, para não terem que voltar ao trabalho. Virei o líquido borbulhante de uma só vez, porque senti que o álcool poderia me ajudar a respirar melhor. Estava tremendo de nervosismo, sem saber no que tinha me enfiado e com uma enorme predisposição a sair correndo a qualquer instante.

– O que você fez? – murmurei para Silas, quando todos pareciam imersos em conversas paralelas, que não tinham a ver com o novo contrato.

– Um empurrãozinho para te colocar onde você deveria estar, docinho.

Apertei o plástico entre meus dedos com certa força, mas precisei me controlar para não fazer uma bagunça. Observei o Bartô todo empolgado, tirando *selfies* com o pessoal, um a um, enquanto erguia o copo na direção do celular.

– Por que acha que eu não deveria estar aqui? – resmunguei. – Você está aqui também, não? Sempre achei que fosse montar sua própria editora, e não viver dessa forma, sendo pau-mandado de um... – Suspirei ao visualizar o chefe novamente. Não consegui escolher uma palavra para defini-lo. – Do Bartô. Qual é a sua desculpa?

– A vida aconteceu, Brenda. – Silas virou o rosto, disfarçando o desconforto que aquela conversa provocava. – Os planos nem sempre dão certo.

– Exatamente! Precisei trabalhar e ganhar dinheiro tanto quanto você. Como continuar escrevendo romances, se deixei de acreditar no amor? – Silas ficou calado, e tive medo demais de conferir suas reações diante daquela verdade. – A vida aconteceu para mim, também. Apesar de que deve ter sido mais pesado para você.

– Por que acha isso?

– Porque não tenho nenhuma boca além da minha para alimentar – retruquei num resmungo sussurrado, mencionando o filho dele pela primeira vez. Nossos rostos continuaram bem afastados. – Posso imaginar por que se manteve tão otimista. Se fosse uma pessoa sozinha, jamais teria mantido o bom humor.

– Você tem razão. Não teria mantido qualquer humor, não depois de ter sido destruído. O meu filho é o que me mantém de pé e me faz aturar esse emprego.

Soltei um arquejo forte, juntamente com a risada. Não acreditava em como ele podia jogar a devastação provocada pelo nosso término inteirinha para cima de mim. Eu não me daria o trabalho de assumir qualquer parcela de culpa, enquanto ele apontasse o dedo na minha cara e se fizesse de vítima.

— Coitado de você — sibilei com certa grosseria. — Vamos falar de destruição? O que acha que me mantém de pé agora?

Silas pensou um pouco, antes de responder:

— Provavelmente, essa sua raiva.

— Bingo! — Aplaudi, afastando-me um passo dele. Decidi encará-lo, então me dei conta de que o meu ex estava quase fervendo, com o rosto inteiro vermelho. — Se esse livro der errado, a culpa será sua. Acho bom começar a se inspirar, meu chapa. Não vou passar vergonha por sua causa de novo. Chega de tanta humilhação.

— Não fiz isso para te humilhar. Conheço o seu potencial. — A voz soou fria como uma pedra de gelo. — Parece que você ainda não tem ideia do que é capaz, como há treze anos. Eu me pergunto se sabe o que se tornou.

— E o que raios você acha que me tornei, Silas?

— Não sei. Não faço ideia de quem seja essa mulher amarga, mas você ainda está aí. Aquela por quem quase morri de amor. — Ele olhou para além de mim, evitando meu rosto, enquanto eu sentia o meu peito afundar. — Posso reconhecê-la de longe e não me conformo nem com as diferenças, nem com as similaridades.

Pisquei várias vezes, arrebatada por milhões de emoções controversas, vidrada no contorno interessante de seu queixo charmoso. No fundo, compreendia perfeitamente o que ele estava dizendo. A maneira como Silas parecia tão diferente mas tão igual ao homem que amei deixava-me inconformada.

Bartô nos alcançou naquele instante.

— Bren-Bren, a nova escritora do pedaço! Estou tão feliz por você estar aqui! Melhor contratação do ano, com certeza, soube disso desde o início. Só alguém especial nos recepcionaria daquele jeito. — Tirou *selfies* comigo e com Silas, sem qualquer aviso ou preparação, e podia apostar que ambos fizemos enormes caras de bunda. — Venha, vou te mostrar o seu contrato, só não vomite em cima dele! – O chefe riu sozinho.

O meu ex ficou sem respostas ou contra-argumentos, porque fui levada para a sala de Bartô, que me mostrou o contrato que sempre fazia para o antigo *ghost writer*, porém com o valor de remuneração atualizado, dentro do que exigia o mercado naquele ano.

Sabia que precisava ter coragem para enfrentar aquilo. A vontade de recusar a proposta se foi assim que coloquei os olhos no montante. Teria que dar certo. Eu realmente voltaria a escrever, ainda que fosse por dinheiro, mesmo que não ficasse com os direitos autorais. Meus nervos estavam em polvorosa, e eu não aguentava mais aquela sexta-feira cheia de emoções.

Falei para Bartô que pensaria melhor na proposta durante o fim de semana e levei o contrato comigo. Tinha que saber onde estava me metendo. O chefe não objetou, achou ponderado que eu analisasse todos os termos e ficasse ciente de cada detalhe.

De volta à sala de revisão, notando que a hora do fim do expediente estava muito próxima, guardei o novo papel dentro da pasta verde e me preparei para levar tudo para casa.

– O que está fazendo? – Zoe perguntou com estranhamento.

– Vou aproveitar o fim de semana para revisar. Meu prazo é apertado.

– Para quando ficou? – A careta dela se tornou mais confusa.

– Quarta-feira.

Zoe bufou, e os rapazes a acompanharam no riso.

– Não se preocupe, Brenda. – Edgar se enfiou no meio da conversa. – Esse prazo é impraticável para a quantidade de páginas do seu original. – Apontou para a pasta apoiada no meu braço. – Ninguém segue os prazos doidos que o Bartô dá. O livro que estou revisando agora era para ter sido entregue no mês passado, segundo ele.

– Sério? – Fiquei chocada com aquilo. – Então posso atrasar?

– Mas é claro! – Zoe prosseguiu, voltando a rir. – Não se preocupe, descanse durante o fim de semana. Aqui ninguém leva trabalho para casa.

– Se der, deu, se não der, paciência – Edgar concluiu.

O alívio foi tão grande que até me animei para sair um pouco durante o fim de semana. Quem sabe rever algumas amigas? Fiquei contente com a nova rotina, de súbito considerando aquele emprego melhor do que pensei. Quando trabalhava em casa, não tinha essa de descansar. As horas pareciam todas iguais. Era revisão atrás de revisão, não existia fim de semana, feriados e, menos ainda, férias.

Já no fim do expediente, nós quatro pegamos o elevador juntos, porém Edgar e Zoe desceram no térreo do prédio comercial, já que voltariam para casa de metrô. Precisei descer um único andar, rumo à garagem subterrânea, ao lado do Silas. Não falamos nada durante aqueles segundos. O silêncio reinou com o constrangimento, porém foi tão rápido que tentei não me importar.

Contudo, assim que as portas se abriram e dei um passo para fora do elevador, avistei uma criança largando a mão de uma mulher e iniciando uma corrida na minha direção, a toda velocidade.

– Pai! – gritou.

Dei um pulo de susto quando ela passou por mim feito um foguete, até praticamente se jogar nos braços de Silas. Aquela cena me deixou apavorada. Eu não esperava ver o filho dele tão cedo, daquela forma simples e calorosa. Fiquei parada como uma planta, olhando o garoto que não parecia ter mais do que uns sete ou oito anos. Seus cabelos eram castanho-claros e os olhos, verdes e brilhantes.

Sentia o meu interior trincando, por não suportar o impacto.

– Brenda? – Alguém parou na minha frente. Ergui a cabeça e me deparei com a mãe de Silas. Marejei no mesmo instante, foi automático, mas continuei paralisada, sem saber o que fazer ou dizer. – É você mesmo, Brenda? – Olhou para o filho mais velho, que havia agarrado o moleque nos braços.

– Oi, tia Zélia – murmurei. Mal consegui engolir a saliva. A mulher diante de mim estava, óbvio, mais velha do que me lembrava e parecia meio abatida, cansada. O tempo havia chegado para ela com toda força. – A senhora está bem?

– Minha nossa, Brenda! – Tia Zélia me deu um abraço apertado, ignorando a resposta. Quase derramei as lágrimas que se formaram. Precisei me controlar muito. – Quanto tempo! O que faz por aqui?

Com ar de plena dúvida, ela voltou a encarar Silas, que já acompanhava a cena de reencontro sem se envolver. Manteve-se calado e sério, com o moleque aninhado ao redor de seus braços feito um filhote de macaquinho.

– Estou trabalhando nesse prédio – expliquei, sem graça. Preferi não dar muitos detalhes. Tia Zélia que perguntasse ao Silas depois.

– Oh… Eu não sabia. Mas que bom te encontrar. Como estão seus pais?

– Estão bem… Todos bem, graças a Deus. – Não perguntei sobre a família dela porque já sabia que tio Joaquim falecera. Achei que a entristeceria se fizesse qualquer questionamento. – Preciso ir. Tchau, tia Zélia. Bom te ver.

– Tchau, meu bem. Você está muito linda, querida. Lindíssima.

– Obrigada.

Acenei somente para ela e virei as costas. Praticamente corri até o meu carro, enfim, aproveitando que ninguém via o meu rosto para deixar as primeiras lágrimas serem derramadas. Fiquei inconformada. Aquela era a palavra do dia.

Não aguentava a dor que se espalhava dentro de mim. Não suportava o fato de que Silas teve um filho como tanto desejamos, com os olhos lindos que eram tão dele. Uma criança maravilhosa, que poderia ter sido nossa. Poderia.

Assim que entrei no veículo, chorei copiosamente por tudo o que eu não tinha. Pelo que não tivemos e jamais teríamos. Era uma falta que nunca seria preenchida dentro de mim. Um vazio infinito.

A CULPA É

CAPÍTULO 9

Eu não sei o que é pior:
Evitar se apaixonar para não se decepcionar
Ou se entregar de verdade e só receber frustrações.
Ambos trazem uma dolorosa solidão.
Há um instante em que muito se esgota,
Inclusive a paciência e o otimismo.
Quando se deixa de acreditar no amor,
É incrível como, automaticamente,
Deixa-se de acreditar em tudo.
Ser feliz já não é o esperado.

A CULPA É DA APOSTA

Usei o sábado e o domingo para me recuperar da louca e emocionante primeira semana no emprego novo. Senti que era uma necessidade parar de pensar no passado e não deixar que ele me corroesse, porque, no fim das contas, de nada adiantaria. Apenas o presente me interessava, por isso curti ao máximo. Pratiquei exercícios, cuidei da minha casa e de mim, saí com as amigas e abri um vinho enquanto lia um bom livro. Fazia um tempo que não aproveitava, de verdade, uma pausa merecida.

Na segunda-feira, cheguei à VibePrint com os ânimos renovados, pronta para entregar o contrato novo já assinado. Depois de reler cada cláusula, percebi que não me traria tanto trabalho assim. O livro teria apenas cem páginas, já que o público do garoto provavelmente não leria mais do que isso. Pesquisei sobre o youtuber, a fim de conhecê-lo melhor, e até que ri em alguns vídeos dele.

Bartô tinha razão, ao menos o moleque possuía senso de humor e boa personalidade. Não me pareceu um adolescente imbecil qualquer com uma câmera. Precisaríamos nos reunir para alinhar a temática da história, um romance baseado na sua parca trajetória de vida, e eu estava certa de que daria conta do serviço. Já tinha até começado a pensar nas informações que poderiam ser utilizadas na trama.

– Bom dia! – saudei, animada, assim que cheguei à sala dos revisores. O chefe ainda não havia chegado, segundo Betinha, portanto passei direto pela sala dele. Enquanto isso, teria que finalizar a revisão.

– Bom dia, Brenda! – Zoe ainda estava com cara de sono.

Os meninos soltaram alguns resmungos em saudação e me sentei à mesa. Senti certo desconforto ao perceber Silas de volta ao seu visual executivo engomadinho, mas estava decidida a não deixar que me tirasse do sério. Tinha que me concentrar no meu trabalho até a presença dele e nada se tornarem a mesma coisa.

Distribuí os meus pertences ao longo do tampo de madeira e dei uma olhada no relógio de parede, só para marcar o horário exato em que começaria a revisar. Eu tinha mania de monitorar o tempo que gastava em cada capítulo, para que não me atrasasse e mantivesse o ritmo de leitura. Aquilo fazia com que o meu foco não se dispersasse à toa.

No entanto, daquela vez precisei parar e olhar duas vezes para o simples relógio branco que vivia exposto na face do fundo da sala, para que nós quatro tivéssemos acesso. Semicerrei os olhos, já sentindo o meu corpo reagir ao que eu compreendia aos poucos, em pequenas doses. Pareceu-me tão inquietante e, ao mesmo tempo, bizarro, que demorei a juntar as informações.

Bem no meio do relógio de parede estava colada, com fita adesiva, uma foto antiga minha e do Silas, abraçadinhos. Eu me lembrava daquele dia. Foi a primeira fotografia que tiramos dentro da nossa quitinete, quando toda a mudança estava em seu devido lugar e nos sentíamos completos, realizados por iniciar o que seria um sonho.

Não nos arrumamos, apenas nos sentamos no pequeno sofá usado e deixamos gravada para sempre a felicidade que nos rodeava. Naquela noite, abrimos um vinho barato e fizemos amor até a exaustão. Recordava-me da sensação de que nada mais me faltava. Que estava preenchida pelo simples fato de tê-lo na minha vida.

Enquanto analisava aquela imagem, os meus braços tremiam e os olhos marejavam com violência. Não ousei conferir as reações do idiota que havia colocado aquela lembrança estampada bem no local em que ele sabia que eu olhava sempre.

Eu não entendia o que Silas queria comigo. Provocar memórias assim, tão claramente, só para me desestabilizar? Achava que nossas brincadeiras não seriam sobre coisas sérias. Não queria que levasse nada para aquela direção.

Um minuto completo se passou, contado segundo a segundo, e usei cada um deles para me recompor. Eu estava exagerando. Uma porcaria de fotografia não podia me deixar daquele jeito. Talvez, para Silas, fosse uma pirraça qualquer.

Era daquela forma que eu levaria.

– Sinto saudade dos meus cabelos longos – comentei com firmeza forçada, guardando as lágrimas no fundo do meu ser. – Nunca mais ficaram desse tamanho. Como eu era magrinha... Depois dos trinta, caiu foi tudo. – Ri sozinha, para mim mesma, e enfim tive coragem de reparar nos pares de olhos mirados em mim.

– Droga – Edgar resmungou.

– Isso! – Zoe se levantou e chacoalhou o meu ombro, soltando uma risada escandalosa. – Eu sabia!

– O que... – Fiquei muito confusa com a reação dos dois.

– Eles apostaram se você choraria ou não ao ver a foto. – Silas estava de braços cruzados, encarando-me com seriedade. Não parecia satisfeito, ainda que tivesse acabado de zoar comigo de propósito ao colocar aquela fotografia ali.

Virei-me para Edgar, decepcionada.

– Você apostou no meu choro? – Depois, reparei numa Zoe contentíssima. – Vamos fazer isso agora? Apostar em quem chora mais? Não acham que é meio ridículo?

Silas se adiantou:

– Não fiz nada, foram eles que apostaram. – Limpou a garganta e se aprumou na cadeira, visivelmente desconfortável com a situação. Eu ainda não entendia por que ele havia feito uma coisa que não afetava apenas a mim. Era visível. – Apenas colei a foto e esperei você chegar.

– E por que colocou essa porcaria aí? – Silas me encarou, mas não pareceu me enxergar de verdade. – Perdeu a noção de vez? – resmunguei.

– A ideia era apenas te provocar. Soava engraçado na minha cabeça.

– Só na sua cabeça mesmo – aticei, descrente.

Ele se levantou, bufando, e arrancou o papel em um segundo, liberando o relógio que continuou trabalhando, alheio àquela pequena confusão matinal.

– Ai, desculpe, Brenda! Sério, não foi por maldade. – Zoe segurou a minha mão e a acarinhou. – A ideia da aposta foi culpa minha… Ainda nem acordei direito. Não parei para pensar nisso. – Ela parecia, de fato, arrependida, porém logo abriu um sorrisinho. – Ao menos arranquei cinquenta reais do Edgar. Eu sabia que você não choraria por uma besteira dessas.

Arregalei os olhos. Bom, eu quase tinha chorado. Dei graças a todos os deuses por ter me segurado o suficiente para não passar mais vergonha do que aquilo.

– Acho que Brenda é quem tem que ficar com essa grana. – Edgar abriu a carteira e retirou uma nota. Jogou-a sobre a minha mesa. – Nada mais justo. Eu também não pensei direito. Não se brinca com essas coisas.

– Pelo visto, ninguém andou pensando muito hoje. – Ergui a sobrancelha para o Silas. A minha mente iniciou um trabalho a todo vapor. A ideia que tive quase me fez gargalhar, por isso precisou ser exposta rápido: – Vamos fazer assim. – Abri minha bolsa e tirei mais algumas notas de dentro dela. Juntei-as com o dinheiro do Edgar. – Podem dar seus lances. Ainda hoje vou fazer o Silas chorar. – Contive a risada ao reparar o olhar dele se modificando para o espanto. – Se não acontecer, Zoe e Edgar dividem a grana. Mas, se acontecer, Silas leva tudo. Nada mais justo, não?

– Vamos mesmo apostar em quem chora? – O meu ex expressava choque e, logo percebi, certo receio de ser humilhado. – Parou para refletir que em qualquer um dos casos você não vai ganhar nada, docinho?

– Ah, vou ganhar, sim. – Pisquei um olho. – E será ótimo.

O homem voltou a cruzar os braços na frente do corpo altivo. A nossa foto foi colada sobre a sua mesa, no cantinho, e o fato de não parecer que a tiraria dali tão cedo me enervava. Por um segundo, achei que fosse jogá-la no lixo, mas Silas simplesmente a deixou visível, como se não significasse muita coisa para ele.

– Admito que exagerei na brincadeira. Também não deveria ter permitido que apostassem. Não preci…

– Não, Silinhas, sem perdões, lembra? – interrompi-o. – Vai pegar ou largar? – Abri um sorriso carregado de malícia. De um instante para o outro, já estava achando aquilo tudo o máximo. – Guerra é guerra, afinal. Vale tudo.

– E se ele chorar só para ficar com o dinheiro? – Zoe questionou.

Silas prendeu os lábios, extremamente sério.

– Eu não faria uma coisa dessas.

A garota sorriu e sacudiu mais uma nota de cinquenta sobre o pequeno bolo que se formava. Zoe nem se deu o trabalho de esconder a satisfação. Silas me encarou por alguns segundos, em seguida pegou a carteira e contribuiu para o nosso bolão absolutamente inapropriado. Eu estava ansiosa, mas precisaria controlar os impulsos e me vingar do jeito certo, para não haver erros.

Retornei ao trabalho sem mais nada comentar. Zoe e Edgar ainda discutiram um pouco sobre a procedência insensível daquela aposta, porém não me envolvi. Eu não estava chateada com eles. O único culpado daquela sala era o Silas, por ter mexido com lembranças que deveria ter deixado no passado. Nós dois possuíamos um baú repleto de memórias que, eu sabia, assim que fosse aberto, não o deixaria indiferente.

Como era segunda-feira, coloquei a minha playlist para tocar na caixinha de som. As músicas que eu usava para revisar eram todas instrumentais, a maioria no piano, o que muito agradou ao Edgar. O rapaz não poupou elogios. Deixei que tocasse e fiquei satisfeita por descobrir que não incomodava ninguém, pelo contrário.

Assim que Bartô chegou à empresa, um pouco mais tarde do que o habitual, bateu na porta da sala de revisores e a abriu. Novamente, não ousou entrar.

– Bom dia, meus queridinhos! – falou para todos, e recebeu saudações menos entusiasmadas, porém educadas, em retorno. – Bren-Bren? E então, já se decidiu? Vai assinar o contrato?

– Sim, Bartô. – Puxei o papel que jazia embaixo da minha agenda e me levantei, no entanto, parei alguns passos distantes da porta. Queria conferir se o chefe de fato não entraria naquela sala ou se eu estava ficando maluca por pensar tanto a respeito disso. – Aqui está. – Chacoalhei o contrato e abri um sorriso.

Ele não se moveu. Olhou para o papel como se fosse um cachorrinho em dúvida se pegaria, ou não, um pedaço de osso suspeito.

123

– Que ótimo, querida. Ainda nesta semana marcarei uma reunião com o youtuber e seu agente. Eu te avisarei assim que souber os detalhes. – Bartô ergueu o braço, esticando-o totalmente, porém não entrou de jeito nenhum.

– Ótimo!

Continuei encarando-o, esperando seu movimento. Ofereci o contrato com menos ênfase. Ouvi algumas risadas atrás de mim.

– Bren-Bren... Poderia me passar o contrato?

– Sim, está aqui. – Estiquei o meu braço também, porém não foi o bastante para que o alcançasse. Bartô, então, apoiou-se no portal e se inclinou todo, fazendo tanta força que o fez soltar um resmungo.

Enfim, esticou-se o suficiente para agarrar o contrato.

– Obrigado, Bren-Bren. – Ele encarou os meus colegas de trabalho com a expressão meio irritada e, logo em seguida, fechou a porta.

Eu me virei para o pessoal, que ria com ainda mais intensidade.

– O que vocês fizeram para Bartô não entrar de jeito nenhum aqui dentro? – perguntei, curiosa, porque era muito engraçado mexer com o chefe, e ainda não acreditava na forma como ele caía direitinho.

– Ameaça velada – Edgar soltou.

– Dissemos a ele que sentiríamos muita vontade de nos demitir ao mesmo tempo, caso ele entrasse na sala dos revisores – Zoe emendou, sorrindo.

– E ele levou ao pé da letra, claro! – Edgar fez todos rirem de novo.

Levei uma mão à boca, segurando o riso e o choque.

– É sério?

Zoe assentiu.

– Era isso ou sermos interrompidos a cada cinco minutos. – A garota fez uma careta impaciente, revirando os olhos. – Ninguém aguentava mais.

– Posso imaginar!

Voltei a sentar à minha mesa.

– Aceitou o trabalho? – Silas questionou, olhando-me com curiosidade.

– Aceitei.

Abriu um sorriso curto, que ele logo disfarçou com um pigarro.

– Por nada – alfinetou.

Fiquei quieta porque não o agradeceria por ter me feito passar vergonha no meio de uma reunião, nem por me indicar para um serviço que não sabia se eu ia querer fazer. Pelo visto, não se livrou da mania de decidir as coisas por mim. Silas não podia achar que tinha o direito de me jogar nas situações como bem entendesse. Era por isso que qualquer atitude sua precisava ter um retorno.

As horas passavam e eu percebia o clima dentro da sala dos revisores se tornando mais pesado. Edgar e Zoe estavam ansiosos para o momento em que eu faria Silas chorar. Dava para perceber na forma como nos olhavam e se remexiam. Já o meu ex ficou em um estado engraçadíssimo de alerta. Manteve-se assustado durante todo o horário de almoço, achando que eu faria alguma coisa a qualquer instante.

Perceber seu receio me animava muito. A vingança já estava sendo efetuada só por vê-lo agitado, nervoso, tentando se preparar para um ataque que não fazia ideia de como ou em que momento aconteceria, nem se seria capaz de se proteger a tempo de evitar a emoção. A espera estava matando-o por dentro, era o que eu via em seu semblante, e sua morte lenta e dolorosa me deixava com vontade de gargalhar.

Saboreei cada minuto e fiz meu trabalho numa boa, fingindo estar esquecida, ainda que o bolinho de dinheiro entre as quatro mesas não nos deixasse esquecer. Eu tinha até o fim do expediente e apenas uma preciosa carta na manga, que teria que, necessariamente, funcionar.

Foi em torno das cinco e meia, quando Silas já tinha contorcido entre os dedos um monte de pedaços de papel, que decidi que era a hora. Não houve alardes. Peguei o meu celular e, sem chamar a atenção de ninguém, troquei a música instrumental por outra. Os acordes ressoaram devagar, como era para ser, e não pude evitar sentir um aperto tremendo dentro do peito.

Eu não tinha pensado nessa parte importante. Naquela que eu também era afetada. Os meus batimentos cardíacos se aceleraram de imediato, antes mesmo de a voz ecoar pela pequena sala de revisores.

Meu coração, sem direção
Voando só por voar
Sem saber onde chegar
Sonhando em te encontrar

Silas ergueu o rosto de seu notebook e me encarou como se não acreditasse naquilo. Mantive o olhar em sua direção, compreendendo que era obrigatório permanecer controlada, firme, encarando-o profundamente. Queria analisar cada uma de suas reações. Não podia perder nada. Segurei a vontade de rir ao perceber o rubor se alastrando em sua face estranhamente séria.

E as estrelas
Que hoje eu descobri
No seu olhar
As estrelas vão me guiar

– Que música doida é essa? – Zoe questionou, fazendo uma careta, enquanto Silas ainda me observava sem mexer um milímetro. Pela forma como inflava, certamente havia prendido a respiração.

– Não conhece essa música? – Edgar questionou com surpresa. – Mentira, né?

O meu ex ainda me olhava e, mesmo sendo difícil, eu o reparava minuciosamente.

Se eu não te amasse tanto assim
Talvez perdesse os sonhos
Dentro de mim
E vivesse na escuridão

Foi impossível não me recordar daquela noite. Quando Silas me levou para jantar e essa música tocou no som ambiente do restaurante, que nem era lá essas coisas. A gente se divertia com muito pouco. Na ocasião, ele se levantou e me tirou para uma dança no meio do salão, ainda que estivesse vazio. Lembrava-me de ter sentido vergonha, mas, ainda assim, estava tão apaixonada e precisava tanto dos braços dele que fui.

Bailamos devagar, um passo para um lado, um passo para o outro, sem nos preocupar com quem estava vendo. Não existia mundo. Havia apenas nós dois e um amor novo que florescia e se espalhava como fumaça. Estava por toda parte e se instalou em mim. Foi naquele mísero instante que me dei conta de que ele era o amor da minha vida.

Se eu não te amasse tanto assim
Talvez não visse flores
Por onde eu vim
Dentro do meu coração

Edgar e Zoe discutiam sobre quem estava cantando e de qual ano era a canção, para que a garota não a reconhecesse prontamente. Havia sido um grande sucesso, que se estendeu ao longo de anos e marcou gerações. O rapaz estava chocado com o fato de Zoe não identificar nenhuma parte da letra.

Silas ainda me encarava. As vozes dos nossos colegas foram silenciadas pelas batidas intensas do meu próprio coração. Manteve-se veloz, enlouquecido, pedia socorro e não encontrava qualquer saída. Não havia por onde escapar.

Aquelas lembranças eram nossas e de ninguém mais. Compartilhávamos o sabor do beijo que trocamos naquela noite. Pude sentir a mão dele na minha cintura, apertando com força. Nossas respirações estavam errantes.

O que eram treze anos? Naqueles segundos, não significaram nada. Estávamos no meio da pista ainda, abraçados. Entregues a um momento que seria impossível de ser repetido, o que me pareceu o mais engraçado com relação ao tempo. Ele não voltava, mas talvez não precisasse. Se pudéssemos reviver, de fato, tudo o que quiséssemos, aquela música jamais nos traria tanta emoção. O que foi bom nunca será perdido.

Os olhos dele começaram a brilhar.

Hoje eu sei, eu te amei
No vento de um temporal
Mas fui mais, muito além
Do tempo do vendaval

As palavras dele foram, de novo, sussurradas no meu ouvido, ainda que o Silas do presente sequer tivesse aberto a boca:

– Eu te amo, Brenda.

Foi a primeira vez que me disse com todas as letras. O amor correspondido possuía um gosto adocicado, e pude senti-lo na minha língua da mesma forma, como a jovem Brenda sentira anos atrás. Notei que não perdera um só resquício de sabor; não se estragou, como eu havia imaginado. Talvez fosse como vinho e melhorasse com o tempo. A crosta formada, toda a fermentação, talvez apenas o fortalecesse.

Tentei engolir aquele gosto enervante, mas a garganta estava travada, e as lágrimas se acumulavam nos meus olhos. Silas começou a tremer. A primeira região a ser atingida foi a dos lábios. Eles estremeciam conforme a melodia continuava.

Nos desejos, num beijo
Que eu jamais provei igual
E as estrelas dão um sinal

Silas soltou um ofego forte, capaz de cessar qualquer discussão que rolava à nossa volta. A expressão dele se transformou num profundo sofrimento, numa agonia que me assustou. Foi muito repentina. A dor tremenda exalada em cada poro de seu corpo me fez conter um soluço. Silas se contorceu, prendeu os punhos com força e ergueu a cabeça, desfazendo a nossa conexão, mas foi impossível não se deixar derramar.

As suas lágrimas rolaram em excesso, de uma só vez, juntamente com um soluço que, dentro da minha cabeça, ecoou por todo o prédio. Depois de soltar um grunhido enfurecido, o homem se levantou e saiu da sala de revisores às pressas.

Fiquei apenas com o refrão final.

Se eu não te amasse tanto assim
Talvez não visse flores
Por onde eu vim
Dentro do meu coração.

A música teve fim e continuei embalada pelas sensações malucas que me causou. Só percebi que eu estava aos prantos quando Zoe me puxou para si, afundando a minha cabeça em seu ombro aconchegante.

– Oh, Brenda. Poxa…

Soltei inúmeros soluços. Agarrei os braços dela e coloquei para fora toda a dor que estava sentindo. Todo o ressentimento, a raiva, a angústia. Eu o fiz chorar, mas não saí daquela numa boa. Atirei, mas fui ferida, dilacerada. Não havia vencedores. Todos nós perdemos um pedaço daquilo que um dia foi importante.

– Vocês precisam conversar logo – Zoe disse num tom baixo, carinhoso. – Não podem continuar desse jeito.

– Vou ver como ele está. – Edgar se prontificou, mas a garota o interrompeu.

– Não. Deixa o coitado em paz. Deixe que chore, será bom.

Abafei alguns gemidos na blusa de Zoe, até me sentir uma imbecil completa por ter feito aquilo. Não se mexia com os sentimentos dos outros. Estávamos pisando em terrenos muito confusos e intocados.

Separei-me dela, na tentativa de me recompor. Funguei algumas vezes e enxuguei o restante das lágrimas com as duas mãos. Precisava ser forte.

– Eu vou – murmurei, decidida. – Afinal, eu que provoquei essa merda.

– Vá. – Zoe assentiu, sorrindo um pouco.

Levantei-me devagar, para não passar mal ou me sentir tonta, e saí da sala procurando chamar a mínima atenção possível. Já estava perto do fim do expediente, ou seja, ninguém mais se preocupava com nada além de ir embora. Andei devagar pelo salão principal, perguntando-me onde Silas estaria. A resposta mais lógica era o banheiro masculino, por isso parei na frente da porta.

Hesitei por uns instantes, até ouvir os seus fungados.

Suspirei fundo, em seguida soltei bastante ar dos pulmões e, enfim, tive coragem para entrar. Encontrei Silas com as mãos sobre a bancada das pias, curvado, fazendo o possível para segurar o choro. Quando ergueu a cabeça novamente, encontrou-me atrás dele. Nossos olhares avermelhados se cruzaram através do espelho.

– Você está…

Mas Silas não esperou que eu perguntasse nada. Em um instante, virou-se de frente para mim, puxou o meu braço e girou nossos corpos. Imprensou os meus quadris na bancada, empurrando-me com seu tronco grande.

Antes que eu pudesse respirar ou compreender o que acontecia conosco, suas mãos já estavam no meu rosto e os lábios, colados nos meus.

A CULPA É

CAPÍTULO 10

O desespero de sair da solidão pode
te fazer acordar ao lado de alguém
cujos defeitos você não suporta.

A CULPA É DO BEIJO

Assim que a boca ansiosa de Silas foi colocada sobre a minha, cada partícula do meu corpo sofreu um forte abalo. Assisti a uma enorme tragédia acontecendo em meu interior; milhões de explosões se iniciaram, e eu não soube o que fazer além de permitir que prosseguisse. Qualquer tentativa de evitar me pareceu inútil.

O rosto dele tão perto exalava dor e sofrimento através das lágrimas que ainda escorriam. O seu cheiro, que não reconheci, tirou-me de órbita; o toque – esse, sim, muito reconhecível – se tornou mais preciso. A língua dele chamou a minha com sofreguidão, de maneira tal que me vi incapaz de raciocinar, de me afastar, de buscar algum motivo para não permitir que acontecesse.

Mas aconteceu.

Com uma sede incontrolável, correspondi àquele beijo dolorido como se necessitasse dele para sobreviver. Depositei as mãos em seu rosto e me surpreendi com o fato de ainda ser capaz de identificar os seus contornos. Apesar de mudado, existia tanto do Silas – do meu Silas – que a emoção pura me arrebatou. As minhas lágrimas se misturaram com as dele, caíram em uma enxurrada irrefreável.

Pranteei entre seus lábios, enquanto ainda insistia naquele beijo que me enchia dos mais torturantes sentimentos. Não pude rotulá-

-los numa só categoria. Era impossível. Havia não apenas um visível desejo e o palpável desespero, mas também uma raiva avassaladora, o ressentimento cruel, o peso da culpa, a profunda e insustentável saudade. Eu o beijava e me desesperava, então chorava com mais força e prosseguia, porque parecia que aquele beijo era tanto a nossa ruína quanto a salvação.

Não sabia que precisava tanto daquilo. Dos lábios dele sugando os meus com ferocidade, das mãos indecisas de onde se colocar. Silas as guiou pelo meu pescoço, desceu para os braços, subiu novamente para a minha face. Eu não conseguia respirar, mesmo com as pausas que dávamos para conter soluços audíveis.

Segurei seus cabelos e os puxei com força, tornando possível que nossos corpos se grudassem de vez. Pude sentir a dureza de sua excitação em meu ventre, e aquilo me deixou tão estranhamente emocionada e ofendida, tudo ao mesmo tempo, que precisei soltar mais soluços. A angústia aumentava conforme notava que não conseguiríamos parar. Eu não podia, embora uma grande parte de mim pedisse socorro, soasse todos os alertas possíveis e imagináveis. Silas parecia que não recuaria tão cedo.

As suas mãos, a cada segundo mais afoitas, apertaram a minha cintura e subiram para os meus seios. Hesitaram, em dúvida, e deixaram apenas alguns apertos antes de tomarem minhas pernas. Ele ergueu meu corpo em chamas, no meio daquela explosão insana, depositando-me sobre a bancada. Automaticamente, abri as pernas ao redor do seu tronco.

Silas apertou minhas coxas e afundou a boca em meus lábios de novo. Não durou muito. Ele parou e soluçou, entrando em um pranto muito mais forte. Sua dor tão exposta me fez chorar ruidosamente, sem me conter, e tivemos que fazer aquela pausa maluca nos braços um do outro. O homem me puxou e envolveu os braços longos ao meu redor. Foi o bastante para que soluçássemos em desespero.

– Que saudade... – ele choramingou feito um menino. – Meu Deus.

– Silas... – Tentei encontrar algum discernimento para removê-lo de cima de mim, porém a verdade era que eu não queria. Nenhuma fibra do meu ser desejava qualquer afastamento. – Silas.

Foi por isso que, em vez de empurrá-lo, puxei-o pela nuca e nossos lábios se encontraram novamente, naqueles movimentos sem sentido que já sabíamos de cor. Era uma coreografia antiga ensaiada à exaustão, e que sabíamos que era perfeita porque era exatamente como nós dois gostávamos. Tivemos bastante prática para aperfeiçoá-la.

Eu nunca mais havia atingido aquele nível de prazer na minha vida, e ficar ciente disso me trouxe mais indignação. Jamais consegui encontrar aquele beijo perfeitamente encaixado em outra pessoa. Era revoltante, no mínimo. Silas estava ali tão autêntico, oferecendo-me o que o meu corpo tinha me implorado ao longo daqueles anos.

Estar ciente disso só me fez soluçar alto; de raiva e pleno deleite. Aquilo tudo junto me esmagava, mas eu me sentia voltando à vida, como se respirasse novamente após um longo e profundo mergulho na escuridão.

Trocávamos saliva, lágrimas e outros fluidos que surgiam por causa do nosso choro incontido, mas não nos importamos. Porque havia uma intimidade enraizada, algo de que não nos livramos, uma energia que nem o tempo fora capaz de apagar. Ela funcionava e me dominava, paralisava o meu corpo e o atiçava até me arrancar, em meio aos soluços, alguns gemidos de pura excitação.

– Eu quero você, Brenda – Silas choramingou entredentes, usando um timbre que não reconheci e que, talvez, fosse resultado da mistura de emoções que também me acometia. Era suave e bruto, raivoso e delicado. Inexplicável e intraduzível, e ainda assim pude entender completamente. – Agora.

Ele ainda me deu alguns segundos para contra-argumentar. Não consegui. Talvez porque não soubesse o que Silas faria em seguida, ou porque de fato não desejasse recuar. A razão ainda estava longe, embora me rodeasse por alto, era uma incômoda que assistia à insanidade de braços cruzados, sem se apresentar de verdade.

Silas me puxou de volta para o chão e as minhas pernas bambearam. Agarrou o meu corpo antes que ele reagisse e simplesmente nos enfiou em uma das cabines do banheiro masculino. A antiga versão dele jamais faria algo da espécie. Era tímido, demorava demais para tomar uma atitude, sentia vergonha. Sempre fui a mais ousada e inconsequente. Mas os olhos daquele novo Silas não estavam nem um pouco hesitantes. A certeza dentro deles me açoitou feito um chicote, provocando-me uma dor absurda.

Foi ele quem trancou a porta e logo me imprensou contra uma face da cabine, tomando a liberdade de intensificar a crueza daquela nossa troca desajuizada. Mal cabíamos dentro daquele pequeno espaço, e quando se acrescentava o turbilhão de emoções que nos envolvia, era certo dizer que nos tornamos gigantes passando pelo buraco de uma agulha a toda velocidade.

O meu corpo inteiro doía e chamuscava. Eu chorava, inconsolada, e gemia sob seu toque mais íntimo. Solucei quando apalpou meus seios por cima da camisa. Estremeci ao sentir seus dedos procurando pela intimidade entre minhas pernas. Era inimaginável que tentasse ocupar um espaço que já não era mais dele, e que não deveria, mas que eu não conseguia evitar. Impedi-lo seria tolice.

A solução que ofereci a mim mesma foi a de sempre: fazer com que cada atitude de Silas tivesse um retorno, portanto, enfiei uma mão dentro de sua calça e o encontrei endurecido e pulsante. O homem soltou um gemido pranteado, arquejando nos meus lábios para voltar a me beijar com aquela mesma dose de insanidade.

Com a mão livre, rastejei meus dedos por dentro de sua camisa social, procurando pelo corpo que me pareceu tão diferente, exceto pela identificável quentura. Senti certo estranhamento por não ser o mesmo de sempre. Aquele era maior, mais forte e firme, no entanto, nada me fez recuar. Eu sabia que tudo aquilo fazia parte dele e era ele quem eu queria totalmente, com toda força do meu ódio.

A pressa nos impulsionava com veemência, e o que parecia durar uma parcela de eternidade, de fato, não passou de alguns minutos. Silas abriu o botão da minha calça social e a desceu até meus joelhos, junto com a calcinha. Eu me vi exposta e vulnerável, mas não consegui pensar, porque ele logo me virou de costas para si. Colocou-se para fora de sua própria calça e se enterrou em meu centro de uma vez, arrancando-nos um gemido mais alto. A emoção foi tanta que continuei derramando aquelas malditas lágrimas.

– Ah, Brenda... – murmurou no meu ouvido, enquanto arremetia mais uma vez.

Seus braços se enrolaram no meu corpo para lhe dar apoio no movimento. Daquela forma, continuou me invadindo apressadamente, sem receios, de um jeito capaz de arrancar todo o meu fôlego. Uma pegada mais forte e decidida, sem dúvida, mas tão dele. Eu quase cuspia o coração para fora do corpo, de tanto que o órgão reclamava e sacolejava na caixa torácica.

Apoiei uma mão na parede, enquanto a outra buscava o rosto de Silas atrás de mim, aspirando o meu pescoço. Eu me arrepiava e me contorcia, sem acreditar em como aquele encaixe ainda podia ser tão delicioso quanto o de anos atrás.

Lembrava-me do preenchimento. Das sensações. Retomá-las dentro da cabine do banheiro da empresa era loucura. Eu sabia. Mas as sentia com toda a força, e meu corpo não fez nada além de se preparar para se derramar com intensidade.

– Silas... – Arfei, fechando os olhos.

Ele ia e vinha feroz, com um ritmo cadente. Uma mão segurou o meu rosto, virando-o para o lado, e seus lábios se colocaram sobre os meus de novo. Manteve-a ali, para que eu não me afastasse. Senti suas lágrimas quentes molhando as minhas bochechas.

O meu ex ainda pranteava, como eu. Se não estivesse acometida pelas mesmas sensações, teria achado estranho estarmos fazendo aquilo enquanto chorávamos. Parecia não combinar, mas se ajustava como um quebra-cabeça complexo. Tinha tudo a ver com o que sentíamos, encaixava-se tanto quanto nossos corpos naquele momento.

Silas se afundou dentro de mim mais algumas vezes, antes de cada nervo do meu corpo entrar em ebulição. Contive os gritos e os soluços. Fui empurrada na direção do paraíso, jogada de qualquer jeito sobre um ápice intenso, delicioso. Eu ria, explodia e chorava de raiva por me deixar ir tão rápido e fácil.

Ele logo percebeu o meu estado de êxtase, pois acelerou para se encontrar comigo naquele lugar incrível. Derramou-se, mantendo a respiração ofegante perto do meu ouvido, e me apertou em seus braços até meu corpo doer de verdade. Parecia que queria se fundir a mim de algum modo.

Permanecemos daquela forma por um tempo. Abraçados, grudados, afundados um no outro. Foi um longo segundo. Um instante em que eu só queria respirar, mas era difícil demais, até que, por fim, a razão se apresentou e me contorci para sair de perto dele.

Afastei-me depressa, já me endireitando para erguer as calças, e me virei para encará-lo. Silas tentava respirar, ainda ofegante, com a cabeça apoiada na face oposta da cabine. Ajustou as calças num movimento rápido, evitando me olhar. Encarou o teto com as lágrimas ainda rolando e soltou um riso totalmente fora de hora, que me pareceu muito insano. A frustração foi crescendo em meu peito conforme percebia seu arrependimento.

Engoli em seco, transtornada. Não podia acreditar no que tínhamos acabado de fazer. Quando eu estava prestes a sair daquela cabine, alguém entrou no banheiro. Paralisei, amedrontada, certa de que seríamos demitidos por justa causa, se alguém nos encontrasse ali.

Silas me observou com os olhos arregalados, mantendo-se quieto.

– Silas? – Ouvimos a voz do Edgar.

Continuei com a respiração suspensa, ainda mais assustada. O homem abriu um sorriso inconformado, chacoalhando a cabeça em negativa. O rosto estava tomado pelas lágrimas, vermelho, e os cabelos estavam assanhados.

– Oi – disse, por fim.

– Você está bem? – nosso colega perguntou.

Silas fechou os olhos, ainda sorrindo. Apoiou a cabeça na parede de novo, como se não suportasse a própria vida. Como se fosse um miserável. Eu me sentia do mesmo jeito – uma coitada vacilona.

– Vou ficar – respondeu num timbre mais baixo.

O fato de saber que ele não estava nem um pouco bem depois do que fizemos me arrebentou. Soltei mais lágrimas, contendo qualquer ruído, o que foi muito doloroso.

– Precisa de alguma coisa? – Edgar era realmente uma pessoa bondosa e solícita, mas eu queria demais que fosse embora dali, para que eu pudesse ir também.

– Não… Tudo bem. – Silas suspirou fundo. – Não se preocupe.

– Viu a Brenda?

O homem me encarou e conteve uma risada nervosa. Novamente, balançou a cabeça em negativa e soprou bastante ar. Seu fôlego quente me alcançou e me incomodou ao ponto de quase me fazer soltar um grito. Eu não queria mais ficar no mesmo quadrado que Silas. Não suportava. Lidar com aquele "depois" devastava todos os meus nervos.

– Não.

– Certo...

Esperei Edgar sair do banheiro masculino e só então me adiantei para abrir a porta da cabine, mas Silas segurou a minha mão. Recolhi-a imediatamente, pois não conseguia receber seu toque sem me sentir um lixo. Ele percebeu a forma desesperada como me encolhi em fuga e me encarou como se estivesse muito ofendido.

Soltei um suspiro, aguardando por qualquer coisa que tivesse para dizer.

– O que vamos fazer com isso? – Seu questionamento saiu sussurrado. Exalava um descontrole difícil de lidar. Silas estava tão perdido quanto eu.

Chacoalhei a cabeça, sentindo mais lágrimas se formando e caindo.

– Nada. – Dei de ombros. Repeti, sentindo um gosto amargo na boca: – Nada.

Ele assentiu. Soltou mais um riso nervoso e passou as mãos pelos cabelos, talvez na tentativa de arrumá-los. Ou querendo encontrar alguma resposta que fosse satisfatória. Percebi sua agonia e tentei, de novo, abrir a porta da cabine, mas Silas se colocou na frente dela e voltou a me encarar.

– Preciso que me responda uma coisa. Sim ou não, é simples.

Enxuguei o rosto com as duas mãos, cansada de tudo aquilo. No entanto, concordei com a cabeça, meio impaciente, sem saber qual direcionamento tomar na minha vida. Silas demorou tempo demais. Um tempo em que morri ali dentro.

– Quando você foi embora... – começou, mas fez uma pausa demorada. Arregalei os olhos para ele, já em alerta. Falaríamos sobre o passado? Teríamos a conversa ali, quando tudo o que eu mais queria era me afastar? Não me via capaz de lidar com aquilo, mas prossegui em silêncio. – Quando fez as suas malas e me disse adeus, você ainda me amava?

Olhei-o sem acreditar. Não era possível.

– Como pode me perguntar isso agora, Silas? – Contive mais um soluço. Era impressionante a lerdeza daquele homem. Não havia mudado nada? Aprendido nada? – Não ficou óbvio? Todo esse tempo e não sabe onde errou?

– Responda, Brenda. Sim ou não. Apenas me responda, por favor. – Balancei a cabeça em negativa, tentando segurar a vontade de esganar aquele pescoço levemente avermelhado. – Você foi embora ainda me amando?

Fechei os olhos.

– Sim – choraminguei. Meus lábios tremiam com violência.

A reação de Silas foi voltar a prantear, desconsolado. Seus ombros balançavam enquanto ele se contorcia, parecia sofrer horrivelmente diante de mim. Eu não sabia se sentia pena ou raiva. Tinha ódio por ele, até então, não ter se dado conta de que não fui embora por falta de amor. Foi muito, mas muito longe disso.

– O que você fez com a gente, Brenda? – ele soltou, inconformado, sem me olhar. Abri bem os olhos, chocada com aquela pergunta que tinha a intenção direta de me carregar da mais pura culpa. Quase caí no chão, arriada com o peso dela.

Entre um soluço e outro, Silas prosseguiu:

– Não valia a pena tentar mais? Ter me apontado os erros e insistido? Não valia a pena lutar? Ou apenas conversar? – Ele iniciou uma série de soluços. – Por que foi embora, se me amava? Por que desistiu tão depressa? Que porra você fez, Brenda?

Apoiei o rosto nas mãos. Eu não aguentava mais. Ele não podia me culpar daquele jeito, não podia.

– Saia da minha frente.

– Por que me deixou acreditar que o seu amor tinha acabado?

O ódio me preencheu completamente e transbordei, feroz:

– Pare, Silas! Pare com essa merda. Foi você quem me abandonou primeiro, que me deixou sozinha para resolver tudo dentro de casa. Foi você que se fechou, se afastou, que me fez duvidar de tudo, me fez duvidar da gente. – Ele soluçava e negava com a cabeça, enquanto eu tocava seu peito com meu indicador. – Você feriu a minha confiança, desgraçou a vontade que eu tinha de continuar sonhando. Eu me senti solitária ao seu lado. Você não me deu o suporte de que eu precisava, tomou decisões importantes por mim e me fez acreditar que o único jeito era ir embora!

Silas tentou me puxar para si, porém me afastei em um tranco.

– Saia da minha frente!

– Eu não enxergava assim, Brenda. Minha percepção era outra. Estava feliz e realizado contigo. Você era tudo para mim, eu faria qualquer coisa para te…

– Pare com isso! Pare! Nada disso importa mais! – Levei as mãos aos cabelos, puxando-os com força, quase os arrancando de tanto desespero.

Estava tão desconjuntada que o empurrei para o lado, até a porta da cabine ficar livre. Saí correndo sem olhar para trás. A VibePrint já estava com as luzes apagadas, provavelmente todos já tinham ido embora e rezei para que ao menos a porta da frente estivesse aberta. Peguei minha bolsa na sala vazia dos revisores e suspirei aliviada ao perceber que Clodô estava limpando a recepção.

Ouvi a sua saudação educada, mas passei feito um foguete, sem ousar parar, tomada pelas lágrimas e carregando sentimentos que eu queria simplesmente expurgar do meu corpo. Arrancar de dentro de mim. A vontade de me jogar ao chão e me contorcer em plena culpa era forte, mas a de manter a cabeça no lugar se sobressaía.

Precisava lutar por mim, para não ser tragada de novo pelas sombras. Mas como fazer isso, se havia resquícios de Silas espalhados pelo meu corpo? Resquícios que não pertenciam ao passado. Eram recentes e vivos. Presentes no aqui e agora.

O novo cheiro dele estava em mim. O beijo de sempre, também. Eu o sentia entre as pernas e entre todas as terminações nervosas.

A CULPA É

CAPÍTULO 11

Resolvi me abrir;
Uma outra versão,
Uma nova mulher.
Fiz questão de sair,
Controlei a paciência,
Coloquei-me aberta,
Pois estava certa
De que daquela vez
Seria, de fato, feliz.
Escolhi o diálogo;
Fui muito sincera,
Alinhei os desejos,
Ajustei a razão,

Tentei novamente.
Estava crente
Que conversa bastava
E não esperava
Por outra decepção.
Havia de funcionar,
De mudar o padrão.
Quão tola me tornei
Assim que o mundo ruiu,
E de novo penei
Porque você sumiu.

A CULPA É DO RELÓGIO BIOLÓGICO

Há um nível de sofrimento tão profundo que o corpo começa a fazer o que precisa no modo automático. A alma não sente nada, fica anestesiada, apenas pairando ao redor da realidade. Age-se apenas com a prudência, porque ela muitas vezes é a única que sobra. Foi dessa forma que, antes de chegar a minha casa, passei em uma farmácia e comprei uma pílula do dia seguinte.

As palavras de Silas foram todas repetidas, incansavelmente, no meu cérebro, bem como cada um dos últimos minutos em que estive com ele. Da música ao beijo, de uma aposta tola a um sexo sem sentido dentro do banheiro masculino. Ao mesmo tempo que não acreditava que havia me deixado levar tão longe, achava que cedo ou tarde algo da espécie aconteceria; teríamos a recaída que nunca nos demos a chance de ter.

Eu não sabia o que fazer com absolutamente nenhum sentimento que me invadia ao raciocinar sobre Silas. A primeira coisa que fiz ao alcançar o conforto do meu lar foi me colocar debaixo do chuveiro, a fim de arrancá-lo da minha pele. Sequer conseguia pensar com tanto dele grudado em mim. Sentia-me violada na mesma profundidade com que me sentia relaxada, fisicamente satisfeita. Não dava para me entender ou justificar.

Tomei alguns remédios para me privar dos pensamentos que prometiam me causar insônia. Fora de qualquer lógica, evitei o medicamento que tinha acabado de comprar. Não deu tempo de buscar sentido. Acordei na manhã seguinte me sentindo estranhamente renovada, exceto pelo incômodo lá no fundo do meu juízo; aquela parte minha que se mantinha perdida e envergonhada.

Eu me arrumei para mais um dia de trabalho com o esmero de sempre. Calça social, blazer preto, blusa bege, sapatos de salto. Não tive tempo de preparar nada para o almoço. Beberiquei alguns goles de café apenas para me sentir suficientemente acordada. A verdade era que não queria ir à VibePrint e, demorei a compreender, também não queria tomar aquela porcaria de pílula.

Levei-a comigo na bolsa, ainda raciocinando sobre aquele desejo que me pareceu tão novo quanto velho. Inacreditável perceber a longevidade de sua existência. Era certo que eu precisaria tomar o anticoncepcional o mais rápido possível, pois cada hora de dúvida podia mudar o rumo dos acontecimentos. Havia uma decisão imensa na minha frente, à distância de um gole, e até achei engraçado o fato de algo tão pequeno como um comprimido ser capaz de fazer uma diferença tão absoluta na vida de alguém.

Aquela hesitação me deu algo muito sério para pensar.

A VibePrint parecia exatamente igual, mas, dentro de mim, não seria a mesma. De alguma forma, estava marcada profundamente no meu peito. Eu ri um pouco ao saudar Bartô, que tentava colocar uma enorme máquina de xerox sobre a parte do tapete que fora cortada por causa do meu vômito. Bem no meio do caminho, como uma pedra que ficaria para sempre no meu sapato. Era hilário e constrangedor.

– Tenho certeza de que aqui é um bom lugar para essa máquina – ele disse, mas coçou a cabeça em visível inquietação. Deu uma volta no aparelho, analisando o que estava óbvio: todo mundo se incomodaria com aquilo. – É exatamente do tamanho do corte. Nada cairia tão bem. Além disso Betinha nunca mais vai se esquecer de tirar as cópias que eu solicitar. Ninguém se esquecerá, na verdade. Aqui as pessoas costumam sofrer de amnésia. – Riu sozinho. – Já tentou usar uma dessas?

Enfim, o chefe me olhou.

– Na verdade, não.

– É maravilhosa, o papel sai bem quentinho. E não precisa ficar com vergonha, eu a colocaria aqui neste quadrado mesmo se você não tivesse vomitado.

Assenti, suspirando fundo. Ele não sabia mentir de jeito nenhum.

– Tudo bem, Bartô.

– Como está se sentindo, Bren-Bren? Parece abatida. – Fez uma careta para mim. Piscou algumas vezes, enquanto eu tentava achar palavras para responder. Bartô acabou fazendo isso por si só, porque emendou: – A nossa reunião com o youtuber ficou para sexta-feira. Seu dinheiro cai na conta ainda neste mês. Tudo bem para você?

– Sim, claro. – Abri um sorriso que era metade ansiedade e metade nervosismo. Por algum motivo, não tinha pensado sobre nada envolvendo trabalho desde a noite anterior. Bartô devia achar que minhas preocupações eram a respeito da nova tarefa.

– E como anda a revisão? – Colocou as mãos na cintura. Eu não esperava ser cobrada, não depois do que Zoe e Edgar falaram a respeito dos prazos, por isso fiquei mais nervosa ainda. – Creio que será preciso entregá-la antes de iniciar a escrita do livro. Quero você focada, Bren-Bren! Aliás, me avise se precisar que Silinhas se retire da sala dos revisores. Imagino o quanto ele deve te desconcentrar.

Soltou mais um riso, e eu apenas arregalei os olhos em descrença.

– Sim, entregarei a revisão o quanto antes. – Não sabia como. Minha produção não estava lá essas coisas. Eu seria muito mais rápida se estivesse em casa, sem distrações, porém achei melhor mentir: – E não se preocupe, estou focada.

Passei por Bartô antes que ele continuasse tagarelando e me desconcertando. Saudei alguns dos funcionários que estavam no salão principal, fingindo uma animação que não sentia, e, quando adentrei a sala dos revisores, soltei um bom-dia ameno e generalizado, sem de fato encarar o rosto de nenhum dos presentes.

Peguei a pasta, retirei o original e reiniciei a revisão sem nada comentar. Uma música orquestrada tocava a um volume adequado, graças ao bom gosto de Edgar, por isso não deveria ser tão difícil manter a concentração. No entanto, as palavras escritas no papel perdiam o sentido toda vez que eu as lia. Nenhuma letra parecia no lugar certo, como se, de repente, eu fosse acometida pela dislexia. Não consegui ler nadinha.

Inquieta, abri o notebook e fingi resolver alguma questão importante, quando na verdade apenas jogava Campo Minado e refletia. Pensava muito. Eu não sabia de que jeito entregaria a revisão até o fim da semana, nem se daria conta de escrever um livro famoso, nem se tomaria, de vez, a porcaria da pílula que estava dentro da minha bolsa.

– Você está bem, Brenda? – Zoe perguntou do meu lado.

– Hã? – Levei um pequeno susto, fechando a janela que exibia o jogo. – Sim. – Olhei-a de relance. Não conseguia encarar ninguém, nem ela.

O cheiro que já podia reconhecer estava me enlouquecendo aos pouquinhos.

– Você sumiu ontem – a garota continuou, com um timbre preocupado.

Fiz um esforço descomunal para reagir com impassibilidade.

– Está tudo bem. – Continuei fingindo que mexia no computador.

– A gente queria se desculpar por tudo – Zoe prosseguiu. Percebi que já estava toda virada na minha direção, mas não ousei me mexer. Apenas desejava que o assunto morresse. – Não é, Edgar? O que fizemos não foi legal. Digo, a aposta.

– Verdade – o rapaz disse, e ergui um pouco a cabeça para ver que sorria para mim, meio sem graça. – A gente não devia ter apostado. Foi bobeira nossa.

– Não se preocupem. A culpa não foi de vocês. – Minha voz saía mais fria do que o planejado e foi capaz de trazer de volta o silêncio dentro da sala.

Por dentro, ainda esperei que Silas falasse alguma coisa, porém nada aconteceu. Não me desculparia por nada e percebia que ele, tampouco. Era essa a nossa regra, que eu mesma impus: sem perdões.

Tentei voltar à revisão, mas isso se mostrou uma tarefa inútil. Talvez fosse melhor levar trabalho escondido para casa. Enquanto isso, tentaria descobrir o que estava me perturbando, além de controlar as ideias insanas que se apossavam de mim.

O tempo passava sem que encontrasse respostas racionais. Todas elas pendiam para a emoção, para a impulsividade. Sabia que precisava fazer alguma coisa, que não podia esperar. Cada minuto foi dolorido e refletido, e em nenhum deles tive coragem de abrir a minha bolsa, por isso, ao chegar àquela conclusão, percebi, também, que a decisão não podia ser apenas minha.

Relanceei os olhos para a diagonal e encontrei Silas me encarando. Viramos o rosto imediatamente. Não esperava que ele estivesse me observando bem no segundo em que tomei coragem para levantar a cabeça e conferir como estava. O pouco que vi me fez assimilar que parecia bem, apesar de muito sério, meio emburrado.

A hora do almoço chegou, e eu sabia que não podia ficar parada. O relógio corria contra mim, precisava ser sincera comigo mesma o quanto antes. Maquiar a verdade não me ajudaria. E, além de enfrentar essa decisão, era necessário abrir o jogo: tinha que conversar com Silas e agir com maturidade daquela vez.

Almocei em um restaurante mais próximo, já que não tive tempo de preparar nada, pensando em como faria o que o meu coração implorava, e só retornei à VibePrint no horário que eu sabia que o meu ex usava para descansar um pouco no cantinho do cochilo. Entrei naquele claustrofóbico almoxarifado, liguei uma lâmpada e encontrei Silas deitado na poltrona, com os olhos fechados, totalmente relaxado.

Tive a chance de vê-lo sem ser vista. Prestei bastante atenção em cada contorno de seu rosto, das linhas de expressão que outrora não existiam, mas que o deixavam mais belo, maduro. Suspirei lentamente, com o coração batendo a toda velocidade e a respiração ameaçando vacilar. Como aquele homem mexia comigo apenas pelo fato de existir. Eu não conseguia lidar com ele, porém, me manteria forte.

Limpei a garganta a fim de chamar a sua atenção. Silas abriu os olhos devagar e, assim que me viu, endireitou-se na poltrona, um pouco desnorteado. As pernas compridas largaram o pufe de apoio, e ele manteve a expressão assustada direcionada a mim. Em silêncio, sentei-me no lugar vago, bem na frente dele.

Precisava ser direta e demonstrar seriedade. Eu não conseguiria enrolar. Quanto mais cedo nos resolvêssemos, melhor. Já havia pensado demais para me considerar uma louca, sendo assim, a ideia tornou-se bem mais aceitável do que no início, quando a tive.

– O que vou te dizer agora vai parecer loucura – comecei, e precisei parar diante do semblante dele, que se modificava para um espanto cada vez maior. Engoli em seco, tentando continuar calma. – Talvez seja. Mas você precisa saber de tudo o que se passa, e decidir. Jamais faria nada dessa magnitude sem seu consentimento.

A incredulidade me atingiu. Pensei em desistir, no entanto, recuar me traria um sentimento que eu estava claramente evitando. Eu me conhecia a ponto de compreender quando desejava algo naquele nível. Apenas estava sendo honesta comigo mesma.

– Do que está falando? – Silas perguntou baixinho, visto que precisei parar novamente, buscando o fôlego que me faltava conforme ele me observava.

Soltei um longo suspiro. Tentei, mas não pude encarar aqueles olhos verdes. Mirei uma parte da poltrona onde ele repousava uma mão. Foquei os seus dedos compridos.

– Quando saí daqui ontem… – Ofeguei. – Passei numa farmácia. Eu não tomo nenhum medicamento… Nada. – Dei de ombros. – Nada que evite… Bom. Nenhum anticoncepcional. Mas eu comprei um de urgência, porque… Você sabe.

Eu estava me enroscando. Aquela conversa era bem mais transparente na minha cabeça. Nada perto daquilo. Silas deveria estar me achando uma tremenda idiota, e sabia que só pioraria. Foi por isso que pausei de novo.

– Tudo bem, Brenda – Silas disse de uma forma tão dura que estremeci um pouco. – Obrigado por avisar e… – A voz dele se tornou mais baixa: – Desculpe. Eu não… – Soltou bastante ar dos pulmões, enquanto eu ainda encarava seus dedos. – Só me desculpe. Não sei mais o que dizer.

– Eu não tomei a pílula. – Soltei a informação de uma vez.

Silas fez um silêncio ensurdecedor. Prendi os lábios, na tentativa de conter o tremor que tomou conta do meu corpo de repente.

– Você... – Ouvi a sua respiração ficando mais ofegante. O almoxarifado era silencioso demais e ficou apertado conosco dentro dele. Eu estava quase correndo para longe dali, mas não podia fugir, não naquele caso. – Por quê?

Silas parecia confuso, e com razão.

– Porque a minha escolha foi não tomar – murmurei. Fechei os olhos, buscando forças, e quando os reabri, repousei-os sobre o seu olhar surpreso. O homem sequer piscava. – Tudo pode acontecer, inclusive nada. Não acho que esteja no meu período fértil. – Ele ainda estava paralisado. – Mas se há alguma chance, eu...

Desviei o rosto novamente, porque Silas começava a ficar de outra cor, meio arroxeada. Fizemos um minuto completo de silêncio, até que recomecei com toda sinceridade reunida:

– Eu sempre quis ser mãe, você sabe disso. É um sonho que ainda tenho. Nunca dei um vacilo desses, porque claro que não quero ter um filho com qualquer um. Deus me livre. Mas o tempo passou... O meu relógio biológico está apitando alto. Juntei dinheiro para uma inseminação artificial; faz ideia do quanto isso é caro? Tenho tudo guardado na conta e até então não tive coragem de fazer. – Soltei um risinho fora de hora. – Assim como não tive coragem de tomar essa pílula, Silas. Olha, você não precisa se responsabilizar por essa escolha, só achei que tinha que saber e consentir, do contrário seria sacanagem de minha parte. Mas não precisa ter nada a ver com a criança, caso dê certo. Não estou te pedindo para ser pai novamente. Só desejo ser mãe e... De verdade, para mim seria mais barato, racionalmente falando. – Assim que concluí, senti-me como se eu fosse o Bartô. Falei coisas demais, de um jeito constrangedor e insensível. – Se não quiser, achar que é absurdo, tudo bem. Tomo a pílula agora mesmo, na sua frente.

Retirei a cartela com a dose única do remédio de dentro do bolso da minha calça. Deixei-a visível diante de nós, na palma da mão. Com os olhos um pouco marejados, tomei coragem para observá-lo. Silas estava boquiaberto.

Esperei durante um bom tempo, com a mão espalmada tremelicando.

– Você quer ter um filho meu? – sussurrou a pergunta.

Balancei a cabeça.

– Não… Quer dizer, sim. – A expressão que ele fez chegou bastante perto da indignação. – Você entendeu o que eu disse? Quero ser mãe. Não precisa…

– Antes de te responder, preciso contar uma coisa – Silas me interrompeu de prontidão.

Assenti, fechando e recolhendo a mão que segurava o remédio. Não sabia o que ele falaria, mas tinha certeza de que não seria nada fácil ouvir, a tirar pelo seu olhar absolutamente assustado. Em que mundo eu estava, que cheguei a achar que Silas toparia aquela loucura? Só podia ter perdido o juízo.

Ele ficou calado, creio que raciocinando.

– Pode falar – incentivei.

– Olhe para mim – pediu num sussurro. Ergui a cabeça, constrangida, e me forcei a encarar seus olhos de novo. Estavam surpresos e confusos, além de temerosos. Pude vislumbrar muitas emoções por trás deles. – Em uma noite aleatória, há oito anos, fui a um show e conheci uma mulher, a Suzi. – Meu corpo retesou no mesmo instante. Não soube por que ele tinha começado a mencionar o fato, e quase o interrompi, se não tivesse ficado tão curiosa e arrasada. – Foi tudo muito rápido. Eu tinha bebido, não estava nem um pouco sóbrio... Mal me lembro dos detalhes, mas a gente acabou passando a noite juntos. Uma transa casual.

Prendi os lábios com muita força. Fosse qual fosse a resolução daquela narrativa, eu não gostaria de ouvir, ainda assim tive que me forçar a isso. Silas prosseguiu:

– Trocamos nossos números, mas nenhum dos dois tomou a iniciativa de ligar. Não nos procuramos. Para mim, foi só uma noite meio maluca, não valia a pena. Até que, dois meses depois, ela me telefonou avisando que estava grávida.

Abri a boca, estupefata. Silas manteve o tom sério.

– Dei todo o suporte possível durante a gestação, claro. – Soltou bastante ar, que acabou me atingindo e me arrepiando um pouco. Fiquei tão incomodada. – Quando Fabinho nasceu, nem precisei fazer teste de DNA. Além de ser a minha cara, ele ainda tem a mesma marca de nascença que eu; lembra-se dela?

Eu me lembrava. Uma marquinha escurecida na parte interna da coxa. Assenti devagar, detestando ser tomada por aquela recordação. Por outro lado, não pude deixar de sentir certa satisfação por Silas aparentemente não ter nada a ver com a mãe de seu filho. O que ele mesmo comprovou a seguir:

– Desde o começo, dividimos a guarda. Nada foi fácil, ainda não é, mas a relação tranquila que temos ajuda muito. Suzi se casou faz uns anos, vive feliz e recentemente teve uma filhinha. O padrasto do Fabinho é uma pessoa ótima. – Silas desviou o rosto, mas logo voltou a me observar. Eu me sentia cada segundo mais idiota e profundamente aliviada, embora fosse tolice de minha parte. – Tudo sobre o nosso filho é discutido com cuidado. Obviamente, não temos e nunca tivemos nada além daquela noite. Eu nem sei direito como o meu filho foi concebido.

Percebi o quanto ele se sentia mal e sussurrei:

– Sinto muito.

Silas aquiesceu.

— Dito tudo isso, Brenda, é de se esperar que eu não queira repetir a situação.

— Entendo. — Chacoalhei a cabeça positivamente, sentindo o meu coração ser arrancado de uma vez, porém compreendendo o lado dele. Sua resposta foi dada com o devido cuidado e gentileza, precisava me conformar depressa.

Juntei as mãos para remover o comprimido da cartela, mas Silas as envolveu com as suas, quentes e firmes sobre a minha pele. Obrigou-me a parar e voltei a olhá-lo.

— Não queria ter outro filho fruto de um momento. Você sabe que eu sempre quis uma família completa. Três filhos, dois gatos e um cachorro, lembra?

Pisquei os olhos, que marejaram instantaneamente.

— Lembro.

— Cada ano que passa, sinto que estou mais longe disso.

— Já entendi, Silas. Não precisa se explicar tanto. Entendo seu ponto, de verdade. Você tem razão em não querer que…

— Mas eu quero — ele disse, por fim.

Aquela pausa, com suas mãos ainda sobre as minhas e os olhos brilhantes atentos ao meu rosto, deixou-me paralisada. Suspendi a respiração no mesmo instante, sem saber se tinha ouvido errado.

— Se fosse qualquer outra mulher da face da Terra me pedindo uma coisa dessas, eu negaria sem pensar duas vezes — ele continuou, passando a língua sobre o lábio inferior. Estava visivelmente perturbado, talvez por isso tivesse rido um pouco. — Mas é você, Brenda. É você. — Parou, enquanto eu apenas piscava, inerte. — Se decidiu não tomar essa pílula, não tome. Só que tenho que deixar claro que nunca irei abandonar um filho nosso, tampouco fingir que não existe. — Apertou minhas mãos com mais força. — E se quisermos mesmo ter um filho juntos, vamos precisar nos dar bem. Teremos que dialogar e nos aturar pelo bem dele. Ou dela. Significa que em algum momento teremos a conversa que estamos evitando. A pergunta é: você está preparada para isso?

Soltei um suspiro.

– Talvez seja melhor tomar o remédio de uma vez – murmurei, atingida pela mais profunda covardia. O meu corpo inteiro doía muito, latejava.

Silas me olhou com visível decepção.

– Tudo bem. – Mas o rosto dizia outra coisa totalmente diferente.

Minhas mãos se moveram e ele, enfim, se afastou. Retirei o comprimido da cartela e o segurei entre o polegar e o indicador, na frente daquele homem. Eu tremia da cabeça aos pés. Levei-o até a boca, no entanto, parei no meio do caminho, com os lábios entreabertos. Não conseguiria fazer aquilo. Era demais para mim. Se fosse capaz de verdade, já teria feito há muito tempo, sem nos expor daquela maneira.

Abaixei a mão e o encarei. Silas tomou fôlego.

– O destino vai decidir – murmurei, por fim, soltando a pílula no chão. Ela girou, girou e se perdeu embaixo de uma das estantes. – Eu te aviso.

Ele riu nervosamente. Levantei-me do pufe, e Silas se colocou de pé no mesmo instante. Segurou meu braço com certa posse, porém logo aliviou a pegada. Apenas esperei pelas suas reações como uma mera coadjuvante.

– Não parece ridículo deixar que o destino decida por nós?

– E o que sugere, Silas? – Dei um passo para trás, na tentativa de me afastar um pouco para respirar melhor. A sua proximidade me afetava demais. – O que aconteceu ontem não vai se repetir. Não consigo. Você foi a maior decepção da minha vida, mas está no passado. Não posso te trazer para o presente e fingir que está tudo bem. Se esse filho vier, significa que seremos pais, não um casal.

Ele concordou com a cabeça.

– Certo. – Silas passou por mim devagar, mas, antes de sair do almoxarifado, virou-se e soltou: – Nosso amor pode ter ficado no passado, mas meu tesão por você parece que não. Só estou deixando claro que, quando quiser uma noite de verdade, como nos velhos tempos, pode ter certeza de que vou querer também. – Mais uma vez, fiquei surpresa com o tamanho da ousadia que os anos deram a Silas.

Era impressionante como aquele homem ainda tinha o poder de me machucar e me deixar completamente pirada com apenas um punhado de palavras. Estar ciente de seu desejo por mim me enchia de satisfação, um júbilo apavorante, mas também de algo parecido com asco. Sentia-me tão errada e fora do lugar.

Não sabia se tinha feito a coisa certa ao deixar o destino decidir algo tão importante por nós. Também não fazia ideia de como seria ter um filho dele. Se eu suportaria vê-lo sempre. Se conseguiríamos conviver com civilidade. As dúvidas só se multiplicavam, e eu mal enxergava uma saída que me tranquilizasse.

O jeito era esperar que as mãos do acaso fizessem seu trabalho. E tentar deixar a temperatura do meu corpo normalizar antes de sair do cantinho do cochilo.

A CULPA É

CAPÍTULO 12

A minha vontade de amar foi diminuindo...

A CULPA É DA PORTA

Na quarta-feira pela manhã, parecia que um trator havia passado por cima de mim. Quase perdi a hora de acordar. Levei trabalho escondido para casa no dia anterior, já que se tornou impossível me concentrar no serviço. Consequentemente, fui dormir muito tarde depois de adiantar várias páginas de revisão, o que me deu menos horas de sono, e o resultado foi o meu modo zumbi ativado.

Não tive tempo nem de tomar café da manhã. Dirigi até a VibePrint sem qualquer empolgação e ciente de que teria mais um dia improdutivo para dar conta. Aquilo viraria uma bola de neve, se eu não arranjasse um jeito. A boa notícia era que estava cada vez mais perto do fim do livro terrível em minhas mãos.

Já não suportava mais tanta frase pronta justaposta. Eu tinha a sensação de que a principal mensagem do autor fora passada no capítulo um; o restante era só repetição, além de uma vontade imensa de se autoafirmar.

Saudei a recepcionista – que na minha cabeça sempre seria Betinha, mesmo que se chamasse Elisabete – e alcancei o salão principal às pressas. Imediatamente, percebi que Silas e Giovana estavam sentados lado a lado à mesa dela, apontando para uma papelada e trocando risadinhas. Continuei andando e conferindo cada detalhe daquele cenário que foi capaz de tragar o meu fôlego.

A maneira como a assistente editorial o encarava era de quem obviamente estava flertando. Ela não tinha desistido, mesmo com meu alerta mentiroso do outro dia. O homem sorria e explicava alguma coisa que não consegui ouvir, mas apenas o fato de exibir os dentes para Giovana me fez soltar um pequeno resmungo.

Não estava preparada para assistir a uma cena como aquela, ainda que não tivesse o mínimo direito de me sentir assim, enciumada. E com tanta distração ao meu redor, não olhei para a frente, e meu corpo trombou com toda força na porcaria da máquina de xerox que o Bartô fez questão de colocar no meio do caminho.

Provoquei um barulhão, que ecoou pelo salão principal.

– Ai, cac... ilda! – Fiz uma careta de dor, com uma vontade imensa de soltar um palavrão. Contive-me como pude.

Os dois soltaram uma risada ao perceberem o que aconteceu.

– Três, pá-rá-rá! – Silas berrou com espontaneidade, gargalhando e provocando mais risos em Giovana. Olhei-os, um pouco desnorteada, pensando se eu tinha entendido errado ou eu era a terceira pessoa a trombar com a máquina naquela manhã. Pelo visto, sim, porém não fiz perguntas. – Bom dia, docinho.

O rosto de Giovana mudou instantaneamente, assim que ouviu o meu apelido saindo da boca de Silas. Não pareceu nem um pouco satisfeita. Devolvi a saudação entredentes, sem muita empolgação, e continuei andando como se nada tivesse acontecido, ignorando a ardência no meu joelho direito.

Passei pelo salão e adentrei a copa, a fim de encher minha garrafa de água e pegar uma dose tripla de café. Precisaria daquele líquido divino para acordar um pouquinho, antes de me forçar a prosseguir com o serviço. Tentei ignorar os sentimentos adversos dentro de mim, até que Silas apareceu e, automaticamente, fez o meu corpo paralisar. Não o olhei, continuei fazendo o que achava que devia.

– Você está bem? – perguntou, passando por mim e abrindo a geladeira.

– Sim.

– Eu… – Ofereceu-me um pote, de repente. – Trouxe umas frutas cortadas para você. – Acompanhei quando abriu a tampa, exibindo o recipiente com uma boa variedade de frutas cortadas em cubinhos. Havia um palitinho dentro. Pisquei algumas vezes para aquilo, evitando olhar seu rosto.

A minha garrafa ainda estava enchendo e era a minha vez de me concentrar nela, para não deixar que transbordasse. No entanto, as ideias se enroscaram e não entendi nada. A primeira reação foi achar que Silas estivesse brincando comigo, retornando ao nosso joguinho que tinha dado bem errado da última vez.

Soltei um riso, porque não soube o que dizer.

– Você comeu? – questionou, já que não falei nada nem peguei o pote.

– Na verdade, não.

– Precisa se alimentar direito. Percebi que não almoça bem. Nem faz um lanche antes do fim do expediente. É muito tempo sem comer.

Balancei a cabeça em negativa e desliguei o botão da água, para não correr qualquer risco. Eu não sabia exatamente o motivo de ter ficado tão trêmula de um segundo para o outro. Peguei a minha xícara lilás e dei um passo para alcançar a máquina de café, enquanto Silas ainda me oferecia as frutas. Eu já tinha experimentado todos – inclusive o estragado, graças a ele – e, de fato, gostava mais do *cappuccino*, porém achei que seria melhor um café forte e puro.

Quando estava prestes a realizar a escolha, a mão dele foi colocada sobre a minha.

– Não é melhor evitar café? Tome um chá. – Silas teve a ousadia de apertar o botão que fazia escorrer uma dose considerável de chá de erva-cidreira. Uma opção legal e saborosa, mas que eu costumava beber só depois do almoço.

Soltei outro riso sem graça.

– O que está fazendo, Silas? – Continuei olhando para a máquina, enquanto ela trabalhava provocando ruídos.

Ele insistiu ao colocar o pote mais perto de mim, de modo que precisei segurá-lo e voltei a analisar as frutas.

– Foi assim que você tratou a mãe do Fabinho? – A pergunta simplesmente saiu dos meus lábios, sem que eu raciocinasse antes. Não teve qualquer filtro, porque eu não esperava por nada daquilo.

– É assim que você será tratada – ele disse em um tom ameno, fazendo uma gracinha no meu nariz antes de passar por mim.

Silas costumava fazer isso anos atrás. O pequeno gesto desbloqueou uma tonelada de memórias cheias de afeto, o que me fez prender a respiração.

Antes de sair da copa, o homem parou e deu uma olhada no relógio de pulso.

– Menos de 48 horas ainda. – Fez uma expressão séria. – Dá tempo de desistir, se achar que é demais.

– É esse o seu jogo agora? Tentar fazer com que eu desista? – Contive uma risada desdenhosa, engolindo a saliva com uma grande dose de maldade. Pensar por aquele lado tão tosco fez com que me sentisse fora da realidade por alguns segundos.

– Muito longe disso. Coma um pouco, Brenda, por favor.

Apontou para o pote.

– Você está exagerando – murmurei, apoiando o corpo na geladeira por puro cansaço. – Ninguém garante que... Não é uma certeza. Está cedo.

Ele chacoalhou os ombros, mostrando que não se importava com isso. Aliás, o seu humor estava invejável naquela manhã. Era a primeira vez que não me olhava como se estivesse com vontade de sair correndo, e me perguntei se tinha a ver com a Giovana. Ou pior, comigo e a nossa nova resolução.

— Vou tomar como verdade desde o princípio. Prefiro pecar pelo excesso. — Abriu um sorriso enorme e piscou um olho antes de ir, deixando-me sozinha e cheia de pensamentos conflituosos com os quais lidar.

Só então percebi que estava com fome, por isso comi todas as frutas depressa, achando impressionante o fato de que todas elas tinham praticamente o mesmo tamanho. Não foram fatiadas de qualquer jeito, demandaram tempo e esmero. Refletir a respeito disso me deixou com o coração aquecido de um modo estranho. Eu não devia ficar toda emocionada por causa de um gesto simples como aquele. Nem era grande coisa.

Ainda assim, enquanto aguardava o chá ficar pronto, pensava em como Silas era um tipo de homem raro. Quero dizer, ele havia feito o que eu considerava o mínimo: assumiu um filho, fruto de uma transa casual. Até aí tudo certo, mas ele ainda compartilhava a guarda, ou seja, assumia cuidados paternos, não ficava tudo nas costas da mãe. A tal de Suzi tinha tirado a sorte grande. Se ele fosse qualquer imbecil, apenas sumiria. Ou, no máximo, pagaria uma pensão ridícula e ainda acharia demais. Bancaria o paizão apenas em alguns fins de semana.

Infelizmente, é o que se espera dos homens hoje em dia.

Tudo bem que Silas não merecia um prêmio por causa disso, e, no fundo, eu não esperava nada diferente vindo dele. Contudo, aquela responsabilização me derreteu, sem dúvida alguma, de maneira tal que sequer cogitei uma desistência. Se antes estava amedrontada, foi como se um peso tivesse sido removido das minhas costas. Ele não me deixaria sozinha, para o meu pavor e também para o meu contentamento.

A sala de revisores estava barulhenta quando cheguei com o meu chá. Entreguei o pote vazio e já lavado para Silas, que sorriu ao pegá-lo e o guardou dentro de sua mochila, parecendo bastante satisfeito.

Edgar e Zoe nada comentaram, para o meu alívio, continuaram discutindo sobre algo que só entendi quando me sentei à mesa e me deparei com um porta-retratos novo.

Aquele exibia a *selfie* tirada pelo Bartô no dia da reunião sobre o livro do youtuber, comigo, ele e Silas, o que por si só já seria engraçado. Entretanto, a fotografia impressa estava com itens novos: um par de chifres na cabeça do Bartô, brincos em todas as orelhas, alguns de nossos dentes pintados com caneta, um cavanhaque no rosto de Silas e uns corações saindo da minha cabeça, além de um laço enorme no topo.

A risada surgiu do meu âmago e não consegui contê-la.

Peguei o porta-retratos para conferir melhor e, entre gargalhadas, olhei para Silas, que me encarava de volta com o sorriso aberto. Zoe e Edgar também estavam animados.

— Droga! Eu devia ter apostado na crise de riso — Zoe resmungou, fingindo insatisfação, mas me oferecia um semblante divertido. — Edgar que não quis.

— Já aprendi a lição — o rapaz comentou. — Sem apostas!

— Ai, ai... Essa foi boa, Silinhas. — Tentei parar de rir, mas estava sendo difícil. — Muito maduro, aliás. Adorei os chifres. E você fica muito bem de bigode. — Analisei a obra de arte feita à mão naquela imagem. Era uma coisa muito quinta série. Só quem viveu nos tempos do auge da revista impressa entenderia.

Coloquei o porta-retratos ao lado daquele que exibia a minha família. Pretendia ficar com ele, ainda que devesse me sentir ofendida. A nossa cara de surpresa e tédio, combinada com a empolgação de Bartô, era uma coisa maravilhosa a ser vista sempre. Eu curtia uma boa dose de ironia. Ao menos a foto me animava.

— Tive ajuda do Fabinho — Silas comentou.

Encarei-o, e meu sorriso foi embora de imediato.

— Ele fez os rabiscos?

Assentiu com a cabeça. Eu não soube o que pensar.

– Hoje cedo. Falei para ele usar a imaginação, e foi isso o que saiu. Edgar soltou outra risada.

– Fabinho tem um senso de humor peculiar.

– Posso imaginar a quem puxou – Zoe alfinetou, erguendo uma sobrancelha para Silas, que apenas deu de ombros e não escondeu o quanto achava tudo muito divertido.

Continuei sem saber como me sentir a respeito de ter o filho de Silas envolvido nas nossas brincadeiras. Eu não sabia o que, exatamente, ele tinha dito para o moleque. Por outro lado, achei legal o fato de o menino não ter zoado a minha imagem, apenas fez brincos, um laço e corações, deixando claro o quanto era educado com relação às mulheres. Ou talvez eu estivesse fantasiando demais.

Ouvimos um barulho vindo do salão principal. Olhamos através da porta de vidro da sala de revisores. Aninha havia acabado de trombar com a máquina de xerox. Diferente de mim, soltou um palavrão esganiçado no mesmo instante.

Rimos porque ela não parecia do tipo que xingava.

– Quatro, pá-rá-rá! – Silas soltou entre risadas.

Aninha não ouviu nada, apenas voltou ao seu percurso depois do praguejamento feroz.

– Quanto tempo até Bartô perceber que foi uma péssima ideia? – Edgar balançou a cabeça em negativa, enquanto voltava a atenção para o seu notebook. – Esse trambolho ainda vai causar um acidente.

– Por que ele simplesmente não contratou uma empresa de limpeza de carpetes? Não precisava ter cortado e estragado tudo. – Zoe ainda ria. – Enfim, são grandes questões sem respostas, como muita coisa aqui dentro.

Eu me sentia envergonhada por ser a causadora daquele incidente, mas Zoe tinha razão, nada daquilo era necessário. O chefe que não era capaz de pensar em nada de um jeito comum e aceitável, portanto me restava apenas rir e tomar cuidado para não ser vítima da máquina de xerox de novo.

Aquilo me lembrou da Giovana e do Silas, o que me fez erguer o rosto para olhá-lo. De novo, encontrei aquele homem me encarando. Viramos o rosto, como sempre. Pegá-lo no flagra era desconcertante. Eu queria saber no que ele pensava quando me olhava, e por que o fazia com tanta frequência. Particularmente, passava o dia inteirinho tentando evitar. Quanto menos o visse, melhor para os meus nervos.

Uma hora depois, quando eu já estava concentrada no trabalho, ainda que me sentisse cansada, levei um susto enorme porque a energia acabou de repente. A sala de revisões foi tomada pela completa escuridão, e ouvimos alguns gritos provenientes do lado de fora.

– Putz... – Edgar soltou um resmungo.

Passei algum tempo sem saber o que fazer; se apenas esperava a luz voltar ou se deveríamos deixar a sala o quanto antes. Foi então que me lembrei de uma informação do passado que me fez acender a lanterna do meu celular e apontá-la para o Silas. Ele fez uma careta e levou a mão ao rosto assim que a luminosidade atingiu seu rosto.

– O que está fazendo? Tira isso da minha cara.

– Você está bem? – perguntei, realmente preocupada com ele.

Silas continuou com a mão na frente da luz, até que a apontei um pouco para o lado. A penumbra invadiu toda a sala de revisores.

– Sim... Por que não estaria? Foi só uma queda de energia.

– Todo mundo está bem, certo? – Zoe quis ter certeza.

– Você não tem mais medo de escuro? – soltei a pergunta no impulso.

Eu estava começando a me abrir mais com aquela gente. O meu filtro estava meio falho desde cedo, por isso não pensei nas consequências do questionamento. Que, claro, foram risadas da parte de Zoe e Edgar. Não era minha intenção zoar com Silas, porém foi o que acabou acontecendo.

– Medinho do escuro, cara? – O rapaz deu um tranco no ombro do meu ex. – Sério? – Sua risada se tornou mais alta.

Silas fez uma careta feia em meio às sombras provocadas pelo feixe de luz da minha lanterna.

– Ah, como eu adoro vocês dois. – Zoe ainda ria, com as mãos na barriga. – Entretenimento puro. Nunca mais sofri de tédio desde que Brenda chegou. Vamos lá, medo do escuro? Contem-me mais.

– Bom… – comecei, já que podia aproveitar a oportunidade para zoar ainda mais. – Da última vez que me lembro, Silas surtou com o escuro. Até suou frio, teve um ataque. Ele tinha que dormir com o abajur ligado, todas as noites. Quando faltava luz, nossa, eu que tinha que me mexer para acender uma vela.

Aquelas lembranças doeram ao mesmo tempo que me fizeram rir. Ainda assim, achei esquisito que não tivessem doído tanto quanto doeriam dias atrás. Pensar sobre o meu passado com Silas já não era a mesma coisa. Talvez, enfim, eu começasse a aceitar que existiu – e que acabou.

– E você sempre reclamava. – Silas continuou sério.

– Porque gosto de dormir no escurinho. – Abri um sorriso delicado. – Mas, pelo visto, é um trauma superado.

– Claro que foi superado. Você se esqueceu de contar que me fazia assistir a todos os filmes de terror que eram lançados na época. – Dessa vez, ele exibiu um semblante debochado. – Eu não conseguia nem ir à cozinha beber água de madrugada, de tanto pavor.

Edgar e Zoe voltaram a rir.

– Como você é mole, Silinhas – ironizei, entrando, de vez, na brincadeira de provocá-lo. Ele reclamava dos filmes que eu gostava, mas nunca me deixava assistir a nenhum sozinha. Acompanhava e depois ficava morrendo de medo à toa.

– Então você não tem mais medo do escuro? – Zoe questionou, curiosa.

– Não. Parei de ver esse tipo de filme há anos, só faz mal para a cabeça.

– Eu também não gosto – Edgar concluiu.

– Claro que não. Filme de terror é para quem tem colhões – Zoe cutucou, e Edgar fez uma careta para ela. – A gente podia aproveitar o clima sombrio e contar umas histórias bizarras. O que acham? Eu tenho uma baseada em fatos reais.

– Nem pensar! – Edgar recuou na mesma hora, arregalando os olhos.

– Será que Silinhas aguenta? – perguntei, provocando ao máximo. – Ou será que ainda é mole, como antes?

– Estou com o Edgar, prefiro que não. – Silas cruzou os braços.

Contive a gargalhada. Ele ainda era o mesmo medroso, sem dúvida.

– O que vamos fazer? – perguntei, visto que ninguém tinha se mexido até então e parecia que não se moveriam até a energia voltar. O que poderia durar horas. A sala já começava a ficar quente e claustro-fóbica. Meus batimentos cardíacos aceleravam conforme me percebia fechada naquele pequeno quadrado. – Não é melhor sair?

Os três soltaram suspiros.

– Por experiência, já deve ter uma turma pedindo ao Bartô para liberar home office hoje – Zoe explicou, sem qualquer entusiasmo. – E ele está dizendo para aguardar um pouco mais. Uma vez passamos quatro horas esperando na sala de reuniões, sendo bombardeados pelas abobrinhas dele. Foi um dos dias mais inúteis desta empresa.

– Não sei vocês, mas eu que não saio daqui. – Edgar foi enfático.

– Nem eu. – Zoe soltou um profundo suspiro.

Acompanhei quando Silas abriu um sorriso de orelha a orelha.

– Já que vocês gostam de apostar, vamos lá. Aposto cinquentinha que não ficam aqui na sala até a energia voltar. – A malícia estampada naquele rosto me trouxe entusiasmo, de forma que soltei:

– Estou dentro. Aposto que não ficam. – E me levantei prontamente. – Já estou morrendo de calor, então, façam bom proveito. – Olhei para Silas, que entendeu no mesmo instante o que eu estava tentando fazer.

– Está apostado? – Levantou-se também.

Edgar e Zoe se encaravam com espanto, com os olhos esbugalhados. Estavam chocados por serem pegos por nós daquela forma, mas bem que mereceram.

– Preciso de grana, então... – A garota logo se recompôs e fingiu que não seria nem um pouco trabalhoso permanecer onde já havia dito que ficaria.

– Mantenho a minha palavra – Edgar murmurou. Pelo seu rosto assombrado, estava quase gritando de desespero em ter que passar aquele tempo somente com a Zoe.

Eu não sabia o que aqueles dois aprontariam sozinhos em um quadrado escuro, mas, de repente, torci para que a energia não voltasse tão cedo. Saí da sala com um sorriso no rosto, e Silas me acompanhou depressa. Deixamos os dois para lidar com as consequências da nova aposta.

O meu ex me encarou assim que saímos e se esgueirou um pouco para sussurrar:

– Quer que eu te mostre o quanto sou mole, docinho?

Aquela pergunta direta e carregada de safadeza me fez abrir os olhos em choque. Tentei me recuperar, por isso soltei uma risada e devolvi:

– Mostra para a Giovana. Ela está interessada.

Silas fez uma careta confusa. Evitei olhá-lo e andei na direção de onde ouvia as vozes. O homem me alcançou, já sorrindo.

– Isso tudo é ciúmes?

– Ah, cala a boca. – Revirei os olhos.

Uma conversa acalorada estava acontecendo na recepção. Todos os funcionários estavam amontoados e paramos diante do portal, atentos.

Tentei descobrir o que se passava, porque o semblante de todos estava agravado demais para uma simples falta de luz. Bartô explicava e re explicava, mas ainda assim não fui capaz de entender.

Aproximei-me do Clodô, que se escorava no balcão da recepção com um olhar de tédio e empunhava uma vassoura.

– O que está havendo?

– Estamos trancados – respondeu simplesmente.

– Como assim, trancados? – Silas desafinou algumas notas.

Olhei na direção do Bartô. Ele estava diante da porta da Vibe-Print, que permanecia fechada. Toda vez que chegava pela manhã, ela estava aberta, mas me lembrei de algumas vezes em que Betinha precisou liberar minha entrada através de um sistema eletrônico. Cheguei logo à conclusão: sem energia, a maldita tranca jamais seria aberta.

– Mas ela também abre de forma manual! – Bartô soltou um berro mais alto, em meio às reclamações e ao falatório do pessoal.

Corri e me coloquei no meio do amontoado, já me sentindo desesperada. Sem nenhum ar-condicionado funcionando, apenas iluminados pela pouca luz solar que entrava pelas janelas, era certo que eu seria a primeira a perder a cabeça. Lugares fechados me causavam um pavor tremendo, desenvolvido ao longo dos anos.

– Então abra a porcaria da porta, Bartô! – Gilberto, o editor-chefe, disse com a voz grave. – Está ficando quente aqui dentro!

– Queremos home office! – Tadeu, o funcionário do jurídico, ergueu as mãos e puxou o coro de todos. – Queremos home office!

A frase foi repetida inúmeras vezes. Seria engraçado, se não fosse tão trágico.

Fiquei em dúvida sobre me manter calada, afinal, era novata, ou acompanhar a rebelião, por isso apenas gesticulei com os lábios, não cheguei a falar nada de verdade.

A CULPA É DO MEU EX

– Escutem! Nós teremos home office assim que a porta... Ei! – Bartô parou de supetão, erguendo o dedo indicador. – Ela tem uma chave! – O chefe esfregou as mãos no queixo. – Sim, tem uma chave. Está na minha sala. Volto já!

Os funcionários resmungaram e suspiraram em uníssono, enquanto Bartô passava por nós empunhando uma lanterna de verdade, daquelas imensas, de acampamento. Sequer perdi o meu tempo achando aquilo esquisito ou engraçado.

– Ele nunca vai achar essa chave. – Marisa suspirou.

– Não. – Aninha passou uma mão pelos cabelos curtos. – Gente, vamos esperar na sala de reuniões, é o jeito. Pelo menos lá conseguiremos abrir as janelas.

O aglomerado se dispersou, todos com os ombros baixos, para fora da recepção. Permaneci, porque começava a sentir falta de ar de verdade. Coloquei uma mão no pescoço, na tentativa de controlar os batimentos cardíacos. O medo de ter uma crise de pânico ali mesmo me fez sentir mais medo, então a ansiedade virou uma bola de neve e precisei me sentar no sofá para não desmaiar.

Silas se ajoelhou na minha frente.

– Você está bem? Está enjoada? Acha que vai vomitar? – perguntou tudo junto, nervosamente, o que acabou me fazendo rir.

Era engraçado que estivesse tão preocupado e jurando que eu já estava grávida, sendo que mal havia dado tempo para qualquer concepção que porventura acontecesse. Aspirei fundo e soprei bastante ar, sentindo-me meio doida porque não conseguia parar de rir. Ele continuou sério, encarando-me com profundidade.

– Pare com isso – consegui dizer. Removi o meu blazer rapidamente, na frente dele. – Estou bem, foi só uma tontura. Não gosto de ambientes fechados.

Ele assentiu.

– Vá para a sala de reuniões. – Seu timbre soou manso, tão suave que me surpreendi. Senti tanta delicadeza da parte dele que foi impossível não me comover. – Vou ajudar Bartô a encontrar essa chave. Se é que ela existe mesmo.

– Acha que não existe? – Pisquei os olhos, apavorada.

– Se um dia existiu, ele não faz a menor ideia de onde esteja.

Soltei um profundo suspiro. Precisava manter a calma, se quisesse sobreviver às horas que provavelmente passaríamos sem energia e ainda trancados ali dentro.

– Nenhuma chance de ter um gerador? – perguntei, porque a esperança era a última que morria.

Silas bufou.

– Nenhuma. Talvez no prédio, mas não na VibePrint.

– Meu Deus. – Apoiei a coluna no encosto do sofá e me deixei amolecer. Já estava melhor sem o blazer e distante do pessoal. Aos poucos, a respiração normalizava.

Silas se sentou ao meu lado e ofegou.

– Será que vão brigar ou se pegar? – ele perguntou, com certeza se referindo a Edgar e Zoe. Eu também tinha aquela mesma dúvida. – O que acha?

– Realmente não sei. Espero que se peguem.

– Acho que vão brigar. – Refletiu um pouco. – Os dois são difíceis e discutem por qualquer besteira.

– Apostado, então. – Abri um sorriso e empurrei seu ombro com o meu, só para provocar. – Voto na pegação dentro da sala dos revisores. Sonhar não custa nada.

Silas sorriu para mim.

– Fico com a briga. Mas só porque é a opção mais plausível.

– Vamos nos questionar se é certo apostar?

Ele soltou um risinho e balançou a cabeça.

– Não vou perder meu tempo com isso. Que ao menos eles conversem. Estão vacilando demais e vão se arrepender de não ter aproveitado.

– Você acha? – Aprumei o corpo para olhá-lo de frente.

Silas assentiu. Contra toda a lógica, uma de suas mãos foi parar no meu queixo.

– Sim. O que acha de a gente se pegar também? Eu não paro de pensar no que fizemos naquele cubículo, e olha que estou tentando não ficar duro toda vez que te vejo.

Automaticamente, expulsei a mão dele da minha pele com um tapa suave. Foi como se ele tivesse acendido um fósforo repentino e eu, assoprado com força. Óbvio que eu não tinha conseguido parar um só segundo de pensar sobre o que havíamos feito. Mas era inútil, porque não se repetiria.

Só faltava Silas compreender que um simples vacilo não lhe dava abertura para ficar me atiçando. Nem deixando seu desejo tão nítido. Era desconcertante e imprudente.

– Pare de falar essas coisas.

– Achei! – Bartô apareceu na recepção empunhando uma chave. Sua aparição me fez dar um pulo de susto para bem longe de Silas. – Achei!

O chefe correu para a porta e me levantei, ansiosa para tomar ar. No entanto, a porcaria da chave sequer encaixou na fechadura. Bartô tentou de todo jeito, mas nada aconteceu, até que ele me encarou como se estivéssemos em um navio prestes a naufragar e ele fosse o capitão que morreria afogado. Deu até pena.

– Não é essa, Bartô – Silas disse, com o timbre controlado. Colocou as mãos nos bolsos e se escorou na parede ao lado da porta trancada. – Continue procurando.

– Sim. Sim, é isso. É o jeito… Continuarei procurando! Volto já.

Ele sumiu da recepção em dois tempos. Silas e eu voltamos a uma semiescuridão nada aconchegante. Suspirei ruidosamente, toda incomodada com aquela porcaria de situação. Não aguentaria horas daquilo, ao menos não com o meu ex à espreita, soltando gracinhas e se achando no direito de me tocar.

– Não precisa sentir ciúmes da Giovana – Silas disse, e eu soltei um resmungo afetado, virando as costas.

– Não me interessa, relaxa. – Voltei a me sentar no sofá. – Não estou com ciúmes. Só sei que ela te quer, e vocês pareciam bem próximos hoje cedo. Aproveite.

Ele ainda me olhou por um tempo, que usei para sentir constrangimento e me arrepender por ter dito aquelas palavras. Claro que me incomodaria com um romance entre eles, mas porque eu era uma controladora nata e de alguma forma achava que Silas sempre seria meu. Um sentimento fora do tom, nada a ver mesmo, e que não deveria ser alimentado de jeito algum.

– Estou vendo que você não está com nem um pingo de ciúme.

Aquele sorriso desdenhoso era tão frustrante que tive vontade de circular os dedos ao redor de seu pescoço.

– Por que não me deixa em paz? – Coloquei as pernas sobre o sofá, para que aquele homem não voltasse a se sentar ao meu lado. – Saia do meu pé. Vá procurar o que fazer, não precisa ficar aqui me enchendo o saco.

Silas soltou uma risada sem graça. Achei que fosse continuar me perturbando, mas apenas saiu da recepção e de fato me deixou sozinha. Não se passou nem um minuto completo, e a quietude ao meu redor voltou a me deixar nervosa, porque me lembrei como e onde estava, além da impossibilidade de escapar para respirar.

As paredes pareciam se fechar sobre o meu corpo. O ar nos meus pulmões rareou até faltar de vez, e os batimentos cardíacos aceleraram. Querendo ou não, a presença dele estava me distraindo e me fazendo suportar a sensação de sufocamento. Sem o Silas por perto, tonteei perigosamente. Ainda bem que já estava deitada, do contrário teria caído no chão, com a vista meio escurecida.

O desespero me arrebatou com tanta força que não contive o grito:

– Silas!

Ele não demorou mais do que alguns segundos para voltar à recepção. Assim que me viu com a respiração ofegante, contorcendo-me no sofá, arregalou os olhos.

– O que você tem? – Sua expressão se manteve apavorada.

– Pânico… – murmurei, soprando e aspirando forte, no meio de um ataque que sempre me levava ao limite. Odiava me sentir daquele jeito, mas às vezes não conseguia controlar. Eram sintomas horríveis, parecia que estava morrendo. – Preciso de… ar.

– Vou te tirar daqui agora. – Silas não teve a menor dúvida. Sequer hesitou.

O homem correu na direção da porta da VibePrint na maior velocidade, provocando-me um susto imenso, sobretudo quando seu corpanzil se chocou contra o vidro. Um barulho grotesco ecoou dentro da empresa. Houve alguns segundos de pausa, em que mal assimilei o que estava acontecendo.

A trava eletrônica não se moveu, continuou no mesmo lugar, mas o vidro se quebrou em milhões de partículas finas, que voaram em todas as direções, inclusive sobre mim. Seu corpo foi projetado para a frente e ele caiu no meio do corredor do sétimo andar, girando algumas vezes ao redor de si. Pareceu cena de filme.

O doido tinha acabado de arrebentar a porta. Por minha causa.

A CULPA É

CAPÍTULO 13

E o que sou senão
Fruto da frustração?

Olho para trás
E me envergonho
Olho para a frente
E estremeço

Estacionei no medo
Estilhacei no vazio
Não sinto nada

Arrancaram-me o desejo.

A CULPA É DO PANDEMÔNIO

Alguns segundos se passaram e apenas me mantive paralisada, tentando assimilar o que tinha acontecido diante do meu nariz. Havia cacos de vidro espalhados por toda parte. Silas se contorcia e gemia no chão, creio que na tentativa de se levantar, mas o cenário me parecia tão perigoso que eu tive certeza de que não era bom que fizesse isso.

Corri até ele, pisando em cacos com meus sapatos de salto e fazendo ruídos de dar agonia. Acocorei-me diante de Silas. Ele parecia meio desnorteado, porém me encarou. Fiquei assombrada ao verificar seu rosto tomado por pequenos arranhões ensanguentados. Aquela sua façanha tinha sido perigosa e lhe custado a integridade.

Nem me lembrava mais de ter entrado em crise, meu foco estava todo e completamente nele.

– Meu Deus, Silas, você precisa de um hospital!

– Estou bem... – Soltou um leve gemido e me deu as mãos para que eu o ajudasse a se levantar. Com certa dificuldade, agarrei-o até colocá-lo de pé, sem querer pensar demais nas partes de nossos corpos que se encostaram durante o processo.

Olhei-o de muito perto, reparando mais cortes em seu pescoço e também nos braços. Algum caco de vidro podia ter entrado. Era necessário que Silas fosse avaliado, não podia simplesmente ignorar aquilo.

Talvez atraídos pelo barulho, os funcionários surgiram, com olhos assustados, na recepção. Assim que nos viram, pareceram ainda mais assombrados. Aninha ficou com o rosto inteiramente vermelho de imediato.

– O que foi que houve aqui? – a coitada da funcionária do RH questionou, com a voz esganiçada de pavor.

Bartô apareceu com outra chave na mão erguida.

– Achei! Achei a... – Paralisou assim que viu a porta estilhaçada. O rosto dele mudou drasticamente, e eu teria rido, se não estivesse tão preocupada com Silas. – Nós fomos assaltados? – A expressão do chefe piorou. – Alguém tentou... – Fez uma careta, enquanto todos ainda estavam chocados. Bartô, enfim, encontrou o meu ex machucado. – Silinhas... Você está bem? Lutou contra o assaltante? Eu sabia. Sabia que esse negócio de faltar energia era obra de mafiosos. Eles sempre cortam os cabos elétricos antes de invadirem prédios comerciais.

Todos nós encarávamos o chefe, sem entender nada. Eu me perguntava em que mundo Bartô vivia. Talvez tivesse se afundado em livros demais. No fundo, não achava que existia um limite para o consumo de histórias, mas, daquela vez, questionei todos os meus conceitos em um milésimo de segundo.

– Ele precisa de um hospital – anunciei na direção de Aninha, já que ela parecia muito mais consciente do que o chefe. – Vou pegar nossas coisas, eu o levo – defini, sem dar qualquer tempo para alguém pensar numa resolução diferente. Senti que precisava fazer alguma coisa, afinal, a culpada por aquela bagunça era eu.

Aninha assentiu com a cabeça, ainda embasbacada, conferindo os destroços e, sobretudo, a gravidade dos ferimentos de Silas. Claro que, se a situação fosse pior do que imaginávamos, a empresa ficaria em maus lençóis muito depressa. Ela sabia disso. Não era nem um pouco aceitável que tivessem nos mantido presos daquele jeito.

– Mas o que foi que aconteceu aqui? – Bartô perguntou, creio que se dando conta de que sua teoria sobre mafiosos não passava de fantasia.

Paralisei, ainda com os braços em volta de Silas.

– Eu estava passando mal. – Ele me olhou de esguelha. Não soube o que pensar sobre o fato de ter colocado a culpa em si mesmo, quando, na verdade, era minha. Um lado meu derreteu feito sorvete ao sol, já o outro não considerou aquilo justo. Entretanto, não estava a fim de me expor de novo para aquela gente. – Tenho fobia a ambientes fechados. Já estava enlouquecendo.

Aninha fez uma careta, mas assentia em compreensão.

– Você se atirou contra a porta? – Giovana questionou.

Silas apenas deu de ombros. A assistente editorial o olhou como se ele fosse uma espécie de super-homem, o salvador da pátria. Não gostei nem um pouco de perceber sua admiração, estava tão visível que me desconcertava.

O pessoal começou a elaborar mais perguntas sobre detalhes daquela cena digna de ser premiada com o Oscar, porém, a minha preocupação era outra.

– Fique aqui, não se mova – avisei a Silas em um tom baixo, perto de seu ouvido. – Vou pegar as chaves do meu carro.

– Não será necessário, Brenda.

Revirei os olhos. Eu não estava com paciência.

– Fique quieto e não discuta – sussurrei.

Silas me ofereceu um sorriso debochado, talvez ao perceber que o meu lado mandão ainda estava ali, intrínseco desde que me entendia por gente, e que ele conhecia como a palma da mão. Não parei para refletir, apenas me desvencilhei do amontoado. Antes de deixar a recepção, percebi o olhar frustrado do Clodô, que certamente não estava satisfeito por ser obrigado a limpar a bagunça. Tive pena dele, e mais uma vez me senti culpada.

Caminhei pelo salão principal e quase esbarrei de novo na máquina de xerox, tamanha a minha pressa para socorrer Silas, porém consegui me desvencilhar a tempo de evitar o acidente. Abri a porta da sala de revisores e fui surpreendida por um cenário peculiar: Zoe estava sentada – quer dizer, quase deitada – sobre a mesa de Edgar, que mantinha o corpo inclinado sobre o dela. As mãos deles tocavam em partes impensáveis do corpo um do outro, enquanto se entregavam a um beijo de dar inveja a qualquer um.

Assim que ouviram o ruído que provoquei ao abrir a porta, os dois quase enfiaram a cabeça no teto de tão alto que pularam de susto. Edgar foi parar do outro lado da sala, enquanto Zoe tentava desesperadamente colocar sua blusa no lugar correto. Bem que tentei fingir que não vi, por um segundo, seu seio direito exposto. O semblante dela estava horrorizado e o rosto, em chamas. O rapaz ficou me olhando como se eu fosse um fantasma. Não soube o que fazer ou dizer durante longos instantes.

Pensei em fechar a porta e dar o fora dali, mas precisava das minhas chaves e da iluminação que vinha do salão para encontrá-la. Eles teriam que esperar um pouco mais. Acanhada, adentrei o recinto e logo procurei pela minha bolsa sobre a mesa.

Zoe e Edgar se mantiveram calados.

– Silas tentou abrir a porta da frente, que estava trancada, e ela se espatifou em cima dele – expliquei depressa, sem olhá-los. Até eu sentia vergonha naquele momento, principalmente quando me dei conta de que Edgar tentava fechar o zíper da calça jeans que vestia. – Vou levá-lo ao hospital.

– Meu Deus, ele está bem? – o rapaz questionou.

Ainda podia ouvir a respiração ofegante dos dois, o que me enervava. Para piorar, não estava encontrando a minha bolsa, talvez por causa da pouca luminosidade.

– Sim, mas acho que deve ser avaliado por um médico – continuei explicando. – Não sei se algum caco de vidro entrou na pele dele.

– Nós vamos com vocês – Zoe disse, por fim.

– Não, não precisa. – Gesticulei com os braços. – A aposta ainda está valendo. E está tudo sob controle. – Abri um sorriso sem querer, que provavelmente deve tê-los desconcertado, porém foi mais forte do que eu. – Só tenho que achar a...

Sentei-me na minha cadeira sem muito cuidado, para ver se encontrava a porcaria da bolsa embaixo da mesa, onde às vezes eu a deixava, no entanto, o assento fez um barulhão e finalmente não aguentou o meu peso, como eu sempre achei que um dia aconteceria. Só não sabia que seria daquela forma, quando eu menos precisava.

O resultado foi ter meu corpo jogado para o lado num solavanco. Na tentativa de não cair de qualquer jeito, usei a força de uma perna e, por causa do salto, o meu pé direito dobrou perigosamente. Aquilo doeu tanto que soltei um grito.

Não teve jeito, eu me estatelei no chão acarpetado.

– Brenda! – Zoe correu para me amparar.

– Ai, meu pé! – berrei de dor, contorcendo-me no chão. Sabia que tinha sido um machucado feio, porque fui tirada da realidade por um bom tempo.

Edgar e Zoe tentaram me erguer do chão, falando coisas que não faziam o menor sentido e, de repente, fui colocada sentada sobre a cadeira dela, que era milhões de vezes mais confortável e decente para trabalhar. Nada parecida com a minha. Edgar mencionou um saco de gelo e saiu da sala de revisores. A única coisa que pensei, ironicamente, foi que ele perdeu a aposta por minha causa.

Droga. Eu não estava numa maré de sorte.

– Essa merda de cadeira era uma tragédia anunciada! – Zoe estava puta da vida. Algo me dizia que seu mau humor não tinha a ver somente com a cadeira destruída e o meu pé ferrado. – Quero ver agora se o Bartô não compra uma novinha em folha.

Edgar voltou não somente com uma bolsa de gelo, que foi logo colocada sobre o meu pé, como também com todos os funcionários da VibePrint a tiracolo. A sala de revisores ficou cheia em dois segundos, e cada um falava uma coisa diferente.

– Está vendo por que sempre pedimos cadeiras novas? – alguém disse, possesso, creio que para o Bartô. – Para evitar acidentes!

– E bicos de papagaio, hérnia de disco, escoliose... – Zoe completou.

O chefe parecia que vomitaria a qualquer momento e, profundamente, torci para que fizesse isso. Estava sentindo dor demais para me considerar uma pessoa má.

– Por que raios deram a pior cadeira da empresa para a novata? – Reconheci a voz de Marisa. O ambiente ficou tão cheio que eu estava começando a hiperventilar.

O meu pé latejava muito, e eu o sentia inchar sob a bolsa de gelo. Tentei colocá-lo no chão, porém foi uma péssima ideia, e voltei a gemer de dor. Bartô ainda me encarava como se não acreditasse no rumo dos acontecimentos.

– Isso é um… – Edgar começou.

– Pandemônio! – ele e Silas concluíram em uníssono.

Assentiram um para o outro, enquanto os outros se assombravam mais. Houve alguns segundos de silêncio.

– Meu Deus… – Bartô, enfim, ofegou. – Gente, o pandemônio foi oficialmente estabelecido. Por favor, vão para suas casas, hoje o dia é de folga para todo mundo. Não pisem em nenhum vidro.

– E eu? – Clodô perguntou.

– Você e eu vamos dar um jeito naqueles cacos, meu caro Clodô.

O funcionário da limpeza soprou bastante ar dos pulmões.

– A empresa não pode ficar aberta, temos itens de valor aqui dentro – Aninha alertou, e com razão. – Uma porta precisa ser providenciada com urgência.

Bartô revirou os olhos, enquanto toda aquela comoção me afetava demais. A falta de ar retornava aos poucos, tanto que retirei a mão sobre a bolsa de gelo e a coloquei perto do pescoço. Outra crise se formava no âmago do meu ser.

– E uma cadeira nova – Zoe alfinetou, cruzando os braços.

Olhei para Silas, que já me encarava de volta. Talvez tivesse percebido a minha agonia, porque simplesmente berrou, com a voz grave:

– Saiam de perto! Vamos, saiam dessa sala, Brenda precisa respirar.

Quase o agradeci por ter feito aquilo, mas não tive tempo. Assim que o pessoal se dispersou, como uma manada que ia e vinha sem muito critério, Silas me pegou em seus braços feito um bebê, como se eu não pesasse nada.

– Vamos ao hospital – disse perto do meu rosto.

Eu o olhei naquela penumbra, sem acreditar em mais nada da vida.

– Era para eu te levar… Não o contrário. – Fiz um muxoxo.

Não perdi tempo me debatendo nos braços dele, até porque Silas simplesmente andou comigo em seus braços. Só me restou buscar equilíbrio em seu pescoço e tentar não me desconcertar com tanta proximidade.

— Estou bem, não se preocupe — murmurou.

— Mas você também precisa ser avaliado.

— Vamos juntos, eu também estarei lá, certo?

Zoe nos alcançou, ao lado de Edgar.

— Achei a sua bolsa, Brenda! Coloquei seu sapato aqui dentro. — Olhei para o scarpin que estava fincado no pé bom. O outro só inchava a cada instante.

— E aqui está a sua mochila, Silas.

Eles nos acompanharam até perto da saída, com o rosto ainda transtornado por um motivo que só eu sabia na totalidade. Estava ansiosa para contar ao Silas, não podia negar. Bartô nos alcançou antes de deixarmos a VibePrint para trás.

— Esperem, esperem! — Seu olhar estava apavorado. — Acho que devo levar vocês. Como chefe, preciso ter responsabilidade com meus funcionários. Os dois acidentes foram por causa da empresa. Acidente de trabalho, Aninha falou. Eu quero distância de qualquer sindicato. E, claro, garantir que estejam bem, prestar socorro e…

— Bartô — Silas disse o apelido dele de um jeito tão grave que foi capaz de me arrepiar. — Vamos ao hospital, e você vai cuidar da porta. Já temos planos de saúde, não temos? — Ele me olhou de muito próximo. Seu cheiro começava a impregnar no meu nariz. Assenti devagar, porque Aninha havia me entregado a carteirinha do plano três dias atrás. Já podia ser atendida em emergências. — Então está tudo em ordem.

— Mas tem certeza, Silinhas? Vai cuidar da Bren-Bren?

— Com toda certeza. — Ele não me olhou ao dizer aquilo, mas senti a firmeza reverberar pelos braços que me carregavam como se eu não pesasse nada, o que não era o caso de jeito nenhum.

– E você vai cuidar do Silinhas, Bren-Bren? – Bartô questionou a mim.

Pisquei os olhos.

– Sim… Claro. – Dei de ombros.

Bartô assentiu.

– Está bem. Tudo bem. Eu ligo em breve. Avisem se precisarem de qualquer coisa. E não chamem o sindicato, por favor. – Aquiescemos juntos, meio paralisados.

O chefe finalmente se afastou, permitindo que a gente saísse dali.

– Vamos com vocês – Edgar avisou, ainda ao lado de Zoe.

– Não! – quase gritei. O que menos queria era fazê-los entrar num hospital. Precisava que ficassem juntos sem preocupações, por isso agarrei minha bolsa e a mochila de Silas, que ainda estavam com eles. – Fiquem tranquilos. – Soltei uma risadinha fora de hora. – Não se preocupem, vamos resolver isso logo.

Zoe fez uma careta, mas o rosto avermelhou muito.

– Tudo bem… – Edgar chamou o elevador para nós, que graças aos céus estava funcionando. Na verdade, havia energia no corredor também, o que significava que o prédio possuía mesmo um gerador.

Silas entrou comigo em seus braços, e deixamos Edgar e Zoe desconcertados para trás. As portas se fecharam. Um silêncio sepulcral foi feito e logo quebrado:

– O que houve com eles? – o meu ex questionou. – Estavam esquisitos.

Abri um sorriso imenso e fui arrebatada pelo seu olhar verde muito próximo do meu rosto. Até tonteei um pouco, mas recobrei a razão para mudar de assunto:

– Estavam se pegando dentro da sala, quando abri a porta atrás das chaves.

Silas esbugalhou os olhos e soltou uma risada capaz de me arrepiar. Por que ele tinha que ficar tão perto, meu Deus? E o pior de tudo era a impossibilidade de me afastar. Sabia que eu não daria um passo sequer com o meu pé torcido daquele jeito.

— Sério?

— Seríssimo. Uma pegada bem, digamos... pesada.

— Transando? — Silas quis saber, com um sorriso enorme estampado no rosto.

— Ainda não, eu acho. Mas quase lá. — Aquiesci com a cabeça. — Sabe o que isso significa? — Ele me olhou, aguardando a resposta. — Que eu venci a aposta.

Bufou, mas não pareceu contrariado.

— É verdade. Você venceu mais uma vez. Droga. — O homem apoiou o corpo em uma das faces do elevador, enquanto descíamos calmamente. As mãos agarravam meu corpo e pareciam estar por todas as partes. Se eu me concentrasse, com certeza piraria. Precisava continuar com o foco em outra coisa.

— O que foi que apostamos mesmo? — perguntei, porque realmente não me lembrava. Silas prendeu os lábios e refletiu.

— Não sei. Acho que não definimos o prêmio. — Encarou-me e sorriu, maliciosamente. — O que você quer? Posso te dar qualquer coisa, docinho. — A voz ficou extremamente carregada de más intenções, o que me fez afastar um pouco.

Tentei remover um braço de seu pescoço, mas foi péssima ideia. Nós dois nos contorcemos — eu tentando me desvencilhar e ele, tentando me segurar —, o corpo dele vacilou, pendendo para um lado. A mochila e a minha bolsa quase caíram no piso.

— Ei... O que está fazendo? — Silas reclamou. — Pare, Brenda, vamos cair!

Contra a vontade, voltei a segurar o seu pescoço como antes. Conseguimos recuperar o equilíbrio, mas não fiquei nem um pouco satisfeita.

– Deixe de gracinhas, então! – resmunguei, afetada.

– Não falei nada de mais, apenas disse que te daria qualquer coisa. – Ele voltou a sorrir daquele jeito sacana que dava vontade de esganar. – Fui até educado. Eu, hein?

– Não se faça de desentendido.

– É você que está fingindo que não me quer.

De alguma forma, a testa dele foi parar sobre a minha. Fechei os olhos e respirei fundo. A proximidade daquele homem me afetava mais do que eu podia suportar, e precisei reunir bastante força para murmurar, quase sobre seus lábios ansiosos:

– Não estou fingindo, eu não quero mesmo.

Silas se afastou e me olhou como se eu fosse uma grande decepção. Por mim, tudo bem, porque o sentimento era bastante recíproco. Ficar perto dele me incomodava e fazia o meu peito se encher de dor e amargura. E embora fosse acometida por desejos – não dava para negar isso –, sabia que eram impróprios e não deviam se aprofundar. Ninguém se joga de uma ponte duas vezes. Silas era, para mim, como aquela cadeira capenga: uma tragédia anunciada. Eu não deixaria que simplesmente acontecesse.

Depois do que falei, ele se distanciou como pôde e manteve o semblante fechado. Colocou-me no banco do carona de seu carro com certa dificuldade, ajudou-me a afivelar o cinto de segurança e dirigiu silenciosamente até o hospital mais próximo.

Eu estava preocupada com seus cortes, mas não pude fazer nada quanto à ordem de atendimento. Ele me levou para a urgência ortopédica primeiro, dizendo que receberia cuidados apenas depois de mim, já que seu caso era menos grave.

Fui levada para uma sala separada dele e esperei uma eternidade. Precisei fazer um exame de raio X, que comprovou apenas uma torção, nenhuma fratura. Demorei a ser atendida, depois demorei a fazer o exame e se passou quase uma hora para um médico aparecer a fim de enfaixar o meu pé, colocando-o numa tala, e receitar medicamentos anti-inflamatórios. Ganhei três dias de atestado e eu não soube se era uma notícia boa ou ruim.

Quando voltei à recepção do hospital, horas depois, descalça e pulando em um pé só, sem qualquer assistência, Silas já estava com alguns pequenos curativos espalhados pelo corpo. Ele se levantou e circundou a mão na minha cintura sem sequer pedir licença.

Suspirei aliviada por ele ter usado aquele tempo para se cuidar.

— Sim, nosso plano de saúde não é dos melhores — comentou assim que saímos na direção do estacionamento do hospital. — Como você está?

— Apenas uma torção. Três dias de atestado e uma lista de remédios.

— Ainda bem que não fraturou.

Seguimos lado a lado, em silêncio, por alguns segundos.

— E você? — perguntei.

— Três caquinhos de vidro entraram, mas foram removidos. Nenhum dia de atestado e uns trezentos curativos.

— Meu Deus, Silas. — Parei para olhá-lo. O homem encarou o horizonte atrás de mim, evitou meus olhos. Tinha ficado bicudo daquele jeito desde que falei que não o queria. Bom, não podia fazer nada quanto a isso. — Você não devia ter quebrado a porta, foi loucura. Uma hora eu me acalmaria.

Ele deu de ombros e voltou a me escoltar até o carro.

— Você deve estar com fome — falou mansamente, enquanto me colocava de volta ao banco do carona. — Está tarde, perdemos o dia de folga quase todo aqui.

— Bartô deu folga mesmo?

Olhei o meu relógio de pulso. Já eram quase cinco horas da tarde e sequer havíamos almoçado. Silas tinha razão, o meu estômago roncava, e só então me dei conta.

– Deu… O mínimo que ele precisava fazer, depois de tudo, não é? Quando o pandemônio é estabelecido, não tem o que fazer, Bartô sabe. – Ofegou ruidosamente. – Ah, chamamos de "pandemônio" os dias em que nada dá certo, e o caos se instaura.

Fiz uma careta divertida e confusa ao mesmo tempo.

– Com que frequência acontece?

– Mais do que imagina. – Ele sorriu com deboche.

Soltei uma risada suave, balançando a cabeça em negativa. Eu não sabia se um dia me acostumaria com as loucuras daquela empresa.

– Pode me deixar na VibePrint? Tenho que pegar o meu carro.

Silas olhou para o meu pé enfaixado.

– Você não consegue nem andar direito. Não vai dirigir assim. – Ele tinha razão. – Eu te deixo em casa. Amanhã levo o seu carro, é só me dar a chave.

– Não precisa… – Ri, totalmente sem jeito.

Eu não queria que Silas soubesse onde eu morava. Não fazia muito sentido na minha cabeça, embora precisasse me acostumar, caso a concepção desse certo. Claro que ele seria colocado na minha vida de novo. Não daria para fugir disso. Contudo, ao contrário dele, não queria que tratássemos a situação toda como se já fosse um fato.

– Mas, antes, precisamos comer alguma coisa. – Silas ignorou o que eu disse. Afastou-se, fechou a porta do carona e deu a volta no carro preguiçosamente.

Quando se colocou no banco do motorista, olhou-me de novo. Eu me sentia mal a cada pequeno curativo que encontrava sobre sua pele.

– Comida de verdade ou porcaria? – questionou com interesse.

– Depois de um dia como esse? – Ri, nervosa. – Porcaria, com certeza.

Silas abriu um sorriso capaz de iluminar tudo ao meu redor. Fiquei desnorteada diante dele, mas tentei disfarçar o quanto pude.

– Ótimo!

O homem dirigiu até o *drive-thru* de uma lanchonete *fast-food* de que gostávamos, fez os nossos pedidos de sempre – como se não tivesse passado nem um minuto desde a época em que fazíamos aquilo juntos –, o que me fez sorrir feito boba, e não me deixou pagar nada. Falou que eu era a sua convidada.

Nós paramos no estacionamento da lanchonete para devorar a comida em paz, já que eu estava com dificuldade de me locomover e, sinceramente, ambos queríamos nos lambuzar à vontade.

– Você já decidiu o que vai querer? – Silas perguntou, entre uma mastigada e outra. Não estava se fazendo de rogado, comia com gosto e eu repetia a ação, porque estava realmente faminta.

– Tive a tarde inteira sentada num banco desconfortável de hospital para pensar nisso. – Sorri para ele e abri ainda mais o sorriso ao vê-lo todo sujo de ketchup nas bochechas. – Eu quero ver o que fez com a sua tatuagem.

Silas cuspiu um pedaço de hambúrguer, depois se engasgou e tossiu repetidas vezes, contorcendo-se no banco. Eu não soube o que fazer, por isso dei alguns tapas nas suas costas, para que desentalasse. Só comecei a rir quando percebi que ele ficaria bem.

O homem me olhou com uma cara feia, após se recuperar.

– O que foi? – Ergui uma mão e lhe dei um pequeno tapa na testa. – Não precisa morrer por causa disso, é só uma tatuagem. Sei que removeu ou, sei lá, colocou outra por cima. Só quero ver e saber o que fez com ela.

Silas me olhava com o rosto inteiro avermelhado.

– Tudo bem, mas eu decido quando e onde vou mostrar.

– Ah, não, não… – Balancei a cabeça. – Não me venha com essa. Pode até escolher onde, mas eu escolho quando. Hoje. Preferencialmente agora.

A expressão dele era de quem começava a gostar da situação, o que me fez estremecer um pouco. Estava planejando alguma coisa para cima de mim, sem dúvida. Eu precisava me manter atenta e preparada para uma revanche.

– Não vou tirar a camisa aqui no meio do estacionamento, Brenda. – Silas deu uma mordida no lanche e falou de bocha cheia: – Na sua casa eu te mostro.

– Na... – Engoli em seco. – Na minha casa? – Soltei uma risada desconcertada. – Não. Você só vai me deixar na porta e ir embora.

Ele me olhou com seriedade.

– Na minha, então – murmurou.

Pisquei os olhos várias vezes.

– Silas.

– Na sua casa ou na minha. Pode decidir. E já que quer que seja hoje... Melhor ter um veredito no tempo de terminarmos esse lanche. – Apontou para o meu sanduíche com o dele.

Custava-me acreditar em como eu tinha caído em mais uma armadilha com tanta facilidade. A gente precisava acabar com aquelas brincadeirinhas; por outro lado, no fundo, não conseguia me livrar daquela adrenalina que me impulsionava a continuar.

Dei mais uma mordida e raciocinei. Era melhor estar no território do inimigo, assim poderia avaliar como ele vivia sem me comprometer ou me expor. Não o queria dentro da minha casa, um lar que montei somente para mim, para viver uma vida longe dele, distante de nossos planos. Tê-lo ali dentro não faria sentido. Ao menos nenhuma parte do meu corpo compactuava com aquilo.

Terminamos de comer em silêncio, até que Silas perguntou:

– E então? Como vai ser?

– Na sua casa – respondi sem olhá-lo, mas o homem ficou me encarando atentamente, por longos instantes.

A curiosidade foi tanta que em algum momento precisei encará-lo.

– Que assim seja. – Sorriu, mas eu o conhecia o suficiente para decifrar aquela sua nova forma de sorrir. Ele estava nervoso. Os olhos se mantiveram abertos demais e o pescoço avermelhara. Disfarçava o desespero que sentia diante da resolução.

Ele me atingia, mas não saía imune nunca. Era a minha chance de perturbá-lo.

– O que foi? Perdeu a coragem? Se quiser desistir, pode simplesmente tirar a camisa e acabar com isso. – Olhei ao redor do estacionamento. – Ninguém vai ver. Aliás, não exagere, não precisa tirar, só levante a manga. Nem era uma tatuagem tão grande assim. – Apontei para o tecido da sua camisa social. Seria difícil, mas não impossível que o erguesse até me mostrar.

Mas Silas apenas ligou o carro.

– Vamos para a minha casa. Lá eu vou te dar o que você quer.

Aquelas palavras me fizeram congelar. Por um momento, achei que Silas desistiria, mas ele deu a partida enquanto eu tentava recobrar o fôlego. Tinha certeza de que havia entrado naquela armadilha de uma vez, sem qualquer preparação, e não sabia exatamente se me sentia arrependida. Só sentia muito medo.

Estava apavorada com a ideia de acontecer qualquer pedaço das loucuras que se passavam na minha cabeça e corriam ensandecidas pelo meu cérebro. Sobretudo, sentia um profundo medo de que não acontecesse nada perto disso.

Não me lembro de ter respirado durante todo o percurso.

A CULPA É

CAPÍTULO 14

Mentiram para mim: o tempo não cura nada. É em vão deixar que passe. A verdadeira cura vem do direito à indignação. Nem sempre perdoar é seguir em frente, porque é passivo e atenuante. O perdão pode ser corrosivo, injusto. A superação só acontece quando se percebe que o presente é mais valioso do que a dor que já passou. E que tudo pode ser feito diferente. Curar-se é quebrar ciclos. Às vezes, só se consegue romper qualquer coisa se houver muita raiva. Escutei a voz da minha ira. Finalmente.

A CULPA É DA TATUAGEM

Não trocamos mais do que duas ou três palavras ao longo do caminho até a casa de Silas, que na verdade era um apartamento localizado em um bairro de classe média. Ele ainda teve o cuidado de passar numa farmácia para comprar os medicamentos que eu deveria tomar para tratar o meu pé. Fiquei nervosa o tempo inteiro, com o coração retumbando e os membros tremelicando como se eu fosse uma adolescente.

Assim que estacionamos na garagem de seu prédio, ele me olhou e sorriu. Eu não soube o que fazer com o que senti diante daquele sorriso escancarado, que anunciava coisas para as quais não me considerava preparada. Sem saber como reagir, abri a porta e tentei sair do carro, mas claro que foi difícil por causa do meu estado. Silas se adiantou e correu para me amparar.

O homem ajustou a própria mochila nas costas, ofereceu-me a minha bolsa e, quando pensei que ele não fosse mais fazer aquilo, simplesmente me pegou em seus braços de novo. Pensei em reclamar, porém me sentia idiota só por ter ido até lá. Eu deveria ter negado, encerrado aquele joguinho sem graça. Por isso, em vez de gastar saliva, acomodei-me nos braços dele e rezei mentalmente para sair dali inteira, por mais que tivesse quase certeza de que seria impossível.

Entramos num elevador simples, nada muito elaborado, e subimos até o quarto andar. Paramos em um hall bonitinho, com um espelho grande numa face, o que me fez visualizar a mim mesma nos braços dele. De imediato, o meu coração se comprimiu. Eu estava pirando, oficialmente. O ar rareava, mas era diferente de uma crise de pânico. As minhas mãos suavam, eu estava quente da cabeça aos pés.

Silas precisou me colocar no chão para pegar as chaves. Fez isso com bastante cuidado, sem nada dizer, porém mantendo aquele sorrisinho cretino que me desajuizava. Abriu a porta e, sem que eu esperasse, voltou a me agarrar em seus braços. Colocou-se de lado para que minhas pernas não se chocassem contra a porta e entramos.

O apartamento era simples, não muito grande, mas bem organizado e limpo. Sinceramente, não esperava por aquilo. Silas nunca teve muita noção de estilo e decoração. Odiava cuidar de plantas e preferia as artificiais porque não davam trabalho, por isso foi natural que eu reagisse com uma careta diante das samambaias penduradas na pequena varanda adiante, além de outros pequenos vasos espalhados aqui e ali. Os objetos mesclavam o branco com o marrom e o azul, trazendo um cenário aconchegante, masculino e estranhamente diferente do que eu achava que seria até aquele momento.

Ouvi sua risada perto do meu ouvido e fiquei mais paralisada do que antes. Fui colocada sobre a mesa da sala de dois ambientes. Podia parecer doidice da minha parte, mas a primeira coisa que fiz, sem titubear, foi passar o dedo sobre a madeira revestida de branco abaixo de mim. Conferi o meu dedo e me surpreendi porque estava de fato limpa. Sem qualquer poeirinha.

Silas me olhava com uma careta divertida.

– Eu tenho uma diarista, Brenda.

– Ah... – Dei de ombros, sentindo o rosto esquentar de vergonha por ter feito uma coisa daquelas. Foi muita indelicadeza de minha parte. – Certo.

Ele continuou me encarando, enquanto eu verificava mais detalhes do apartamento. Um sofá grande, mesa de centro com um vaso bonito em cima, televisão de tantas polegadas quanto pude calcular...

– Você mora sozinho? – questionei, curiosa, mas a voz não saiu mais do que um sussurro. Eu não sabia o que fazer. Até havia me esquecido do que estava fazendo ali.

– Durante quinze dias no mês – ele disse, ainda me olhando fixamente. Eu o evitava como podia. – Nos outros quinze dias, moro com o meu filho. Ficou melhor para todo mundo desse jeito. Fabinho não gosta de ficar para lá e para cá o tempo todo.

Assenti devagar, tragando aquela informação por partes, devagarzinho, porque se fosse de uma vez, com certeza sofreria um engasgo. Era muito difícil engolir que Silas tinha uma vida normal, com seus pequenos luxos, mas simples o suficiente para não causar espanto. Ainda assim, eu me mantinha espantada. Esperava pelo menos encontrar uma cueca jogada em algum canto ou um prato sujo na mesa de jantar. Na minha casa com certeza havia uma calcinha espalhada em algum lugar aleatório.

– É por isso que temos alguma organização aqui hoje – Silas comentou, creio que percebendo o quanto eu estava admirada. Olhei para ele rapidamente, mas não fui capaz de sustentar seu olhar. – Fabinho está com a mãe esta semana, mas eu o levo para a escola pela manhã, e a diarista veio ontem. Normalmente não é assim. Nós dois somos bem bagunceiros, garanto.

– Ah... – Tentei conter um arquejo, mas ele escapou entre meus lábios.

Silas pendurou a mochila ao lado da minha bolsa num cabideiro perto da porta de entrada. Quando se endireitou para ficar na minha frente de novo, desviei o rosto e percebi as duas poltronas bonitas na varanda. Não soube explicar por qual motivo marejei. Ergui um pouco a cabeça, buscando algum controle para não fazer papel de imbecil. A dor no meu coração era muito maior do que a do meu pé. Deparar-me com a realidade dele era um choque dentro de mim, algo impossível de explicar.

– Quer beber alguma coisa? – ele questionou, mas logo emendou: – Ah, vou pegar água para que você tome logo seu remédio.

Não falei nada. Continuei observando cada minúcia daquela sala, quando ele se perdeu dentro do que achei que fosse a cozinha. Silas voltou depressa, segurando um copo com água numa mão e o remédio na outra. Bebi logo, sem hesitar, embora estivesse me sentindo muito, mas muito esquisita.

Era como se eu não coubesse ali. Não havia espaço. Talvez fosse o mesmo sentimento que me fazia crer que Silas não combinaria com a minha casa. Existir dentro daquelas paredes me pareceu um erro tremendo.

– Acho que já vou – murmurei, depois de engolir o comprimido. Ele tomou a frente e depositou o copo sobre a mesa, ao nosso lado. – Eu… Tenho que… Tenho umas coisas para fazer que me lembrei só agora. – Disfarcei como pude, para que aquele homem não percebesse o meu desconcerto absoluto.

– Não quer ver a tatuagem?

Encarei a parede atrás dele, depois nossas bolsas penduradas, em seguida a porta.

– Eu não sei – murmurei com um ofego.

Só percebi que minhas mãos tremiam visivelmente quando Silas as pegou para si e se aproximou mais, colocando-se diante de mim. Mantive as pernas bem juntas, deixando claro que pretendia manter certo espaço entre a gente.

Seus olhos repousaram nos meus com muita intensidade. As lágrimas não derramadas continuaram ameaçando escorrer, o que me desconcertou mais, porque sabia que ele sabia que eu estava prestes a chorar. Era irritante e me quebrava por dentro.

– Brenda – Silas me chamou num tom muito baixo.

Encarei-o ciente de que meu coração dilacerava pouco a pouco. Fiz uma careta carregada de angústia, o que o emocionou, porque de repente seus olhos já estavam brilhantes, como os meus deveriam estar naquele momento.

– Não posso fazer isso – murmurei, e quase não saiu nenhuma voz.

Silas concordou com a cabeça, porém não conseguiu esconder a insatisfação.

– Vou mostrar a tatuagem e depois te levo para casa. – Soltou minhas mãos e se afastou um pouco, o que fez com que me sentisse melhor e pior ao mesmo tempo. Não dava para me entender. – Eu prometo. Tudo bem?

Havia uma certeza tão grande naquele olhar esverdeado que a única coisa que consegui fazer foi assentir. O movimento da minha cabeça quase me fez derrubar as lágrimas, por isso a ergui um pouco. Eu não sabia o que encontraria embaixo daquele tecido que escondia seu corpo, mas, pelo rosto dele, era algo importante. Tive verdadeiro pavor de ainda encontrar o meu nome ali. Jamais suportaria isso.

Silas começou a desabotoar a camisa. Fez devagar, botão a botão, e bem que busquei forças para desviar o rosto da pele que se mostrava aos poucos. Os olhos dele estavam em mim, porém me mantive vidrada no movimento de seus dedos, no tecido que cedia fácil, no tórax que se expunha lentamente.

Reparei com atenção o peitoral másculo subindo e descendo, ofegante, a barriga durinha e o pequeno caminho de pelos que se perdiam por baixo do cós de sua calça social. Foi assim que notei que ele estava excitado. Visivelmente endurecido. Não soube o que fazer com essa informação.

Eu já não respirava. Sequer sabia o que era o ar ou para que servia.

Silas fez uma pausa, com as mãos enroladas nas duas abas da camisa já aberta. Olhei para ele com vontade de gritar por socorro. Será que percebia o meu desespero? Não soube responder, porque o homem voltou a se movimentar: finalmente removeu a camisa, exibindo braços fortes tão distintos de sua versão do passado.

Ele ergueu o braço esquerdo para que eu visualizasse a parte interna de seu bíceps, onde costumava existir uma tatuagem feita em um momento de claro impulso romântico. Chegou à nossa quitinete todo orgulhoso e sorridente, dizendo que me amaria para sempre e que tinha como provar.

Na época, senti um misto de medo, alegria e divertimento. Não achava que era de verdade, quando vi o meu nome exibido em letra cursiva. Mas era. Silas havia me marcado em sua pele e só me restava nutrir a plena certeza de que o nosso amor seria eterno. Porém, não foi.

Tudo acabou, toda aquela felicidade traduzida no riso espontâneo que soltei ao ver, pela primeira vez, o que ele aprontou. A alegria, a cumplicidade e a esperança foram arrancadas como uma flor bastante frágil, e o que sobrou estava diante de mim: um enorme girassol que tomava quase todo o bíceps dele, com muita riqueza de detalhes, tatuado para maquiar um passado sem de fato escondê-lo. Porque aquilo ainda era nós.

As minhas duas mãos foram parar na boca. Só me dei conta das lágrimas quando elas escorreram, quentes, entre meus dedos. Aquele fim não parecia um fim, porque era bonito demais para assim ser considerado. Ou talvez existisse alguma beleza no adeus, algo inquietantemente singelo embutido no ponto-final.

No entanto, não era mais o que foi, jamais seria e não havia nada que mudasse isso. Eu não entendia nada e, simultaneamente, compreendia tudo com muita exatidão, porque aquele estúpido girassol guardava um enorme significado que nem mesmo o tempo apagaria. Não havia como nos arrancar. Foi só naquele momento, depois de treze anos penando, que me dei conta de que o que senti por ele seria insuperável.

Talvez eu tivesse sofrido tanto porque achava que era possível esquecer.

– Não pude te apagar de mim... – Silas murmurou em algum momento, enquanto eu pranteava e encarava aquele desenho tão horrivelmente lindo. – Não achei justo. Também não podia manter seu nome... – Fez uma pausa, e embora tivesse notado a emoção naquela voz, eu ainda fitava seu braço. – O nosso amor merecia ser lembrado, e mesmo que eu tentasse esquecer, sempre me recordaria, afinal. Foi a forma que escolhi de te manter comigo. De respeitar a memória do que sentimos.

Meus dedos hesitantes tremeram muito até eu sentir coragem de tracejar aquele pedaço de pele aquecida. Não pedi licença. Silas continuou na mesma posição, paralisado, enquanto eu alisava cada contorno do girassol e chorava feito uma criança, de maneira ruidosa e nada digna.

– Você não foi qualquer uma na minha vida, Brenda. Não fiz essa tatuagem por acaso – Silas tentou falar, mas também chorava, tive certeza por causa de seu timbre. – Nunca mais amei ninguém como te amei. Precisava significar alguma coisa.

A sua confissão repentina fez eu me sentir no direito de puxar seu braço para mim. Na verdade, eu não o tinha, nem deveria repetir o gesto que costumava fazer no passado: levei os lábios àquela pele e percorri com a língua ao longo do desenho, como se o tempo que nos separava não importasse. Silas ofegou muito perto. Senti sua mão tomar o meu pescoço e agarrar meus cabelos, enquanto eu sugava o girassol em meio às lágrimas.

Abri as pernas e o trouxe para mais próximo, sem me perguntar onde havia ido parar o meu juízo. Tudo me pareceu tão distante, menos ele. Só havia aquele corpo ofegante diante de mim e a língua que, não satisfeita, percorreu para além da tatuagem, subindo pelo ombro largo e alcançando o pescoço cheiroso.

Aspirei com vontade, uma sede irreconhecível.

Silas gemia baixo, deixava-se tocar e lamber, e eu não conseguia parar, mesmo sabendo que era um absurdo. Envolvi os braços ao redor de seu pescoço e guiei a boca pelo seu queixo até me perder nos seus lábios. Dessa vez fui eu que o beijei, embora não soubesse direito o que estava fazendo.

O homem agarrou meu rosto e retribuiu o beijo com toda intensidade possível. Devorou meus lábios e enfiou a língua dentro da minha boca com posse. Iniciamos aquele movimento tão saudoso e reconhecível, o mesmo encaixe de sempre, a perfeição que tinha gosto de lar. Mas tudo parecia tão fora do tom que continuei chorando e me sentindo sangrar por dentro. Eu não sabia como algo podia me curar e me machucar na mesma medida, mas era exatamente o que acontecia quando Silas me beijava.

Foi por isso que me afastei, amedrontada. Os olhos dele fixaram nos meus, talvez percebendo a hesitação. Ou talvez entendendo tudo errado, porque seus dedos alcançaram os botões da minha camisa e começaram a removê-los. Eu me deixei despir sem nada dizer, paralisada pela energia poderosa que nos envolvia e não dava trégua.

Silas deslizou as mãos na minha pele, até encontrar o fecho do sutiã e retirá-lo da mesma forma simples como fez com a blusa. Sem que eu pudesse me preparar, estava parcialmente despida diante dele, exposta e vulnerável demais. Seus olhos avaliaram meus seios, e as mãos grandes não pararam de circular sobre o meu corpo. Pude notar sua curiosidade diante das mudanças fornecidas pelo tempo.

Vi quando um sorriso brotou no meio de seu próprio choro.

– Silas... – Segurei suas mãos, afastando-as um pouco de mim.

Ele esperou com visível medo, mas me demorei muito porque não sabia o que queria. Quer dizer, eu sabia bem, só que também estava ciente de que não devia. Os olhos dele modificaram para o terror muito depressa, diante da minha hesitação. Seu semblante apavorado me comoveu de verdade.

– Eu... – comecei, num fio de voz, mas parei porque mais lágrimas saíram dos olhos dele. Enxuguei-as com os meus polegares, o que acabou trazendo seu rosto para bem perto. – Não sei se consigo – choraminguei.

– Você quer? – questionou abertamente. Havia tanta sinceridade em seus olhos verdes que mentir só pioraria as coisas.

Por isso eu apenas admiti:

– Sim. Mas...: – Parei.

– Prefere conversar antes?

Abri bem os olhos e balancei a cabeça em negativa. Tentei empurrá-lo, apavorada de verdade, mas ele não deixou que eu o afastasse. Fui enfiada na beira de um surto de um segundo para o outro, e tudo me incomodou tanto que chorei mais forte.

– Tudo bem... – murmurou, afagando meus cabelos. Só então retomei certa calma. – Tudo bem, não se preocupe. Não vamos conversar, se não quiser. Prometi que te levaria para casa.

Agarrei seus ombros com força, quase fincando as unhas nele. Seus olhos tentaram me avaliar de novo. Talvez tivessem compreendido que ir embora me faria sofrer tanto quanto permanecer ali. Eu não aguentaria uma conversa, nem sabia se suportaria outra transa, mas apenas a ideia de me afastar de seu corpo trazia muita mágoa.

A CULPA É DO MEU EX

Ele tocou meus lábios, lentamente, com a ponta de seus dedos. Continuou me encarando enquanto eu tentava buscar alguma tranquilidade ou qualquer resposta. Nossos corpos estavam grudados, sentia seu tronco nos meus seios e sabia bem para onde tanto desejo acumulado nos levaria. Talvez recuar fosse em vão. Era tarde demais.

– Silas... – tentei dizer alguma coisa, mas nada saiu além de seu nome.

– Brenda. – Ele lambeu os próprios lábios e murmurou de forma comovente: – Fica. – Aquela simples palavra abriu um monte de comportas dentro de mim. Uma enxurrada de emoções me invadiu e, por fora, apenas o encarava. – Fica. Por favor, Brenda. – Silas riu, talvez de seu próprio desespero ao repetir: – Fica.

Nem se eu tivesse toda a força do mundo reunida no meu coração seria capaz de negar aquele pedido.

Voltei a enrolar os braços no seu pescoço e o puxei para mim em um novo beijo. Silas hesitou um pouquinho, exigindo uma resposta clara, por isso chacoalhei a cabeça em afirmativa e ouvi seu riso nervoso antes de juntar nossos lábios outra vez, completamente. Achei fofo da parte dele buscar o consentimento até o fim, para que não sobrassem dúvidas de minha decisão.

Enquanto Silas me agarrava para si e nos levava para o que supus ser o seu quarto, sentia o meu estômago relaxando, os nervos aquietando e a respiração mais fácil. Parecia que eu tinha acabado de retornar de um profundo mergulho, algo que me tirou a quietude e me afundou na angústia, deixando-me exausta. Entretanto, era como se eu tivesse, enfim, conseguido encontrar a superfície e pudesse respirar novamente.

Tentei não me sentir culpada por achar que era certo ou justo estar nos braços dele depois de tanto tempo.

A CULPA É

CAPÍTULO 15

Eu me forcei a conferir se sentiria a mesma coisa. Se o beijo encaixaria de novo, se os corpos se reconheceriam depois de tudo o que passou. Precisei ter certeza de que ter dito aquele adeus foi a coisa certa. No fundo, ninguém quer ir embora. Ninguém é fã do fim; é aquele tipo de coisa necessária, mas que dói, e evitá-lo é sempre a primeira reação do corpo. Quis evitar o fracasso e me arrependi, porque notei que nada mais seria como antes. O beijo outrora reconhecível já não calhava. O momento que poderia significar um emocionante retorno não passou de um ato mecânico, uma tentativa desesperada de ficar onde não se cabe mais. Foi em vão insistir. Perceber esse erro me desestruturou e me aliviou. Senti alívio porque eu já tinha partido e não precisaria sequer dizer adeus de novo. Mas senti uma profunda amargura porque sempre há um pingo de esperança. Aquela gota amarga que anseia pelo recomeço. O meu não seria ali. Você não me pertencia mais, e o meu espírito já se encontrava a quilômetros do seu.

A CULPA É DELE

Silas atravessou o seu quarto comigo nos braços. Achei que fosse apenas me colocar sobre a cama de casal bem arrumada, mas nos levou até o banheiro da suíte e teve toda a delicadeza do mundo para me pôr de pé, apoiada na bancada da pia. Olhei para o ambiente simples e limpo, com poucas peças decorativas. Apesar de nervosa, saboreava um relaxamento incomum proveniente de minha decisão de ficar, o que me fez ter certeza de que era a dúvida aquilo que tanto me corroía antes.

Ele tirou os sapatos e as meias de forma apressada. Removeu seu cinto e depois se livrou da calça social. Ficou apenas de cueca de um instante para o outro, e foi impossível não analisar seu corpo delicioso à mostra, bem como não me sentir um tanto envergonhada por causa do que pretendíamos fazer.

– Não sei você, mas preciso de um banho. Estou fedendo a hospital. – O homem soltou um risinho, em seguida apontou para o meu pé enfaixado. – Vamos tirar isso?

Olhei para baixo, sem saber direito o que pensar. Nós tomaríamos o tal banho juntos ou eu havia entendido errado? Meus seios ainda estavam expostos e tanta vulnerabilidade enervava. Era estranho que passássemos por um momento tão íntimo.

– Acho que sim – murmurei, reticente.

Silas se ajoelhou e teve a maior paciência para desfazer o trabalho do médico. Avisou que eu não me preocupasse, que passaria uma pomada e colocaria a faixa de volta depois. Seu cuidado me deixou emocionada. Não consegui parar de acompanhar cada gesto dele. O pé inchado foi libertado, então Silas trabalhou para remover a minha calça sem fazer qualquer pergunta antes.

O coração intensificou as batidas drasticamente. Prendi a respiração e deixei que me livrasse do tecido grosso, com o mesmo cuidado para que eu não sentisse dor. Fiquei de calcinha e só então percebi meu despreparo; não planejava ser visitada naquela região tão cedo, por isso vestia apenas uma peça íntima bege e confortável, nada sexy. Silas não pareceu se importar, porque fez uma pausa, encarou-me e abriu um sorriso iluminado.

– Eu nem acredito que você está aqui – sussurrou, com a voz um tanto rouca.

Sorri de volta, nervosamente.

– Nem eu.

E era verdade. Não dava para acreditar, e se tornou menos crível ainda quando suas mãos alisaram meus quadris até enroscarem nas laterais da minha calcinha. A peça foi removida devagar, com muita delicadeza, e a cada centímetro de mim que se mostrava, mais forte os olhos de Silas brilhavam. Eu tinha certeza de que estava vermelha de vergonha, mas a excitação atingiu um nível absurdo. O banheiro dele, de um segundo para o outro, tornou-se muito quente.

Meus pés foram erguidos um a um, e a calcinha encontrou um paradeiro que não pude definir, porque mantive meus olhos nos dele sem desviar. Silas voltou a sorrir e encostou a boca na parte superior do meu joelho, trazendo-me mais calor. Sua barba curta raspou na minha pele ao longo do percurso que fez lentamente, sem a menor pressa, só para me atiçar e me deixar em brasa. Funcionou.

Ele plantou um beijo demorado no meu centro, obrigando-me a sentir tesão e desconcerto na mesma medida. Jamais poderia imaginar que um dia ele voltaria a explorar aquele pedaço tão específico de mim. Silas aspirou com vontade, ainda que eu tivesse certeza de que também precisava de um banho, e depois subiu devagar, levantando-se junto, porém sem desencostar os lábios do meu corpo completamente nu.

Ele circulou a língua em cada bico de meu seio, um gesto mais rápido, creio que só para provocar, e se colocou de pé na minha frente de novo. Encarou-me fixamente e sorriu. Era espantoso acompanhar a alegria genuína que atravessava seu semblante. Silas estava realizado, e eu só me sentia perdida. Não era possível que ele não achasse aquilo tudo, no mínimo, esquisito. Porque eu não conseguia me livrar daquele incômodo que martelava minhas terminações nervosas.

– Eu queria ter visto tudo isso acontecer – murmurou sobre meus lábios. Puxou-me pela cintura e senti, de imediato, o volume endurecido empurrado sobre o meu ventre.

– Isso o quê?

– Você.

Foi difícil definir o que sentir diante da resposta. Claro que mencionava as minhas mudanças, e por um instante me perguntei se seria a mesma coisa caso ele tivesse acompanhado. Eu tinha certeza que não. Teria sido muito diferente. Talvez eu tivesse me cuidado mais – ou menos. Se aquele homem estivesse comigo, provavelmente teria sofrido outros tipos de mudança também. Pensar a respeito disso me deixou triste e um pouco revoltada, o que me fez soltar uma lágrima fora de hora.

A reação dele foi sugá-la enquanto ainda escorria pela minha bochecha. Silas a bebeu como se fosse dele, e de fato era. Estava cansada de chorar por sua causa. Eu não queria sentir metade das emoções que ele me provocava sem esforço. O pior de tudo era não saber exatamente o que eu desejava nutrir por Silas. Talvez fosse mais fácil se apenas sentisse indiferença. Mas estava muito longe disso.

– Não chora, docinho – murmurou perto do meu ouvido, enquanto ainda me tocava em partes muito íntimas, como se meu corpo sempre tivesse pertencido a ele.

– Silas, pare com isso – resmunguei, puxando-o pelo pescoço. – Não me faça discutir com você enquanto estamos nus no seu banheiro. Se quisesse mesmo ter me visto amadurecer, teria feito tudo diferente. – Soltei a real sem rodeios. O semblante dele se agravou, endureceu. – Por que não para de conversa mole e faz logo o que queremos?

O homem me encarou por alguns instantes, sem nada dizer. Em seguida, removeu a própria cueca, deixando-se exposto e prendendo o meu olhar com ainda mais força. Ele abriu a porta do boxe e me levou para dentro com cuidado, apoiando-me para não me machucar. Colocou-se dentro comigo, e em segundos a água quente do chuveiro já nos envolvia completamente.

Como eu sugeri, Silas evitou conversas, palavras bonitinhas que, para mim, não cabiam no momento. Não escolhi ficar na intenção de conversarmos; o meu desejo era outro e muito específico. Eu não estava ali para ser conquistada ou ludibriada, ele não precisava se esforçar para me enrolar, com objetivos que eu sinceramente desconhecia, já que me mantinha disposta a dar o que ele tanto ansiava.

Silas me beijava e passava o sabonete ao longo da minha pele, inclusive nas minhas reentrâncias, sem qualquer pudor. O mais completo tesão retornou e me concentrei em atender às necessidades do meu corpo. Fiz o mesmo com ele, lavei-o para trocar a gentileza e também para o processo ser mais rápido. Estava ansiosa para pular a etapa, e teria feito ali mesmo se não estivesse com o pé detonado. Não daria certo daquela forma, eu sabia, precisava ser na cama ou em algum lugar que me oferecesse mais apoio.

Depois que ficamos limpos, ele me enrolou em uma toalha e foi engraçada a forma como me levou para a cama, como se eu fosse uma trouxinha. Nós dois rimos da situação, chegamos até a gargalhar por um tempo, mesmo depois que me desembrulhou do tecido.

Reparei demais nos seus contornos; o sorriso aberto, os olhos vivos, alegres, a água que ainda escorria pelo corpo, os curativos pequenos espalhados aqui e ali, os cabelos arrepiados e úmidos, meio aloirados. O som do riso espontâneo. A forma como me acomodou e puxou meu pé bom para me beijar, enroscar a barba, dedilhar minha pele.

Enquanto eu ainda ria, percebia que Silas não faria nada depressa. Meu riso foi se tornando nervoso conforme ele me atiçava com lentidão, até que fiquei séria. Olhava-o e me sentia derreter sob seu toque. Silas demorou longos minutos beijando, lambendo e explorando aquela perna erguida, e eu não estava preparada para aquilo. O tempo passava e me tornava mais incomodada, ao mesmo tempo que me comovia pela sua atenção.

Ele me analisava o tempo inteiro, por isso deve ter percebido quando todo aquele desconforto se transformou em uma careta.

A CULPA É DO MEU EX

– Você está bem? – falou baixo, interessado, depois de deixar um beijo suave na parte interna da minha coxa, mais perto do joelho do que do local onde eu queria que ele já estivesse.

– Não precisa ser carinhoso.

Silas parou com as mãos enroladas na minha perna. Olhou-me como se não acreditasse em mim, porém eu apenas estava sendo sincera.

– Não precisa ser tão fria – respondeu depois de um tempo que considerei perto da eternidade. A voz dele soou firme, direta e um tanto decepcionada. – Parece que você não quer mais. Talvez seja melhor pararmos aqui.

Ele saiu da minha frente e se deitou ao meu lado na cama; soltou bastante ar, demonstrando muita exaustão. O meu cérebro deu um nó, porque na verdade eu queria aquilo, só preferia que fosse menos demorado e mais direto.

Encarando o teto do quarto dele, pensei sobre os meus próprios desejos. Sobre os motivos de não querer daquele jeito. O rancor se tornou imenso, afundou-me naquele colchão e, de repente, já me sentia totalmente perdida de novo.

Eu não sabia o que dizer, porém tinha certeza de que não queria ir embora. Já Silas parecia tão perdido quanto eu, porque também encarava o teto e respirava forte, sem esconder a profunda decepção no semblante sério.

Ele percebeu que eu o olhava, por isso virou o rosto para mim e ficamos daquele jeito, encarando-nos lado a lado, com os corpos nus muito próximos um do outro.

– Eu posso... – murmurei, sentindo um pouco de dúvida e de timidez. – Fazer do meu jeito? Na minha velocidade?

Silas apenas assentiu, embora tivesse me parecido nervoso.

Analisei o seu corpo inteiro entregue de bandeja para mim e lambi meus lábios. Eu realmente preferia comandar aquele momento, só assim não me sentiria incomodada, como se não tivesse controle sobre o que sentir ou pensar. Não queria me corroer de dúvida a cada toque seu. Não me parecia certo.

Foi por isso que me coloquei sobre o corpo dele, com as pernas abertas ao seu redor, tomando cuidado com o meu pé. Rebolei sobre sua pele, enquanto o analisava e percebia seu desejo retornar, a chama que nos envolvia ser acrescida rapidamente. Inclinei-me e passei a língua em seus lábios, sem parar de me mover, esfregando nossas intimidades. Silas deixou um gemido escapar na minha boca, o que me trouxe um arrepio e uma vontade terrível de nos conectar de uma vez.

Agarrei seus cabelos e tornei o momento menos romântico e mais cru, do jeito que me faria sentir melhor e menos culpada. Arrastei a pele ao longo do seu tronco e coloquei meu centro muito próximo de seus lábios. Silas compreendeu o que eu queria, por isso me puxou pela cintura e simplesmente afundou a boca na minha região mais sensível, provocando-me um gemido longo e ruidoso.

Apoiei meu corpo na cabeceira de sua cama, atingida pelas mais loucas sensações. Ofeguei e me concentrei no seu movimento cadente, na língua que me tomava para si do jeito certo e me empurrava para mais perto do ápice. Não demorei quase nada para explodir com força, contorcendo-me e rebolando sobre seu rosto.

Quando me afastei um pouco, Silas estava todo vermelho e com um sorriso satisfeito aberto, carregado de malícia.

Ofegante, continuei por cima dele, descendo devagar para voltar ao seu tronco. Ele estava muito excitado, latejante em desespero, e até pensei em devolver a gentileza, mas me sentia apressada demais para adiar por mais tempo. Enfim, eu nos conectei com firmeza. Senti-o inteiro dentro de mim e gritei, arrebatada por emoções malucas.

Silas agarrou a minha cintura a fim de me ajudar no movimento, já que estava um pouco comprometido por causa do meu pé. Eu o beijei, compartilhando meu gosto na sua boca, e assim permaneci enquanto controlava o ritmo, deixava tudo como eu queria.

– Expectativa... – Ele arquejou perto do meu ouvido: – Ficar dentro de você a noite toda. – Lambeu meus lábios e soltou alguns arquejos desesperados. – Realidade: não vou durar mais do que dez segundos desse jeito.

Soltei uma risada espontânea.

– Cadê aquela sua energia? – questionei, divertida, enquanto ainda rebolava sobre seu corpo, em seguida emendava com o movimento de ir e vir.

– Estou ficando velho – argumentou em tom de graça.

Continuei rindo e assenti.

– Ou então eu fiquei mais gostosa – brinquei, acelerando o ritmo e adorando vê-lo se desesperar mais embaixo do meu corpo. Silas se contorcia, e eu sentia que fazia o maior esforço para não se derramar.

– Não há dúvidas quanto a isso – sibilou e rebolei lentamente, apenas para piorar a sua situação. – Oh, céus, Brenda. Não... Oh, eu...

Soltei mais uma risada, no entanto ela me foi arrancada quando Silas me agarrou e girou nossos corpos. Colocou-se por cima e iniciou gestos mil vezes mais bruscos e deliciosos, capazes de me arrancar o fôlego. Era incrível como aquele encaixe ainda acontecia. Como era possível que nossos corpos, mesmo diferentes, simplesmente se reconhecessem e se conectassem com aquele preenchimento perfeito.

Ao menos o meu corpo celebrava, regozijava-se com seus movimentos tão precisos e cadentes, tão insuportavelmente deliciosos. Puxei o pescoço dele e afundei as unhas nas suas costas largas, na tentativa de trazê-lo para ainda mais perto, mesmo que já estivéssemos grudados. Gemi entre seus lábios, descontrolada.

Silas arquejava e percebi que devia estar pensando sobre qualquer outra coisa que não fosse o que estava acontecendo, porque, se parasse por um segundo, viria com força. Concentrei-me para acabar com sua agonia. Quando meu clímax surgiu feroz, o dele não esperou nem mesmo um segundo para acontecer. Fui preenchida no mesmo instante com seu gozo quente, porque não nos demos o trabalho de pensar a respeito de preservativos.

O homem gemeu no meu ouvido repetidas vezes, por longos instantes. Devolvi cada gemido e senti a saciedade me tirando de órbita. Ele não me deu um tempo para respirar, circulou os braços ao redor da minha cabeça e me beijou com vontade, usou língua e lábios para me manter com aquela sensação louca de realização.

Eu me deixei ficar em seus braços, presa entre o colchão e o seu corpo grande e quente. Envolvi as mãos ao redor de seu tronco. Apenas fiquei. Senti o seu coração acelerado muito perto do meu. Entreguei-me àquele beijo mais do que havia acabado de entregar o meu corpo, de forma que fui levada àquele limite aos solavancos, simplesmente empurrada. Ultrapassei-o e me perdi, ainda assim não removi os lábios nem o afastei.

Nossos corpos esfriaram e os corações acalmaram um pouco, porém o beijo prosseguiu exigente, às vezes mais fraco para em seguida se intensificar de novo. A gente já sabia aquela coreografia de cor. Era natural e perfeita, sem complicações.

O incômodo só se achegou quando, em um ínfimo de segundo, senti que eu realmente era dele. Que toda a minha essência lhe pertencia, como antes. E que aquele homem inteirinho era meu. Não achei nada justo sofrer com tamanha ilusão, por isso paralisei e encerrei o que considerei um dos mais longos beijos que já trocamos na vida.

Silas sorriu para mim e me percebi mais iludida. Mais sem chão.

Não soube o que dizer, enquanto ele alisava meu rosto com atenção redobrada. Tive uma séria vontade de bater nele. Sentia a agressividade crescendo dentro de mim, como uma erva daninha tomando conta de um jardim que costumava ser belo. O desejo de revidar o que ele fez comigo, e ainda fazia, de forma física, se tornou gritante. A raiva foi tanta que meus olhos marejaram.

Silas prendeu os lábios. Percebeu a mudança.

– Pare de tentar me odiar – murmurou. – Você não me odeia.

Ri, sem graça, contorcendo-me para tomar distância. Ele se ajoelhou na cama.

– Ah, eu odeio. Eu te odeio muito, pode ter certeza. Mas nesse momento estou me odiando mais.

Ele se sentou de vez no colchão, mantendo os braços apoiados nos joelhos, como se sentisse ainda mais exausto do que antes.

– Arrependida?

– Não. – Sentei-me também. – Tudo bem, já foi. – Soltei um longo suspiro. Peguei um de seus travesseiros para esconder parte da minha nudez. De repente, já não queria mais ficar tão exposta. – E foi bom, não nego.

– Ainda bem que não nega isso, é menos uma coisa para negar.

Olhei-o com a cara feia.

– O que mais você acha que eu nego, sabichão?

– Você está negando o que ficou bem evidente, Brenda. – Ele coçou o topo da cabeça em visível nervosismo. – Estamos nos apaixonando de novo. E eu sei, isso dói. Acha que quero voltar a te amar? Não quero. Preferia arrancar meu coração.

Balancei a cabeça em negativa e soltei uma risada debochada.

– Você está viajando. Não está sabendo separar as coisas. – Revirei os olhos e soltei outro suspiro. Suas palavras tão claras e duras me magoaram, mas eu não podia esperar por nada diferente. Era o meu castigo por ter ficado, quando claramente deveria ter ido embora. – Olha… Tivemos nosso reencontro. Acho que a gente precisava disso. – Encarei-o e me deparei com sua seriedade. – Dadas as circunstâncias, é natural e aceitável que a gente… Tentasse reviver a parte boa do passado. E tudo bem, ainda temos química, claro que uma hora atenderíamos ao desejo do nosso corpo. Descobrir isso fez com que quiséssemos mais. Está tudo dentro do esperado.

Silas apenas soltou um riso curto.

– Você é assim agora? Racional? "Está tudo dentro do esperado" – imitou a minha voz, o que me fez jogar o travesseiro na cabeça dele. Silas o agarrou e o puxou, jogando-o para longe da gente, do outro lado do quarto. – Não tem nada dentro do esperado, Brenda. Somos um trem descarrilhado.

Voltei a ficar nua na frente dele e peguei outro travesseiro para me cobrir.

– Alguém tem que usar a cabeça e colocar as coisas sob perspectiva, não é? – resmunguei. – Não misture o que acabou de acontecer com as suas ilusões românticas, Silas. É sério. Não estou a fim de te machucar.

– Afinal, já fez isso até demais – completou com desdém.

– Sabe o seu coração, que você preferia arrancar? – Ergui-me da cama, indignada, e mesmo sentindo dor no pé, ignorei-a completamente. – O meu já está arrancado faz tempo, e a culpa é sua! – Apontei o dedo quase na cara dele. – Não me venha com papo furado. Tenho certeza de que não estou negando uma suposta paixão, que só existe na sua cabeça, por causa disso, Silas: não tenho coração. Você o arrancou. Você. – Olhei-o com intensidade. – Não perca seu tempo tentando achar água no deserto. A fonte secou.

Ele respirava forte enquanto me olhava com a mandíbula presa.

– Vou chamar um Uber – murmurei e virei na direção da saída do quarto.

– Brenda! – Silas me chamou com a voz muito grave.

Paralisei antes de conseguir alcançar a porta. O meu pé latejava de dor, embora estivesse um pouco melhor, talvez por causa do remédio, mas ainda ardia bastante. Só que não era pior do que aquilo que acontecia dentro do meu ser.

Eu me virei para o encarar.

– Tome o remédio – Silas alertou, com o mesmo tom agravado. Abraçava o próprio corpo como se não suportasse a si mesmo. – Isso não vai dar certo.

A sensação de paralisia se tornou maior e insustentável. Fiquei plantada no meio do quarto, olhando para aquele homem e sem conseguir sentir nenhuma parte do meu corpo. Aquelas palavras foram como um tiro bem na minha testa, algo incapaz de me trazer qualquer reação além de uma morte súbita.

– Brenda… – ele murmurou e se levantou rápido, colocando-se na minha frente.

Tentou me tocar, porém dei um passo dolorido para trás, afastando-me.

– A gente não pode colocar uma criança no meio disso – falou baixinho, com os olhos marejados.

– Você não pode mudar de ideia assim – choraminguei.

– Você não pode se fechar desse jeito, evitar a nossa conversa, continuar me magoando repetidas vezes e achar que está tudo dentro do esperado.

– Eu não pedi nada disso, Silas. – Chacoalhei a cabeça em negativa. – Não era para a gente se reencontrar. Somos um desastre na vida um do outro. Uma tragédia. Seria tudo muito mais fácil se a gente tivesse fingido que nunca se viu.

– Eu não seria capaz de fazer isso.

Ainda que eu soubesse que também não seria capaz de ignorá-lo, neguei com a cabeça, sentindo-me desesperada.

– Não aguento mais sofrer por você. Já chega. – Limpei as lágrimas que derramei e dei vários passos para trás. – Por que me deixou tão sozinha? Por que não insistiu, Silas? Você nem me pediu para ficar! Não falou nada! – Soltei com desespero, sabendo que nenhum dos questionamentos faziam parte do presente. Eram todos do passado. – Sabia onde eu estava... Sofri meses de humilhação porque todos acharam que você estava na Espanha com aquela garota. – Os olhos dele se espantaram. – Passei anos sofrendo por uma traição que não existiu. Tentando te apagar da minha vida.

– Brenda, eu te procurei – falou baixo, quase sem forças. – Você me bloqueou.

De repente, o puro espanto me alcançou. Refleti até a minha cabeça doer.

– Bloqueei seu número uma semana depois – contra-argumentei aos prantos, indignada por ter que cutucar tão fundo a minha própria memória. Ele estava cavando uma conversa que eu não me sentia preparada para ter. – Porque não pude te ver com ela! – berrei: – NÃO PUDE!

– Eu nunca faria uma coisa dessas, Brenda! – Silas berrou de volta, desesperado e visivelmente ofendido. – Precisei de um tempo para saber o que tinha acontecido, porque você foi embora de repente... – Soltou um ofego carregado de raiva. As lágrimas escorriam pelo seu rosto em alta velocidade, como as minhas próprias. – Achei que não me amasse mais. Passei todo esse tempo com a certeza de que você simplesmente desistiu de nós. E achei que seria inútil te procurar, não queria que ficasse comigo por pena! Ainda assim, eu te mandei um monte de mensagens. Quando percebi que estava bloqueado, tive mais certeza do fim. – Soltou um soluço sofrido. – Precisava me conformar.

Suas palavras só me enchiam demais ódio.

– Por que não me procurou? Você sabia onde eu morava.

Mal dava para acreditar que estávamos discutindo acaloradamente enquanto continuávamos pelados no meio do quarto dele.

– Já disse, não queria insistir. Se não me amava mais, o que eu poderia fazer? – Silas passou as duas mãos pelos cabelos.

– Por que raios achou que eu não te amava mais, Silas? DROGA! – gritei com força. – Não estava ÓBVIO? Como é que eu deixaria de te amar de um dia para o outro? Eu só estava cansada de fazer tudo sozinha. – Gesticulei com os braços. – Fiquei desconfiada, e com razão, depois de você ter quebrado a minha confiança.

– Eu só queria um futuro melhor para a gente. – Ele soltou mais soluços. – Só pensava nisso. O que enxerguei foi apenas uma oportunidade, nunca foi minha intenção quebrar a sua confiança ou te deixar sozinha!

– Mas deixou! E quebrou! E não me procurou. – O que eu falei o deixou tão transtornado que precisei fazer uma pausa, preenchida pelos nossos soluços. Encontrei forças não sei de onde para prosseguir: – Deixou que eu fosse embora e ficou em silêncio. Quem cala, consente. – Ele negou com a cabeça, mas eu insisti: – Você me deixou ir e agora vem falando em se apaixonar de novo. Por quê? Para quê? Para me deixar só, me magoar e... – Prendi os lábios e soltei: – Eu não confio em você. Não confio em ninguém. Nem em mim.

– Eu não sou a mesma pessoa, Brenda. Não sou aquele otário. – Ele apontou para o lado, com os braços tremendo visivelmente.

– Pois me parece que ainda não entendeu nada sobre onde errou comigo.

– Realmente demorei a entender essa parte. – Ele ter admitido aquilo me fez paralisar. – Só compreendi de verdade quando tive que cuidar do meu filho, manter uma casa limpa e arrumada, comida pronta e todas as responsabilidades de um lar... – explicou rapidamente, atropelando algumas sílabas, enquanto pranteava. – É verdade, eu não entendia. Naquela época, não pude compreender. Foi mais fácil ter certeza de que você não me amava do que ficar me culpando.

– Mas a culpa foi sua mesmo – reafirmei sem piedade.

– Você se preocupa tanto em apontar o dedo. – Silas ergueu os ombros, com o olhar contrariado. – Por que nunca procurou saber a verdade? Não era tão difícil descobrir que eu fiquei no país, que tranquei a faculdade para arranjar um emprego fixo e pagar as dívidas. Abri mão de você e do futuro que eu queria para poder sobreviver. – Ele riu sozinho. – Quantas vezes eu quis simplesmente sumir!

Pisquei os olhos na direção dele. Tudo aquilo doía tanto que eu tinha certeza de que não suportaria mais. Eu já havia ultrapassado qualquer limite físico para continuar trocando aquelas palavras com Silas.

– Do que adianta discutirmos agora? – Dei de ombros, apoiando a cabeça na parede mais próxima, que do nada foi colocada logo atrás de mim. Movi-me sem perceber, ao longo da discussão. – Dois tolos. – Soltei uma risada descontrolada, fora de contexto. – Vou embora. Vou tomar o remédio. E você esquece que eu existo. Quando me vir no trabalho, finja que nem estou ali.

Silas passou um minuto completo em silêncio.

– Ok – sussurrou, simplesmente. Parecia sem forças para rebater.

– Ok – repeti.

Continuamos nos encarando. Ele pranteava, e eu já não enxergava muita coisa, pelo tanto que chorava. Passamos uma pequena eternidade observando o desespero um do outro. O descontrole, o auge da agonia. Aquela nossa dor compartilhada era o que eu tinha demais real. Era o que eu mais entendia sobre o mundo.

Não soube o que deu em mim, mas em algum momento eu simplesmente o puxei para o meu corpo, e Silas se deixou vir sem pestanejar. Nós nos abraçamos e nos beijamos durante aquele pranto angustiado, até que fui parar na sua cama novamente. Nenhuma palavra deve ter ficado cravada no nosso cérebro. Ignoramos tudo? Ou talvez elas – as palavras – tivessem sido mais elaboradas e a conclusão foi a mesma de sempre.

Silas voltou a me agarrar, e eu apenas o puxava para mim, sentindo aquele turbilhão crescendo até se transformar em outra coisa. Algo forte e estrondoso, maior do que eu ou do que tudo o que achava correto. Já não existia o errado ou o justo. Não havia nada que fosse mais importante do que ter a sua pele contra a minha novamente, o que era, no mínimo, desesperador.

De súbito, tive a nítida sensação de que não deixei de amar aquele homem nem por um só instante. Não havia como me apaixonar de novo, se eu sequer tinha me esvaziado totalmente para ser preenchida por outra coisa. Em mim não cabia nada. Talvez porque ele fosse o único a existir.

Caí numa ilusão louca e fora de sentido enquanto Silas me beijava e me possuía outra vez, e eu nem sabia como ele havia sido capaz de endurecer tão rápido, ou de que jeito me tomava com tanta gana. Era muito desejo. Eram muitas emoções misturadas.

Éramos uma bomba.

Fosse qual fosse a forma, a gente explodiria e jamais conseguiria sair intacto. Eu já não sabia mais se desejava arrancá-lo do meu sistema, porque me pareceu que eu só tinha chegado viva até aquele momento por sua causa.

A CULPA É

CAPÍTULO 16

O que me mata
É o "se".
Se eu tivesse sido
Mais amada.
Se eu tivesse dito
As coisas certas.
Se não me permitisse
Ser destroçada.
Se eu tivesse
Me amado mais.
Se houvesse
Pensado em mim.
Se não perdesse tempo
Me culpando.
Teria sido mais feliz?

A CULPA É DAS EXPECTATIVAS

Um ruído insistente ressoava ao longe, por isso franzi o cenho e abri os olhos devagar. Percebi que algum celular tocava. O ambiente à minha volta estava meio escuro por causa das cortinas brancas fechadas. Não as reconheci, mas fiquei bastante ciente do corpo grande enroscado no meu e de imediato me lembrei da noite anterior. Eu me atraquei àquele homem até cair em exaustão; simplesmente apaguei nos braços dele.

A CULPA É DO MEU EX

Minha bochecha estava grudada no peito de Silas, e dormimos deitados de frente um para o outro. Meus braços se mantinham ao seu redor, e o que ficou na parte inferior do tronco dele estava tão dormente que eu nem o sentia mais.

Contorci-me um pouco, sentindo-me toda dolorida: o pé, a coluna, o braço, a cabeça. Mal acreditava que tinha conseguido dormir daquele jeito, pelada nos braços do meu ex, numa cama desconhecida, como se tudo fosse simples. O celular ainda apitava e, pelo toque esquisito, com certeza era o dele. Aliás, eu nem sabia onde estava o meu.

– Silas? – murmurei, analisando seu rosto relaxado sobre o travesseiro.

Ele se movimentou devagar e me puxou para si com mais força. Meu coração errou algumas batidas. Silas sempre teve um sono pesado, diferentemente de mim, que já despertava com milhões de pensamentos rodopiando na mente. Sorri ao constatar que isso não havia mudado, depois fechei o semblante porque, para início de conversa, eu nem deveria estar ali. Chacoalhei-o um pouco mais, e o homem finalmente abriu os olhos verdes, espantado. O choque aumentou quando me percebeu em seus braços.

Ele afundou a cabeça no travesseiro e suspirou, o que me fez entristecer diante de seu visível arrependimento. Ainda assim, não deixei de notar que alguns de seus curativos estavam com um pouco de sangue. Precisavam ser trocados.

– Seu celular está tocando e preciso do meu braço de volta – avisei de um jeito direto e frio, já que a sua reação ao me ver não foi das melhores. Eu que não esperaria um "bom-dia" com beijinhos e café da manhã na cama.

Silas se remexeu para me libertar e, enfim, consegui me posicionar melhor na cama. Longe dele o suficiente para não sentir mais a quentura de sua pele. O homem ainda usou alguns segundos para entender o que estava acontecendo, sem nada comentar, até que pegou seu aparelho em

216

cima da mesa de cabeceira e fez uma careta ao visualizar a tela. Continuou em silêncio, mas balançou a cabeça negativamente e ficou apenas olhando, talvez se decidindo sobre o que fazer. Meu braço começou a formigar.

– Droga – Silas praguejou baixo. Pensei em fazer alguma pergunta, tomada pela curiosidade, porém não me senti no direito de saber nada de sua vida particular. Ele suspirou e só depois atendeu: – Oi, Bartô.

Então eu entendi perfeitamente o porquê de sua hesitação. Parecia que eu havia acabado de ser pega em flagrante e me assustei. Fiquei atenta àquela conversa, embora não conseguisse entender nada da voz que soava do outro lado da linha.

– Está tudo bem – Silas murmurou, preguiçoso, em seguida clareou a garganta e fingiu que não tinha acabado de acordar. A voz se tornou mais firme: – Só precisei demais um dia. Tudo certo se eu trabalhar em casa hoje? – Bartô deve ter respondido positivamente, porque Silas me olhou de uma forma tranquila. – Não, está tudo bem. Alguns pedaços de vidro entraram, mas já foram removidos. Só que hoje acordei com febre. – A informação me fez, automaticamente, levar as mãos ao seu pescoço para conferir a temperatura. Nem pensei direito antes de tomar a atitude.

Silas não me pareceu febril, e constatar isso me fez deixar um tapa no meio de sua testa antes de me afastar novamente, para que deixasse de ser mentiroso. Ele segurou o riso e continuou me olhando. Sentia-me envergonhada e morria de medo de que o chefe descobrisse, de alguma maneira, que eu tinha dormido na casa do meu colega de trabalho.

– Brenda? – Silas falou ao telefone e eu quase pulei de susto. – Não sei, talvez deva ligar para ela. – Arregalei os olhos e chacoalhei a cabeça, negando. Silas sorriu com mais malícia. – Eu não sei, Bartô, ela estava bem. Deixei a Brenda em casa ontem. Não houve fraturas, mas parece que ela tem três dias de atestado. – Sua nova mentira me aliviou e soprei com força. – Terá que confirmar com ela.

217

Relaxei o corpo sobre o colchão.

– Tudo bem, tranquilo. Que bom que já temos uma porta. – Silas fez nova pausa. – Obrigado, Bartô. Tchau. – Achei que ele fosse desligar, mas o homem completou, meio assustado com o que ouviu: – Não, Bartô, não pintou nenhum clima entre nós. – Prendi a risada nervosa como pude. Não era possível que o chefe tivesse feito um comentário como aquele. – Até amanhã.

Silas jogou o celular de volta na mesa de apoio e se virou para me olhar. Soltei um riso sem graça, e ele sorriu um pouco, porém o rosto avermelhado não escondia a vergonha que sentia por tudo o que fizemos.

– Mas como você é mentiroso – murmurei, fingindo desaprovação. Silas fez uma careta.

– Queria que eu dissesse ao Bartô que você estava aqui, nua na minha cama? – Ergueu uma sobrancelha em deboche. Fiquei calada porque a pergunta era obviamente retórica, então Silas se espreguiçou, desviando o rosto para o teto. – Não tive tempo de pensar em uma boa desculpa para não ter acordado e ido ao trabalho. – Suspirou. – Bartô ligou para você milhões de vezes. Está preocupado.

– Meu Deus, perdemos a hora. – Ofeguei.

– Eu que perdi a hora. Você está de licença médica, fique tranquila.

Olhei-o por um tempo, talvez ainda esperando uma saudação matinal decente ou um gesto carinhoso, porém Silas continuou meio afastado e me senti uma grande idiota. Apesar de estar com preguiça, sabia que não deveria me prolongar por mais tempo na casa dele, nem continuar alimentando pensamentos que não me levariam a lugar algum.

Levantei-me devagar, porém senti a coluna sofrer um pequeno estalo e o pé ruim latejar um pouco. Percebi que ainda estava pelada, só que não tinha o que fazer quanto a isso. Virei as costas e saí mancando até me trancar no banheiro da suíte. Foi desconcertante, principalmente porque sabia que Silas tinha reparado em cada contorno do meu traseiro em silêncio.

Sentei-me no vaso e me senti meio esquisita, como se tivesse sido atropelada por um caminhão. Depois que fiz o meu xixi, fui surpreendida por uma pequena quantidade de sangue no papel higiênico. Aquele cenário me fez paralisar por um minuto. Pisquei, com o coração subitamente afundado, naufragado naquele mar doloroso e profundo.

Só percebi que tinha prendido a respiração quando precisei ofegar forte. Contive a emoção e o choro, porque não me via perdendo as estribeiras por causa daquilo. Precisava ser racional e me conformar antes de ser arrastada por dentro. Era melhor daquela forma. Estava tudo sob controle.

Contei até dez devagar. Encarei o sangue novamente.

– Droga – murmurei. Prendi um soluço que ameaçou escapar.

Enrolei o papel entre os dedos e o apertei com tanta força que me machucou. Aspirei bastante ar, lentamente, e soltei tudo até o fim. Fechei os olhos para buscar a calma, para me livrar daquela sensação de ter tudo fora do lugar, desencaixado. Lidei com a tristeza, ponderei sobre a raiva e medi meus arrependimentos. Precisei respirar fundo algumas vezes antes de me sentir realmente pronta para me levantar dali.

Achei a minha calcinha jogada perto da pia. Forrei-a com papel higiênico e a vesti, ciente de que precisava de absorventes e que talvez tivesse um na bolsa. Olhei-me no espelho e tentei não me intitular uma estúpida. Foi em vão. Parecia que tinham desenhado a cabeça de um palhaço bem na minha cara. Era assim que me sentia. Boba, imbecil, quebrada... Incapaz. Fria. Amarga.

Joguei bastante água no rosto e enxuguei com a toalha de Silas. Coloquei pasta de dente na boca e bochechei. O cheiro dele estava por toda parte. Aliás, ele todo estava em mim, vivo, e me tornei ciente da sensação de suas mãos na minha pele. Um arrepio cruzou o meu corpo, por isso resmunguei e tratei de continuar me contendo.

Vesti a calça, que também encontrei jogada de qualquer jeito, e saí do banheiro com as mãos sobre os seios. Não sabia onde estavam meu sutiã e a blusa. Pretendia encontrá-los e dar o fora depressa. Queria tomar banho em casa, com meu próprio sabonete, e remover o meu ex de mim o quanto antes.

Silas não estava mais deitado na cama ou em qualquer parte do quarto, por isso continuei a passos lentos, ainda mancando. Caminhei pelo corredor feito uma tartaruga e encontrei uma porta aberta: a do quarto de Fabinho. Tive um pequeno vislumbre de uma cama de solteiro com lençóis de astronauta. Vi, de relance, cortinas azuis e alguns brinquedos, mas virei o rosto e impedi a mim mesma de continuar. Eu só penaria. Sofreria mais, se visse aquilo de perto.

Achei o restante das minhas roupas na sala e as vesti meio sem jeito. Fui guiada pelo barulho de pratos e talheres sendo remexidos. Encontrei Silas só de cueca na cozinha pequena e bem equipada de seu apartamento. Ele colocava pó numa cafeteira estilosa para passar o café. Evitei observar os detalhes daquele cômodo também. Nada ali me apetecia. Continuava errada dentro daquele espaço onde eu não cabia de modo algum.

– Eu já vou… – falei num sopro de voz.

O olhar dele parou em mim.

– Como está o pé? – Silas não aguardou que eu respondesse e já emendou: – Espera um pouco, eu te levo.

– Não será necessário. Estou bem, posso pegar um Uber. – Visualizei o chão. – E não precisa se preocupar com mais nada, acabei de menstruar. – Dei de ombros. – Assunto resolvido. O destino é implacável.

Continuei com o rosto direcionado ao piso. Silas permaneceu em silêncio, mas me encarava, eu podia sentir. De repente, ele diminuiu a distância entre nós e me abraçou com força. Deixei-me levar e, mesmo que eu tivesse jurado que não choraria mais perto dele, a promessa caiu por terra após seu gesto carregado de sensibilidade. As lágrimas escorreram, e ele as sentiu em sua pele, com certeza, porque molhei tudo.

– Sinto muito, Brenda – murmurou. – Se quer saber, também fiquei triste.

Chacoalhei a cabeça em negativa.

– Tudo bem. Você tem razão, não podemos colocar uma criança no meio da nossa bagunça. – Enxuguei as lágrimas e ergui o rosto para ele, fazendo-me de forte. O seu semblante estava realmente entristecido, o que me confundia e também dilacerava.

Silas beijou a minha testa com ternura.

– Eu não te odeio. – Deixei-o ciente. Achei que precisava dizer aquilo, também, já que pretendia ir embora e nunca mais voltar. Aquele era o nosso segundo fim, eu sabia. Não havia nada que nos mantivesse ligados. – Desculpe por ter dito isso.

– Eu sei que não. – Ele sorriu um pouco.

Analisando o seu olhar de perto, notei que Silas ainda não tinha percebido a iminência do afastamento definitivo.

– Mas não podemos nos apaixonar de novo – continuei, mantendo o tom baixo e o timbre firme. Ele precisava parar de se enganar e cair na real. – Eu não posso.

– Por quê? – Sua voz saiu tão murmurada quanto a minha.

Soltei um riso sem graça.

– Porque eu também não sou a idiota de anos atrás. Pode parecer que sim, mas você não sabe mais quem eu sou, Silas. E talvez você não goste do que me tornei.

Suas mãos foram repousadas sobre meu rosto, porém me afastei um pouquinho. Precisava manter a cabeça no lugar, só que era muito difícil com ele tão perto.

– Posso decidir isso sozinho?

– Deixar que me conheça é o mesmo que me abrir de novo para a pessoa que mais me magoou. – Fui muito clara, olhando-o nos olhos. – Não me vejo correndo esse risco. E você foi muito cirúrgico ao dizer que prefere ter o coração arrancado a me amar outra vez.

Silas soprou bastante ar dos pulmões e passou a mão pelos cabelos assanhados, erguendo o braço que exibia a tatuagem. Prendi a respiração na mesma hora.

– Eu não devia ter dito isso, Brenda. Desculpe.

– Você não pode ter falado sério ao sugerir um recomeço – continuei trajada daquela total sinceridade, porque não queria ir embora remoendo absolutamente nada. Nossa discussão da noite passada foi intensa demais, e muito foi dito no calor do momento. Qualquer palavra proferida com raiva sai do jeito errado. – Como se fosse inevitável. Como se o tempo não tivesse passado. Não somos mais jovens, Silas, a gente não acredita que o tesão resolve as coisas, se nem o amor é capaz de fazer tudo sozinho.

– Talvez a gente precise de um pouco de tempo.

Assenti, mas ri em seguida. A ideia de esperar por qualquer coisa me enervava.

– Não… Acho que precisamos é de espaço. Estamos nos enrolando à toa. Agora que tivemos uma conversa, podemos seguir em frente.

Ele negou.

– Não acho que tivemos uma conversa franca.

– Bom, não posso falar por você, mas eu fui muito franca.

Nós nos encaramos durante alguns instantes, até que ele sussurrou:

– Não falei nem um por cento do que tinha para dizer.

– Quanto de tudo isso realmente vale a pena? O que sobra depois? – Dei mais um passo para trás e encarei o chão outra vez. – Somos dois dinossauros remoendo um passado que não vai voltar. A gente queria que tivesse sido diferente, mas não foi. As coisas são como são. O que fazer, além de seguir em frente?

Silas refletiu um pouco.

– Eu não sei.

– Nem eu. – Cruzei os braços e me apoiei no portal entre a sala e a cozinha. – É por isso que preciso seguir. Só quero viver em paz. Tenho um livro para escrever, um emprego novo para dar conta… – Suspirei. – Estou velha demais para essa montanha-russa de emoções. Essas últimas semanas foram loucas. Não tenho pique para isso.

Silas concordou com a cabeça. Passou um tempo calado.

– Foi um fora até que decente.

Ri do que ele disse.

– Não é um fora, Silas, é só a verdade. Você entende?

– Entendo, Brenda, porque também quero paz. Preciso de coisas estáveis. Hoje eu penso milhões de vezes antes de colocar qualquer pessoa na minha vida.

Apesar de estarmos sendo razoáveis e maduros naquela conversa, o que muito me agradava, não conseguia me livrar do aperto no meu peito, que se intensificou diante de suas palavras. Silas só comprovava o que eu sabia: em sua vida não existia espaço para um passado mal-resolvido, menos ainda para um futuro incerto e arriscado, principalmente porque ele não era sozinho. Imaginava o quanto seu filho tinha um peso elevado em cada uma de suas decisões.

– Isso. Estabilidade. – Voltei a encará-lo e percebi a emoção em seus olhos. Silas finalmente se dava conta do meu ponto de vista. Compreendeu que aquele era o momento de seguirmos, por isso também devia estar passando por algum sofrimento, assim como eu. – Remexer o passado está me deixando muito instável. – Prendi os lábios e contive o soluço, porque aquela era uma incontestável verdade.

Assentimos juntos. Ele também estava sendo mexido e não podia negar que era intenso demais para nós dois darmos conta por tanto tempo. A gente se devia nem que fosse um respiro, talvez até para compreender melhor o que estava acontecendo.

Por outro lado, eu não queria encarar como pausa, porque toda pausa em algum momento recomeça. Ninguém sabe em qual. Eu seria obrigada a nutrir esperança, mas não queria. Preferia encarar como fim a alimentar possíveis ilusões.

Talvez por isso estivesse doendo tanto.

— O resumo de tudo é que eu nunca quis te magoar, Brenda. Nem antes, nem agora — ele falou, mantendo a expressão emocionada. — Nunca. Eu juro.

— Eu também não. — E completei com firmeza: — Jamais.

— Só queria saber onde você está agora.

— Como assim?

Silas desviou o rosto, mas tomou coragem e me analisou com atenção.

— Seus reais sentimentos. — Engoliu em seco, parecendo assombrado de repente. — Queria saber o que sente de verdade com relação a mim. Agora, neste momento, sem o passado interferindo.

Sorri para ele, embora o meu coração estivesse agitado.

— Sinto orgulho do homem que se tornou.

Ele levantou uma sobrancelha e riu, bufando.

— Não. De verdade.

Olhei-o em cada detalhe e percebi quando sua expressão se tornou constrangida pelo meu visível interesse em avaliar o que se passava dentro de mim conforme o encarava. Eu queria ser sincera. Estava buscando o máximo de verdade possível que estivesse no meu peito. Para isso, precisava ignorar o medo e o orgulho. Não foi uma tarefa fácil, e pensei em dizer que não sentia nada, mas seria uma mentira medonha.

Estava claro que eu sentia, só não fazia ideia de onde vinha aquilo.

— Eu não sei, Silas. Não consigo te desconectar do passado. — Escolhi uma opção mais segura, ainda que fosse imprecisa. — Olho para você e sei que te desejo, mas também tenho vontade de te esganar. – Ele soltou uma risada. – É sério.

– Tudo bem, a vontade de esganar é recíproca. Bem como o desejo.

Ele riu, e senti meu coração acelerar muito. Fui tomada pela curiosidade.

– Agora eu também quero saber onde você está… – murmurei.

Silas apoiou o tronco num armário embutido. Olhou-me por alguns instantes, e precisei conter todas as reações fisiológicas que ele me provocava com facilidade.

– Eu me sinto preso entre o passado e o presente. – Notei muita sinceridade partindo de seus olhos e podia dizer que compartilhava daquele sentimento com bastante precisão. Era exatamente isso o que me acometia. – Não consigo me livrar da sensação de que você ainda é o grande amor da minha vida. Mas tudo é tão novo, é diferente… Não somos os mesmos. – Ele me fez prender o fôlego automaticamente. – Não sei se é tarde demais. Ou se está cedo para definir. Vamos com calma.

Ofeguei.

– Vamos… P-Para onde? – Eu não sabia o que ele estava sugerindo com aquelas palavras. Pareceu-me que nós seguiríamos, mas que não seria para rumos opostos. Na verdade, foi muito de repente que senti que não era um adeus, como achava que fosse.

– Para onde for, docinho. – Ele se aproximou e teve a ousadia de colocar o seu corpo sobre o meu, imprensando-me no portal. Não tive força alguma para tirá-lo dali.

– Eu não sei se estamos indo para algum canto, Silinhas.

– Uma hora a gente descobre. – Voltou a beijar a minha testa. – Só tome mais cuidado com o que faz e com as coisas que me fala. Eu ainda posso ser magoado. Na verdade, você é a única com esse poder.

– Digo o mesmo.

Ele continuou me olhando e percebi que queria me beijar nos lábios. Chegou até a encará-los fixamente. Contudo, conteve-se o quanto conseguiu, até decidir se afastar.

– Vamos comer alguma coisa, enfaixar o seu pé e depois te levo para casa.

– Vamos comer alguma coisa, enfaixar o meu pé, trocar esses seus curativos e depois você me deixa em casa – reformulei, fazendo-o sorrir em contentamento.

Depois da primeira conversa que tivemos sem os ânimos malucos nos atrapalharem, sem que sequer precisássemos aumentar o tom de voz, senti um enorme peso sair do meu coração, ainda que ele se mantivesse endoidecido perto daquele homem.

Mal acreditei quando fizemos o desjejum lado a lado, como nos velhos tempos, fofocando sobre o Edgar e a Zoe, assunto que nos rendeu risadas e novas conspirações. Contei a ele, com riqueza de detalhes, o que vi na sala de revisores. Estávamos curiosos para saber se nossos colegas assumiriam o romance ou se fingiriam que nada havia acontecido.

Silas cuidou do meu pé com atenção redobrada, e devolvi a gentileza ao remover todos os seus curativos, passar remédio em seus cortes, um por um, e colocar novas ataduras ao longo de sua pele. Ainda podíamos ser muito íntimos, foi uma constatação que ficou clara. Contudo, prometi a mim mesma que não me deixaria agir como adolescente.

Precisava conter todas as expectativas. Desde sempre, elas funcionavam como uma praga dentro de mim; toda vez cresciam, multiplicavam-se e depois arrastavam tudo, deixavam-me no meio de um deserto carregado de amargura. Minha vida seguia um ciclo de enormes expectativas e gigantescas frustrações que só tinham me detonado.

Por isso que, depois que Silas me deixou no portão de casa e sequer sugeri que ele entrasse – apenas agradeci, saí de seu carro e lhe dei as costas –, jurei que não ficaria pensando nele feito uma boba. Nem padeceria com o fato de não termos gerado uma possível criança com aquele reencontro.

Era questão de sobrevivência me manter despretensiosa.

A CULPA É

CAPÍTULO 17

*Da solidão de semear ideais românticos nos corações alheios e
não guardar qualquer semente para o meu.*

A CULPA É DO FABINHO

Foi desconcertante convencer o Bartô de que estava tudo bem comigo, e mais ainda ter que atender às suas ligações. Ele falava e falava ao telefone, insistindo que já tínhamos uma porta novinha em folha e que eu ganharia uma cadeira executiva bem confortável para trabalhar tranquila.

Depois de alguns minutos de ladainha, eu me dei conta de que a minha licença de três dias atrapalharia a reunião marcada com o youtuber e seu agente naquela sexta-feira, então compreendi que, na verdade, o meu chefe tentava dizer que eu deveria estar presente na VibePrint ainda naquele dia, embora não pudesse me obrigar nem estivesse a fim de soltar a sugestão, para que não sobrasse para a empresa.

— Bartô, eu não tenho condições de estar aí hoje, infelizmente. — Fui bastante sincera, ciente de que estava no meu direito. Sentia o pé bem melhor do que no dia anterior, mas ainda precisava de recuperação. O anti-inflamatório fazia efeito lentamente. — O que acha de fazermos uma reunião on-line? Posso me conectar daqui de casa.

— Não, pelo amor de Deus. Não, não, não... — Podia imaginar o Bartô revirando os olhos. Ele não gostava de nada que precisasse usar um computador ou qualquer tecnologia. — Não dá para ter uma reunião dessa magnitude de forma remota. É melhor desmarcarmos, querida. Eu gosto de olho no olho. Temos muitas coisas para definir.

– Será que podemos marcar para segunda?

– Tudo bem… – O chefe parou e suspirou, claramente frustrado, mas ele não podia fazer nada. – Vou marcar a reunião para segunda. Será que você já estará melhor? Não queria desmarcar de novo.

Mais uma vez, senti-me culpada por tudo com relação ao trabalho. Eu não estava sendo uma boa funcionária de jeito nenhum. Só arranjava problemas e confusões. Porém, se havia um culpado pelo meu pé torcido, era o meu chefe. Bartô sabia que a empresa era responsável direta pela minha lesão. Aninha deve tê-lo alertado, sem dúvida.

– Vou estar, com certeza. Pode marcar para segunda-feira, Bartô. Enquanto isso, vou me preparar o máximo possível.

– Está certo, Bren-Bren. – Aquele apelido ainda me soava bem engraçado na voz do meu chefe. – Cuide bem do seu pé e me avise se precisar de alguma coisa. Liberei o Silinhas para entregar o seu carro hoje cedo, ele deve estar chegando. – Segurei a respiração, ainda que estivesse esperando por aquilo, já que tinha combinado com ele e deixado a chave em suas mãos.

– Obrigada, Bartô. Até segunda.

– Até, Bren-Bren.

Fiquei admirada com o quanto Bartô havia desligado rápido após a resolução. Ele tinha me enrolado bastante para me fazer ignorar o atestado. Ri sozinha e voltei às minhas pesquisas sobre o youtuber. Estava desenvolvendo algumas ideias para apresentar na reunião, assim me mantendo distraída com alguma coisa, porque de fato não tinha nada para fazer em casa além de pensar em besteira.

Silas não pôde pegar o meu carro no dia em que me deixou em casa, porque teve que sustentar a mentira sobre a suposta febre. Porém, naquela manhã de sexta, eu já estava à sua espera e me perguntando se daria tudo certo. Minutos após a minha conversa com Bartô, ouvi uma buzina tocar na frente de casa e o encontrei dentro do meu carro.

Tentei não me sentir esquisita enquanto abria o portão da garagem. Silas estacionou com maestria e percebi o seu olhar curioso ao descer do veículo e analisar o jardim na frente da casa. Notei que havia desistido dos curativos e apenas exibia pequenos cortes no rosto, já quase sarados.

Fechei o portão e olhei para ele um tanto desconcertada. Eu não queria que entrasse, mas também não podia ser mal-educada com quem tinha acabado de me fazer um favor. Na dúvida, apenas esperei que se aproximasse.

Silas me entregou a chave com um sorriso ameno. Estava todo arrumado, vestido para um dia de serviço, enquanto eu tinha colocado um vestidinho melhor e penteado os cabelos só porque sabia que ele viria, mas ainda assim me senti meio desleixada. Talvez porque estivesse há mais de 24 horas sem fazer muita coisa.

— Seu volante está totalmente desregulado — ele disse assim que peguei a chave de volta. — Precisa ver isso. Acho que a embreagem também está meio…

— Eu sei — interrompi-o logo, porque não queria pensar naquele homem dentro do meu carro velho, falando dos problemas que não solucionei por puro desleixo e preguiça de levar a um mecânico.

— Conheço uma pessoa que faz o serviço sem cobrar um rim. Quer que eu leve?

Olhei para Silas com uma careta. Eu não soube o que responder. Ele já tinha feito demais ao sair do serviço para me entregar o carro. Bartô tinha sido bem gente boa quanto a isso, também. Não me via incomodando a ele, ou ao meu chefe, por mais tempo.

— Não, tudo bem. Depois levo. Eu me viro.

Silas deu de ombros e só então percebi que segurava a minha pasta verde, aquela que tinha o original que eu já deveria ter revisado há muito tempo.

– Imaginei que quisesse adiantar o serviço. – Entregou-me com um sorriso mais aberto. Os raios solares iluminavam os seus cabelos penteados de um jeito bonito, pelo que notei no curto instante em que o observei de perto. – Eu trouxe escondido, então seja discreta ao voltar com isso para a empresa.

– Ah, muito obrigada. – Soltei um suspiro desconcertado. Peguei a pasta das mãos dele e a abracei. – Queria mesmo finalizar esse trabalho. Faltam só algumas páginas. Obrigada por quebrar o meu galho hoje, Silas.

– Imagina.

Ele continuou me olhando, e eu não soube o que fazer. Talvez fosse o momento de lhe oferecer alguma bebida antes de retornar, ou, sei lá... Realmente não sabia como agir, por isso apenas encarei o horizonte do jardim, e ele colocou as mãos nos bolsos, aguardando algo que talvez nem ele mesmo soubesse o que era.

– Belo jardim – comentou, dando uma olhada ao redor.

Senti o meu rosto esquentando.

– Você... Hum... Vai voltar como?

– Ah, vou pedir um carro por aplicativo. – Mas Silas sequer se moveu para pegar o celular.

– Eu peço para você. – Segurei o meu próprio aparelho, que eu tinha colocado debaixo do braço antes de abrir o portão. – É o mínimo que posso fazer pelo favor que me fez. Não precisa gastar nada.

Ele me pareceu meio contrariado, mas não objetou. Ficou apenas me encarando enquanto eu me enrolava toda para abrir um simples aplicativo.

– Qual é o endereço da empresa mesmo? Toda vez eu esqueço.

– Poderia me dar um pouco de água? – Silas perguntou, sem se preocupar em responder à minha pergunta. – Estou com sede.

– Ah... – Encarei a tela do meu celular durante um tempo, em seguida olhei para ele. Era impressão minha ou Silas estava se convidando para entrar na minha casa? Eu não soube exatamente, mas seria indelicado demais negar água para ele ou qualquer pessoa na face da Terra. – Claro. Vou pegar.

Não falei para que Silas me acompanhasse, mas ele o fez assim mesmo; seguiu-me pelo curto caminho de pedras até o terraço e abri a porta de entrada me sentindo um pouco aérea. Passei pela ampla sala toda decorada do meu jeito, com muitas plantas e estantes de livros por toda parte, seguindo um estilo mais interiorano, ainda que minha casa estivesse localizada a vinte minutos do Centro.

Deixei as coisas que eu segurava sobre a mesa de centro e não esperei para conferir as reações dele. Com o coração retumbando e os membros tremendo, ciente de que Silas invadia uma parte minha muito íntima, talvez mais do que na noite retrasada, peguei um copo dos mais bonitos e o enchi com água gelada. Ainda respirei fundo algumas vezes antes de retornar à sala.

Encontrei-o vidrado na estante maior, que era cheia de enfeites comprados em viagens, porta-retratos com a família e os amigos e demais objetos que, para mim, carregavam significados. E então Silas parou diante de uma foto minha, que ele tirou anos atrás, com o campo de girassóis ao fundo. Uma das poucas recordações da gente que eu guardava, e o meu ex nem estava no retrato.

Silas o segurou e sorriu de orelha a orelha. Raspei a garganta para chamar a sua atenção. Ele ergueu o olhar emocionado para mim e logo devolveu o porta-retratos ao lugar de origem, cuidadosamente.

– Você viajou bastante – comentou, segurando o copo que ofereci. Deu um gole e só. Continuou me olhando. Se estivesse realmente com sede, teria entornado o líquido, mas pareceu ter se esquecido dele, o que me trouxe uma sensação maluca.

– Menos do que eu gostaria, mas, sim, viajei.

– Ainda não saí do país, acredita? – Silas voltou a analisar a estante, prendendo-se em alguns detalhes. Mexeu na minha ampulheta colorida entre um dos nichos. – Estou juntando dinheiro para levar o Fabinho à Disney. Acho que consigo ano que vem.

Silas era bem emblemático com relação aos destinos turísticos. Enquanto eu preferia natureza, trilhas e vida selvagem, ele curtia bons hotéis, parques e lugares tradicionais. Internamente, fiquei um pouco triste por ele não ter viajado muito, mas podia imaginar o motivo. Ter um filho mexia com todas as prioridades.

– Ele vai adorar – comentei, mas foi por falta de assunto.

– A sua casa é tão aconchegante. E o bairro é ótimo. – Silas continuou sem me olhar, verificando tudo com atenção e ignorando a sua água. – Parece grande.

– Pois é.

Apontou para o corredor que levava aos outros cômodos.

– Posso?

Ele já estava ali mesmo. Ainda o encarei por dois segundos, em dúvida sobre ser grossa ou me deixar ser invadida daquele jeito, mas por fim decidi que não faria uma besteira se transformar numa tempestade. Que soubesse como eu vivia, já que estava tão curioso. Não mudaria nada, certo? Gesticulei afirmativamente.

Silas não pediu licença e foi reparando nos cômodos conforme avançava.

– Nossa… São quantos quartos?

– Três – murmurei, seguindo-o pelo corredor. – E uma suíte.

Ele parou no último, a minha suíte. Estava tudo arrumado porque, em meu íntimo, já imaginava que algo do tipo pudesse acontecer e me preparei. O meu quarto era o dobro do dele e tinha uma janela ampla que dava vista para o quintal arborizado. Silas andou até ela e visualizou boa parte do terreno.

– Uau… – Ofegou. – Você… Mora sozinha aqui? Com todo esse espaço?

– Eu e o Jubileu – murmurei.

Silas me olhou com a expressão esquisita, como se questionasse quem era o sujeito com nome estranho, por isso logo apontei para o cachorrinho de pelúcia sobre a minha cama. Ele o observou e soltou uma risada bem espontânea.

– Já ia perguntar quem era esse cara. – Andou até o bichinho e o segurou. Era bem macio, feito de um material gostoso, por isso eu sabia que Silas o agarraria com mais força depois. Ele fez isso rindo. – Ainda bem que ele não é um perigo.

Fiz uma careta.

– Perigo?

– É. – Silas afirmou apenas, sem se explicar, e tive medo de fazer qualquer pergunta sobre isso. Devolveu o Jubileu para o meio da cama, em seguida se sentou no colchão, como se não fosse nem um pouco invasivo que fizesse algo assim.

– Satisfeito? – Apontei para o copo de água que ainda estava na mão dele.

Silas o olhou e, sorrindo, terminou de beber tudo, mas percebi que foi de forma forçada, só para não levantar as suspeitas que eu já tinha.

– Pergunte logo. Você quer saber por que comprei uma casa tão grande, se sou sozinha, não quer? – Sentei-me ao seu lado.

– Isso e muito mais – admitiu.

– Meio óbvio que os planos deram errado por aqui também. – Virei o rosto para encarar o quintal através da janela aberta. – Eu me preparei para receber uma família grande. Fui casada por um ano.

Silas quase se engasgou. Fez um barulho esquisito com a boca, arregalou os olhos para mim e se manteve paralisado. Eu não gostava de falar sobre o assunto, nem de pensar a respeito dele, porque foi um surto de minha parte.

Casei com alguém que não tinha nada a ver comigo, para quem jamais me abri de coração. Nunca fui capaz de amar de novo. Vivi uma relação superficial que só me incomodava dia após dia, até me arrepender e desfazer tudo.

Tentei ser feliz de outro jeito e falhei miseravelmente. Só me magoei mais e, pior ainda, magoei cada pessoa que passou pela minha vida desde Silas. A cada tentativa, tornei-me mais fria e racional. Não me envolvia na totalidade, não conseguia. Os defeitos das pessoas sempre me incomodavam a ponto de nenhum sentimento ser capaz de superá-los. Já quis muito voltar a ser como antes, a jovem apaixonada e com brilho nos olhos que eu era, que escrevia cartas e fazia juras de amor, mas ela não existia mais dentro de mim.

Morreu.

– Você foi casada? – Silas quase não tinha voz.

Assenti lentamente.

– Durou um ano. Não foi nada do que imaginei. – Dei de ombros. – Um sopro na minha vida que fiz questão de apagar, de tão desimportante que foi.

– Como um casamento pode ser desimportante? – Ele ainda estava chocado e me olhava de um jeito muito esquisito.

– Quando você se casa porque acha que é isso que tem que ser feito. Por acreditar que é a ordem natural das coisas… – Evitei encará-lo, apenas observava o quintal com seriedade, contendo todas as emoções. – Por pressão social, por medo de ficar sozinha, por carência. Quando se faz isso sem amor ou cumplicidade, não tem como durar.

– Faz muito tempo?

– Faz cinco anos, bem na famigerada "crise dos vinte e nove". Piração total. Na minha cabeça, é como se nem tivesse existido.

– Imagino, então, seguindo essa lógica, que algo de treze anos atrás seja ainda mais desimportante para você.

Suas palavras, ditas de uma forma tão carregada de remorso e tristeza, fizeram com que eu voltasse a encará-lo. Silas estava com o rosto agravado, muito sério, mas piscava em vulnerabilidade. Qualquer pessoa do mundo poderia considerá-lo impassível, porém eu não enxergava nem um pingo da indiferença que ele tentava demonstrar.

– Algo de treze anos atrás pode ser capaz de mexer com todos os outros "algos" que vieram depois. – Fui bastante sincera. E ainda que não quisesse jogar mais nada na cara dele, foi inevitável me sentir chateada, irritada com sua presença. Eu não queria magoá-lo, mas era difícil mencionar minhas relações sem culpá-lo por tudo.

Silas deve ter percebido o meu incômodo, porque apenas afirmou com a cabeça e não falou mais nada sobre o assunto. Levantou-se de repente.

– Bom, tenho que ir. Se eu demorar demais, Bartô vai desconfiar. – Abriu um sorriso ameno, mas percebi que não chegou até seus olhos.

Eu me levantei e me coloquei diante dele.

– Que fique claro, já que agora seremos diretos. Você foi tudo na minha vida, menos desimportante, Silas. É até absurdo que sugira uma coisa dessas.

O homem abriu um sorriso de lado e vi quando o rosto inteiro pegou fogo. Ele deu um passo na minha direção, porém fiquei sem saber o que faria comigo, pois o seu celular tocou no bolso de trás da sua calça.

Nós dois nos assustamos um pouco, e ele sacou o aparelho. Fez uma careta ao visualizar o nome na tela. Eu consegui ver, era a Suzi. A mãe do filho dele. Aquilo me tirou de tempo, fiquei sem chão enquanto Silas explicava que precisava atender e saía do quarto com o celular na mão.

Sentei-me na cama, afundada pelo peso da culpa e do remorso. Tudo ainda era tão difícil e complicado dentro de mim. Eu não conseguia me livrar totalmente daquelas más emoções. Tentava e tentava feito uma condenada, porém elas retornavam e me deixavam para baixo. Era muito para meu coração machucado elaborar.

Silas voltou alguns minutos depois, com o rosto sério demais.

– Tenho que pegar Fabinho na escola – disse rápido, guardando o celular no bolso. Eu voltei a me levantar.

– Algum problema?

– Suzi está sozinha e ocupada o dia todo, o marido dela está viajando, minha mãe não está disponível, e vou ter que levar o Fabinho para a VibePrint porque ele inventou de novo que está com dor de barriga. – Silas suspirou, parecendo exausto.

– Como sabe que ele inventou?

– Estamos com alguns problemas de adaptação por causa da bebê de Suzi. – Silas saiu do meu quarto e o segui, atenta às suas palavras. – Ela tem dez meses e precisa de cuidados o tempo inteiro, claro. Ele está enciumado, não gosta mais de ficar com a mãe, como antes. Acho que se sente um pouco rejeitado.

– Nossa, Silas. Isso é sério. – Paramos no meio da sala.

– Faz uns meses que, toda vez que está com a Suzi, Fabinho liga para mim dizendo que quer ficar comigo. Às vezes tem febre de verdade, como naquele dia. Estamos conversando muito com ele.

– Entendo. – Nada daquilo tinha a ver comigo, mas era claro que eu precisava ficar preocupada como se tivesse, ou não seria eu. – Mas acha que é uma boa ideia levá-lo para o trabalho? – Não imaginava uma criança da idade dele no meio da VibePrint. Era um lugar entediante e até perigoso.

– Não tenho opção.

Abri a porta da saída para Silas e permiti que passasse. Sequer acreditei quando aquele conjunto de palavras escapou pelos meus lábios:

– Olha, eu não tenho nada para fazer o dia inteiro, teoricamente, e aqui tem bastante espaço e coisas para ele brincar. Se quiser... –

Fui murchando aos poucos, percebendo o quanto aquilo tudo era uma enorme loucura. – Pode trazê-lo.

Silas paralisou com os olhos atentos em mim. Piscou algumas vezes, avaliando a sugestão.

– Você faria isso?

– Bom… Estou te devendo uma.

Ele olhou para dentro da minha casa e refletiu, talvez avaliando se era realmente segura para uma criança. Dava até para ouvir os mecanismos de seu cérebro trabalhando depressa, a toda velocidade.

– Ele é um bom menino, não costuma dar trabalho – falou, por fim, mas na verdade foi como se dissesse a si mesmo que estava tudo certo. – Mas mantenha a porta da frente e o portão fechados, tudo bem?

– Pode deixar. Vou inventar umas coisas para mantê-lo distraído. Não tirarei os olhos dele.

Silas andou pelo terraço, mas depois voltou, meio desnorteado.

– Esqueci que estou sem carro. Posso usar o seu?

– Claro.

– Depois do expediente, venho pegar o Fabinho e deixo seu carro de novo. Certo?

– Sem problemas. – As minhas respostas saíam um tanto mecânicas.

– E me ligue se… qualquer coisa acontecer. – Silas estava muito preocupado, talvez por não confiar em mim. Ou achar que eu não era capaz de cuidar de seu filho. Ou, sei lá, Fabinho não me conhecia direito, só tinha me visto uma vez e feito um desenho na minha cabeça. Talvez Silas estivesse em dúvida quanto ao filho querer ficar comigo.

Eu estava nervosa e meio arrependida. Vê-lo angustiado também me fez duvidar de mim mesma, principalmente porque meu pé não estava cem por cento. Ainda assim, eu sairia correndo atrás do Fabinho até o inferno, se fosse preciso, para protegê-lo de qualquer eventualidade, porque além de ser uma criança indefesa, era o filho de Silas.

238

– Espera, eu… – Peguei no braço dele. Silas me encarou como se esperasse que eu desistisse da resolução. – Não tenho o seu número.

O meu ex ofegou alto, e percebi o alívio que sentiu. Ele queria mesmo que eu ficasse com o seu filho durante toda a tarde? Parecia que sim.

– É o mesmo. Basta me desbloquear. Volto já, a escola dele não fica longe. – Silas saiu e retornou um segundo depois. – Eu te devolvi a chave do carro.

O coitado estava tão perdido que soltei uma risada nervosa. Entrei para pegar a chave e retornei rapidamente para lhe entregar.

Silas foi embora e voltou cerca de meia hora depois, quando eu já tinha ligado a televisão em um desenho animado, separado papel ofício e uma infinidade de lápis de cor, além de um conjunto com tinta e pincel. Também organizei alguns lanchinhos que eu tinha no armário, ainda que estivesse em dúvida sobre isso, já que a escola ligou avisando de uma suposta dor de barriga.

O menino realmente não parecia doente quando entrou na sala da minha casa ao lado do pai. Pelo contrário, ficou tão animado com o que viu que nem ligou para as milhões de recomendações de Silas.

– Você é a moça da foto, não é? – foi logo dizendo, com sua voz de garoto inteligente que me deixou encantada logo de cara. – Meu pai disse que você tinha um quintal. Posso ver?

– Claro, querido.

– O meu nome é Fábio, mas todo mundo me chama de Fabinho. Pode me chamar de Fabinho. – O garoto estendeu a mão para mim como se fosse um adulto.

Eu a segurei e balancei, rindo.

– O meu nome é Brenda.

– Você namora o meu pai? – Ele fez uma careta engraçada, e eu quase engasguei.

Não respondi nada porque não consegui achar as palavras certas, e Silas se enfiou na conversa rapidamente:

– Eu vou ter que ir agora, filho. – Silas estava espantado, por isso me mantive calma, tranquila. Não adiantaria nada se eu me desesperasse também. – Por favor, se comporte, não dê trabalho à Brenda.

– Tudo bem, pai.

– Qualquer coisa, me ligue. – Silas olhou para mim.

– Pode deixar. Nós vamos nos divertir muito, não é, Fabinho?

Ele assentiu com a cabeça. Eu estava quase surtando, mas me controlava.

– Eu acho que sim. Quero ver o quintal, tem árvore?

– Tem três, vou te mostrar.

– Depois eu vou querer desenhar. – Apontou para o material separado sobre a mesa de centro. – Com tinta e pincel.

– Ótimo! – Bati palmas, demonstrando estar animada, para esconder o tamanho do nervosismo.

– Sabia que o meu pai quebrou uma porta de vidro? Por isso está cortado. Ele deu um murro com força, parecia o Hulk. – Ergueu os dois bracinhos e fez cara de bravo, o que me trouxe uma gargalhada.

– Sim, eu estava lá e vi. Foi incrível mesmo!

Silas estava sorrindo quando me virei para ele de novo. Piscou um olho em cumplicidade e saiu, em seguida tranquei a porta para que não houvesse nenhum risco de, sei lá, o garoto escapar dali.

Em nenhum de meus planos para a semana, ou para o resto de minha vida inteira, diga-se de passagem, eu imaginava que teria um moleque de sete anos correndo e gargalhando no meu quintal quase nunca utilizado. Silas tinha razão, Fabinho não sentia um pingo de dor de barriga, de forma que correu, pulou e inventou brincadeiras usando gravetos, pedaços de madeira e pedras espalhadas.

Entrei na onda como pude, tudo para mantê-lo distraído. No fim da tarde, fizemos um lanche e descobri que o garoto era capaz de dizer uma quantidade imensa de palavras por minuto. Ele se soltava conforme o tempo passava e se sentia mais seguro comigo. Precisei explicar dez vezes que eu era apenas amiga do pai dele, e em todas elas escutei de volta que eu deveria namorar o Silas porque eu era bonita e legal.

Fabinho adorou o nosso dia, foi ótimo constatar isso. A gente sente quando uma criança está à vontade. E, claro, eu me senti bem por tê-lo adorado também. Era melhor gostar dele do que me sentir horrível toda vez que pensava em sua existência.

Foi bom que tivesse se transformado no meu conceito, passado de "filho do Silas" para apenas o Fabinho. Um garoto lindo que tinha os olhos e o senso de humor do pai.

A CULPA É

CAPÍTULO 18

SOBRE O REMORSO:

Construir um barquinho, a duras penas, e velejar por mares tortuosos e águas límpidas, passar fome e se divertir em ilhas, conhecer o céu e os mistérios, para no fim descobrir que sempre esteve no percurso errado, que não vai chegar ao lugar desejado.

E se acredita que, talvez, o caminho não tenha valido a pena, porque já não se sabe mais para onde ir.

A CULPA É DO DESENHO

No fim das contas, não precisei desbloquear Silas porque Fabinho tinha um celular dos mais simples, que ele sabia usar com bastante precisão, talvez mais do que eu sabia mexer no meu. O garoto tomou a iniciativa de deixar o pai ciente do que estava fazendo; tirava fotos de tudo e enviava mensagens empolgadas.

Fazia um tempo que havíamos nos acalmado, o que agradeci internamente, porque começava a ficar fisicamente cansada do esforço. Estávamos sentados ao redor da mesa de centro da sala, com vários materiais de desenho espalhados. Eu rabiscava num papel ofício, desenhava coisas aleatórias enquanto Fabinho se esforçava e era muito comprometido com a escolha das cores.

Foi depois de alguns minutos que percebi que ele ficava aflito conforme desenhava. Remexia-se, fazia caretas e tinha mudado completamente de humor.

– Está tudo bem, Fabinho?

Ele parou e soltou o lápis sobre o papel. Guiei os olhos para ver o que tinha feito, porém o garoto afastou o desenho e o escondeu com a mão, levando-o para longe de mim.

— Não veja agora, ainda não terminei. Falta muita coisa.

— Está certo, não vou ver... – O menino continuou me olhando com a mesma aflição. Vi quando os olhinhos claros marejaram, por isso estranhei ainda mais. – O que aconteceu? Está se sentindo bem?

Os lábios dele começaram a tremer.

— Eu acho que a minha mãe não gosta mais de mim – soltou em um tom baixo, que fez meu coração diminuir até ficar do tamanho de uma formiga. Fabinho não chorou, respirou fundo e voltou a desenhar como se não tivesse dito nada.

Eu acreditava piamente que aquela frase acabaria com Silas, por isso achei melhor averiguar um pouco mais, em vez de apenas ignorar.

— Por que acha isso, Fabinho?

Ele continuou riscando, mas percebi seus ombros se movendo como se carregasse um peso enorme nas costas.

— Porque ela não brinca mais comigo, como você brincou hoje. – O menino parou um pouco, e eu estremeci da cabeça aos pés. – Eu gosto da Belinha, mas não sei se quero ter uma irmã. Ela chora o tempo todo. É uma chata.

Não sabia o que dizer, por isso tentei apenas ser sincera.

— Sei como é. Tenho uma irmã mais nova, e ela é um saco. – Eu ri sozinha. Fabinho não me acompanhou, continuou com os olhos fixos no papel. – Mas nos tornamos as melhores amigas com o tempo.

— Mesmo?

— Sim. Quando uma criança nasce, é bem complicado. Os adultos têm que cuidar sem parar, o bebê é muito sensível, chorão e faz um monte de cocô. – Ao dizer a palavra, Fabinho riu em cumplicidade e me olhou, curioso. Não parecia mais tão triste quanto antes. – É mesmo chato. Mas ela vai crescer e talvez se torne a sua grande amiga também. Não significa que a sua mãe não goste de você, Fabinho.

Ele fez uma expressão um tanto desolada.

– Eu não sei... – E suspirou forte, como se fosse um adulto cheio de problemas. Só não achei engraçado porque a dor dele era real e deveria, sim, ser levada a sério. Era preocupante que estivesse inventando doenças para fugir das situações.

– Já perguntou para ela?

Fabinho fez a expressão de quem não tinha pensado nisso.

– Não, eu não quero que ela fique triste. Nem meu pai.

– Ela não vai ficar triste se você perguntar. Tenho certeza de que a sua mãe te ama, só está meio louca da vida tentando cuidar de duas crianças ao mesmo tempo.

Daquela vez Fabinho riu e repetiu:

– Louca da vida.

– Pois é. – Assenti, sorrindo. – Ela deve achar que prefere brincar sozinho. Mas acho que, talvez, vocês possam separar um horário para ficar juntos, nem que sejam dez minutinhos, quando a Belinha dormir. O que acha?

– Seria bom, mas não sei se ela vai querer. – Ele ergueu a cabeça e pensou muito, antes de dizer, de forma engraçada: – Já sei, vou perguntar!

Eu ri um pouco.

– Claro que ela vai querer, fique tranquilo. – Alisei a mãozinha dele, que estava sobre a mesa. – E sempre pergunte tudo aos adultos. Não dá para saber se a gente não perguntar. Os adultos também não sabem de nada e perguntam coisas o tempo todo.

Ele fez uma careta engraçada.

– O meu pai faz muitas perguntas mesmo, às vezes eu me irrito.

Soltei outra risada.

– Sim, ele faz.

O garoto voltou a desenhar e, pelo semblante, parecia um tanto mais relaxado. Apesar de achar que eu tinha me envolvido numa situação que não me apetecia de jeito nenhum, refleti sobre o que falamos até decidir que não havia sido nada de mais. Seria muito pior se eu o tivesse ignorado ou deixado de dar um conselho por não querer me meter. Ninguém podia garantir que Fabinho fosse se abrir de novo com outra pessoa.

Fiquei reflexiva enquanto o tempo passava. Silas já devia ter encerrado o expediente quando percebi que não seria legal entregar o seu filho todo sujo de terra do quintal, suado e descabelado do tanto que brincou e se divertiu.

— Fabinho, acho melhor você tomar um banho. Seu pai daqui a pouco chega. — Larguei o lápis de cor que segurava despretensiosamente, ainda mais depois de nossa pequena conversa. — Tem alguma roupa limpa na sua mochila?

Ele ergueu o rosto e precisou refletir, visto que estava realmente concentrado no desenho que fazia, e que não me deixava ver antes do tempo de jeito nenhum, por isso continuava cobrindo o papel com a outra mão.

— Uma vez, quando eu era do primeiro ano, tinha uma poça de lama lá no pátio da escola e aconteceu um acidente com a minha roupa.

— Um acidente?

— Foi... — Ele pegou um lápis de cor verde e voltou a se concentrar no desenho. — Eu brinquei com a poça sem querer e sujei o meu uniforme da escola. Mamãe ficou chateada.

Eu ri um pouquinho.

— Você brincou com a poça sem querer? — Ergui uma sobrancelha.

— Foi. Depois desse dia, mamãe sempre coloca uma roupa na minha mochila. — Fabinho largou o que estava fazendo, levantou-se e vasculhou a sua mochila, que tinha ficado sobre o sofá. Retirou de dentro alguns livros didáticos e o seu estojo, até finalmente encontrar uma sacola contendo o que achei que fossem suas roupas limpas. – Aqui! – Ele sorriu. – Não disse?

Sorri de volta.

– Ótimo. Vou pegar uma toalha. – Levantei-me com cuidado, porque meu pé não tinha gostado do esforço feito durante o dia, e tive dúvida sobre como proceder. – Você já toma banho sozinho, certo?

Ele fez uma careta como se estivesse muito ofendido.

– Claro que sim, eu sou um rapaz crescido. Sei até amarrar cadarço.

Foi impossível não rir da forma como falou aquilo. Ele era muito engraçado, vez ou outra soltava cada pérola que me fazia gargalhar de verdade. Peguei uma toalha limpa e o levei para o banheiro social, onde mostrei o sabonete e demais produtos que poderia usar durante o seu banho. Apenas confirmei se a água estava do seu agrado, porque às vezes ficava quente demais e ele não alcançaria o chuveiro para regular.

Deixei-o lá e voltei para a sala a fim de arrumar um pouco a bagunça que fizemos. Pensava que talvez fosse melhor preparar algo para o Fabinho jantar. O lanche que comemos mais cedo não o sustentaria muito e talvez Silas demorasse por causa do trânsito que eu pegava todas as noites, depois do expediente.

Guardando o material, parei ao ver o desenho dele sobre a mesa de centro. Eram duas casas no mesmo cenário, e ele havia desenhado a família. Na frente de uma casa, havia a mãe dele e o que supus ser o padrasto logo ao lado dela, pois tinham seus nomes escritos em cima. Sua irmã Belinha, que descobri que se chamava Isabela, estava dentro do que parecia um carrinho de neném.

Fabinho desenhou a si mesmo no meio, entre as duas casas, o que me pareceu preocupante. Na segunda, estava o desenho do pai, uma figura maior e com mais músculos do que a realidade, deixando claro o quanto o garoto o considerava um super-herói. Sorri ao constatar isso, porém fiquei chocada ao me deparar com a mulher ao lado de Silas, que tinha o nome BREMDA escrito em cima.

Não tive tempo de rir do pequeno erro de português. Ele simplesmente me colocou naquele desenho, do nada, como se eu fosse importante. Logo ao meu lado, Fabinho ainda terminava de pintar outra mulher, a Vovó Zélia, mãe de Silas. Fiquei perturbada de verdade. No entanto, não podia quebrar a confiança do garoto, por isso fingi que não vi; deixei o desenho exatamente onde estava, sem ousar tocá-lo.

O celular de Fabinho vibrou sobre a mesa anunciando uma nova mensagem de Silas. Só então vi que o garoto havia tirado inúmeras fotos minhas enquanto eu desenhava, distraída, e enviado para ele dizendo que eu era muito bonita. Silas respondeu que sim com uns dez corações, em seguida informou que já estava a caminho.

O meu coração quase escapava pela garganta. Eu precisava conferir o que tinha na geladeira. Enquanto ainda ouvia o chuveiro ligado, juntava tudo o que encontrava para oferecer um jantar decente. Nada elaborado, porque não havia muita coisa além de sobras.

Estava colocando a mesa às pressas, quando Fabinho apareceu na cozinha com o cabelo pingando, ensopando a roupa limpa. Soltei um riso e peguei a toalha de suas mãos para enxugar o cabelo dele.

– É por isso que o seu cabelo é tão cheiroso, seu xampu tem um cheirinho bom de fruta. Tive vontade de comer, mas claro que não comi, tem um gosto horrível – ele soltou e eu não contive a gargalhada ao imaginá-lo provando o meu xampu, todo curioso. Também me lembrei do comentário do Bartô, logo no meu primeiro dia no emprego, e a minha risada saiu mais intensa.

Mesmo sem saber o motivo direito, Fabinho também riu alegremente. Terminei de enxugar seus cabelos aloirados como os do pai.

– Tem um pente lá no banheiro. Que tal dar uma ajeitada aqui? – Apontei para o topo da cabeça dele e peguei as roupas sujas que ainda segurava.

O garoto assentiu e saiu correndo no mesmo instante, deixando-me ainda rindo feito boba da situação. Coloquei as roupas sujas na sacola e a enfiei dentro da mochila. Eu não tinha muito tempo para fingir que não estava esperando Silas para jantarmos juntos, precisava organizar tudo logo para começarmos a comer antes de ele chegar. Graças ao trabalho do micro-ondas, organizei a mesa depressa.

Fabinho se animou para comer, mas disse que faria isso só depois de terminar o desenho. Fiquei sem saber o que fazer além de tentar melhorar a comida.

Minutos mais tarde, ouvi uma buzina enérgica na frente de casa e congelei da cabeça aos pés. Precisava me lembrar de controlar aquelas reações corporais. Não daria certo se ficasse daquele jeito toda vez que soubesse que Silas estava próximo.

Soltei um longo suspiro e alcancei a sala, onde Fabinho ainda desenhava.

– Seu pai chegou. Fica aqui, vou abrir o portão.

– Aaaah… – Ele fez um muxoxo emburrado. – Mas eu nem jantei ainda.

Abri um sorriso satisfeito, percebendo que o garoto também não queria ir embora tão cedo. Era um ótimo sinal.

– Não se preocupe, vamos jantar daqui a pouco. O seu pai espera.

Manquei até o portão, porque o meu pé realmente tinha sofrido muito e voltado a doer, principalmente com o tanto que corri para preparar o jantar. Notei que Silas apenas estacionou na frente da casa, sem se dar o trabalho de usar a garagem, e foi com surpresa que percebi que ele tinha vindo com o próprio carro, não com o meu.

Quando o homem se aproximou, meio agitado, eu estava sem saber o que pensar.

– Onde está o meu carro, Silas?

Sorriu um pouquinho, olhando para a rua e depois me encarando.

– Na oficina. Não vai ficar pronto hoje, sinto muito. Amanhã eu trago.

Dei de ombros e suspirei.

– Não precisava ter feito isso. Eu... – Não sabia se me sentia bem pelo seu cuidado ou mal por ter decidido sozinho coisas importantes sobre mim. – Quanto vai custar?

– Para você, nada. – Pisquei para ele, sem acreditar. Aquelas coisas costumavam valer uma nota. – Desculpe, sei que fui invasivo, mas eu não podia te deixar com uma máquina de causar acidentes daquele jeito. – Inspirou profundamente. – É sério, se acontecesse alguma coisa contigo, não me perdoaria jamais.

Nós nos encaramos por alguns instantes. Perdi a capacidade de falar, e ele continuou me observando com os olhos tão brilhantes que me deu muita vontade de simplesmente beijá-lo. Porém, eu me contive.

– Como foi o dia? Fabinho deu muito trabalho? – Silas olhou para a entrada da minha casa e, enfim, iniciamos uma caminhada pelo jardim, a passos vagarosos.

– Deu tudo certo, como pôde ver nas mensagens.

– Eu vi que se divertiram bastante. – Silas parou no terraço. – Muito obrigado mesmo, Brenda. De verdade.

– Imagina.

Ele continuou me olhando, porém Fabinho surgiu e correu para os braços dele.

– Pai! – Silas o agarrou como fez no outro dia, na garagem do prédio da empresa. – Foi tão divertido! A gente brincou muito, mas

249

eu ainda tenho que terminar meu desenho e jantar, não vamos embora agora, não é?

Silas pareceu bem confuso, de repente.

– Você tomou banho?

– Sim, acabei de tomar. Estou com cheiro de xampu de fruta, não é? – Enfiou o topo da cabeça no nariz do pai e soltou uma risada engraçada, que também me fez rir.

– Está mesmo – Silas murmurou e guiou o olhar espantado na minha direção. Parecia desnorteado. – Muito cheiroso.

– Você está com fome? – perguntei, porque fiquei sem jeito com a sua expressão admirada. – Come alguma coisa antes de ir... – eu disse muito baixo, diminuindo o tom a cada sílaba proferida.

– Na verdade, estou.

Silas plantou um beijo na bochecha de Fabinho e o colocou de volta ao chão.

– Vou terminar meu desenho! – E correu de volta para a sala. Ele não ia para lugar nenhum da casa sem correr, pelo que percebi desde cedo.

O homem parou com os olhos em mim de novo.

– Vem, vamos jantar – sussurrei.

Virei as costas para ele, mas Silas me puxou pelo braço e, de um instante para o outro, imprensou o seu corpo no meu. Os lábios ficaram a centímetros da minha boca. Ele alisou os meus cabelos e me encarou de perto, em seguida plantou um beijo suave na ponta do meu nariz. Eu esperava por mais, não posso negar, mas não tive nada além disso. Silas pareceu ter pensado melhor e me largou devagar.

Eu me senti uma completa idiota por ter esperado um beijo de verdade. Conter as expectativas não estava dando certo, o que me indignava. E naquele momento me perguntava por que ele havia recuado. Deveria estar sendo complicado para ele também. Lidar conosco não era fácil, porém não consegui me livrar da frustração.

– Vamos – falou, apenas.

Nós nos sentamos à mesa de jantar enquanto Fabinho ainda desenhava e não parecia disposto a terminar, talvez porque significasse que teria que comer e ir embora. Era visível que estava usando o lápis em câmera lenta, o que era bem engraçado. Silas estava com muita fome, então decidimos não esperar.

– Não tive tempo de preparar muita coisa – avisei, oferecendo a cesta de pão para ele, bem como colocando os itens mais perto de seu prato.

– Imagina, está ótimo. – Serviu-se sem a menor cerimônia. – Estou muito grato pelo que fez por mim hoje, Brenda. Você foi incrível. Fabinho te adorou.

Eu me servi também, porém meu estômago estava tão contorcido que não sabia se caberia alguma coisa dentro dele. E a culpa era dos olhos daquele homem sobre mim.

– Eu também adorei o Fabinho. Ele é muito engraçado! – Sorri.

– É, não é? Morro de rir com ele. – Silas virou o rosto para observar o filho todo distraído com o desenho. – É o meu tesourinho precioso.

Continuei sorrindo ao perceber o amor que aquele pai nutria pelo seu filho. Era bonito de observar e me deu uma quentura gostosa no coração.

– Nós tivemos uma conversa hoje – murmurei, baixo o suficiente para que Fabinho não nos ouvisse. – Depois eu te conto em detalhes.

Silas assentiu.

– Você vai me desbloquear para me contar?

Pisquei na sua direção. Sim, ele percebeu que eu não tinha feito isso ainda.

– E o que te faz pensar que tenho o mesmo número até hoje? – Apoiei uma mão no queixo e sorri. – Posso ter trocado e perdido o seu.

Ele encarava o prato quando soltou, assim, sem mais nem menos:

– Se tiver passado treze anos esperando uma ligação, com certeza não mudou.

A CULPA É DO MEU EX

Fiquei tão embasbacada que nada respondi. Eu tinha mantido o mesmo número, sim, mas por conveniência, não porque esperava uma ligação dele. Ao menos era o que acreditava. Havia aguardado qualquer sinal de Silas durante anos, mas não em todos. Fiz outras coisas e estive com outras pessoas, embora tivesse dado tudo errado.

Eu tinha tantas perguntas para fazer que me lembrei da conversa com Fabinho, sobre os adultos. Fui carregada da sensação de que não sabia de absolutamente nada sobre a dor de Silas, das consequências de nosso término para ele, porém, eu tinha um grande pavor de lidar com isso. Toda vez que pensava a respeito do assunto, meu corpo inteiro travava, e minha vontade era de recuar, de removê-lo do meu sistema ou de bater na cara dele.

Era um mecanismo que me trazia dor e sofrimento.

Coloquei a comida na boca e Silas ficou em silêncio, mastigando e às vezes verificando como estava o filho. Em algum momento o garoto finalizou e surgiu com o papel em mãos. Entregou-o ao pai e disse:

– Já sei, tenho que lavar as mãos antes de comer. Volto já! – Correu até o banheiro social, localizado na primeira porta do corredor.

Silas ficou paralisado encarando o desenho.

– Você viu isso? – Chacoalhou-o na minha direção.

Apenas assenti, não falei nada.

– Ele te adorou mesmo. Deve jurar que estamos juntos. – Silas soltou um riso abobalhado e deixou o desenho sobre a mesa. – Fabinho costuma dizer que eu preciso me casar para não ficar sozinho nos dias em que ele não está comigo. Fico imaginando o que se passa na cabeça dele… Para ter chegado a essa conclusão. – Suspirou com força, preocupado. – E como se sentiria se eu, de fato, tivesse alguém. Ele nunca me viu acompanhado. Tenho muito medo, Brenda. Obviamente, ele se sente dividido entre dois lares. – Apontou para o papel e encarei o desenho por alguns instantes. – E eu pensando em ter outro filho… – Riu sozinho, com certeza mencionando a loucura que quase fizemos.

– Meu Deus. Como ele ficaria com mais um irmão na jogada? Eu não sei... Acho que o destino fez mesmo a coisa certa.

Voltou a me olhar e dei de ombros. Por um lado, eu o entendia e concordava com ele, mas, por outro, sentia-me entristecida.

– Pode não ser uma coisa ruim, Silas. Ter dois lares. – Dei de ombros porque, analisando melhor, no desenho Fabinho exibia um sorriso enorme cheio de dentes e usava trajes de cores vivas. Não me parecia um garoto perdido ou dividido. Estava todo mundo colorido e alegre na imagem. – Você precisa perguntar a ele, também, se quiser saber a verdade. Fabinho é muito inteligente, vai saber responder, se for questionado com cuidado. – Silas assentiu como se não tivesse pensado nisso antes. – E sei que soa egoísta, mas sua vida não deve parar por causa dele. Se quer uma família maior, vá atrás. Tudo pode ser conversado e, na dúvida, talvez seja bom um acompanhamento psicológico infantil.

Silas segurou os meus dedos com ternura.

– Foi só por isso que não te beijei – murmurou. – Já que vamos ser diretos.

Senti meus olhos marejarem, o coração acelerar e os membros tremelicarem no mesmo instante. Nenhuma parte do meu corpo ficou normal depois de sua confissão dita com tanta clareza e sinceridade.

Fabinho apareceu às pressas e se sentou na cadeira ao lado de Silas.

– Gostou do desenho, papai?

Silas sorriu para ele.

– Gostei. Achei tudo muito bem feito e adorei as cores que usou. – Ele parou por alguns instantes e disse, mais suave: – Só tem um pequeno errinho no nome da Brenda, sabe onde pode estar?

Fabinho deu um tapa engraçado na testa.

– Eu sabia que era com N. Sabia! Brennnnda. – Ele se levantou depressa e foi atrás de um lápis para corrigir. Fez isso enquanto eu segurava o riso e Silas acompanhava. – Pronto. E agora?

– Agora está perfeito, filho. Vamos jantar e depois vou deixar você na casa da sua mãe.

– Quero ficar com você, pai. Por favor, por favor… – Fabinho juntou as mãos. Depois, ele as separou e desistiu de implorar. – Ah, não, tenho que ir para a casa da mamãe. Preciso fazer uma pergunta a ela. Tudo bem, pai. – E olhou para a mesa, avaliando o que estava disponível. – Quero pão com queijo e suco de uva.

Senti uma vontade absurda de soltar uma gargalhada, mas me contive, e Silas apenas deu de ombros, não objetou, apesar de ter estranhado a mudança de ideia do filho. Nós jantamos em um clima animado por causa do Fabinho e de seus comentários a respeito do nosso dia divertido. Ele não parava de repetir o quanto tinha gostado do quintal.

Foi muito difícil me despedir daqueles dois. Fiquei com o coração na mão quando Fabinho me deu um abraço, agradeceu pelo dia e falou para eu pensar melhor sobre ser a namorada do pai dele. Apesar de ter me deixado toda vermelha e ter arrancado as palavras da boca do Silas, senti-me aquecida por dentro, vibrando de alegria.

Era um ótimo menino, e eu sentiria saudade.

Silas o acomodou no banco de trás de seu veículo, ajudando-o a colocar o cinto, em seguida fechou a porta e me encarou. Acompanhei a movimentação deles da calçada.

– Mais uma vez, obrigado, Brenda.

– Não tem de quê. – Sorri.

– A gente se vê segunda, na VibePrint? Ah, não, seu carro vai ficar pronto amanhã, e eu virei devolvê-lo. – Os olhos dele pareciam ansiosos, o que me chocou um pouco. Não soube o que pensar a respeito de vê-lo de novo em um período tão curto.

– Tudo bem, a gente vê como fica – murmurei, sem graça.

Silas assentiu e se aproximou de repente. Ofereceu-me um abraço forte e beijou o topo da minha cabeça de forma demorada.

– Minha nossa, como eu queria te beijar.

– Pare com isso – reclamei, mas ri em seguida. Eu o desvencilhei de mim, porém me arrependi um segundo depois.

Ele fez a brincadeira no meu nariz e se afastou devagar, dando passos para trás.

– Desbloqueie meu número – pediu.

Não neguei nem confirmei, apenas acompanhei enquanto ele entrava no carro e dava a partida. Assim que virou a esquina, soltei bastante ar dos pulmões. Eu estava muito ferrada para pensar em outra coisa ao longo daquela noite. Tinha certeza de que sequer conseguiria dormir, de tão agitada, nervosa e com o coração reclamando.

Foi por isso que, depois de arrumar o que estava bagunçado dentro de casa, tomei um banho completo e fui ao escritório com a pasta verde em mãos, disposta a trabalhar e finalmente concluir aquela revisão que parecia não ter fim. Contudo, ao abrir o material, fui surpreendida por uma caixinha de chocolates com avelã, dos quais eu tanto gostava, e um bilhete, ambos por cima da papelada que Silas me entregou mais cedo.

O meu coração bateu tão rápido que mal deu para respirar. Retirei os chocolates e os coloquei em cima da mesa, ao lado da pasta, e em seguida verifiquei o bilhete.

Para ajudar na sua recuperação, docinho.
Com a maior saudade que alguém já sentiu na vida,
– S.

Abaixo do pequeno recado, havia um QR Code que, a princípio, achei esquisito. Fiquei em dúvida se era algo da loja de doces na qual Silas tinha comprado os meus chocolates favoritos. Li e reli o bilhetinho várias vezes, até ser tomada pela curiosidade e pegar o meu celular para saber do que se tratava aquele código impresso no papel.

O aplicativo de música instalado no meu aparelho abriu de repente, sem que eu me preparasse. Fui encaminhada para uma canção que eu já conhecia, afinal, era um clássico atemporal e me deixou derretida mais do que tudo.

O meu coração ficou do tamanho de um grão de areia ao ouvir os primeiros versos:

Mudaram as estações e nada mudou
Mas eu sei que alguma coisa aconteceu
Está tudo assim tão diferente

As lágrimas se achegaram e afundei na minha poltrona, deixando que escorressem enquanto continuava ouvindo cada palavra. E sentindo-as profundamente no meu peito.

Se lembra quando a gente
Chegou um dia acreditar
Que tudo era pra sempre
Sem saber que o pra sempre, sempre acaba

Soltei um soluço poderoso, desesperado. Fui acometida pelas mais loucas emoções, que rodopiavam dentro de mim sem o menor freio.

Mas nada vai conseguir mudar o que ficou
Quando penso em alguém, só penso em você
E aí então estamos bem

Mesmo com tantos motivos
Pra deixar tudo como está
Nem desistir, nem tentar

Agora tanto faz
Estamos indo de volta pra casa.

Mesmo se eu quisesse trabalhar naquela noite, jamais conseguiria. Em vez disso, coloquei a música para ser repetida e procurei pelo nome do Silas na minha agenda imutável. Eu o desbloqueei e, com o seu número, destravei uma infinidade de memórias e sentimentos dedicados apenas àquele homem. E que guardei por tanto, tanto, tanto tempo. Tantas estações e o que mudou? Naquele instante, ficava mais ciente de que a resposta era apenas uma: nada.

Não foi fácil descobrir isso. Doeu demais. Doeu muito.

Entretanto, quando aconteceu, percebi que conseguia respirar melhor.

A CULPA É

CAPÍTULO 19

Você disse que eu não queria amar e simplesmente me calei, porque concordei. Não deve ser fácil ter que lidar comigo e com os meus fantasmas. Estou fazendo o possível para que não se machuque com minha frieza. Entenda que é difícil, para mim, agir como uma apaixonada ou até ser uma apaixonada. Eu já não sonho com tantas coisas no quesito amoroso. Não tenho paciência com quase nada e quase ninguém. Perdi o gosto pela vida, tudo parece amargo e sem sentido, e o que me salva todos os dias, além do seu amor, são as palavras que escrevo. Estou preenchida demais por maus sentimentos, o que muitas vezes impede que eu sinta os bons em totalidade. Tento me desafogar todos os dias. Fazer caber um pouco mais de amor, carinho e cuidado, mas nem sempre consigo. Talvez não esteja valendo a pena esperar que eu melhore. Nem sei se vou melhorar e também não sei se quero. O medo me guia e sigo entre grandes doses de coragem, para depois ser assombrada de novo. A culpa me persegue para onde quer que eu vá, porque o tempo passou e sinto que não fiz nada – ao menos não o que queria. Às vezes acho que sou outra pessoa; há um outro "eu" embutido no meu espírito, que nunca se libertou de verdade porque não cabe neste mundo. Você foi quem chegou mais perto dessa desconhecida que ousa se mostrar só para você, com todos os seus gritos e defeitos, mas também com certo brilho. Talvez você ame alguém que eu ainda não aprendi a amar, e talvez por isso pouca coisa faça sentido. Penso no seu bem porque cansei de magoar por estar tão magoada. Você, sempre tão maravilhoso, age com a paciência que não tenho. Diz que eu valho a pena. Espero que saiba o que está fazendo. Eu ainda não sei. Só tenho certeza de que amo te ver sorrir e devo ser a única que ri das suas piadas ruins por realmente achá-las engraçadas. Você é o meu melhor amigo. Isso vale muito mais do que te chamar de amor.

A CULPA É DA LIGAÇÃO

Fiquei muito tempo ouvindo o meu próprio choro, sem saber o que fazer diante do meu celular. O nome de Silas estampava a tela e apenas um clique me separava daquilo que eu achava que significaria muito, talvez até mais do que eu poderia suportar no momento. Escutei a música tantas vezes quanto meu coração exigiu, prestando atenção em cada sílaba porque sabia que cada palavra fora colocada com uma perfeição imensa.

Comi um chocolate enquanto raciocinava. Sentia as barreiras que eu havia posto ao meu redor caindo aos poucos, anunciando uma tragédia que se tornava inevitável. Sentia-me exposta, muito vulnerável, e aquilo me incomodou. O medo tomou conta do espaço que eu achava que estava vazio.

O problema de deixar qualquer pessoa entrar na sua vida é que ela pode fazer um grande estrago, e eu já tinha sido devastada pela mesma criatura que forçava uma nova invasão dentro do meu peito. Foi difícil entender o que estava acontecendo, por isso a minha hesitação diante do celular. Poderia ser bobagem, mas o ato de ligar para Silas àquela altura do campeonato não me soava despretensioso.

Muito pelo contrário.

Podia sentir o tamanho da pretensão aumentando, até se tornar uma esperança vívida e, de repente, fui tomada pela estranha sensação de necessitar ouvir a voz dele. A mesma que havia se tornado um pouco mais grave e ainda era capaz de me desestabilizar da cabeça aos pés.

Soprei o ar com força. Comi outro chocolate e enxuguei outras lágrimas que se reuniram. A minha blusa já estava toda molhada; eu tinha certeza de que pareceria uma maluca aos olhos de terceiros.

A CULPA É DO MEU EX

Foi quando me sentia um pouco mais controlada que uma mensagem surgiu repentinamente, causando-me uma breve, porém intensa, parada cardíaca. Ao menos foi essa a sensação.

> Silas: Não vai me ligar?

Olhei para aquelas palavras por alguns segundos. Ele já tinha visto que eu o havia desbloqueado, devia estar aguardando a minha coragem diante do celular. Pensar naquele homem ansioso por uma ligação me fez abrir um sorriso idiota. Esperava muito que Silas soubesse o que estava fazendo, porque eu não fazia ideia. Mexer conosco me parecia muito perigoso e impraticável; preferia ter ficado com o segundo adeus, mas sabia que era tarde para me arrepender ou me enganar.

Pelo visto, nossa história teria mais um capítulo, e eu não sabia o que escrever. Era muita covardia evitá-la por puro medo do final? Sobre aquele enredo eu não tinha o menor controle. Os personagens quase nunca falavam o que eu queria ouvir ou faziam o que me agradava, e a força dos acontecimentos era bem maior do que minha vontade. Talvez por isso viver fosse tão complicado.

Escrevi a primeira coisa que me veio à mente, em tom de provocação:

> Brenda: Você também pode me ligar, sabia?

Ele respondeu imediatamente:

> Silas: Eu não vou te ligar, Brenda.

O meu coração afundou tanto com aquela mensagem que um soluço escapou pela garganta. Precisei abrir mais um chocolate e o devorei entre lágrimas sofridas. Eu estava naufragando numa espécie de areia movediça, daqui a pouco perderia a chance de sobreviver, e a culpa seria toda minha. Recuar era o mais ponderado a se fazer.

Nada respondi durante longos minutos, então o meu ex enviou outra mensagem:

> Silas: Esperei demais por essa ligação.
> Quero ver seu nome na tela. Não me tire isso...
> Preciso disso.

O meu coração errou algumas batidas. Suspirei aliviada, mas também fiquei com o ego sentido. Era de se esperar que o meu orgulho continuasse agindo, só que eu já não era a antiga Brenda. Não havia tempo a perder com coisas que nunca levaram a nada. Ainda assim, parei para refletir sobre o que significava dar a Silas o que ele queria. Percebi que não me sentia pronta para encarar qualquer significado que fosse.

Em algum instante, simplesmente parei de pensar e, de súbito, cliquei no nome dele. Esperei a ligação ser efetuada. Chamou algumas vezes, mais do que previa. Por um momento, achei que Silas estivesse brincando comigo e não fosse atender, então senti um enorme pavor, um desespero tão grande que quase desliguei.

No entanto, a voz dele acabou ressoando:

– Oi...

E o meu coração se encheu de um sentimento inigualável. O seu timbre era o de quem estava sorrindo. Visualizei seus lábios bonitos contorcidos em alegria e contive um soluço. Enxuguei as lágrimas que escorreram por causa de um maldito "oi".

– Oi – murmurei.

Ficamos em silêncio por alguns segundos.

– Obrigado. Desculpe a demora para atender, estava tentando tirar um *print*. – Ele soltou uma risada, e ouvi o meu aplicativo apitando com uma nova mensagem. – Foi meio difícil, mas consegui.

Afastei o aparelho do ouvido apenas para conferir a imagem da tela do celular dele exibindo o meu nome. Soltei um riso engraçado, que ele acompanhou. Enxuguei mais lágrimas com as costas das mãos.

– Mas como você é bobo. – Funguei.

– Você está chorando? – Sua pergunta surgiu carregada de preocupação.

Fiquei calada, porque não soube o que responder. Suspirei fundo.

– Desde que ouvi aquela maldita música. Você acabou comigo.

– Não era minha intenção te fazer chorar… – A voz de Silas saiu agravada. Usava um tom gostoso que me fazia fechar os olhos toda vez que falava qualquer coisa.

– E qual foi a sua intenção?

Silas ficou calado, acredito que refletindo sobre uma boa resposta.

– Acho que fazer você pensar na gente.

Prendi os lábios e afundei na cadeira do meu escritório. Coloquei os pés sobre a mesa, de repente me sentindo exausta de tantas emoções loucas que circulavam no meu corpo sem qualquer aviso ou pudor. Ainda estávamos naquela montanha-russa. Presos num *looping* do qual não conseguíamos nos livrar. Ao menos eu não dava conta.

– Para quê? – questionei em um sussurro.

262

– Talvez porque eu não tenha parado de pensar em você desde o cubículo do banheiro masculino, na VibePrint. – Ele riu com suavidade, ainda que me parecesse desconcertado, meio hesitante. O meu coração batia tão forte que eu via a hora de ter um troço ali mesmo. – É justo que você pense também, nem que seja um pouco.

Chacoalhei a cabeça e ri da sinceridade dele. Dava para notar que não estava sendo fácil ser aberto daquele jeito.

– E quem garante que eu não tenha pensado? – brinquei, prendendo os lábios e me sentindo atrevida demais. Precisava me conter, para não me arrepender depois.

– Bem que eu queria estar na sua cabeça, saber o que pensa... Como não sei, achei melhor garantir. – Silas riu sozinho. – Gostou dos chocolates?

– Vou te matar por fazer eu me entupir de doces a esta hora da noite.

– Você merece um docinho, docinho – murmurou, todo manhoso, no pé do meu ouvido. Um arrepio cruel atravessou o meu corpo, e eu arquejei, fechando os olhos com força. – O que está fazendo agora?

Olhei ao redor.

– Sentada no escritório, sem qualquer vontade de trabalhar e com os dedos melados de chocolate.

– Devem estar deliciosos. – Achei que estivesse falando sobre os doces, mas o homem deixou claro logo em seguida: – Os seus dedos.

Paralisei com o celular equilibrado no ouvido. Aprumei-me na cadeira, porque por um instante imaginei as mais diversas loucuras. Silas estava sendo bastante direto e um tanto safado, coisa que nunca foi. Eu não fazia ideia de para onde aquela conversa iria, por isso me mantive em silêncio.

– Está tarde para trabalhar. Por que não descansa? Tem o fim de semana todo para terminar a revisão.

Suspirei. Ainda bem que ele mudou de assunto.

A CULPA É DO MEU EX

– Vou acabar fazendo isso mesmo. Estou cansada.

– Imagino, depois de passar a tarde toda cuidando do Fabinho. – A voz dele se transformou em pura preocupação. – Por falar nisso… O que vocês conversaram? Suzi não pôde ficar com ele esse fim de semana, implorou para que ficasse comigo e acabei o trazendo para cá. Mas Fabinho ficou meio triste, disse que queria fazer uma pergunta urgente para ela. Não faço ideia do que seja, ele não quis me dizer nada.

Fiz um resumo da conversa que tivemos mais cedo. Silas ficou em silêncio, apenas me ouvindo com atenção. Mesmo depois que concluí, prosseguiu calado. Eu sabia que aquilo tudo mexeria com ele, que não ficaria satisfeito, mas eu precisava dizer o que havia acontecido, até para que se mantivesse atento ao filho.

Por fim, ouvi um suspiro dele e fechei os olhos de novo.

– Vou ter uma conversa séria com Suzi – falou, apenas.

O silêncio nos acompanhou por um tempo, por isso resolvi perguntar:

– Como está se sentindo?

Silas suspirou.

– Derrotado. Sinto que falhei com o meu filho e nem sei o que fazer, porque não depende só de mim. – A voz dele transpirava chateação e tristeza.

– Não fique assim, Silas. Você não falhou, nem mesmo a Suzi – eu disse com total sinceridade. Não era certo ou justo culpar a mãe de Fabinho, porque ela certamente estava sobrecarregada. – Todos somos humanos. Fabinho uma hora vai entender que ninguém é perfeito, nem os seus pais. Um ajuste de rotina aqui e ali, muita conversa e vida que segue.

Silas riu, mas sem muita graça.

– É fácil falar… Mas é tudo difícil demais, Brenda.

O meu coração sofreu um solavanco. Tentei não me chatear com suas palavras, porque sabia que Silas tinha razão: era muito fácil en-

264

contrar solução para um problema que não era meu. Olhando de fora, as coisas sempre ficavam amenas, porque não envolviam emoções nem demandavam qualquer esforço.

– Imagino. Infelizmente, só posso imaginar. – Não consegui conter o tom meio amargurado. – Queria poder te ajudar mais.

– Você ajudou tanto, Brenda. Obrigado pelo que disse ao Fabinho, foi muito importante. – Ele silenciou, e eu não soube o que responder. – Não se preocupe e… me desculpe pela forma como falei. Sei que você só quer ajudar e agradeço demais por isso.

– Tudo bem. Eu realmente não sei como é de verdade.

Silas nada respondeu, por isso apenas encarei o teto do escritório.

– Diga algo bom – ele pediu com a voz murmurada, após o que considerei um bom tempo em que apenas nos mantivemos calados.

Eu não sabia direito o que conversar. A ligação se tornou meio sem sentido depois que falamos sobre o Fabinho. O restante não seria necessário, certo? Mesmo assim, não ousei mencionar um encerramento. Ouvir a respiração dele era agradável e me acalmava, ainda que também me desconjuntasse.

– Pode não ser bom para você, mas… Consegui ter uma boa ideia para escrever o romance. – Olhei meu notebook fechado, onde eu havia desenvolvido boas sugestões para acrescentar no livro do youtuber. – Acho que vai dar certo. Estou contente.

– Claro que isso é bom para mim. É ótimo! – Silas ficou mesmo empolgado. – Soube que a reunião mudou para a segunda. Estarei lá.

– Mesmo?

Só a expectativa de estar no mesmo ambiente que ele me deixava sem fôlego. O que não fazia sentido algum, já que trabalhávamos na mesma salinha e respiraríamos o mesmo ar durante um bom tempo. Foi a primeira vez que a ideia de tê-lo por perto não me pareceu ruim, desde que nos reencontramos.

— Sim, serei o seu revisor, lembra?

— Ah… Verdade. Avise-me se algo sair… Você sabe, ruim.

— Duvido muito, Brenda. Você vai arrasar, tenho certeza. Mas conte comigo para qualquer ajuste. Também estou ansioso com esse projeto.

Demorei um pouco a perceber que eu estava com um sorriso amplo e muito bobo, completamente aberto. Fazia muito tempo que não me sentia daquele jeito, e sequer podia definir que "jeito" era esse.

— Sua vez – murmurei, ainda sorrindo. – Conte algo bom.

— Hum… – Silas levou alguns segundos para dizer: – Não consigo pensar em nada melhor do que falar contigo agora. Não sei se é bom para você, mas, para mim, é espetacular. Eu não paro de sorrir, acho que meus lábios vão doer depois dessa ligação. – Soltou uma risada meio nervosa, o que me fez entender que ele precisou de coragem e ousadia para confessar aquilo.

O meu coração ficou muito aquecido, tanto que resfoleguei. Ser tomada por aquela emoção me encheu de coragem também.

— Devem estar deliciosos – soltei sem sequer pensar direito, devolvendo-lhe as palavras. – Os seus lábios.

Ouvi o suspiro dele.

— Não faz assim comigo, Brenda. Fabinho está dormindo aqui em casa, não posso ir aí te mostrar se estão ou não deliciosos.

— Não se preocupe, não foi um convite – desconversei, de repente me sentindo uma estúpida.

Ele riu.

— Ah, mas é claro que foi, e eu adorei.

Decidi que não negaria novamente, porque além de não saber se era verdade, não queria que Silas ficasse chateado com uma recusa descabida. Era óbvio que eu o queria na minha frente naquele instante, e sequer pensaria em tudo o que havia de complicado entre nós, apenas me acabaria em seus lábios que, sim, eram deliciosos e viciantes.

Entender isso me encheu de muito medo. Era incrível como toda vez que percebia o quanto estava me abrindo, a dor surgia. Não sabia se era capaz de levar a conversa por aqueles rumos, por isso decidi recuar.

— Bom, o papo foi legal, mas preciso ir.

— Para onde? — Silas pareceu assustado. — Você vem?

Fiz uma careta e soltei uma risada muito nervosa. O que aquele maluco estava pensando, meu Deus? Que eu o procuraria tarde da noite, com seu filho dormindo, atrás de pura saciedade? Aquilo nem me passou pela cabeça.

— Não, Silas, vou desligar e ir descansar.

— Ah... — Soltou um longo suspiro. — Tudo bem, mas fica o convite.

Chacoalhei a cabeça, negando a loucura que aquele homem propunha.

— Nós não nos daríamos tempo e espaço? — questionei, abobalhada, ainda sem saber o que pensar sobre o tal convite.

Ele não parecia que recuaria nem por um segundo. Aliás, desde cedo deixou claro o contrário, que continuaria invadindo a minha vida como se fizesse parte dela. E eu já não sabia mais o que desejava.

— Na minha opinião sincera, o tempo é muito curto, e o espaço entre nós deveria ser nenhum. — Ele arquejou forte. — Mas devo estar sendo inconsequente.

— Claro que está. Até outro dia você não me suportava.

— Você que não me suportava.

— Ainda nem sei se suporto, Silas.

— Mas você nega que queria me beijar agora?

Ele riu, e eu fiquei em silêncio. Prometi que seria o mais verdadeira possível com aquele homem, porque mentiras e omissões apenas nos atrapalhariam, mas muitas vezes a realidade era dura demais para que eu admitisse.

– Tudo bem, não precisa dizer, eu sei – sussurrou, meio rouco, ao meu ouvido, por isso senti uma nova onda de arrepios.

– Não se ache tanto. Não combina com você essa sua nova personalidade com a autoestima nas nuvens.

Ele gargalhou.

– Fiz um bom trabalho, não? Era horrível me sentir um bosta o tempo todo.

Fiquei em silêncio porque achei o assunto bem sério. O Silas do passado era tímido, não se impunha e de fato tinha a autoestima muito baixa. Nada como aquela sua nova versão que era cheia de si, carregada de sinceridade e que se valorizava. Dava para sentir a mudança na energia em volta dele.

– Como foi esse… processo? – Engoli em seco. Não deveria me meter nisso, mas fui tomada pela curiosidade de saber o que aquele homem fez depois da nossa separação. Como havia chegado ao ponto em que estava?

– Árduo. Levei alguns baques para começar a me impor e valorizar.

– Hum… – Eu queria saber mais detalhes, porém deveria haver algum limite entre nós, certo? O que aconteceria se eu começasse a saber coisas demais sobre ele? Não bastava o que já sabia do passado?

A dúvida a respeito de tudo me corroía.

– Não vai perguntar quais foram? – ele disse despreocupadamente, em um tom bastante divertido. – Sei que está curiosa. Isso é algo que você sempre foi, docinho.

Ele tinha toda razão.

– Não acho que deva me intrometer, Silinhas – desdenhei.

– E se eu quiser me expor?

– É por sua conta e risco.

Silas ficou mudo por alguns segundos que me pareceram eternos.

– Acho que vou arriscar – falou baixinho. – Afinal, quero que você se abra para mim. Nada mais justo que eu me abra primeiro.

Tive que rir daquilo.

– O fato de você se abrir não vai significar que farei o mesmo, bobinho. – O meu coração batia forte nas têmporas, de tão nervosa que fiquei com sua insinuação. Os dedos tremiam ao segurar o celular sobre o ouvido. – Aliás, por que quer que eu me abra? Não vai encontrar muita coisa boa.

– Duvido – disse num fio de voz. – Quero reencontrar você… – Fez uma pausa pelo tempo suficiente para eu quase ter um surto. Meu estômago revirava, ardia de ansiedade e nervosismo. – Acho que preciso disso.

Foi difícil buscar qualquer ar para respirar.

– Não brinque com fogo, Silas. A gente já se queimou demais, não acha? – As lágrimas ressurgiram nos meus olhos. Já não estava compreendendo muita coisa. Tê-lo tão aberto e sincero daquele jeito era difícil. – Talvez seja melhor desligar.

– Não faz isso. Por favor.

Bem que tentei me conter, mas não consegui.

– Eu não sei o que pode acontecer se a gente se reencontrar, Silas. Você me deixa muito sensível – choraminguei. Soltei alguns soluços, sem fingir estar arrasada, porque não tinha mais forças para me esconder dele.

– Acha que sei? Também não sei, Brenda. – A voz dele saiu embargada pela emoção. – Assim como você, não quero me magoar, mas não vou conviver com essa vontade sem fazer nada. Tudo bem se não quiser se abrir. Farei isso, se me permitir.

Encarei o teto e tentei controlar a respiração. Sentia-me boba por estar chorando aparentemente à toa. Eu tinha criado uma casca muito dura ao meu redor, a duras penas, e me perceber tão aberta diante dele e de mim mesma era horrível. Talvez eu não passasse de um molusco dentro de uma concha.

Passei tanto tempo quieta que ele teve que chamar a minha atenção.

– Vou respeitar a sua vontade, lindinha. – Segurei o soluço por ele ter me chamado assim, mudando o nome da personagem para a que era mais fofa e sensível. Silas fazia isso quando me percebia vulnerável, o que me chateava e divertia ao mesmo tempo. – Quer desligar ou saber a história de como trabalhei a minha autoestima?

Puxei bastante ar aos pulmões e me levantei da cadeira. Andei até o meu quarto, meio trôpega, e me joguei na cama. Coloquei uma coberta sobre mim, deixando-me ficar, já ciente de que me colocava confortável porque não desligaria tão cedo.

Não seria capaz.

– Vai apelar para a minha curiosidade? – Eu ri, na tentativa de amenizar o clima, e fiquei satisfeita quando ouvi o seu riso de volta. – Golpe baixo. Você sabe que nada vence minha capacidade de fofocar.

– Foi assim que me apaixonei por você. – Silas riu sozinho, enquanto eu apenas congelava. – À base de pura fofoca sobre todos na faculdade.

De repente, fui guiada para a época em que nos tornamos colegas de classe. Havia sido tão natural, ainda que eu soubesse que ele se aproximou de mim porque estava interessado, mesmo sem ter coragem de ir além. Fomos muito amigos antes que qualquer outra coisa acontecesse. O que nos uniu foi a enorme vontade de falar da vida dos outros.

– Nós éramos duas cobras – brinquei.

Rimos juntos.

– Veneno para todo lado. Eu adorava. Ficava bobo toda vez que te fazia rir. – Emudeci, o que o fez continuar: – Mas isso não será fofoca, apenas fatos sobre mim. E lógico que não quero que seja espalhado...

– Claro que não, Silas. Nunca contei nada nosso para ninguém.

– Nem eu.

Abri um pequeno sorriso, e ele iniciou a narrativa sobre os baques que levou para modificar a sua forma de estar no mundo. Silas evitou mencionar o nosso término – creio que propositalmente –, deixou apenas subentendido que precisou se reavaliar como pessoa. Focou o âmbito profissional mais do que qualquer outro. Ele teve que se virar e se impor, porque muita gente pisou nele e o fez de palhaço ao longo dos anos, por conta de sua atitude sempre passiva demais.

Escutei cada detalhe com atenção e fiquei admirada comigo mesma por não ter me desprendido de sua história nem por um segundo. Ele agarrou a minha curiosidade com bastante posse e se abriu aos pouquinhos, de uma forma nada mecânica. Foi muito autêntico, sincero e sem ressalvas, ainda que às vezes me parecesse bobo.

Quando menos percebi, já havíamos trocado uma gama de informações sobre nossa vida, gargalhado e até chorado juntos, principalmente quando Silas narrou a respeito da barra que foi a morte de seu pai, assunto que mexia muito com ele.

Varamos a madrugada embalados pela voz um do outro.

A CULPA É

CAPÍTULO 20

Das coisas impossíveis de entender sem as experiências ruins:
Não há erros. Não existem culpados. Viver é falhar até um dia acertar.
E continuar errando naturalmente em tantos outros sentidos, porque não há ma-
nuais de instrução. A batalha fica menos árdua com três armas preciosas: amor-
-próprio, autoconhecimento e coragem.

A CULPA É DA MÁQUINA DO TEMPO

A cordei desnorteada, sem saber onde estava, de tão profundamente que dormi. O meu celular ainda se encontrava sobre o travesseiro, indicando uma chamada encerrada com duração de pouco mais de seis horas. Fazia muito tempo que eu não conversava tanto com qualquer pessoa. Não sabia de onde havia surgido a quantidade absurda de assuntos com o Silas, mas foi muito natural falar com ele até a noite virar dia.

Fui vencida pelo sono em algum momento, já que não me lembrava de ter me despedido. Eu me perguntei se o deixei falando sozinho. Procurei uma mensagem, mas não havia nada vindo dele, provavelmente porque o coitado deveria estar dormindo, também. Depois dos trinta, é muito difícil abrir mão de uma noite de sono.

Olhei o relógio de cabeceira e já eram quase duas da tarde. Saí da cama num pulo, porque tinha planejado concluir a revisão durante o fim de semana, ajustar melhor o projeto para apresentar na reunião de segunda e ainda limpar a casa. Com uma manhã perdida, teria que me adiantar para fazer tudo que precisava antes da segunda-feira.

Pensei em deixar uma mensagem para Silas, mas não queria parecer desesperada ou ansiosa. Precisava conter as intensas expectativas dentro de mim, que simplesmente se reproduziram depois de uma madrugada inteira falando tanto de coisas sérias como de amenidades. Eu me sentia bem, animada de um jeito diferente, com o estômago em polvorosa, ainda que tentasse não me deixar levar tanto.

Afinal, foi só uma conversa. Longa e esclarecedora, mas que não envolveu a parte tensa do nosso passado. Era difícil definir como me sentir a respeito de tudo, por isso me afastei do celular para adiantar as minhas coisas sem pensar demais no que tinha sido aquilo. Nem mesmo no que faríamos depois. Em como as coisas seriam dali em diante.

Fiz uma verdadeira maratona para finalizar a revisão de uma vez, pois achei que seria primordial entregá-la pronta na segunda. Já era tarde, mas eu ainda não estava com sono, afinal, havia trocado o dia pela noite e não sabia como faria para organizar meu relógio biológico de novo. Cansada por causa do intenso trabalho, finalmente peguei o celular, depois de me distrair por horas para não ter que ir atrás daquele homem.

Havia uma única mensagem dele, de três horas atrás:

> Silas: Eu me dei mal. Fabinho acordou duas horas depois que fui dormir kkkkkk. Estou quase virado, mas valeu a pena cada segundo. Agora é rezar para ele dormir cedo. Espero que esteja bem, docinho.

Fiquei em dúvida se respondia ou não, já que Silas não estava mais on-line e o horário indicava que tanto ele quanto Fabinho poderiam estar dormindo. Pensei e pensei, odiando aquela coisa horrível dentro de mim que sempre me fazia recuar e refletir demais sobre coisas que poderiam ser simples.

Enfim, tomei coragem para digitar:

> Brenda: Dormi feito uma pedra, mas acordei tarde e também me dei mal. Essa hora e eu estou sem um pingo de sono. Espero que você tenha conseguido dormir.

Alguns minutos depois, Silas respondeu a minha mensagem com uma foto dele e do Fabinho em frente à TV. O garoto empunhava o controle de um videogame e sorria para a câmera como se não estivesse nem um pouco perto de cair no sono. Pude até ouvir a sua risada divertida e senti reais saudades daquela criança.

Prestei atenção redobrada em cada detalhe da imagem. Foi reação automática, simplesmente me encantei com a naturalidade dos dois, com a beleza evidente do pai e a inocência do filho. Aquela foto deixou o meu coração aquecido.

> Silas: Onde fica o botão que desliga? Já dei vários cochilos e ele não apaga.

Soltei uma risada abobalhada.

> Brenda: Tadinho, deixe ele jogar, parece tão empolgado kkkk.

> Silas: Tadinho de mim. Socorro! Ah, por sinal, seu carro só ficará pronto na segunda. Desculpe pelo atraso ☹

> Brenda: Tudo bem, não se preocupe.

Não havia me lembrado do meu carro por nem um instante sequer, para ser bem sincera. Não saí de casa para nada, apenas trabalhei até anoitecer.

Deixei o celular de lado e, para não continuar conversando ou esperando uma resposta, fui tomar um banho. Assim que retornei, havia outra mensagem do meu ex que, por algum motivo, não me pareceu tão ex assim, o que com certeza me deixou à beira de um surto.

> Silas: O que vai fazer amanhã? Fabinho quer ir ao parque. Pensei num piquenique... Vamos?

Aquelas palavras me estarreceram. Elas deixavam alguns detalhes óbvios, coisas com as quais eu não sabia se daria conta de lidar: primeiro, que Silas queria me ver antes do previsto; segundo, que desejava me integrar na vida de seu filho; terceiro, que poderíamos ter uma convivência mais íntima sem nenhum problema, com direito a piqueniques nos fins de semana, e que Fabinho não seria um empecilho.

Silas havia dito que costumava pensar milhões de vezes antes de deixar que alguém entrasse na sua vida, e até evitou me beijar na frente do filho, mas lá estava ele me fazendo um convite bastante significativo, que me pareceu impensado. O homem com certeza estava menos traumatizado do que eu. Ou mais aberto.

Talvez fosse o momento de refletir melhor e ser cuidadosa. Por esse motivo, após pensar até a cabeça doer, respondi:

> Brenda: Não vai dar. Tenho umas coisas para fazer amanhã. Mas divirtam-se!

Fui vaga o suficiente para que Silas não desconfiasse de uma fuga de minha parte. Porque era exatamente o que significava aquela recusa.

Eu tinha trabalho para fazer, mas nada que me impedisse de passear por algumas horas. Apenas achava que estava cedo demais para fazermos aquilo. Se é que um dia faríamos de novo coisas dessa espécie.

As expectativas são uma grande meleca. Sério. Se fechasse os olhos e me concentrasse de verdade, meus pensamentos me levariam a um futuro completamente construído com aquele homem, o que era muito perigoso. Como podia, depois de tudo, continuar sonhando acordada? Será que eu ainda não passava de uma iludida?

E o quanto daquilo era mesmo ilusão?

Será que Silas se sentia como eu? Perdida e desequilibrada.

> Silas: Que pena... Fica para a próxima, então.

Suspirei diante de sua resposta aparentemente tranquila, mas que deixava aberta a possibilidade de nos envolvermos naquele nível de intimidade. Acalmei os ânimos e tentei não me arrepender pela decisão comedida. Para não enlouquecer, parabenizei minha capacidade de agir com ponderação e de colocar as coisas sob perspectiva para não ir com sede ao pote.

Ainda esperei por outras mensagens dele, que não vieram. Aguardei um boa-noite ou qualquer outra coisa, mas nada aconteceu, e achei melhor me distanciar, de novo, do celular. Tentei dormir e, depois de um tempo revirando na cama, consegui, talvez porque a revisão tivesse sugado parte de minhas energias.

No dia seguinte, ainda não havia nenhuma novidade de Silas, o que me fez ficar com raiva por estar me sentindo como um cãozinho farejando qualquer migalha. Prometi que não agiria daquela forma, por isso não fui atrás dele em nenhum momento. Em vez disso, concentrei-me em melhorar o projeto de escrita.

Fiz o roteiro completo de cada capítulo, tive outras ideias e as elaborei de uma forma que me deixou satisfeita. Estava orgulhosa de mim mesma por me sentir inspirada para começar. Ainda que não soubesse se tudo daria certo e sentisse certa insegurança, a animação era um ponto importante, que me impulsionava a pelo menos tentar.

Passei o domingo inteiro sem sinal de Silas, o que, por um lado, foi bom. Pensei na possibilidade de ele ter ficado chateado com a minha recusa ao seu convite, porém decidi que isso estava fora do meu controle. Não adiantaria quebrar a cabeça por causa de uma besteira, e eu não era obrigada a aceitar nada.

Na segunda-feira, o meu pé já estava muito melhor, embora não o suficiente para usar saltos, por isso escolhi uma sapatilha. Caprichei no visual como em todos os outros dias, pois queria estar bonita para a reunião importante. Desejava causar uma boa impressão. Estava nervosa, com medo de que achassem as minhas ideias ruins, mas precisava ter coragem e demonstrar segurança.

Cheguei à VibePrint com a cabeça erguida, mesmo estando envergonhada por causa dos últimos acontecimentos. Só esperava que mais nenhum imprevisto acontecesse naquele lugar. Já havia batido a minha cota.

– Bom dia, Brenda. Como está seu pé? – Betinha perguntou, com o seu belo semblante "animado" de todas as segundas. Seu tédio era evidente mais do que nos outros dias da semana.

– Bom dia! – Sorri abertamente, porque, ao contrário dela, eu estava mesmo entusiasmada. – Está bem recuperado, obrigada por perguntar.

Passei pelo portal que dava para o salão e, depois de alguns passos, tive a sagacidade de me desviar da máquina de xerox antes de ser pega em cheio. Ponto para mim. Animada, olhei para o lado só para saber se alguém percebeu que eu tinha sido esperta, mas paralisei quando vi Silas e Giovana conversando, de novo, na mesa dela.

A assistente editorial enrolava os cabelos e sorria, claramente flertando, enquanto o homem mostrava uma papelada que não fiz questão de identificar. Passei um tempo observando a cena. A mulher tocava nele sempre que podia, nas mãos ou no ombro, e parecia contente em tê-lo ali.

Aquilo tudo me fez voltar para anos atrás. Alguém ligou uma máquina do tempo e me colocou no instante cruel em que vi Silas sentado num café com a Poliana. A forma como ela sorria e tocava nele. O papo divertido que pareciam ter. O jeito como todos ao redor os consideraram um casal, a ponto de me avisarem, para que eu fosse até lá ver pessoalmente. Vivenciar o que senti naquele fatídico dia foi terrível.

Revisitei os sentimentos mais destrutivos que já senti na vida, aqueles que impulsionaram o meu adeus, que me fizeram desconfiar, desacreditar e ir embora de uma vez. O gosto amargo que permaneceu na minha boca enquanto eu juntava as minhas coisas, fazia as malas. A sensação de derrota. O bolo no estômago que indicava que não havia mais jeito, que tínhamos fracassado.

Eu senti, de novo, o sabor intragável da decepção.

Foi difícil saber o que fazer com aquilo, porque Silas não me pertencia mais, e toda e qualquer emoção a respeito dele não tinha cabimento. O que esperava dele, afinal, para me decepcionar daquela mesma forma? Não dividíamos uma quitinete. Não devíamos nada um para o outro.

E, enquanto eu marejava e petrificava, compreendia, também, que o homem sequer se dava conta do que estava acontecendo de fato. Além de ele poder fazer qualquer coisa com a pessoa que bem quisesse, sem que fosse da minha conta, Silas realmente não estava fazendo nada de mais.

Ainda assim, não foi menos do que horrível para mim. Foi um baque.

Saí correndo para longe daqueles dois, a caminho da copa, mas antes, parte do meu quadril acabou se chocando contra a lateral da maldita máquina de xerox, chamando a atenção deles. Aquela porcaria não me impediu de prosseguir, mas doeu de verdade. Ignorei a dor e o ruído que provoquei, pois estava totalmente concentrada em não chorar no trabalho, na frente de todos e por um motivo estúpido.

Só consegui respirar de novo quando abri a geladeira e guardei meu almoço preparado na noite anterior. Tomei alguns goles de água da minha garrafa, a fim de me acalmar. Respirei fundo algumas vezes e soltei todo o ar logo em seguida, para conter tantos pensamentos cruéis, que me advertiam, julgavam, contrariavam.

Era triste demais que eu ainda fosse capaz de sentir coisas tão ruins, mesmo que tivesse agido, até aquele momento, na intenção de me proteger de tudo aquilo.

Enxuguei uma lágrima com cuidado, visto que tinha usado maquiagem e não queria borrar. Fechei a geladeira, ajeitei minha bolsa no ombro e prometi a mim mesma que nada me tiraria do foco no meu trabalho, até que Silas adentrou a copa e colocou tudo a perder em um segundo.

Ele tragou todo o meu ar com a sua presença. Simplesmente.

– Bom dia, Brenda – disse, sorrindo, mas logo a seriedade tomou seu semblante. A minha cara devia estar péssima. – O que houve? Algum problema?

Soltei um riso desdenhoso, mas logo me controlei. Engoli em seco, evitando olhá-lo. Não adiantaria de nada fazer qualquer coisa além de demonstrar normalidade. Eu não tinha direito algum sobre ele, menos ainda o poder de controlar os interesses alheios.

– Nenhum. Nada. – Mas a voz saiu resmungada. – Bom dia.

Passei por ele com o nariz empinado, mas a voz grave ressoou na copa.

– Seu carro finalmente está pronto. Peguei hoje cedinho. – Virei-me para Silas, que retirou as chaves do bolso da calça e me entregou, ainda com o olhar curioso e preocupado. – Achei que o resultado ficou bom. Depois me diz o que achou.

Eu queria perguntar se ele veio dirigindo o meu carro, além demais detalhes sobre o conserto e também a respeito do pagamento do serviço, mas me limitei a segurar a chave, tomando cuidado para não tocar seus dedos, virar as costas e sair dali o mais depressa possível. Esqueci até de agradecer pelo que fez por mim, o que deve ter soado esquisito, afinal, não havia sido uma coisa qualquer. Só me lembrei no meio do caminho para a sala de revisores, ou seja, tarde demais.

Quando entrei na sala, Zoe e Edgar estavam discutindo. Pararam assim que me viram e fiquei sem saber o assunto que havia deixado aqueles dois com o rosto afogueado logo numa segunda pela manhã.

– Brenda! – Zoe se levantou e veio me abraçar. – Como você está?

Eu precisava tanto de um abraço amigo que acho que a apertei demais, segurando a vontade de cair aos prantos ali mesmo.

– Estou bem e vocês?

– Ótima!

– Tudo bem… – Edgar falou baixo, sem tanta vontade, mas teve a delicadeza de se levantar também e ficar perto de mim, como se prestasse apoio ao meu retorno depois dos dias de licença. – Já viu a sua cadeira nova? – Apontou.

Só então olhei para a cadeira que Bartô fez questão de dizer que a empresa comprou. Era enorme e muito bonita, totalmente diferente das demais e aparentava ser confortável. Acho que era melhor do que a cadeira do próprio chefe.

– Uau… – Assobiei. – Acho que ele exagerou, não?

Sentei-me no acolchoado macio, de fato confortável.

– Até que foi bom ele ter exagerado. – Zoe abriu um sorriso carregado de malícia. – Estou enchendo o saco da Aninha para que todas as cadeiras do escritório sejam trocadas por outras iguais a essa. Acho que estou vencendo o embate.

– Isso vai custar uma fortuna para a empresa – comentei, meio reticente. Não queria ser a culpada por uma revolução ali dentro, embora fosse tarde demais para isso. – Essas cadeiras não são baratas, tenho certeza.

Edgar soltou um pequeno riso, mas percebi que ele ainda estava chateado, provavelmente por causa da discussão com a Zoe. Ele sempre parecia se importar mais com aquelas briguinhas, ainda que não tomasse uma atitude para encerrá-las de vez.

– Estamos ansiosos com o fechamento do contrato de hoje – ele disse. – Bartô prometeu que nos daria as cadeiras depois de tudo assinado.

– Contamos com você, Brenda. – Zoe riu e empurrou seu ombro contra o meu.

Fiz uma careta de choque.

– Mas o contrato já não estava fechado? – Pisquei os olhos várias vezes, atônita de verdade com a informação. Eu achava que estava tudo certo até aquele momento, e só discutiríamos o enredo da história e assinaríamos apenas o meu contrato como *ghost writer*, já que uma das pessoas que teriam que o assinar era o agente. – Pensei que… Nós até comemoramos e abrimos um espumante!

Zoe e Edgar me olharam como se sentissem pena da minha inocência.

– Oh, Brenda. – O rapaz deu de ombros, lamentando por mim. – Nós estamos acostumados a isso. Bartô sempre se adianta, comemora antes do tempo, a gente meio que já sabia que o contrato ainda seria assinado.

Minha careta se intensificou. Não era possível que o chefe tivesse se arriscado tanto. Aquele livro podia nem acontecer. Eu me senti uma grande idiota por não ter questionado a respeito disso.

– E se eu não tivesse me adiantado para criar um roteiro interessante? Bartô não me pediu nada, eu que tomei a frente e me planejei.

Zoe também deu de ombros, sem nada mais comentar. Edgar ficou sem saber o que dizer, e eu apenas surtava a cada segundo. O pessoal daquela editora só podia ser meio doido para achar tanta bagunça uma coisa normal. Eu já estava duvidando das condições psicológicas de todos os funcionários, inclusive dos colegas que ainda me encaravam com desconcerto.

– Então quer dizer que a minha responsabilidade acaba de ser aumentada. – Não apenas o Bartô, mas a VibePrint inteira esperava que eu desse conta do novo contrato. Ainda teria que lutar por ele. – Agora estou mais tranquila, com certeza, nem estou com falta de ar ou querendo sair correndo daqui... – desdenhei, soprando com força.

Os dois riram um pouco.

– Fica de boa, Brenda, vai dar tudo certo! – Zoe piscou um olho. – E se não rolar, ninguém vai culpar você. Já sabemos como o Bartô é.

– Pois é, não fica assim... Respira, toma uma água e só vai! – Edgar me ofereceu um sorriso amistoso.

Eu não tinha outra opção além de fazer dar certo.

Na hora que Silas adentrou a sala de revisores, aproveitei o aperto no meu coração para pegar a pasta verde e finalmente entregar o meu primeiro trabalho pronto. Saí sem dizer nada, ainda que percebesse o olhar de todos sobre mim, e procurei o Bartô na sala dele. Dei algumas batidas na sua porta e esperei que liberasse a minha entrada, antes de abri-la e me deparar, de novo, com seus objetos incomuns sobre a mesa.

Eu me senti tão maluca quanto todo o restante da VibePrint.

– Bom dia, Bartô – saudei, forçando um sorriso. Todo o meu corpo tremia de nervosismo por causa da reunião próxima. – Mandei a revisão finalizada por e-mail, e aqui está a versão impressa.

– Bren-Bren! Como está seu pé? – ele praticamente berrou e se levantou de sua cadeira. Veio me dar um abraço, mas acho que pensou melhor, talvez nos *slides* sobre assédio, e parou antes de se aproximar totalmente. Não me deu tempo para uma resposta, foi logo emendando: – O agente ligou e disse que o moleque não vem, está com catapora. Quem pega catapora aos quinze anos? Achei que fosse doença de criança. Eu mesmo peguei com seis. Horrível. Ainda tenho uma marca na perna esquerda, abaixo do joelho. Mas é uma doença muito contagiosa, por isso a nossa reunião será apenas com ele. Você está pronta? O futuro da VibePrint está em nossas mãos! – Agarrou o ar com certa força.

Eram tantas informações para processar que me limitei a olhar para ele com a expressão confusa. Depositei a pasta sobre a sua mesa, em câmera lenta, já que Bartô não deu qualquer atenção a ela. Bom, a minha parte eu tinha feito. Revisão entregue.

Depois de alguns segundos analisando-o, percebi que o meu chefe parecia que vomitaria, como fiz no primeiro dia ali. Tive certa pena dele.

– Vai dar tudo certo, Bartô – eu me vi dizendo, ainda que não fizesse a menor ideia de como seria. Até uns minutos atrás, achava que o contrato estava garantido. – Trouxe muitas ideias para a reunião.

Talvez desse certo se ele não participasse. Será que colocaria tudo a perder?

Bartô arquejou ruidosamente e apoiou as mãos na cintura. Curvou-se um pouco para a frente, soltando um riso que traduzia todo o seu nervosismo.

– Ah, Bren-Bren… Espero que sim. – O chefe voltou para a sua cadeira e se sentou. Olhou o relógio de plástico no pulso e soltou, de repente: – Você é vacinada?

– Hã?

– Não podemos arriscar que pegue catapora, Bren-Bren. É a nossa única *ghost writer*. Se fecharmos o contrato, vamos precisar de você inteira e focada. Por falar nisso, podemos até encontrar outro local para você ficar. Aquela sala de revisores é… – Ele parou. Fiquei curiosa para saber o que achava daquela salinha claustrofóbica, mas o chefe não prosseguiu, apenas ofegou e se calou de vez.

Pisquei os olhos na sua direção.

– Já peguei catapora quando criança. Dizem que só se pega uma vez – respondi sem muita emoção. – E podemos conversar depois sobre a mudança do local de trabalho... É melhor fecharmos o contrato primeiro – completei, porque estava ciente de que ficar lá não apenas me desconcentraria na escrita como me deixaria arrasada dia após dia. Eu não queria me sentir de novo como tinha me sentido mais cedo.

Era o melhor a ser feito, sem dúvida.

– Muito bem. – Enfim, Bartô segurou a pasta verde, prestando atenção nela pela primeira vez desde que entrei. – Até daqui a pouco. Aviso quando o agente chegar.

– Obrigada, Bartô.

– Bren-Bren? – Ele me chamou antes que eu deixasse a sala. Já estava acostumada com aquele apelido ridículo, por incrível que parecesse. Parei com a porta aberta e o olhei. – Você gostou da cadeira nova? – Abriu um sorriso amplo.

Sorri em resposta.

– Gostei, muito obrigada.

Saí de lá não antes de acompanhar quando ele jogou a pasta dentro de uma caixa enorme ao lado de sua mesa. Parecia um tipo de descarte. Eu sabia que o que importava de verdade era o arquivo que estava em seu e-mail, o que me fez compreender que foi bobeira minha trabalhar no original impresso para só depois passar todas as mudanças para a versão digital.

Sentia-me uma idiota ao caminhar de volta para a sala de revisores. Giovana, daquela vez, estava conversando com Gilberto sobre algum projeto, e era visível a diferença em seu semblante. Tinha um ar mais sério e profissional, cheio de postura, na frente do editor-chefe. Sem flertes, é claro.

Só me restava aguardar aquela reunião e rezar para que desse certo. Enquanto isso, tentaria não desmoronar depois de ter experienciado novamente o que senti em um dos piores dias da minha vida.

A CULPA É

CAPÍTULO 21

Se duvidar,
Eu duvido
Até de mim

Porque, na dúvida,
Eu prefiro
Me retrair

Desconfiança
Se achegou
E não tem fim

Mas sei que,
Sem confiança,
Não há amor

Se me pedir
Para acreditar,
Eu vou rir

E é por isso
Que não confio
E sinto dor.

A CULPA É DO AGENTE

Como eu não tinha nada para fazer até a reunião, fiz cópias do meu roteiro e tentei melhorar o que havia produzido durante o fim de semana. Preparei uma sinopse instigante, organizei a ficha dos personagens e me esforcei para entregar um texto realmente bom, que nos levasse a fechar o contrato sem muita enrolação.

O problema maior era que eu não fazia ideia do que o agente ou o youtuber queriam. Tentaria vender aquele roteiro que inventei de acordo com os vídeos do garoto. Ainda assim, as chances de dar errado existiam. Talvez eu precisasse fazer tudo do zero e não sabia se queria escrever outra coisa. Estava realmente empolgada para começar aquele romance em específico.

Percebi o olhar de Silas recaindo sobre mim em vários momentos, porém foquei o que estava fazendo para não enlouquecer. Em outro momento agradeceria pelo que fez com o meu carro, e claro que daria um jeito de pagar pelo serviço, pois não era justo que se responsabilizasse por um dever que era meu. Tentei não pensar muito sobre ele, nem me lembrar do que tinha visto mais cedo e, sobretudo, do que senti. Foi bem difícil.

Às dez horas em ponto, reuni toda a papelada, respirei bem fundo e me levantei da cadeira nova, que era realmente muito confortável. Seria ótimo escrever nela.

– Boa sorte, Brenda. – Edgar se adiantou, sorrindo para mim.

– Acaba com eles! – Zoe gesticulou com exagero, oferecendo-me apoio moral. Assenti, forçando um sorriso, e suspirei de novo a fim de controlar as batidas frenéticas do meu coração.

Silas não disse nada, apenas se levantou também, já que acompanharia a reunião por ser o revisor oficial escolhido para o projeto. Ao dar uma conferida nele, percebi que tinha ficado sério, um pouco emburrado, e me perguntei se havia mudado de humor comigo por eu claramente ter mudado de humor com ele. Eu tinha ficado bem estranha de repente, e pior, sem explicações, o que deve tê-lo chateado.

Bom, eu não tinha tempo para lidar com isso naquele instante.

Saí da sala dos revisores com ele logo atrás, e caminhamos em silêncio até a sala de reuniões, onde ninguém ainda havia aparecido. Adentramos, e escolhi uma cadeira. Achei que Silas fosse se sentar mais longe, porém se acomodou ao meu lado esquerdo. Talvez fosse melhor que Bartô se sentasse na ponta, sendo o chefe, e o agente, do outro lado da mesa, para que eu pudesse vê-lo de frente.

Passei tempo demasiado pensando sobre isso, para não ter que falar ou pensar em outra coisa.

– Você está bem mesmo? – Silas perguntou em um timbre baixo.

O meu coração sofreu mais um solavanco. Respirei fundo.

– Vai passar – respondi num fio de voz, encarando a porta da sala para saber o momento exato em que alguém passasse por ela. – Obrigada pelo que fez com meu carro – acrescentei, mas saiu sem muita empolgação. – Por favor, me passe a conta depois. Vou pagar pelo serviço, não é justo que você pague.

Silas ficou quieto por alguns segundos, até que senti uma mão repousar na minha coxa, por baixo da longa mesa de reuniões, e congelei de imediato. Ainda não conseguia olhar para ele.

– Não precisa, Brenda. Deixe-me fazer isso, por favor.

Incomodada com seu toque um tanto invasivo, eu me remexi na cadeira, e ele deve ter percebido meu desconforto, porque retirou a mão.

– Eu fiz alguma coisa errada? – questionou, mantendo a voz controlada, embora pudesse notar a sua chateação lá no fundo.

Talvez Silas esperasse que eu estivesse mais aberta, principalmente depois de termos passado horas conversando. Sem dúvida alguma, nós nos conhecíamos bem mais do que da última vez em que estivemos naquela sala. Soltei um ofego, começando a ficar nervosa por outro motivo, um que não tinha nada a ver com a assinatura do contrato.

– Você não fez nada errado – murmurei, atenta à porta. – É só que eu acho que não vai dar certo. – Senti aquelas palavras doerem profundamente em mim. – O que estamos fazendo. Seja o que for.

Silas ficou calado por um minuto completo.

– Por que acha isso?

Fui arrebatada pelas mesmas sensações que tomaram o meu corpo mais cedo. De novo, eu sentia algo se quebrando em mim, e de novo a minha reação era fugir sem ser clara, sem dar uma resposta digna, explicada, e também sem esperar uma resposta, uma conversa elaborada. Um diálogo. O mínimo que eu devia àquele homem era sinceridade, principalmente depois de tudo pelo que passamos.

MILA WANDER

Mesmo que estivesse quase desabando, eu o olhei. Silas me pareceu temeroso, tinha os olhos verdes bem abertos e a expressão de quem quase deixava o coração escapulir pela boca. Não estava em seu normal.

– Porque… – Arquejei com força. Ainda que parecesse uma estúpida, precisava parar de fugir de mim mesma. Tinha que ser aberta para que Silas me entendesse de verdade. – Porque te ver com aquela garota mais cedo acabou comigo. A assistente editorial, que claramente está a fim de você – pronunciei baixo, olhando-o enquanto marejava. – Você não fez nada, é verdade… Mas foi um gatilho horrível para mim, Silas. Não sei se estou pronta para lidar com as partes complicadas de um relacionamento. A posse, os ciúmes, a desconfiança… – O homem arregalou ainda mais os olhos. Tive que reunir muita coragem para continuar me abrindo: – Parece que tudo o que nos separou um dia ainda existe. Eu senti tudo isso hoje e foi a coisa mais dolorosa que… – Parei e ergui o rosto, para evitar chorar na frente dele. – Se for para repetir tudo de novo, Silas, prefiro nem começar. Nenhum de nós merece isso, não depois do que sofremos. Não estava nos planos me sentir desse jeito nunca mais.

Silas assentiu devagar, com a expressão embasbacada. Deu uma olhada na direção da porta e voltou a me analisar. Ele se aprumou na cadeira, girando-a para colocá-la de frente para mim, e fiz o mesmo. Suas mãos buscaram as minhas, e nossos dedos se entrelaçaram em cumplicidade. Eu só não tinha caído no choro ainda por causa do lugar em que estávamos. Não queria que a primeira coisa que o agente visse ao chegar na VibePrint fosse uma mulher chorosa fazendo drama.

Nós nos encaramos com tanta significância que, mesmo sem que ele dissesse nada, eu já me sentia milhões de vezes melhor. Talvez porque o peso das palavras tivesse saído das minhas costas. Tantas emoções acumuladas sufocavam, não davam espaço para nenhuma clareza ou qualquer alívio que fosse.

289

— Preste atenção, Brenda... — ele murmurou e apertou meus dedos com certa delicadeza. Sentir sua quentura tão próxima me acalentava. Eu não sabia o que ele diria, mas já tinha certeza de que seria a coisa certa. — Eu não tenho olhos para nenhuma mulher além de você. Enquanto não nos resolvermos, não vou me relacionar com ninguém. Entendeu? Só existe você em minhas pretensões. — Assenti, incapaz de falar porque, se respondesse, com certeza choraria. Estava me segurando muito. — Sei que não estamos definidos ainda, e isso pode gerar algumas dúvidas e desconfianças. Só que preciso deixar claro que eu nunca te traí, nem treze anos atrás, nem agora, e nunca trairei. Posso ter mudado muito, mas o meu caráter continua o mesmo, e você precisa acreditar nisso. Precisa acreditar que jamais vou te machucar, não intencionalmente, e se por acaso eu fizer algo de que não goste, vamos conversar, até nos resolver. Seremos claros e francos, para que tudo fique mais leve, descomplicado.

Voltei a assentir, enquanto tentava respirar. Silas estava com os olhos marejados, com certeza também se controlava para não se deixar desabar no ambiente de trabalho. Não devíamos ter aquela conversa ali, mas eu não me arrependia. O quanto antes, melhor, foi o que aprendi naquele momento. Remoer tantas emoções ruins por muito tempo só me deixaria mais vulnerável e irritadiça. Engrossaria a minha casca a troco de nada.

— O que menos quero é que tudo se repita — ele prosseguiu, e percebi que tentava deixar o timbre sério e controlado. — Então temos que quebrar esse ciclo juntos. Mas preciso que você esteja disposta a isso. Que queira fazer diferente e que confie em mim, Brenda. Se perceber que não vai conseguir confiar, por favor, me diga o quanto antes, porque serei o primeiro a dar um basta no que estamos fazendo. Eu não vou me meter nessa sem a sua confiança. Entenda que também estou apavorado.

Suas últimas palavras soaram tão verdadeiras quanto sofridas, por isso continuei chacoalhando a cabeça afirmativamente. Ele tinha toda razão. E perceber o quanto estava disposto a seguir em frente, mesmo com medo, me comovia de verdade. Compreender que eu ainda possuía seu interesse e apreço me enchia de um alívio enorme.

Sem saber o que dizer, apenas o puxei para um abraço apertado e ele veio sem qualquer hesitação, circulando os braços ao redor do meu corpo de um jeito perfeitamente encaixado. Eu quis chorar e soluçar, mas, em vez disso, abri um sorriso idiota e me senti tão amada quanto na primeira vez em que estive nos braços dele.

– Mas como você é boba, Brenda – murmurou perto do meu ouvido. – Acha que vou trocar o beijo perfeito, que desejei sentir de novo durante treze anos, por qualquer outro? Só se eu fosse muito burro. – Silas nos afastou lentamente e me olhou no fundo dos olhos. – E por falar nisso, me perdoe.

– Pelo… quê? – choramingui, com a voz totalmente falha.

– Por não ter te beijado na última vez em que nos vimos. Eu me arrependi. – Colocou uma mecha do meu cabelo atrás da minha orelha, e eu soltei um riso abobalhado, sendo acometida por um calor intenso em todo o corpo. – Fui um imbecil, depois fiquei só na vontade e morri de medo de nunca mais poder te beijar de novo.

Então, ele simplesmente plantou um selinho nos meus lábios. Nós dois olhamos para a porta logo em seguida, com medo de alguém ter nos visto, e naquele exato instante Bartô atravessou a porta ao lado de um homem alto e bem apessoado. Deu tempo de nos separarmos, mas não sei se fizemos barulho demais.

Os dois homens se viraram na nossa direção e não sei direito o que viram. Eu estava chorosa, sem dúvida com a face vermelha, e Silas não ficou muito diferente. Ainda assim, fingimos normalidade e nos levantamos para cumprimentar o sujeito.

Ivo Augusto era conhecido no mercado como o agente de algumas celebridades, a grande maioria do ramo televisivo. Eu o conhecia vagamente por nome, não imaginava que um dia o veria na minha frente, por isso fiquei nervosa e abri um sorriso amistoso. O homem tinha um vozeirão e devia estar na casa dos quarenta anos. A sua presença não passava despercebida.

Bartô estava à beira de um surto, o que deu para notar por conta dos olhos esbugalhados, e entendi o motivo para tanto nervosismo apenas depois que nos acomodamos ao redor da mesa, nas posições que eu já imaginava.

— Marisa, a editora responsável pelo projeto, teve que se ausentar hoje. – Olhei para Silas, que fez uma careta confusa. Realmente, eu não tinha visto Marisa naquela manhã. – Como já desmarcamos uma vez, achei por bem não desmarcar de novo.

Ivo assentiu, parecendo não se importar.

— Tudo bem, não tem problema. Vamos começar? Eu soube que a *ghost writer* tem uma proposta. – Ele olhou para mim e piscou um olho, o que me fez estranhar um pouco. – Confesso que nem eu, nem o Gabriel entendemos sobre esse mundo de livros, só decidimos entrar nessa porque a audiência pediu. – Gabriel, ou Bielzito Animal, era o nome do youtuber que já tinha mais de dez milhões de seguidores na plataforma. – Soube que esse tipo de livro está bombando, então claro que não vamos ficar de fora.

— Sim, Brenda tem uma proposta maravilhosa! É a nossa melhor *ghost writer*. Uma criatura encantadora. – Bartô me olhou como se pedisse socorro. Ele não tinha visto a proposta, não fazia ideia do que se tratava, e foi a primeira vez que falou o meu nome direito. Eu temia por ele. – Vamos ouvir o que ela tem a dizer?

— Sim, claro. – Eu me levantei e entreguei o projeto para todos os presentes. Como não sabia exatamente quantas pessoas estariam na reunião, aproveitei aquela imensa máquina de xerox e tirei umas dez cópias, por isso sobraram várias.

Percebi o olhar interessado do agente sobre o meu corpo e, de novo, estranhei. Uma pulga foi instalada atrás da minha orelha. Era só o que me faltava; ser assediada pelo cara com quem deveria fechar um contrato importante.

– Bom, primeiro fiz um resumo sobre como seria a história. – Sentei-me de novo, sentindo-me aliviada por ter a presença de Silas ao meu lado. Ele me dava uma segurança imensa só por estar ali. – É um romance adolescente que utiliza alguns bordões do canal e tem o próprio Gabriel como protagonista. Cada capítulo foi inspirado em um ou mais vídeos, então os fãs dele vão poder se conectar com a trama da mesma forma que se conectam com os vídeos. É um romance leve, engraçado, apropriado para o público, com dramas adolescentes, e a maior parte se passa no ambiente escolar.

Eu sabia que não adiantaria criar nada extremamente elaborado. Todos gostam de um clichê, por mais que neguem. Agradar a audiência não seria tão difícil, só precisaria colocar elementos que gerassem identificação, alguns toques de comédia e um romance fofo no meio. A adolescência é uma fase da vida muito rica, que gera conflitos e abordagens dos mais variados tipos. Havia muito pano para a manga.

Foi com paciência e muito profissionalismo que expliquei bem direitinho como seria o projeto. No começo, fiquei nervosa, mas depois fui me tranquilizando e, no fim, já falava completamente empolgada, porque acreditava no nosso sucesso de verdade. Eu queria começar a escrever assim que terminasse a reunião, de tão entusiasmada, e por algum motivo, não pensei que nada pudesse dar errado.

Ivo Augusto me olhava com mais atenção do que o esperado, e em algumas vezes pareceu se perder nas minhas palavras. Fiz o possível para fazer com que comprasse a ideia. Percebi que até o Bartô ficou com os olhos brilhando, surpreso, de um jeito bom, diante de minha apresentação bem-colocada.

A CULPA É DO MEU EX

Assim que finalizei, o meu chefe bateu palmas. Foi meio constrangedor, mas abri um sorriso quando Silas o acompanhou, e então o agente fez o mesmo, sorrindo para mim.

– Olha… Que beleza! – Ivo comentou, juntando os papéis e piscando um olho. Naquele instante, senti-me extremamente incomodada. – Bom, vou mostrar ao Gabriel e ver o que ele acha da sua ideia, Brenda. Eu adorei, achei fantástica. – Abriu um sorriso que considerei carregado de intenções ocultas. – Vejo que está bem adiantada e preparada. Entro em contato ainda nesta semana, creio que o Bartô pode me passar o seu número para conversarmos.

Enrijeci diante da forma como ele disse aquilo. Foi muito atirada. Ou eu estava ficando maluca e encontrando pelo em ovo?

Foi Bartô quem se adiantou, porque eu continuei paralisada:

– Então, vamos assinar o contrato? Tenho até uma caneta especial para isso. Custou uma fortuna, inclusive. É a minha caneta da sorte. Vai nos trazer muito sucesso, vamos chegar ao topo da lista demais vendidos na primeira semana de lançamento! – O meu chefe pegou a tal caneta e uma pasta preta que continha algumas cópias que pareciam ser do contrato oficial entre a VibePrint e o youtuber. – Assim já garantimos a nossa parceria, e os detalhes vocês podem ajustar com a Brenda depois. Ela é ótima, muito prestativa, vai fazer do jeito que o garotinho desejar. – Aquela frase do Bartô me soou horrível, mas apenas mantive o sorriso aberto.

Ivo nem olhou para o Bartô. Acho que sequer o ouviu. Continuou com foco em mim, e eu me sentia mais desconcertada a cada segundo.

– Acredito que a ideia da Brenda é perfeita para o momento editorial – Silas se enfiou na conversa. Havia se mantido em silêncio até então, porque, afinal, era apenas o revisor, a sua participação não era tão decisiva a respeito do roteiro. Contudo, o meu ex segurou a minha mão sobre a mesa e entrelaçou nossos dedos na frente do Ivo e do nosso

294

chefe, sem mais nem menos. – Parabéns, meu amor… Ótimo projeto, muito completo – disse, sorrindo para mim, e congelei enquanto o encarava. – Romances *teen* estão em alta. Vamos aproveitar uma onda muito boa, sem dúvida.

A mão dele ainda estava na minha, quando me virei para os outros homens na sala e encontrei um Ivo sem jeito e um Bartô sorrindo de orelha a orelha, contendo o susto e a empolgação ao entender que… "estávamos juntos"?!

Meu Deus do céu. Por que Silas tinha feito uma coisa daquelas? Um segundo de ponderação e encontrei o motivo com facilidade. Claro que percebeu o interesse do homem diante de nós e se incomodou.

Infelizmente, não foi uma boa ideia Silas ter demarcado "território", porque Ivo Augusto limpou a garganta e soltou:

– Bom, devo confessar que o Gabriel esperava por algo menos romântico. Uma coisa masculina, com muita ação. – Sua voz ficou tão séria e agravada que me arrepiei de pavor. Como aquele cara era ridículo. – Mas vou mostrar a ele. – Guardou meu roteiro na sua própria pasta e se levantou. – Podemos deixar a assinatura do contrato para outro dia, Bartô, com a presença do Gabriel e de um responsável legal.

– Ah… – Bartô piscou os olhos várias vezes. Claro que não tinha pensado que seria impossível garantir um contrato sem a presença do garoto. Apesar de ser menor, precisava concordar com tudo, não? – Certo… Eu… Achei que pudéssemos definir. Brenda está ansiosa para começar a escrever, não é, querida?

Voltou a me olhar e logo visualizou a mão de Silas ainda na minha. O chefe prendeu uma risada, mas falhou um pouco e acabou soltando um barulho de porco pelo nariz. Tive que conter a vontade de gargalhar. Só não foi mais difícil porque eu estava nervosa e meio chateada. Não com o Silas, mas com a situação inteira. Ivo Augusto mudou totalmente de humor e de discurso depois que viu que eu não estava solteira.

Embora eu estivesse. Quero dizer, não que quisesse nada com aquele homem.

– Ela pode começar o esboço, sem dúvida – Ivo disse sem qualquer emoção. De súbito, pareceu-me com pressa para sair dali, o que não fez tanto sentido. Eu não soube qual era a dele, mas minha intuição dizia que era encrenca pura. – Bom, já vou indo, tenho outra reunião daqui a pouco. Eu entro em contato, certo?

Cumprimentou Bartô vagamente, sem muito interesse. Silas me largou, e eu também me levantei para cumprimentá-lo, mesmo sem nutrir qualquer vontade. O agente nem olhou para a minha cara durante a despedida e saiu calado, de forma que fiquei sem saber se tudo tinha dado certo ou completamente errado.

Pela cara do chefe, não dava para responder. Ele coçava a cabeça e nos analisava como se estivesse perdido.

– Vocês estão namorando?

Silas olhou para mim e deu de ombros.

– Não, Bartô… – respondi num murmúrio. Ainda que fosse verdade, eu que não diria a ninguém dentro da VibePrint. Menos ainda para o chefe.

– Então, por que…

– Aquele homem estava sendo inconveniente com a Brenda – Silas o interrompeu com a voz dura, visivelmente irritado. – Viu como mudou de ideia sobre o projeto? Não fui com a cara dele.

Bartô nos encarou como se não estivesse entendendo absolutamente nada.

– Por que não estão namorando? – questionou, confuso. – Eu achei que… – Balançou a cabeça em negativa. – Não entendo esses jovens. Vamos aguardar a resposta do moleque. É o jeito. – Guardou a caneta especial no bolso de seu terno e soltou o ar dos pulmões. – Acho que fomos bem. Vocês acham que fomos bem? Sujeito esquisito esse Ivo. – Coçou a testa, perdido. – Mas o seu projeto é ótimo, Bren-Bren.

– Obrigada...

Bartô resfolegou, acho que percebendo que a nossa situação não era tão boa. Não duvidava nada de que o Ivo Augusto fosse colocar terra no projeto e escolher outra editora, por qualquer motivo descabido. Eu não estava com bons pressentimentos.

– Você salvou o nosso dia, Bren-Bren. – Bartô colocou uma mão no meu ombro e, ainda que estivesse meio cabisbaixo, sorriu. – Confesso que não esperava que fosse tão boa nisso. Uma história razoável já daria conta. Mas gostei muito do roteiro.

Ainda que aquele elogio fosse esquisito, sorri para ele.

– Obrigada, Bartô. Espero que dê certo.

– Sim, sim... É... – Ele deu uma volta ao redor de si mesmo, feito um cachorro prestes a se deitar. Segurei o riso. O coitado estava muito perdido, meu Deus. – Voltemos ao trabalho. Isso. Pode iniciar o esboço, Bren-Bren.

Ele saiu da sala a passos largos e ouvimos quando soltou um grito ao se chocar com a máquina de xerox. Novamente, prendi o riso, mas Silas riu com suavidade perto de mim. Fiquei arrepiada.

Virei-me para aquele homem, já fazendo uma careta por causa de sua atitude.

– O que foi? Acha que é a única que tem ciúme? – Piscou para mim e me puxou para um novo abraço. Apenas fui. Estava cansada demais para reclamar, agradecer ou, sei lá, fazer qualquer outra coisa. – Nunca que deixaria um sujeitinho metido olhar para você daquele jeito. Deu nojo.

– Deu mesmo – murmurei em seu peitoral cheiroso. – Fiquei com medo.

– Você está bem? Eu... Acho que esse contrato já era.

Suspiramos juntos.

– Sabe o que eu acho? – questionei, afastando-me dele para que ninguém mais nos visse. Queria que estivéssemos em outro lugar, mas infelizmente teria que ficar com o que era possível. – Que confiança é uma escolha. Não é uma entidade invisível a ser magicamente alcançada.

Silas concordou com a cabeça.

– Escolho confiar em você – sussurrei. – Mas não deixe aquela garota te tocar novamente. Isso é chato e me dá nojo, também.

– Como quiser, docinho. – Ele abriu um largo sorriso.

Sorri enquanto dava alguns passos para trás. Deixei a sala de reuniões sem saber direito o que fazer com relação ao projeto. Por outro lado, compreendia o que devia fazer com relação a Silas dali em diante: simplesmente confiar.

As dúvidas só me trouxeram sofrimento. Eu precisava me livrar delas urgentemente.

A CULPA É

CAPÍTULO 22

Foi agridoce compreender minhas desconfianças. Eu me deparei com um passado marcado de traumas que ainda feriam o meu ego e faziam com que me fechasse diante de qualquer situação que fosse minimamente parecida. Demorei a entender que nenhuma água escoa para o mesmo rio. Ainda que as situações parecessem similares, jamais seriam, porque tudo muda. E embora algumas pessoas tivessem quebrado a minha confiança, aceitei que nem todas elas fariam o mesmo – talvez nem as mesmas fariam igual, depois de certo tempo e aprendizado. Pensar sobre isso é aceitar a fluidez da vida. Nada é para sempre. Havia em mim uma necessidade descabida de que tudo jamais se transformasse, que permanecesse fixo, imutável e previsível. É insanidade esperar que seja assim, porque nenhuma existência faria sentido se fosse. Tive que estudar minuciosamente cada ferida, porque chegou a um ponto que eu não sabia mais onde elas estavam e por que doíam tanto. Acredito que me apeguei a elas e as chamei de "eu". Tornei-me dor. Foi crueldade me limitar ao passado e às experiências ruins. Eu nunca fui o que me aconteceu, embora fizesse parte de mim, por isso vivi anos sendo quem não era. Encontrei a autenticidade numa esquina. Decidi ser sincera, e até aqueles que já me conheciam precisaram conhecer de novo – os que valiam a pena. Para voltar a confiar em alguém, dei o corajoso primeiro passo: confiar em mim mesma. Eu precisava ser legítima para nunca mais duvidar de mim. Esse é um processo que ainda acontece. Talvez jamais tenha um fim, porque sou inacabada. Parei de desejar finais e exigir limites. Sou o que sou no agora, às vezes a melhor versão, às vezes, a pior, mas não sou outra. Só eu posso me definir. Com a responsabilidade de "me ser", experimentei a maravilha e o alívio de nunca mais fingir ser quem não sou. Antipática, estressada e impaciente, mas carinhosa, divertida e criativa. Descobri que acolher defeitos é tão importante, e difícil!, quanto aceitar as qualidades; não me entristeço pelo primeiro nem me envaideço pelo segundo. Foi belo me descobrir merecedora, tanto quanto foi fantástico entender minhas próprias culpas, porque nunca fui perfeita. Também sou culpada e está tudo certo. Continuarei cometendo erros, porque agora eu sou eu, de propósito.

A CULPA É DA CARONA

A empolgação fez com que eu escrevesse pelo restante do dia, de um jeito que nunca pensei que fosse capaz. Ainda que meus colegas não tivessem ficado muito animados com o desenrolar da reunião – Zoe ficou especialmente irritada com o comportamento ridículo do agente –, depois que expliquei detalhadamente o que aconteceu, contribuíram para que a sala dos revisores se mantivesse silenciosa. Senti que eu era a única ali que estava fazendo algo que realmente queria.

Assim que terminei os três primeiros capítulos, não soube o que fazer com eles. Enviar ao Bartô não me pareceu uma boa ideia. O agente, claro, ainda não tinha entrado em contato, mas eu precisava de uma opinião sincera sobre os rumos da história. Alterei algumas cenas, os personagens falaram por si só, e precisei sair um pouco do roteiro.

Olhei de lado e visualizei Silas compenetrado em uma revisão, todo sério, com um ar profissional que me deixou excitada. Mordi um lápis e pensei se era boa ideia enviar para ele, enquanto o encarava sem perceber a minha ousadia. Enfim, ele notou o meu interesse – ou apenas decidiu me observar, não deu para saber –, virou o rosto e sorriu.

Pisquei um olho e ele revidou, intensificando ainda mais aquele sorriso que me encantava sem esforço.

– Vocês estão saindo? – Zoe perguntou de prontidão, o que me fez levar um susto. Por um instante, achei que não havia um mundo ao nosso redor.

Eu me aprumei na cadeira e olhei para ela com a cara feia.

– O quê? De onde tirou isso?

– Dos fatos. – Sorriu com deboche. – Estão se comendo com os olhos mais do que o normal, pararam com as zoações, e o Silas tornou a se vestir bem no trabalho só porque você voltou da licença.

Edgar soltou um riso divertido.

– Isso aí é verdade, ele até passou perfume.

– Passo perfume todos os dias, antes de vir – Silas rebateu prontamente.

– Não dos bons, cara – Edgar definiu, segurando a gargalhada.

Eu reparei milhões de vezes nas roupas sociais de Silas e, sim, eu as considerava apropriadas, e elas o deixavam completamente comestível. Seu perfume tinha uma fragrância irresistível, não parecia ter sido barato. Saber que se empenhava para manter meu interesse me fez rir com suavidade, ainda que contivesse a empolgação.

– Tudo isso é coisa da sua cabeça, Zoe. – Silas se virou para a colega, porém ainda sorria e não fazia tanta questão de esconder a alegria. Se fosse antes, estaria chateado com a intromissão. – Estão vendo coisas.

A garota olhou de mim para Silas e depois encarou o Edgar, que deu de ombros como se não tivesse certeza daquelas suposições.

– Sei... Estou ligada em vocês. Talvez queiram nos dizer alguma coisa. – Zoe repousou o queixo sobre as costas das mãos.

– Talvez você queira nos dizer alguma coisa, Zoe – Silas alfinetou.

Ela soltou um ofego abalado e me encarou como quem facilmente me mataria. Compreendeu que eu tinha contado para Silas o que vi na sala de revisores, no dia do pandemônio.

– Não tenho nada a declarar, Silinhas. – Zoe estreitou os olhos. Percebi que evitou encarar Edgar, que se manteve com os ombros abaixados, retirando-se daquele papo antes que tudo se voltasse contra ele.

— Tem certeza, Zoé? – o meu ex, ou atual, sei lá, rebateu.

— Ah, vai ver se estou lá na esquina.

Ela desistiu daquele pequeno embate e fingiu se concentrar no trabalho. Ainda bem que às segundas usávamos a minha playlist, talvez por isso eu tivesse conseguido escrever tanto. Dei uma olhada rápida para Silas, que sorriu em cumplicidade, depois me voltei para a tela do notebook. Abri o meu e-mail e, sem pensar muito, enviei o texto para o endereço empresarial dele.

Confesso que, depois disso, fiquei com a sensação de ter um caroço no estômago. Era quase fim de expediente e não esperava que Silas lesse de imediato, mas sabia que em algum momento conferiria o e-mail e seria sincero comigo. Nunca tinha sido lida na vida, exceto por uns textos antigos que costumava rabiscar e aos quais só ele teve acesso, anos atrás. Todos os meus projetos engavetados nunca encontraram público.

Usei os minutos finais para editar e melhorar alguns trechos. Fiquei tão focada que nem percebi quando os colegas se dispersaram, sobrando apenas Silas e eu.

— Você não vai embora? – perguntou, reunindo os pertences dentro da sua mochila preta. – Está mesmo empolgada com a escrita. Mas se o Bartô te vir trabalhando depois do horário, vai surtar.

E, naquele mesmo segundo, o chefe abriu a porta da sala de revisores e gritou:

— VAMOS, VAMOS, VAMOS, HORA DE IR! Bren-Bren, largue isso!

Não chegou a entrar, como sempre. Fechou a porta e continuou gritando pelas salas da VibePrint, embora parte da empresa já estivesse meio escura. Achei por bem fechar tudo e sair dali, antes que ficasse trancada de novo entre aquelas paredes. Só de pensar, já me arrepiava de agonia.

— E você, por que ainda não foi embora?

Vi quando Silas parou o que estava fazendo e sorriu.

– Estava na esperança de ganhar uma carona.

Abri bem os olhos, espantada.

– Oh, céus, é verdade. Você está sem carro, pois veio com o meu. Claro, eu te levo. – Apenas raciocinei sobre aquilo depois que as palavras escapuliram pela minha boca. Levar Silas para casa, definitivamente, significava alguma coisa, mesmo que só estivesse devolvendo um favor. Era o mínimo que eu deveria fazer, para ser sincera. – Vou só pegar minhas coisas na cozinha. Pode me esperar na garagem?

Eu não queria que nos vissem saindo juntos. Zoe já estava bem desconfiada, e eu não desejava ter que me explicar para ninguém, ao menos não com tudo tão indefinido. Além do mais, se déssemos mais motivos para o Bartô soltar suas piadas, seria insuportável. Preferia que fôssemos discretos. Contudo, Silas endureceu um pouco a expressão e concordou com a cabeça antes de deixar a sala.

Assim que cheguei à cozinha, sem que encontrasse qualquer ser vivo na minha frente, abri a geladeira no momento exato em que Zoe surgiu do almoxarifado. Bem que tentou não provocar barulho, mas eu estava ali, afinal. Arrumou a blusa e passou as mãos na boca como se removesse uma sujeira, o que me deixou embasbacada. Continuei olhando, porque não acreditava que ela e Edgar estivessem se pegando de novo, àquela hora, escondidos no cantinho do cochilo como dois adolescentes.

Fechei a geladeira e cruzei os braços.

Ela tomou fôlego, balançou a cabeça em negativa e, quando se virou, encontrou-me esperando com um sorriso debochado aberto.

– O que estava fazendo no cantinho do cochilo? – questionei em tom desdenhoso. O rosto dela, primeiro, empalideceu, depois ficou de uma coloração tão vermelha que me assustou.

– O que mais se faz no cantinho do cochilo? – Forçou um bocejo e arrumou os cabelos bagunçados. – Tirando uma soneca antes de ir para a pós, é claro. Estou morta, é muita correria. Precisava de uma pausa. – Eu não sabia muita coisa sobre a Zoe. O fato de cursar uma pós-graduação era verdade, mas tinha quase certeza de que suas aulas não eram às segundas.

– Sei.

Ela continuou parada na frente da porta do almoxarifado. Foi tão desconcertante que fingi normalidade: lavei o pote do meu almoço e o guardei na minha bolsa com a garrafa de água, que fiz questão de encher só para me demorar um pouco mais. Zoe não ousou se mexer nem um milímetro.

– Vai ficar aí? – perguntei, sorrindo, dando alguns passos para trás.

Ela estava apavorada. Tentou se mover, mas pareceu uma barata tonta, não sabia nem para onde ir. Era óbvio que Edgar ainda estava no almoxarifado, apenas aguardando que Zoe dissesse que a barra estava livre.

– Não, eu já vou. – Fingiu uma tosse. Tive vontade de gargalhar.

– Então, vamos juntas.

– Hum… – Olhou ao redor. – Acho que deixei minha bolsa lá dentro. Pode ir na frente, Brenda, não se preocupe.

Não poderia exigir tanto dela, se eu também escondia coisas que não estava nem um pouco a fim de revelar – só tinha achado o seu comportamento engraçado e quis atiçar para conferir sua reação. Despedi-me de uma vez e saí dali, percebendo que o único funcionário ainda na VibePrint, além dos pombinhos, era Clodô, que terminava de retirar o lixo. Eu o saudei e me perguntei se ele sabia o que se passava naquela editora.

Encontrei Silas encostado no meu carro, despreocupadamente. Aproveitei todo o tempo em que ele não me via para observá-lo com atenção. Soltei alguns suspiros baixos, porque me sentia mais perdida do que nunca. Quando me notou, abriu um de seus sorrisos capazes de deixar minhas pernas molengas.

– E aí, vamos? – perguntei, sem ousar me aproximar muito, já com a chave na mão. Ainda estávamos em território perigoso.

– Não vejo a hora.

Sua resposta atirada me fez enrubescer. Será que faria alguma proposta indecente? Eu não sabia, o que me deixava ansiosa. Não o encarei por pura timidez e entrei logo no carro. Silas se sentou no banco do carona e colocou o cinto de segurança.

– Acabei de flagrar Zoe e Edgar no cantinho do cochilo – soltei, antes que ele falasse mais gracinhas que me deixassem desconcertada. Eu estava nervosa com toda a ideia daquela carona; foi o que percebi ao notar as mãos trêmulas sobre o volante.

– Sério? Eles te viram?

– Na verdade, flagrei Zoe saindo de lá toda descabelada e mal conseguindo disfarçar o que tinha acontecido. – Ouvi a risada dele e ri junto. – E olha que hoje de manhã estavam brigando.

Nem precisei deixar a garagem para notar a diferença na direção e na marcha do carro. Parecia novo em folha.

– Nossa… Ficou ótimo o serviço que fizeram aqui. – Olhei de relance para Silas, que ainda ria por causa da história com os nossos colegas. – Obrigada de novo.

– Também gostei. Eu tive uma ideia, mas só vou entrar nessa se você topar.

– Que ideia?

Congelei da cabeça aos pés. Quase me esqueci de parar no primeiro sinal vermelho que apareceu, logo na rua onde ficava o prédio. Esperei pelas mais loucas propostas vindas daquele homem. A antecipação quase me matou, porém apenas esperei que se expressasse.

– Vamos juntar a Zoe e o Edgar.

— Acho que eles não precisam ser "juntados", Silas. — Ri, meio envergonhada, porque a ideia dele não teve nada a ver com o que se passou pela minha mente pervertida. — Estão muito juntos, pelo visto.

— Não sei, não. Conversei com Edgar na sexta-feira, durante o almoço. Ele estava arrasado por causa dela e deixou claro que Zoe não queria nada. — Achei aquilo estranho, mas me mantive em silêncio. — Acho que precisam de um empurrão para conversarem.

— E o que tem em mente?

Dirigi enquanto Silas me contava sobre seus planos malucos. No fim, até que achei uma ideia boa e me incluí sem hesitar. Eu sabia que a gente não deveria se meter na vida deles, porém considerei tudo leve e inocente, nada constrangedor demais. Nós nos mantivemos focados em falar sobre aquilo; eu, para fugir de outro tipo de conversa; ele, talvez por não saber como eu reagiria a outro tipo de conversa.

Foi uma carona divertida, regada a gargalhadas e piadinhas bestas que só tinham graça para a gente. Quando encostei na frente do prédio dele, já sabendo o caminho todo sem fazer qualquer pergunta, eu me virei para olhá-lo.

— Isso é bom. Você decorou onde moro — Silas comentou, divertido. Não fez qualquer menção de que sairia do carro.

— Tenho uma ótima memória.

— Será que você ainda lembra o caminho para o meu quarto? – ele disse com a cara lisa, como se não fosse nada de mais.

Senti o meu rosto corar de novo.

— Ei! — Dei-lhe um tapinha no ombro, porém Silas aproveitou a minha aproximação e me tomou em seus braços.

No instante seguinte, seus lábios já estavam grudados nos meus. O beijo se aprofundou por culpa dele, que demonstrava uma ansiedade gritante. Silas me puxou pela cintura, e quase o montei ali mesmo. O que me travou foi o pouco de senso que me restava.

Em vez de fazer besteira no meio da rua, agarrei seu braço e intensifiquei aquela troca sempre deliciosa. Era incrível como o nosso beijo encaixava. E era triste que eu tivesse passado tanto tempo sem ele. Era um tipo de perfeição que não se encontrava facilmente. Eu só tinha achado naquele homem, em mais ninguém.

O meu fôlego foi completamente tragado; ainda assim, não ousei me afastar. A excitação me fazia arquejar e me contorcer sob seu toque possessivo na minha pele. Foi Silas que se afastou, também ofegante, e murmurou na minha boca:

– Sobe comigo. – Deu-me um beijo molhado e intenso, antes de se afastar de novo, talvez atrás de uma resposta. – Quero você.

Eu me afastei dele rápido demais. Silas fez uma careta contrariada.

– Você não vem, né?

Removi o cinto de segurança e sorri para ele.

– Eu não iria só se fosse muito burra, Silas. Vamos logo, estou morrendo de tesão, minha nossa! – ofeguei, peguei a minha bolsa no banco de trás e ainda ouvi a sua risada maravilhosa antes de descermos para a calçada.

– É a segunda vez que você me assusta hoje. – Silas tomou a minha mão e fez questão de seguir comigo daquela forma, como se fôssemos um casal. – Não faz mais isso comigo, docinho, meu coração pode não aguentar.

– Ah, vai ter que aguentar – brinquei. – Vou te assustar pela terceira vez, você vai ver só uma coisa. Segura esse coraçãozinho!

Silas me puxou para si e me deu um selinho em meio a um sorriso que eu poderia emoldurar e deixar na parede da minha sala, de tão lindo que foi. Ele me abraçou lateralmente para passarmos pela portaria.

Mal nos contivemos no elevador. Só não nos beijamos mais porque uma mulher entrou em determinado andar, obrigando-nos a disfarçar a pegação. Aquela pequena espera até chegarmos ao apartamento dele me pareceu muito longa. Eu me sentia subindo pelas paredes, totalmente em polvorosa, como se fosse uma adolescente.

Silas fechou a porta atrás de nós, com a mesma pressa que eu sentia, em seguida me puxou de novo, quase rasgando a minha blusa. Ergueu meu corpo sobre a mesa, e imediatamente abri as pernas ao seu redor. A última vez em que me sentei ali pareceu ter acontecido em outra vida.

– Pronto para ser assustado.

Soltei um riso faceiro e levei a mão ao volume que despontava em sua calça. Silas gemeu, ofegante, perto do meu ouvido.

– Deixa comigo... – murmurei e o empurrei, descendo da mesa para tomar o controle da situação. Eu me sentia em brasas, muito disposta e aberta para qualquer coisa com aquele homem. A razão já havia me escapado, e existia apenas uma mulher sedenta.

Suspirei ao remover a camisa por cima de sua cabeça e me deparar com aquela linda tatuagem em seu braço. O esplêndido girassol. Decidi que gostava mais dele do que da antiga tatuagem. Parecia-me milhões de vezes mais significativo e romântico. Sempre me emocionaria, eu tinha certeza disso.

Silas guiou o braço na direção da minha boca, oferecendo-se porque sabia que eu o atacaria naquela região primeiro. Era óbvio. Então, como em todas as vezes em que vi a tatuagem desde que cicatrizou, enrolei a língua no desenho enquanto me deliciava com os seus gemidos excitados. Empurrei-o até que se chocasse contra a parede e me fartei de sua pele escaldante, macia e firme ao mesmo tempo.

– Brenda... – ele sussurrou, agarrando a minha nuca com a mão livre. Olhou-me com tanto desejo que me senti mais segura e confiante. Foi maravilhoso notar a minha autoestima nas alturas por causa de seu desejo evidente. – Você me deixa louco demais...

Eu ainda não tinha feito nada além de lamber a tatuagem, mas podia entendê-lo. Juntei nossos lábios e usei bastante a língua para chamar a dele. Silas bem que tentou tirar a minha blusa, porém me afastei. Era a vez dele. Eu queria oferecer muito prazer antes de me desnudar, por isso me ajoelhei enquanto as duas mãos mexiam no seu cinto.

O homem soltou um praguejo rosnado ao me ver diante de si, numa posição vulnerável e tentadora. Arquejava alto, ensandecido, até que o deixei exposto, duro e latejante diante de mim. Lambi meus próprios lábios, antecipando o gosto dele. Eu ainda não o tinha saboreado ali recentemente e podia admitir que estava com muita saudade.

Segurei-o pela base e deslizei a língua. Silas se contorceu, prendendo os lábios.

– Oh, Brenda... – Agarrou meus cabelos.

Ele estava realmente fora de si, e só para atiçar mais, prossegui numa velocidade elevada, tomando-o para mim do jeito que me lembrava de que ele gostava. Já havíamos conversado muito sobre tudo. Nossa intimidade costumava ser a mais prazerosa possível para os dois. Talvez ele tivesse mudado em alguns pontos no quesito sexo, bem como os nossos corpos e capacidades, mas a ideia era simplesmente fazer o que eu sabia e ver no que dava. Pela cara dele, estava em pleno deleite, delirando com minhas mãos e meus lábios.

Eu me fartei de seu sabor, e só parei porque notei que Silas não aguentaria mais. Havia chegado bem perto de seu limite. Minha vontade de tê-lo em outro lugar fez com que me afastasse e, sob seu olhar atento e a respiração errática, tirei as minhas roupas. Aquela pausa era necessária para que ele se recuperasse, nós dois sabíamos disso.

Seu olhar desejoso aumentava a chama que crescia dentro de mim. Não me senti envergonhada ou intimidada, nem tive vontade de sair correndo. A decisão de confiar nele me deixou confiante. As complicações que outrora me travariam pareceram distantes demais. Eu não queria pensar nelas. Estava cansada de me controlar. Teria aquele homem, e nada me impediria.

Joguei a minha calcinha sobre ele, última peça que sobrou, depois de removê-la com lentidão calculada, para parecer sexy aos seus olhos. Silas riu e a pegou no ar. Cheirou-a profundamente, provocando-me risos também.

O homem terminou de se despir, só depois me puxou para um abraço bem apertado. Nossas peles grudaram num momento de pura intimidade. Senti como se todas as armaduras tivessem caído ao chão, bem como as nossas roupas. Foi a primeira vez, desde que nos reencontramos, que não achei nada que pudesse estar entre nós. A emoção me arrebatou com tanta força que meus olhos marejaram.

Circulei os braços ao redor de sua cintura, concentrada em sentir o máximo de seus contornos; o corpo grande, a quentura, a ereção endurecida, o cheiro natural que emanava dele, a consistência de sua pele.

– Ainda bem que você voltou – Silas murmurou, tão baixo que mal ouvi.

Ele segurou meu rosto e me encarou, então percebi seus olhos tão marejados quanto os meus. A sua emoção me comoveu ainda mais. Eu não conseguia parar de considerar incrível o fato de termos nos colocado na vida um do outro, totalmente por acaso, e que tivéssemos atropelado tanta dor. Ao menos a minha parecia esticada no chão. Não sobreviveria, e eu dava graças a Deus por isso. Talvez não existissem coincidências.

– Acho que sempre estive aqui. – Devolvi com a mesma mansidão.

– Acho que nunca deixei de te esperar. – Silas beijou a ponta do meu nariz. Suas palavras fizeram uma lágrima escorrer pelo meu rosto. – Ei, não chore. E não faça essa cara, como é que eu vou te pegar com força no sofá, se me olhar assim?

Soltei uma risada enquanto ele me agarrava pelas nádegas. Pulei sobre o seu corpo, e Silas me levou nos braços com certa pressa.

– Você ainda pode fazer isso. – Enrosquei os braços, daquela vez, ao redor de seu pescoço. – Na verdade, vou ficar decepcionada, se não fizer.

– Com força?

Assenti, maliciosa.

– Bastante força.

– E se eu quiser te beijar toda, antes? – ele perguntou depois de me depositar sobre o sofá e se colocar sobre o meu corpo.

Lembrei-me do incômodo que senti quando Silas iniciou um momento mais lento e atencioso, na semana passada. Percebi que nada daquilo existia mais e me espantei com a velocidade dos acontecimentos. Tanto havia mudado. Ele podia fazer o que quisesse comigo, porque eu ia gostar e aproveitar cada segundo.

– Também pode – sussurrei.

– Posso? – Beijou um de meus seios, provocando-me um profundo arrepio.

– Se prometer fazer com força depois…

Ele riu.

– Mas você ficou safada, hein, dona Brenda?

– E isso é bom ou ruim?

– Isso é ÓTIMO! – Agarrou meu rosto com posse e me encarou com um olhar carregado de desejo. Apenas ri de sua reação exagerada.

Nós colocávamos humor em praticamente tudo o que fazíamos. Não era raro termos crises de riso por uma bobagem, em momentos inapropriados. Era assim que nos comunicávamos treze anos atrás. Talvez por esse motivo Silas tivesse estranhado a minha amargura e seriedade. Mas, pelo visto, há coisas que mudam e outras que permanecem.

Eu amava o fato de ainda rirmos com nossas besteiras. De ainda as possuirmos e sermos capazes de achar graça tanto quanto antes, embora tivéssemos sofrido muito. Senti a fagulha da esperança – a que tentei evitar ao máximo – preencher o meu peito, enquanto Silas explorava o meu corpo como se fosse a primeira vez. Fui tomada pela certeza de que nada se perdia, tudo se transformava, e a tendência era que fosse para melhor. Uma versão aperfeiçoada.

Só a gente sabia o quanto cada detalhe importava.

A CULPA É

CAPÍTULO 23

Tantas vezes me senti fraca e era eu sendo forte.

A CULPA É DA ARMADILHA

Era sexta-feira de manhã, e eu mal podia acreditar que já tinha escrito cinquenta páginas de um projeto que nem sabia se vingaria. Quase a metade da trama, e eu estava apaixonada por todos os personagens, como se eles fossem de verdade.

Havia me esquecido do quanto escrever me empolgava, fazia eu me sentir viva. Amava romances adolescentes e achava que isso não tinha a ver com a idade; para mim, sempre seria interessante, se bem enredado.

Nós quatro já estávamos a postos, quando recebi um e-mail do Silas. Eu já estava me acostumando a ler seus feedbacks logo pela manhã. Infelizmente, não repetimos a dose do que fizemos na segunda, porque ele precisou ficar com o Fabinho a partir da terça-feira e achei melhor me afastar. As coisas ficavam mais sérias quando envolviam criança. Não era minha pretensão machucar o filho de Silas com um possível desarranjo.

Ainda assim, trocávamos olhares, mensagens e e-mails extensos sobre o projeto. Silas dizia que estava adorando, que eu tinha uma veia cômica muito engraçada, que estava se divertindo horrores e que o livro seria um sucesso. Às vezes me perguntava se ele dizia aquilo só para me agradar, mas o homem garantia que não. Falava que lia meus arquivos antes de dormir e, se estivessem chatos, não conseguiria ler sem cair no sono.

Apesar de me sentir insegura, acreditava nele. Acatei algumas de suas sugestões, principalmente em diálogos, porque Silas tinha um senso de humor de dar inveja e sempre vinha com tiradas que eu, obviamente, precisava aproveitar.

Ivo Augusto não deu qualquer sinal de vida, ainda que Bartô o tivesse procurado diversas vezes. Eu estava preocupada. Passei a semana toda fazendo um serviço pelo qual provavelmente não seria paga; em contrapartida, não fiz nada do que estava dentro de minha remuneração naquela empresa.

As coisas andavam confusas, mas senti que melhorariam quando o Bartô abriu a porta da sala. Ele visivelmente continha a empolgação, por isso o meu coração bateu forte de expectativa. Nós quatro o olhamos. O chefe, por outro lado, só olhou para mim e apontou o dedo indicador.

– Bren-Bren, na minha sala!

Sequer terminei de ler os elogios de Silas. Levantei-me e segui Bartô até a sala dele, quase pirando de ansiedade para receber alguma notícia. Será que, enfim, assinariam o contrato? Esperava sinceramente que o youtuber gostasse dos escritos, porque eu estava muito a fim de terminá-los.

O chefe fechou a porta atrás de mim e apontou para uma caixa pequena sobre a sua mesa. Ele tinha afastado as miniaturas e demais brinquedos para colocá-la ali. Por um instante, fiquei sem saber o que estava acontecendo, porque naquela caixa não caberia contrato algum, que era o que me interessava.

Eu me aproximei e, de repente, um filhotinho de gato me olhou e soltou um miado estridente. A careta que fiz provocou certa dor no meu rosto. O que aquele bichinho tinha a ver com o projeto? Não fazia a menor ideia, mas Bartô se aproximou, sorrindo.

– Lindinho, né? Encontrei hoje pela manhã. Estava abandonado, coitado. – O chefe segurou o bichano, que tinha a pelagem arrepiada nas cores preta e branca. Os miados se intensificaram. – Como prometido, aqui está, Bren-Bren. – Bartô o colocou nas minhas mãos sem que eu estivesse preparada.

Quase derrubei o pequeno gato no chão. O bicho se esticou no meu tronco e me encarou enquanto miava, com as unhas afiadas presas na minha blusa. Eu o peguei porque não tive opção, era isso ou deixar o coitado cair. Era tão pequeno.

– Bartô… – Suspirei, com o cérebro confuso. O chefe me deixava com uma incapacidade de falar inigualável. – O que…

– Eu sabia que conseguiria achar uma companhia para você, Bren-Bren. Ele já tomou um pouquinho de leite… Que coisa linda. Lembrei de você na hora. Bem que eu queria ficar com ele, mas a minha esposa não deixou. – Fez um muxoxo, contrariado. – Sei que ficará em boas mãos, por isso o tirei praticamente do lixo.

O gato miava forte perto do meu ouvido, enquanto eu encarava Bartô e me perguntava qual era o grande problema dele. Parecia um caso grave de falta de senso. Por outro lado, não conseguia enxergar maldade. Era como uma criança crescida. Será que existia algum diagnóstico? Um laudo? Porque explicaria muita coisa.

– Bartô… Eu… Eu não quero um gato.

– Como assim, você não quer esse gatinho? – Ele me olhou como se eu fosse o pior dos seres humanos. Olhei para o bicho inocente e senti verdadeira pena.

Era uma gracinha, mas… Por que aquele homem estava me dando um gato, se era para ter me dado um contrato já assinado? Eu não sabia nem o que pensar.

– O que… O que eu vou fazer com esse gato, Bartô?

– Deixe na sala de revisores. Se ficar solto, vai se perder. Pode ser perigoso para ele. – Bartô pegou as chaves que estavam sobre a mesa bagunçada. – Vou comprar uma caixa de areia e ração especial para filhotinhos, enquanto isso.

A CULPA É DO MEU EX

Pisquei os olhos diversas vezes na direção do chefe. Depois, encarei o gatinho.

— Ele vai passar o dia inteiro miando na sala dos revisores?

— Ora, Brenda, gatos miam. É normal. — Não sei se me assustei mais com o fato de ele ter dito o meu nome completo ou por ter falado uma coisa tão óbvia. — Você vai amar ter um gato. Num período muito solitário da minha vida, eu tive uma gatinha. Amora era preta e redonda. Saudades dela. Vinha pela janela e dormia comigo todas as noites. Acho que era da vizinha, na verdade. Parou de vir e depois me mudei. Mas você não deve criar o gato solto, é perigoso, Bren-Bren.

— Bartô…

— Volto já, vou a um pet shop providenciar as coisinhas dele. — O homem parou diante de mim e afofou a cabeça do bichano. — Gatinho lindo. Cute-cute — falou com uma voz fina e engraçada, que me obrigou a conter o riso, e foi embora.

Fiquei parada no meio da sala dele, sem saber o que fazer, segurando o gatinho que tentava escalar a minha blusa. Soltei um suspiro ruidoso. Devolver o gato me parecia muita maldade. Mas a vontade que tive foi de jogar uma pedra bem grande no meio da testa do Bartô, para ver se ele tomava jeito.

E nada de definirmos o projeto.

Sem ter qualquer opção, coloquei o gato dentro da caixa e o levei comigo para a sala de revisores. Fechei a porta e bufei, percebendo que todos já me encaravam.

— Notícias sobre o contrato? — Zoe se adiantou. Em seguida, olhou para as minhas mãos, principalmente porque o gato soltou um miadinho.

— Isso é… um gato? — Edgar apontou, fazendo uma careta. Silas apenas soltou uma risada escandalosa. — Bartô te deu um gato?

Todos se levantaram para conferir. Depositei a caixinha sobre a minha mesa e ficamos olhando para o que tinha acabado de acontecer.

316

O gatinho logo conseguiu pular da caixa e começou a explorar tudo o que existia sobre as quatro mesas.

– Meu Deus, como ele é lindo! – Zoe se aproximou e coçou a cabecinha do bicho, que pareceu ter gostado dela. – E como ronrona!

– Pode ficar com ele – sugeri, já me animando para resolver o impasse.

– Eu? – Ela arregalou os olhos. – Não posso. Tenho um cachorro enorme que odeia gatos. O Bob iria estraçalhar esse coitadinho.

Soltei um longo suspiro. Minhas esperanças se esvaíram, mas eu ainda podia continuar tentando.

– Por que não fica com ele, Edgar? – perguntei. Não custava nada.

– Eu? – O rapaz piscou os olhos por trás dos óculos, visualizando a brincadeira entre Zoe e o gatinho. – Sou muito alérgico. Não posso ter gatos. Nem tapetes felpudos demais.

– Mas é claro. – Zoe revirou os olhos, desdenhando.

– É um problema sério – ele continuou, fazendo cara feia para ela. – Daqui a pouco vou começar a espirrar, é melhor tomar logo o meu remédio. – Edgar voltou para a sua mesa e mexeu num estojo atrás de comprimidos antialérgicos.

Olhei para Silas como se pedisse socorro, mas ele apenas ergueu as mãos.

– Não olhe para mim.

– Por que não? Fabinho vai amar. Você podia telar o apartamento. Ele bufou.

– Nem vem, Brenda. Por que não fica com ele? – Então, Silas se curvou e me ofereceu um sorriso sacana. – A ideia não era ter dois gatos, um cachorro e três filhos? Uma hora você teria que começar.

– Pois é, você está na frente, pela lógica. – Cruzei os braços diante do meu corpo. – Só vai faltar um cachorro, mais um gato e dois filhos. Ah, e uma esposa – resmunguei, um tanto irritada com aquele embate.

A CULPA É DO MEU EX

– Você podia ficar com ele e adiantar a nossa vida.

Paralisei na frente de um Silas que ainda sorria, cheio de deboche. Pela sua expressão, falou aquilo brincando, mas senti certos pingos de verdade, o que não soube dizer se me incomodou ou animou. Foi o seu jeito de dizer que já estava fazendo planos? Então eu não era a única doida com ideias mirabolantes?

– É, Brenda, fica com ele! – Zoe cutucou, soltando o desdém porque com certeza percebeu o clima maluco que se formou entre mim e Silas, do nada. – Adianta a vida de vocês. Se quiser, eu arranjo o cachorro. Aí vocês fazem uns filhos.

Edgar também gargalhava.

– É uma ideia ótima! Concordo. Fica com ele, Brenda. – A forma como o rapaz disse aquilo deixava claro que não se referia ao gato.

Encarei aqueles dois como se pudesse emitir um raio laser pelo olhar.

– Parem com isso – resmunguei. – Eu queria o contrato, não um gato. – Suspirei, frustrada de verdade com toda a situação. Assim que voltei a me sentar, o gatinho veio para perto de mim e se empoleirou, de novo, na minha blusa.

– Uma coisa de cada vez – Silas comentou, dando a volta nas mesas para se sentar na sua cadeira. – Hoje o nosso happy hour está de pé? – Ele sorriu para mim e depois analisou os nossos colegas.

Segundo Silas, não era tão incomum que eles bebessem alguma coisa depois do expediente, sobretudo numa sexta-feira, mas ainda não tinha acontecido desde que comecei a trabalhar na VibePrint. Entrei na onda no mesmo instante:

– Vou ao bar assim que descobrir onde deixar o gatinho. – Puxei-o do ombro e o depositei no meu colo. Parecia um rato, de tão pequeno. E, para a minha surpresa, o bicho se enroscou e deitou em cima de mim.

Soltei mais um suspiro.

– Vai passar em casa? – Zoe estranhou. – A ideia não era ir daqui?

318

– De qualquer forma, eu ia precisar de um banho e roupas apropriadas.

– Também vou passar em casa para deixar o Fabinho com minha mãe, depois encontro vocês – Silas emendou, aproveitando as justificativas. – Tudo bem?

Zoe deu de ombros.

– Ok, eu vou daqui mesmo. E você, Edgar?

– Também vou daqui.

– Ótimo. – Tentei soar despreocupada. – Assim ninguém fica esperando só.

Dei um olhar de relance em Silas e ele piscou para mim, longe da atenção dos colegas. O nosso plano já estava em ação, meticulosamente armado. Perdemos horas de ligações e mensagens falando sobre o passo a passo da nossa pequena armadilha. Talvez estivéssemos um pouquinho obcecados. Ou inventando uma desculpa para não desgrudarmos enquanto seguíamos devagar.

Bartô chegou uma hora depois, com sacolas cheias de itens para o gatinho, que dormia profundamente no meu colo como se tivesse passado dias sem uma soneca. Não saí do lugar, fiquei sentada olhando para o chefe enquanto ele mostrava, da porta mesmo, o que havia comprado. Eu me diverti com ele se contorcendo para deixar o pote de água e a caixa de areia em um canto.

– Já tem nome? – Bartô perguntou num sussurro. Estava falando daquele jeito desde que avisei que o animalzinho estava dormindo. – Acho que você devia fazer uma homenagem e colocar o nome dele de Bartô, Bren-Bren.

Ele realmente estava ansioso por isso.

– Mas é macho ou fêmea? – Zoe questionou.

– Não faço a menor ideia. Não tinha nada no… – O chefe apontou para um ponto abaixo do umbigo. Alguém teve que segurar o riso com tanta força que acabou fazendo um ruído engraçado. – Você sabe, não tinha o… pipi. Mas dizem que demora a aparecer, quando é filhote.

– Deve ser fêmea, se não tinha nada. – Zoe se aproximou de mim e inspecionou o gato. – Mas, mesmo assim, claro que Brenda não vai colocar o nome do próprio chefe no animal de estimação dela, não é, Bartô? Não vai pegar bem.

Outra pessoa abafou o riso. Bartô piscou os olhos e pareceu pensar a respeito disso pela primeira vez.

– É… Acho que sim, não é apropriado.

Aninha apareceu na porta da sala de revisores e deu uma olhada geral no que estava acontecendo, com sua expressão meticulosa de sempre.

– O que é isso? – Apontou para o meu colo.

Eu não sabia como explicar a situação.

– Um gato que eu trouxe para a Brenda. – Bartô tomou a frente, abrindo um sorriso largo, como se fosse o salvador da pátria, e não o causador da balbúrdia.

Aninha arregalou os olhos. Pude até imaginar o que ela estava pensando naquele momento: "Era só o que me faltava".

– E-Eu… Não sei se esse gato pode ficar aqui.

– Como não pode? – o chefe resmungou. – Mas é claro que pode, por que não poderia? Aninha, não venha com conversa.

– Não tem nada no nosso regulamento sobre trazer bichos de estimação – ela murmurou consigo mesma, levando os dedos à testa.

– E quem liga para o regulamento? – Bartô não deixou dúvidas de que ele não se importava, de fato. Mas isso não era novidade. – Um gatinho não faz mal a ninguém. Ao contrário de certos funcionários nesta empresa, que adoram implicar com tudo. – Olhou feio para ela.

Aninha soltou um suspiro exausto.

– Se todos concordarem, o gato pode ficar – definiu, por fim.

– Mas é claro que todos concordam! – Bartô se virou para o pessoal do salão e falou mais alto, quase berrando: – Alguém aqui discorda da presença de um gatinho indefeso, que não fez mal a ninguém e é a criaturinha mais fofa que existe? Hein? Alguém aqui é desprovido de coração e quer colocar o pobre gato para fora? Quem quer deixar um animal órfão abandonado nas ruas frias, com fome?

– Bartô… – Aninha reclamou entredentes.

Eu me mantive embasbacada. Ainda não havia me decidido sobre o gato, mas depois daquele discurso acalorado, ganharia o prêmio de primeiro lugar de pessoa mais desprezível da face da Terra se não ficasse com ele.

Ninguém respondeu nada, óbvio. Na verdade, os editores fizeram pouco caso. Clodô apareceu com a sua vassoura em mãos, olhou o que estava acontecendo, não fez qualquer pergunta e retornou ao serviço.

– Todos concordaram, viu? – Bartô colocou as mãos nos bolsos da calça social.

Aninha balançou a cabeça em negativa, soltou outro suspiro cansado e saiu de nossas vistas. O chefe também se afastou, com ar vitorioso, e fechou a porta da sala de revisores. Naquele embate, era incrível que eu tivesse torcido pelo Bartô.

Olhei para o gatinho mais uma vez e percebi que dificilmente me livraria dele. Adoção forçada concluída com sucesso. Senti que, de alguma forma, eu também havia caído em uma armadilha muito bem montada.

– Se for fêmea, será Florzinha. – Sorri. Silas pareceu ter gostado do nome significativo para a gente, por isso sorriu também. – Se for macho, será Lion.

– Lion? – Edgar fez careta. – Olhe para o bicho, está mais para *mouse*. Parece um rato. Tem certeza de que não é um rato?

– É claro que não é um rato – Zoe alfinetou.

– Eu sei, estava brincando – ele resmungou na direção dela.

Silas fez uma expressão de quem tinha sentido a faísca solta tanto quanto eu. Tive sérias dúvidas se o nosso plano daria certo. Aqueles dois eram muito teimosos. Nada garantia que realmente se entenderiam.

Depois de um dia incomum, ao som da playlist maluca da Zoe e dos miados do gato, que quando acordou parecia que tinha recarregado todas as energias possíveis, estava dando graças a Deus por já ser sexta-feira. Não consegui adiantar quase nada, só enrolei.

Meus planos eram chegar a minha casa, abrir um vinho e assistir a alguma série, enquanto esperava o desenrolar sobre Edgar e Zoe. Porém, minhas pretensões tiveram que mudar um pouquinho. Teria que passar em um veterinário, porque eu não sabia de absolutamente nada sobre criar gatos e tinha medo de fazer besteira.

— Vocês vão mesmo, não é? — Zoe perguntou, um pouco desconfiada, quando coloquei as coisas do bicho de volta nas sacolas e o enfiei dentro de uma caixa de transporte pequena, que o Bartô havia comprado.

— Sim, eu vou — afirmei, encenando a melhor expressão. — Estou louca por um drinque. Vou deixar o gato preso no meu escritório, trocar de roupa e ir. Chego rápido.

— Eu também chego logo — Silas acrescentou, já pegando as coisas dele.

— O bar vai ser aquele mesmo que está no nosso grupo? — Edgar questionou.

Nós havíamos criado um grupo virtual para passar mensagens de forma mais rápida, que se chamava "Revisores do Hospício". Ideia do Silas. Foi lá que escolhemos um pub moderno. Na verdade, fizemos o possível para selecionar algo que agradaria aos dois, e embora não fosse surpresa para eles, esperava que gostassem da experiência.

— Sim, aquele mesmo — confirmei.

— Nós nos encontramos daqui a pouco.

– Quer dividir um Uber, Zoe? – Edgar perguntou, o que me fez sorrir para Silas. Finalmente o rapaz tomou uma atitude, ainda que fosse baseada pela lógica, já que iriam para o mesmo lugar.

– Pode ser.

Silas me ajudou a levar as coisas do gato para o meu carro, mantendo uma distância aceitável. Na garagem, ele olhou para os dois lados, só para conferir se havia alguém da empresa por perto, e em seguida me puxou pela cintura.

– Ei… – reclamei, mas soltei uma risada e abracei seu pescoço.

– Acha que vai dar certo? – Silas se referia ao casal que tentávamos juntar.

– Não sei. Estou ansiosa.

– Vai mesmo ficar com o gato? – Acenou com a cabeça para o banco de trás do meu carro, onde eu havia deixado a caixa de transporte. O gatinho miava desesperado, provavelmente com medo por ter mudado de ambiente.

– Por quê? Quer ficar com ele?

Silas riu.

– Por enquanto, você fica com ele.

– E depois? – Aguardei sua resposta.

Silas refletiu enquanto me olhava de muito perto. Creio que tentou encontrar as palavras certas. Prendeu os lábios e, visivelmente, conteve a resposta que queria dar de verdade. Em vez disso, apenas murmurou:

– Depois a gente vê, docinho. – Ele me deu um beijo molhado, mais intenso do que eu planejava. Tirou todo o meu fôlego e só então se afastou um pouco. – Vou inventar uma desculpa para te ver no fim de semana e você finge que cai nela, tudo bem?

Soltei uma risada espontânea.

– Mais uma armadilha? Já basta o gato.

– Miaaaaauuuu! – Silas deu um berro escandaloso e me agarrou para beijar o meu pescoço. Soltei um grito animado, porém percebi que estávamos chamando muita atenção e me desvencilhei dele, quase chorando de tanto rir.

– Seu bobo!

– Seu bobo – ele repetiu, piscou um olho e virou as costas para ir embora.

Não contive um suspiro longo e, eu devia confessar a mim mesma, apaixonado. Era isso, havia caído feito uma patinha. Talvez ainda fosse a mesma queda de sempre. Eu sentia cada minúcia daquilo que não mudou. Contudo, às vezes me parecia diferente. Dava para notar, por isso eu não sabia responder com certeza.

Só sabia que estava caindo, caindo, caindo… E que esperava que aquele abismo não tivesse fim ou qualquer retorno. Precisava aprender a curtir a viagem.

A CULPA É

CAPÍTULO 24

Em um espelho, deparei-me com quem mais me impediu de realizar sonhos. Prometi àquela imagem refletida que não a faria sofrer de novo. Foi sobre discordar do ódio que me deram e entender que sou a única capaz de me amar incondicionalmente.

A CULPA É DO E-MAIL

A veterinária disse que o gatinho, na verdade, era uma mocinha, e eu não contive um sorriso besta. Fomos atendidas bem rápido, para o meu alívio. Saí da clínica, que estava pouco movimentada, com a filhotinha dormindo dentro da caixa de transporte e me sentindo mais tranquila, pois Florzinha já havia sido vermifugada e examinada pela profissional e estava aparentemente saudável. Só voltaríamos dali a dois meses, para a primeira vacina.

Claro que eu não estava pronta para ter um bichinho de estimação, teria que adaptar o lar e entender melhor como funcionava. De repente, percebi que me sentia animada com isso. Talvez Bartô, mesmo que parecesse não ter senso, soubesse mais coisas do que qualquer um supunha. Eu precisava mesmo de uma companhia, por menos que quisesse admitir. Aquela casa era grande demais só para mim.

Enquanto não providenciasse telas apropriadas nas janelas, decidi que deixaria Florzinha dentro do meu escritório, com toda segurança. Assim que a soltei, ela ficou hesitante, sem saber direito para onde ir. Demorou um pouco para começar a explorar cada canto, com muita curiosidade e o narizinho empinado, cheirando tudo pela frente.

Sentada no chão, tirei uma foto dela e enviei a Silas.

> Brenda: Hoje teve chá revelação. É menina!

Ele me respondeu em poucos segundos:

> Silas: Que fofa! Como ela está?

> Brenda: Saudável. Acho que vai dar tudo certo.

> Silas: Que ótimo. Ainda não tenho novidades do Edgar e da Zoe. Devem estar esperando e não desconfiaram.

> Brenda: Espero que estejam conversando.

Não havia nenhuma mensagem recente no grupo dos revisores. Era cedo para que eles percebessem que nem eu, nem o Silas apareceríamos naquele happy hour. Dei uma olhada no meu celular e percebi que havia um e-mail novo, com o título: "Proposta de Projeto". Estranhei o endereço do remetente e o abri de prontidão.

Boa noite, Brenda Nunes, tudo bem?

Sou chefe-executiva da Editora Visionaries e neste e-mail copio os senhores Ivo Augusto e Gabriel Gonzaga, bem como sua representante legal, para informar que ficamos muito interessados no seu projeto como *ghost writer*. Acreditamos que será a opção mais proveitosa para a realidade atual do mercado editorial.

No entanto, meus clientes não têm interesse em fechar o acordo com a editora VibePrint, por meio da qual conhecemos o seu projeto, mas pretendem realizá-lo com a nossa editora. Queríamos conversar sobre a possibilidade de fecharmos o acordo diretamente com você. Teremos o prazer, também, de conversar sobre possíveis projetos futuros.

Em anexo, segue a proposta de contrato que engloba todas as partes envolvidas.

Aguardo a sua resposta,

Poliana Braga
CEO – Editora Visionaries

Precisei reler aquele e-mail umas cinquenta vezes, e em nenhuma delas acreditei no que estava bem diante do meu nariz. O coração batia tão acelerado que eu quase passei mal ali, no chão do escritório.

Abri o arquivo anexado. Deparei-me com um contrato bem mais elaborado e fiquei embasbacada, porque a editora me oferecia um valor que era praticamente o triplo do que o Bartô me ofereceu. E ainda mantinha aberta a possibilidade de fecharmos outros projetos, o que me deixou, sinceramente, sem fôlego.

O meu cérebro só se enroscava mais conforme eu lia cada palavra. Depois, relia tudo e tentava compreender o que estava acontecendo. Não havia dúvida de que era tudo meio bizarro. Uma rasteira na VibePrint. Ivo Augusto deve ter mostrado o projeto a outras editoras sem a nossa autorização, e só depois percebi que em nenhum momento falamos que o roteiro ou as conversas seriam sigilosas. Não existia contrato ainda. Ele podia fazer o que quisesse.

Eu não sabia se me sentia muito indignada ou contente, porque aquela era uma oportunidade de ouro. Eles já tinham deixado claro que não fechariam nada com a VibePrint, queriam acordar comigo, a idealizadora do projeto de que gostaram. Uma parte minha se envaideceu. Outra se sentiu muito estranha, porque já havia percebido que Ivo não é flor que se cheire e eu não sabia com que tipo de gente estaria me envolvendo, caso aceitasse.

Quanto mais pensava, mais compreendia que seria ridículo de minha parte aceitar aquele novo acordo. No entanto, não queria que um projeto que eu estava adorando simplesmente fosse engavetado. Sem contar que aquela gente podia roubar as minhas ideias sem me dar absolutamente nada em troca. Refleti sobre isso e comecei a ficar apavorada.

Enviei uma cópia do e-mail para Silas. Queria que ele me ajudasse a raciocinar sobre aquilo. Sozinha, eu não estava conseguindo ter tanto discernimento, porque era um projeto com o qual já me sentia envolvida emocionalmente.

Dez minutos depois, ele me ligou. Pulamos qualquer saudação.

– Acabei de ler o e-mail que me mandou, Brenda. Putz... Eu não sei nem o que dizer. – Ele ficou em silêncio. Percebi que a voz estava muito agravada, como se não tivesse ficado nem um pouco feliz com aquilo. – Você vai aceitar?

Soltei um suspiro.

– Não sei, Silas. Isso me cheira a sacanagem. – Apoiei as costas numa parede, enquanto Florzinha se distraía tentando subir num móvel. – Ficou óbvio que esse projeto não vai sair pela VibePrint. Tudo o que fiz até agora pode ter sido em vão e estou tão apaixonada... – Ofeguei. – Pelo projeto – completei de forma apressada.

Não soube se ele percebeu a pequena confusão, mas ficou calado por uns instantes.

– Brenda... Você sabe que essa é a editora que a Poliana herdou da família dela, não sabe?

Paralisei, encarando parte do teto. Por alguns segundos, fiquei sem entender nada, depois eu me recordei do nome da CEO no e-mail e conectei tudo ao nosso passado em uma velocidade assustadora. O baque foi tão grande que senti como se tivesse sido atropelada, ou levado um tiro. A dor se alastrou pelo meu corpo e, sem que percebesse, já estava tremendo da cabeça aos pés.

Não pude falar nada. Continuei em choque. Será que aquela mulher se lembrava de mim? Sabia quem eu era e, mesmo assim, queria fazer negócio? Tantos anos se passaram. Não éramos mais aquelas jovens, cheias de intrigas. Por outro lado, ela teve uma participação importante no meu rompimento com Silas. Eu não fazia ideia se seria capaz de olhar para a cara dela, menos ainda de fechar um acordo.

– Estamos falando de uma das maiores editoras do mundo, Brenda – Silas prosseguiu, murmurante. – O contrato é muito bom e pode te abrir outras portas como *ghost writer*... E até como escritora. – Ele fez uma pausa. Seu timbre ainda soava grave, sério em demasia. – A oportunidade é excelente. Vamos combinar que a VibePrint não é lugar para alguém com o seu talento.

Ouvi o suspiro dele no meu ouvido. Silas falou tudo como se estivesse dando uma notícia de morte. Não combinou.

– E por que você está com essa voz? – Ele se manteve calado. – Silas?

– Por nada, Brenda. A decisão é sua... – Percebi a mentira descarada logo no primeiro momento. Não estava tudo bem para ele, muito pelo contrário. Só queria entender o que estava sentindo, porque talvez me ajudasse a compreender o que era aquele aperto horrível no meu coração.

– Eu quero a verdade. Por favor – murmurei.

Ouvi quando ele, novamente, soltou o ar dos pulmões. Refletiu durante um minuto completo, até que, enfim, pronunciou:

– É como se o mundo tivesse capotado e me colocado numa situação parecida, talvez para provar o quanto estive errado. – O meu peito se afundou ainda mais com aquela declaração entristecida. – Eu não quero você perto desse Ivo Augusto. Mas a oportunidade é ótima, não dá para negar isso, e a VibePrint não tem a expressão que a Visionaries tem. Ninguém te julgaria por ir atrás de algo melhor.

– Como eu te julguei – sussurrei. – No passado. Eu não queria você com a Poliana, e isso o fez perder a chance de se tornar um editor ou até de ter um cargo maior dentro da empresa dela. – A dor que se espalhava ficou tão intensa que não contive o choro.

Perceber o quanto a situação era parecida me detonou de vez.

– Não, Brenda. Eu deveria ter entendido o quanto era horrível para você. Porque pensar em você longe de mim e perto dele é… angustiante. – Silas ainda estava muito sério. – E olha que nem o conheço, não temos intrigas, só sei que ele está a fim e talvez tente alguma coisa. Como você tantas vezes me alertou sobre a Poliana. E eu não dei bola.

Balancei a cabeça em negativa.

– Não é desse jeito que estou vendo. – As lágrimas caíam pelo meu rosto. – O que enxergo agora é o quanto fui estúpida. – Prendi um soluço, mas ele não pôde ser contido na totalidade e soltei um choramingo estranho. Florzinha deve ter percebido minha mudança de humor, porque se aproximou e subiu no meu colo. Alisei a cabecinha dela enquanto pranteava. – Arruinei a sua vida.

– Deixe disso, Brenda. Nós dois fizemos escolhas.

– Escolhas que arruinaram a nossa vida! – completei, com a voz mais alta, indignada de verdade com tudo. O fato de não poder mudar o passado era desesperador. O remorso surgiu como uma onda tão poderosa que me senti fraca. – Não estamos onde deveríamos estar. A gente só se atrasou em todos os aspectos.

– Você pode mudar isso.

Continuei negando com a cabeça, inconformada.

– Não confiei em você antes… E agora você não confia em mim – soltei, porque foi a frase que pensei e não quis guardá-la nem por um segundo. – E tudo bem, quais motivos te dei para confiar? Só te julguei e me afastei, impedi as conversas, não me abri e te assustei com tanta frieza.

– Está enganada, Brenda.

Naquele mesmo instante, o meu celular soltou uns apitos e, ao afastá-lo do ouvido, percebi que a Zoe ligava para mim. Havia muitas mensagens no grupo dos revisores, as quais eu tinha ignorado, talvez por estar atenta ao conteúdo do e-mail, completamente distraída. Pelo horário, a parte primordial do plano foi colocada em ação havia certo tempo e não me dei conta disso.

– É a Zoe. Acho melhor eu atender – informei depressa.

– Tudo bem, depois conversamos com calma.

A ligação com Silas foi finalizada, mas não a minha angústia, apreensão e tristeza. Eu me sentia derrotada, fracassada e uma completa idiota. Mas não tive tempo para processar tantos sentimentos ruins, porque atendi a minha colega de trabalho e, quando ela chamou o meu nome, do outro lado da linha, foi com a voz muito chorosa.

– Zoe? O que houve?

– Olha, Brenda… – Suspirou, com o mesmo tom embargado. – A ideia até que foi boa, admito. Pensei em fazer algo assim com você e o Silas, mas… – Soltou um soluço dolorido. – Não funciona comigo e com o Edgar.

Ouvi alguns sons esquisitos naquela ligação, por isso perguntei:

– Onde você está? – A preocupação tomou forma, porque me senti culpada por ela ter ficado daquele jeito. – O que aconteceu?

– Estávamos indo bem. – Riu, mas foi com certa tristeza. – Esperamos vocês por um tempo, depois a garçonete entregou o vinho que encomendaram para nós e o bilhetinho. Achei fofo e cuidadoso. – Voltou a rir, sem graça. Silas e eu havíamos nos desdobrado para criar uma situação romântica na medida certa. – Mas desandou. Nós brigamos, e fui embora.

Soltei um arquejo longo.

– Mas por quê, Zoe?

Ela demorou a responder.

– Eu não sei. Acho que não posso fazer isso.

Ouvi o barulho de carros passando e fiz uma careta.

– Onde você está, afinal?

– Indo para a estação pegar o metrô.

Olhei o relógio. Eram quase onze da noite, tarde demais para ela voltar sozinha para casa. Se alguma coisa acontecesse com Zoe, nunca me perdoaria. Infelizmente, os nossos planos não deram certo. Precisava conter os danos.

– Zoe, me espere na estação. Vou te pegar e te deixo em casa, já estou saindo. – Levantei-me, deixando Florzinha miando estridente no chão. – Ou podemos conversar… Terminar a noite entre garotas, o que acha?

– Não é outra armadilha?

– Claro que não. Espere que estou chegando.

Ela ponderou por uns instantes, mas acabou confirmando. Troquei de roupa muito depressa, peguei as chaves e, no caminho para a estação, liguei para Silas. Achei por bem avisá-lo. Conectei o meu celular no sistema de som do carro.

– Deu merda, Silas – fui logo informando, assim que ele atendeu.

– O que houve?

– Eles brigaram. Zoe está arrasada. Vou pegá-la na estação do metrô para conversarmos.

– Você está saindo de casa a essa hora?

Dei de ombros. Eu me sentia cansada, mas nunca deixaria ninguém na mão.

– Zoe me ligou chorando no meio da rua, Silas. A culpa foi nossa. Ele ficou muito descontente.

– Vou ligar para o Edgar. Talvez conversarmos separadamente ajude.

– Ou piore. – Soltei um riso um tanto amargo. – Não somos os mais indicados para aconselhar ninguém ou falar sobre a importância do diálogo.

– Pois acho que somos os mais indicados.

– Se você acha... – Parei em um sinal vermelho. – Bom, vou lá. Qualquer coisa me avise, Silas.

– Tudo bem.

Se a voz dele estava grave antes, naquela nova ligação parecia meio desafinada pelo desespero. Era óbvio que Silas não estava bem, e a culpa não era da Zoe ou do Edgar, mas daquele e-mail maluco. Eu não sabia o que fazer, o que pensar ou como agir, nem o que dizer àquele homem, mas era o momento de esquecer um pouco os meus problemas e me concentrar na garota que com certeza precisava de ajuda.

A minha casa ficava um pouco longe da estação próxima ao bar, mas cheguei em cerca de quinze minutos por causa da ausência de trânsito. Enviei uma mensagem diretamente para Zoe e, minutos depois, ela se aproximou do veículo e entrou, com o rosto inteiro vermelho de tanto chorar. Senti muita dó imediatamente.

– Oh, Zoe... – Esgueirei-me para lhe dar um abraço. Ela afundou no meu ombro e simplesmente desabou. Eu não esperava por aquilo. Sempre fui a mais propícia a cair no choro. Para mim, Zoe era uma rocha, mas, pelo visto, ninguém era tão forte a ponto de nunca desmoronar. – Não fique assim.

Afastei-a e enxuguei seu rosto com as duas mãos.

– Não aguento mais isso! – choramingou, cuspindo um pouco, feito uma criança indefesa. – Como sou idiota, meu Deus! – Ela se afastou de vez, enxugou o rosto e revirou os olhos, impaciente.

– O que foi que aconteceu? Afinal, você gosta dele ou não, Zoe? Abre o jogo.

A CULPA É DO MEU EX

Ela piscou várias vezes na direção do painel do meu carro.

– Gosto – sussurrou, amuada. Era como se tivesse vergonha disso.

– E por que é tão ruim? Você não parece feliz por gostar dele.

Fiquei meio preocupada, porque a estação estava vazia e a rua, escura. Dei partida no carro, sem saber direito para onde ir. Talvez devesse levá-la para um lugar mais reservado. Pensei na minha própria casa e iniciei o percurso de volta. Enquanto isso, Zoe pensava em uma resposta. Demorou demais a dizer:

– Edgar saiu de um relacionamento recentemente, Brenda, faz uns três meses só. Um namoro de quase seis anos. – Daquela eu não sabia. Acho que nem o Silas, pelo visto. – Além disso, somos muito diferentes. Ele é o Sol e eu sou a Lua. Acho que nunca vamos nos encontrar. A briga foi por uma enorme besteira… Uma coisa levou a outra e, quando vi, já estava virando as costas e deixando o bar e ele para trás.

– Zoe… O que eu tenho certeza é de que Edgar gosta de você. Muito. Ele fica detonado com essas brigas. Vocês estão com sérios problemas de comunicação, e isso é triste de acompanhar. – Prendi as mãos com força no volante, antes de me expor: – Sou prova viva de que a falta de diálogo traz apenas problemas. Dei adeus ao grande amor da minha vida sem uma conversa decente, e não há nada de que me arrependa mais. Acreditei em "achismos" que só existiam na minha cabeça durante longos anos. Eu não desejo isso para ninguém, menos ainda para vocês.

– Está falando do Silas? – ela perguntou, curiosa.

Assenti, concentrada em dirigir com cuidado.

– Focar intrigas bobas não ajuda – continuei, com dificuldade de engolir o bolo que se formou na minha garganta. – Não tem coisa pior do que ver o tempo passar sem que se faça nada. Se você gosta dele, se o quer, precisa deixar isso claro. E lutar pelo que deseja. Porque o tempo é implacável, Zoe. Não volta. Deixar uma história inacabada é tão doloroso, mexe com tudo ao seu redor. A pessoa se sente impotente.

334

Ela suspirou e murmurou, muito baixo:

– Eu tenho medo, Brenda.

As palavras dela pareceram o resumo fiel da minha vida. Mas eu estava cansada de ser guiada pelo medo. Ele nunca me fez chegar a lugar algum.

– Pode ter certeza de que te entendo. – Meus olhos marejaram perigosamente. – Mas quebrar a cara dói menos do que se arrepender, acredite, e do que ficar pensando no que poderia ter sido, caso você tentasse. – Fiz uma pausa para conter a emoção. – Essas coisas enlouquecem, Zoe. Na dúvida, é sempre melhor lutar pelo que quer, ser aberta e sincera o tempo todo.

Ela ficou em silêncio por longos minutos. Não disse nada e eu também, porque achei melhor que refletisse. Na verdade, aproveitei para pensar sobre a minha situação. Talvez aquelas palavras não fossem apenas para a Zoe.

O meu celular tocou, e o nome de Silas apareceu na tela da central multimídia do veículo. Zoe me olhou com a expressão maliciosa. Atendi e deixei no viva-voz.

– Oi, Silas.

– Brenda? Só avisando, estou com Edgar aqui em casa.

– Na sua casa? – Estranhei. Zoe pareceu ter petrificado no banco do carona diante da menção ao nome do Edgar.

– Sim, liguei e ele veio. Contei que você estava com a Zoe. Achou ela?

– Estou aqui. – A garota se adiantou, com a voz desgostosa.

– Por que vocês duas não vêm para cá? – Silas soltou a sugestão e fiz uma careta. Pareceu-me uma coisa sem sentido. – Acho que precisa falar com ele, Zoe. Edgar tem umas coisas para te dizer.

Olhei de relance para a garota, que ficou congelada olhando para a tela.

– Que coisas?

Silas riu um pouco.

– Aí você vai ter que descobrir pessoalmente.

Aquela resolução toda foi rápida, talvez porque o bar ficasse perto da casa de Silas, o que significava que também era perto da estação. Sem pensar duas vezes, mudei a rota. Não soube se Zoe compreendeu o que eu estava fazendo, porque ficou muda.

– Alô? – Silas chamou a atenção do outro lado da linha.

– Você quer falar com ele? – perguntei para Zoe. Ela que tinha que tomar a decisão, afinal de contas.

Zoe aquiesceu devagar, destravando do estado de choque.

– Tudo bem. Não faz muito sentido, mas… Se ele quer falar comigo, tudo bem.

Sorri para ela. Estava orgulhosa porque sabia o quanto precisou ter coragem.

– Estou chegando, Silas. Não demoro muito – avisei.

– É a melhor notícia da noite, docinho – murmurou e desligou logo em seguida.

Zoe soltou um riso e deu um tapa no meu ombro.

– Você ouviu isso?

– Ouvi, não precisa bater em mim! – Ri de sua empolgação repentina.

– Ele está tão na sua. Completamente apaixonado! – Zoe gargalhou, mas logo voltou à seriedade, talvez compreendendo que teria que passar por uma conversa difícil.

Não falei nada, apesar de ter sorrido de um jeito bobo. Permiti que a minha mente se mantivesse imersa nas palavras que havia dito para Zoe minutos atrás. Diante delas, compreendi o quanto o tempo era valioso. Ele continuava passando, e o que eu estava fazendo, além de desperdiçá-lo? Cada segundo contava, e eu continuava deixando que escapasse. Fazia muito pouco, quase nada. Eu podia mais.

O medo não me travaria daquela vez. Seria o fim de toda dor.

A CULPA É

CAPÍTULO 25

Talvez não valha a pena
Buscar culpados.

O que vai mudar
Se te culpar?

O que vai mudar
Se me culpar?

Talvez eu não deva
Livrar-me de você
Ou de mim

Mas da culpa.

A CULPA É MINHA

Zoe estava desconcertada ao adentrar o apartamento de Silas comigo ao seu lado. Enrolava os dedos como se não soubesse onde os colocar. Eu nunca a tinha visto daquela forma; sem o controle da situação, calada, à mercê de acontecimentos que a enervavam visivelmente. Perguntei-me se havia sido uma boa ideia trazê-la.

Edgar se levantou do sofá e a encarou, depois foi impossível que ele desviasse os olhos da garota amuada. Permaneceu sério e emocionado ao mesmo tempo, então eu soube que o rapaz estava disposto a consertar aquilo que havia se quebrado. Só esperava que desse tudo certo entre

A CULPA É DO MEU EX

eles, porque mereciam ser felizes, de preferência, juntos. Era tão óbvio que se amavam. Talvez lhes faltasse apenas um pouquinho de coragem.

– Podem ficar à vontade – Silas disse, abrindo um sorriso ameno ao nos ver ali. Repousou os olhos verdes sobre mim. – Brenda e eu também temos uma conversa pendente. Vem, docinho… – Sem disfarçar qualquer possível envolvimento, o homem se aproximou, puxou a minha mão e me guiou pelo corredor.

Percebi a porta do quarto do Fabinho fechada. Sabia que Silas estava com o filho naquela semana, por isso mesmo eu tinha me afastado. Pelo horário, o menino devia estar dormindo. Aquilo também explicava o fato de ele ter chamado Edgar para lá, em vez de ter saído de casa para encontrá-lo, como eu tinha feito com a Zoe.

– Fabinho está dormindo? – murmurei a pergunta só para confirmar, enquanto cruzávamos o corredor a passos preguiçosos.

De repente, Silas parou e assentiu, antes de me empurrar para a primeira parede que surgiu atrás de mim e envolver seus lábios nos meus como se não pudesse esperar que chegássemos ao seu quarto.

– O que você tem para me dizer? – Ouvi a voz baixa de Zoe. Aquilo me assustou um pouco, tanto que me desvencilhei de Silas, mas ele não me deixou desgrudar totalmente. Ficou me olhando, enquanto ainda escutávamos a conversa que se passava na sala: – Deve ser muito importante, para que a gente tenha que incomodar Silas e Brenda a esta hora da noite. – Percebi o timbre implicante dela e revirei os olhos.

Parecia algo mais forte do que a Zoe. Será possível que ela não conseguia ter uma conversa minimamente normal com Edgar? Aquilo me soava como um mecanismo de defesa muito poderoso. Comportamento de quem já foi magoada mais de uma vez e usava do sarcasmo para não se sentir vulnerável.

– Tem coisas que precisam ser ditas – Edgar falou mais baixo ainda. – Que não podem esperar. Quanto mais cedo forem expostas e quanto mais claras ficarem, melhor. – Ele riu um pouco. – Ao menos Silas me disse isso, e acho que ele tem razão.

Olhei para o homem diante de mim. Pisquei os olhos algumas vezes e fiz menção de me afastar. Queria que ficássemos a sós porque tínhamos muito para conversar, só que Silas agarrou meu cotovelo, obrigando-me a permanecer. Não precisou dizer nada, apenas sorriu e eu soube que ele não sairia dali enquanto não ouvisse a conversa daqueles dois.

Abri bem os olhos, um tanto espantada.

– A gente não pode fazer isso – sussurrei, perto de seu rosto.

– Brenda, eu vou morrer de curiosidade. Você me conhece.

– Não podemos nos... – Comecei, mas Zoe me interrompeu, mesmo sem fazer ideia de que ainda estávamos no corredor, feito dois fofoqueiros que não se aguentavam diante de informações novas e que prometiam ser empolgantes.

– Pois então diga. Estou aqui, não estou?

– Senta aqui comigo – Edgar a chamou. Ouvi alguns ruídos, provavelmente porque Zoe fez o que ele pediu, até que o rapaz prosseguiu com a voz suave: – Nunca falamos de verdade sobre como tudo isso começou. Acho que você precisa saber, Zoe. Nada jamais ficou claro entre nós.

– Do que está falando?

De novo, revirei os olhos. Zoe poderia ser mais esperta do que aquilo.

– Sei que, quando nos conhecemos na VibePrint, eu era comprometido. – A voz de Edgar soou bem séria. – Os planos sempre foram sermos bons colegas. Acho que conseguimos. Tudo era tão fácil quando éramos apenas amigos.

Alguns segundos de silêncio.

– Você quer que a gente volte a ser amigo? – Zoe questionou, mas percebi que não ficou satisfeita. A voz deu uma estremecida como se buscasse controle para não gritar. – Tudo bem, talvez... Talvez seja melhor.

Olhei para Silas, que fez uma careta. Era difícil acreditar que tudo aquilo poderia dar em nada. Mesmo me sentindo bem errada por estar ali, fiquei mais curiosa do que antes e me empenhei para continuar ouvindo, ainda que as mãos de Silas na minha cintura às vezes me deixassem fora de órbita.

– Não posso falar nada por você, mas eu não quero ser seu amigo, Zoe.

Eles ficaram calados, e eu sorri para Silas, que agarrou minha pele com mais força.

– Edgar, não sei se é uma boa ideia... – Zoe ponderou, mas o rapaz estava disposto a ser sincero até o fim.

– Eu me apaixonei por você há muito mais tempo do que imagina. – Aquela informação me fez suspender o ar dentro dos pulmões. Quase saltitei de alegria. Precisei conter o grito empolgado. – Quando aconteceu, eu nem podia sentir isso. Estava em um relacionamento morno de muitos anos e me apaixonei pela minha colega de trabalho. E foi natural... Eu te via todos os dias na minha frente e te admirava. Tanta admiração se transformou em interesse, depois me percebi apaixonado.

Zoe não disse nada. Acho que ficou tão embasbacada quanto eu e, pela sua expressão espantada, o Silas.

– É claro que não achei isso certo. Não era justo. – Edgar prosseguiu: – Foi por estar louco por você que dei um basta na relação. Meu desejo era ficar contigo imediatamente, mas tentei me conter ao máximo. Entender o que estava acontecendo.

– Eu... E-Eu não sabia disso – Zoe gaguejou, desconcertada.

– Não queria colocar em você a responsabilidade de um término. – Abracei a cintura de Silas e aspirei seu cheiro porque, repentinamente,

340

senti uma grande necessidade de me acalmar. – Quis dar um tempo, mas meu desejo ficou cada vez mais evidente. Acho que você percebeu, porque começou a me dar patadas.

– Claro que percebi, Edgar. Você mudou comigo da água para o vinho.

– Peço que me desculpe por isso. Não fui capaz de ser apenas o seu amigo. E em toda tentativa de me aproximar, fui rechaçado. – Ele suspirou profundamente. Aquela conversa me enchia de uma angústia esquisita. – Achei que não gostasse de mim, que não quisesse nada, até aquele dia em que nos beijamos. Foi ali que percebi que, talvez… Bom. Mas você continuou se afastando.

– Fiz isso porque… – Zoe fez uma longa pausa. – Eu não sabia. Desejar você me pareceu errado, e eu não queria sofrer. E ainda não quero. Mas também sinto saudade da amizade que a gente tinha. Sinto falta de você.

Sorri, com os olhos marejados. Silas segurou o meu rosto e sorriu de volta.

– Odeio essas discussões que a gente tem… – Edgar disse em tom de desabafo, com um longo suspiro. – Você tentou me evitar, mas a gente continuou acontecendo, e eu não soube mais o que fazer com isso. Fiquei me sentindo péssimo. Toda vez que a gente transava escondido e você se afastava logo em seguida, eu me sentia usado.

Engoli em seco. Então quer dizer que eles se pegavam na surdina fazia um tempo?

– Não queria que se sentisse assim, Edgar. – Zoe soou meio chorosa. – Eu também me sentia péssima e não sabia o que fazer. Era mais simples fingir que nada estava acontecendo.

Os dois fizeram silêncio durante muito tempo. Foi a vez de Silas tentar se afastar para sairmos dali, mas eu o segurei com força. Agora que havíamos começado, precisava saber de tudo até o fim.

– Não sei o que sente por mim, Zoe – Edgar falou bem baixinho. Mal deu para ouvir. Eu quase não respirava, para não fazer barulho e sermos descobertos. – Ou o que quer comigo. Mas acho que já passou da hora de dizer que eu te amo.

Apertei os ombros de Silas e o encarei, embasbacada. Diante do silêncio de Zoe, que deveria ter ficado em choque, Edgar continuou se declarando:

– Não aguento mais ficar desse jeito com você. Eu te amo e te quero para mim de verdade, sem esconder nada, e quero que a gente pare de brigar. – Quase aplaudi o rapaz naquele instante. A emoção crescia em meu peito, parecia que estava acontecendo comigo, de tão envolvida que fiquei. – Se você não sentir o mesmo, se não me quiser... Isso tem que ser definido. Vou tentar te esquecer, e quem sabe um dia consiga ser seu amigo de novo. Só não posso continuar sofrendo assim.

Zoe continuou muda. Quase saí do corredor só para dar uma chacoalhada nela.

– Acho que a gente precisa sair daqui – ela murmurou, por fim. O meu coração sofreu um forte abalo. Como podia ser tão fria? Porém, Zoe logo acrescentou: – Não quero te beijar no sofá da casa do Silas, nem fazer amor contigo com plateia. – Naquele instante, nós nos demos conta de que Zoe sabia o tempo todo que estava sendo ouvida.

Ainda assim, Silas e eu ficamos quietos. Edgar soltou uma risada aliviada.

– Então você me quer? – ele questionou.

– Claro que quero. Eu nem teria vindo aqui, se não quisesse. Nem te beijado da primeira vez. Nem te encurralado no cantinho do cochilo em todas as vezes. – Ela suspirou. – Brenda disse que eu não deveria ter medo de tentar. Que deixar o tempo passar é doloroso... E realmente dói. Então, vamos, quero terminar essa conversa na minha cama, se você não se importar. É lá que eu vou dizer que te amo, não aqui.

Edgar riu mais uma vez. A alegria dele me contagiou de imediato. Senti uma quentura gostosa no coração e mal contive o suspiro aliviado por eles terem sido abertos um com o outro.

– Com certeza não me importo.

– Vocês já podem sair daí, seus bisbilhoteiros! – Zoe anunciou, claramente se referindo a mim e ao Silas.

Limpei a garganta e nem me dei o trabalho de fingir, só ficaria mais feio para o nosso lado. Silas ainda mexeu na porta do banheiro social, disfarçando. Aparecemos na sala e encontramos Zoe e Edgar de mãos dadas, sorrindo.

– Vocês já vão? – Silas questionou, com a cara lisa.

– Já. – Zoe se adiantou, com a expressão um tanto maliciosa: – Vamos deixar vocês se agarrarem em paz. – Piscou um olho e caminhou, sem se desconectar de Edgar, até a porta do apartamento.

Não nos demos o trabalho de negar. Fizemos despedidas rápidas, porque os dois casais estavam com certa pressa. Edgar e Zoe pediram um carro por aplicativo e se foram, nem deixaram que a gente os seguisse até a portaria. Agradeci internamente, porque queria ficar sozinha com Silas fazia um bom tempo.

Assim que ele fechou a porta, virei-me na sua direção.

– Precisamos conversar – murmurei.

A expressão dele se agravou um pouco. Deu para perceber o espanto. Eu o tinha assustado de novo, mesmo sem intenção, talvez porque soei séria demais. Bom, o assunto era muito sério, e eu não sabia o que podia sair dali.

Por outro lado, estava confiante. Sentia-me, finalmente, preparada para aquilo. Porque Silas tinha mesmo razão: há coisas que precisam ser ditas, e quanto mais cedo e mais claras ficarem, melhor.

– Quer beber alguma coisa?

– Estou bem. Obrigada.

343

Ele olhou ao redor, visivelmente perdido. O nosso último papo havia sido bem tenso, Silas deveria saber que entraríamos nele outra vez. O homem passou a mão pelo cabelo, andou para um lado e depois voltou.

– Onde vai ser a conversa?

– Pode ser no seu quarto.

O sorriso que deixou escapar me encheu de coragem. Ter dito aquilo fez toda a diferença, porque deixava claro onde eu queria que a conversa terminasse. Por mais que pisássemos em terrenos inexplorados, de difícil acesso, precisava manter o otimismo. Deu para notar o alívio no semblante dele. Não era minha pretensão assustá-lo, embora estivesse espantada e tremendo de pavor.

Tomei a frente e andei pelo corredor com ele logo atrás de mim. Silas fechou a porta e me sentei na cama dele. Abri um pequeno sorriso quando se virou para me encarar. Ele encurtou a distância entre nós rapidamente. Sem que eu conseguisse raciocinar, empurrou-me no colchão e colocou o corpo sobre o meu.

Soltei uma risada.

– Ei, não é esse tipo de conversa! – alertei, ainda rindo, empurrando seu peito para que parasse de me atacar. – É uma conversa mesmo, de verdade.

– Ah… – Silas segurou o meu rosto. – Fui enganado. Droga! – Ri de sua confusão. Ele deu um beijinho na ponta do meu nariz, antes de se afastar, sentando-se sobre a cama. – A gente pode conversar depois? Estou duro já. Você está tão gostosa com esse vestido…

Eu me sentei em seguida, frente a frente com ele, e cruzei as pernas. Deixei a barra do vestido simples, que coloquei às pressas, cobrindo o meu centro, para que a atenção de Silas não fosse desviada.

– Segure a emoção, Silinhas. Desta vez vamos conversar antes – soltei em tom de brincadeira, mesmo sabendo que era tudo muito sério. Eu estava apavorada. Meus dedos tremiam; ainda assim, decidi que não recuaria. De novo, não.

— Não me assuste, Brenda... Você está me apavorando.

Ergui as duas mãos, sorrindo. Silas me ofereceu as suas e terminamos com os dedos entrelaçados, encarando um ao outro a uma distância curta. Suspirei. Eu não sabia por onde começar. Refleti sobre o que precisava dizer, e o abalo foi se tornando mais intenso dentro de mim. A dor profunda que havia se enraizado no meu peito ameaçou latejar por todo o corpo.

Sentia a poderosa força da fuga. Implacável, era um sentimento que me deixava prestes a sair correndo, porque, no fundo, não queria entrar em contato com ele. Não desejava encará-lo, pois me parecia terrível. Enchia-me das piores emoções. O meu estômago já estava congelado e o coração batia forte, arrancando o meu fôlego.

Silas percebeu que eu não estava bem, porém continuou em silêncio. Não desviei os olhos dos dele. Eles seriam a minha força. Eu precisava passar por cima de tanto medo, se quisesse me livrar de tudo o que me travava. Era questão de sobrevivência. Uma batalha interna a ser travada e que sempre me derrotava, dia após dia. Não mais.

Naquela noite eu ia vencer. Precisava sair vitoriosa.

Abri a boca, mas meus lábios tremeram perigosamente, por isso a fechei. Continuei encarando Silas, enquanto ele aguardava com profunda apreensão. Era tão difícil me expor, sobretudo para ele. Porque aquele homem era o único que me afetava a ponto de mexer com toda a minha essência. Uma palavra mal colocada, e eu podia ser destruída da cabeça aos pés. Não era muito justo.

— Brenda... Se não quiser falar...

— Eu preciso, Silas — interrompi-o, um pouco ríspida. Puxei o ar na totalidade e o soltei, na tentativa de me acalmar. De buscar alguma serenidade para dizer as coisas certas. — Por favor.

Ele assentiu devagar. Seu espanto apenas aumentava, coitado.

– Só não me diz adeus – declarou com um assopro, num fio de voz. – Por favor, não me diz adeus de novo. Eu não vou suportar.

Balancei a cabeça em negativa.

– Não é isso o que tenho para dizer. – Engoli em seco. Fiquei arrasada por ele achar que era aquilo, mas não podia julgá-lo. Eu não facilitei em nenhum momento. – Silas, se acalme. Não vou me afastar. Estou tentando fazer justamente o contrário. Não é fácil… E-Eu… Não é fácil me abrir para tudo o que foi sofrido entre nós. Ainda não descobri por onde começar.

Silas apertou os meus dedos.

– Seja como for, estarei contigo.

Dessa vez, eu que o apertei. As lágrimas se formaram em meus olhos.

– Eu sei. E é por isso que dói ainda mais. – Soltei um longo suspiro, que saiu com as palavras: – Eu não devia ter dito adeus, Silas. Não devia ter feito aquelas malas, nem virado as costas sem tentar te entender. Eu não devia ter desconfiado, reduzido tudo o que tínhamos a nada… A algo que não merecia nem um esclarecimento. – Um soluço profundo escapou e me vi aos prantos, enquanto admitia: – Deveria ter conversado, ter mostrado onde você errou, ter insistido mais… Deveria ter feito tudo diferente, porque você valia a pena e eu te amava!

No fim, já estava quase gritando, desesperadamente. As lágrimas dele escorriam, e algo me dizia que Silas sequer as sentia. Eu estava me desfazendo em cacos. Mas sabia que, a partir dali, não teria mais o que quebrar. Necessariamente, iniciaria o processo de cura total e definitiva. Precisava deixar para trás o que não seria colado de novo. E me concentrar no que ainda tinha ficado intacto.

– Eu te amava tanto, meu Deus! – Ergui a cabeça, tentando me conter um pouco, porém foi em vão. – Você era tudo, tudo para mim e eu fui embora! Devia ter te procurado depois. Devia ter ido atrás da verdade. Devia ter te apoiado porque era um momento difícil para você, também. Você precisava de mim e te abandonei por… orgulho, egoísmo, medo… Não sei! Eu não devia ter te culpado tanto.

Vários soluços escapuliram e quase esmoreci ali mesmo, se não fosse ele ainda segurando meus dedos, enquanto ambos pranteávamos.

– Eu nos obriguei a sofrer por um adeus que nem deveria ter acontecido. E sofri tanto, penei tanto… Eu não te vi amadurecer, não fui mãe do seu filho, não estive aqui quando precisou de colo e apoio. Não ter estado aqui me adoece, Silas. – Chacoalhei a cabeça avidamente, descontrolada. – Procurei em outras pessoas o que eu tinha contigo e é claro que não encontrei. Jamais encontraria. Foi tudo em vão… tanta dor, tanto sofrimento, tanta culpa. Perdi o meu brilho. O meu tempo. A vida que eu queria. Perdi a vontade, o otimismo, a confiança e até as esperanças. Perdi tudo… tudo… porque perdi você. E a culpa é toda minha!

Precisei parar de falar para chorar sem qualquer dignidade. Silas não quis me largar, ainda que eu tivesse necessitado, nem que fosse para tentar enxugar as lágrimas. Em vez disso, ele me puxou para si e praticamente me sentei no colo dele, com as pernas ao redor de seu tronco, porém com o meu corpo ainda sobre o colchão.

Ele segurou o meu rosto.

– Não vou deixar que se culpe desse jeito, Brenda. – Balançou a cabeça em negativa, e soltei tantos soluços sofridos que acabou fazendo uma pausa. Só voltou a conversar quando controlei aquela crise: – Vamos falar do que não deveríamos ter feito? – O rosto dele estava tomado pela vermelhidão. – Eu não devia ter abandonado a nossa casa. Não devia ter te deixado sobrecarregada, sozinha, nem ter feito com que se sentisse assim… Eu deveria ter te apoiado mais, prestado mais atenção nos seus sentimentos. Ter ficado atento ao que acontecia conosco. Não devia ter ouvido aquela garota.

A CULPA É DO MEU EX

Ele riu um pouco, enquanto chorava, com a expressão indignada, sofrida demais. Era tão difícil me deparar com os estragos em sua totalidade. Eles eram gigantes. Maiores do que suportava lidar. Eu me sentia dançando sobre os vidros quebrados do passado.

A verdade é que as escolhas possuem uma força devastadora chamada consequência. Descobrimos tarde demais que nenhuma escolha poderia ser feita de qualquer jeito. Viver exige muito cuidado, um acordo insubstituível com a total transparência. Uma dedicação que não tivemos por causa da imaturidade.

– Não devia ter me encontrado com ela, ainda mais sem te dizer nada. Não devia ter tomado qualquer decisão sem te perguntar, porque éramos um casal. A gente devia ter resolvido tudo juntos, mas fui um otário, egoísta, só olhei para o meu próprio umbigo e não soube ser nem a metade do parceiro que você merecia. – Tentei negar, mas ele não deixou, segurou meu rosto com força e continuou falando, muito próximo: – Eu não devia ter deixado você ir. Devia ter insistido, ter conversado e até brigado! Devia ter implorado, pedido pelo amor de Deus para que não fosse embora. Devia ter te procurado. Tantas vezes pensei em te procurar e não fui… – Foi a vez de Silas soluçar. Agarrei seus cabelos, desconsolada. – Eu te fiz partir mesmo me amando. Meu Deus, Brenda, olha o imbecil que fui. Você me amava e foi embora porque não te mereci. Provoquei aquele adeus e nem sei como começar a me perdoar por isso, nem tenho cara para te pedir perdão por não ter estado contigo esses anos. Você se casou e eu não estava lá… Não era eu esperando você, te vendo linda vestida de noiva. Isso dói tanto… – Os lábios dele estremeceram e o homem convulsionou, entrando em uma crise de choro.

De repente, Silas se desvencilhou de mim e temi por aquele afastamento. Mas ele apenas caminhou até uma cômoda branca, no canto da suíte. Abriu a primeira gaveta, vasculhou um pouco e voltou com uma caixinha preta aveludada em mãos. Olhei para o objeto com o cérebro

348

congelado, incapaz de me mover. Tive medo do que aquilo significava. Tive pavor de perguntar o que era.

Fiquei tão chocada que foi ele quem abriu a caixa, revelando duas alianças brilhantes, muito bonitas. Levei a mão à boca, em pleno choque. Silas voltou a se sentar à minha frente, ainda exibindo aqueles anéis tão lindos quanto aterrorizantes.

– A gente mal tinha dinheiro para o aluguel, e eu usei as poucas economias para comprar isso… – Silas as deixou sobre a cama. Continuei encarando as alianças, embasbacada. Não devem ter sido baratas, de fato. – Ia fazer o pedido assim que arranjasse um emprego – murmurou, passando as mãos pelo rosto. Concluiu com um suspiro. – Claro que eu não tinha maturidade alguma para ter uma casa ou uma esposa. Mas sempre quis você, Brenda. Nunca tive dúvida disso. O fato de você ter subido num altar com outro me adoece.

– Foi só um casamento no civil, Silas, a coisa mais sem graça – comentei, bufando. Ri de nervosismo e chorei de angústia. – Não era você. – Voltei a encará-lo. Silas estava arrasado. – Se fosse, teria sido uma festança. Eu estaria feliz e realizada de verdade. Faria durar para sempre.

Ele me puxou de novo para si. Encaramos aquelas alianças por um tempo. Seu nariz foi parar na dobra do meu pescoço.

– E eu queria que você tivesse sido a mãe do Fabinho – admitiu em voz baixa.

Assenti devagar. Aquele sentimento era muito recíproco. Acompanhei quando Silas notou o quanto as palavras soaram cruéis, por um lado. Aquela perspectiva vista de fora. Afinal, só nós dois entendíamos a sinceridade disso. Para Suzi ou para o próprio Fabinho, jamais soaria bem.

Silas tentou se desculpar, mas não deixei. Sem perdões. O lema persistiria. Não haveria desculpas porque decidi que, para começar, não existiriam culpas. Foi assim que senti o peso delas saindo do meu sistema. A gente tinha um passado lindo e inesquecível, que infelizmente terminou mal. Também tínhamos treze anos de um hiato difícil de engolir. Mas ainda éramos nós. Estávamos vivos.

A sensação de ser tarde demais se manteve constante dentro de mim, até aquele momento. Depois ela se esvaiu. Perceber que ainda existia tempo foi fundamental, muito necessário. Porque, no fim das contas, realmente não havia como voltar atrás.

Nenhum adeus pode ser desfeito, apenas corrigido. O que dá para fazer é mudar o presente a fim de prepararmos o futuro que queremos. Não há outra forma de viver, além dessa. Sem dúvida, o passado mantém um peso por si só, mas ele pode ficar mais leve, dependendo da maneira como o enxergamos.

Naquele segundo, o fardo amenizou. Sorri, porque enfim pude respirar de verdade. As alianças deixaram de me entristecer e passaram a me animar. Porque Silas ainda as guardava na primeira gaveta de sua cômoda. Duvidava de que as tivesse entregado a outra pessoa, ao longo de tantos anos. Isso tinha que significar alguma coisa, e eu sabia exatamente o quê: ele esperou por mim.

Literalmente.

– Casa comigo – murmurei.

Silas fez uma careta, ainda choroso, e se endireitou para me encarar. Gesticulei para as alianças, então ele as observou com os olhos bem abertos. Em seguida, riu. Achou que eu estivesse brincando. Apesar de ser uma loucura, ao menos aparentemente, não havia sido brincadeira de minha parte.

Acho que ele só percebeu porque não ri em nenhum momento, mantive-me calada.

– Está falando sério?

Eu me endireitei nos braços dele.

– Nós perdemos muito tempo. – Olhei no fundo de seus olhos, e a minha certeza apenas aumentou. – Não vai haver nenhum outro, Silas.

Era para você ter sido o meu último, anos atrás. Mas ainda dá tempo de ser meu último agora.

Ele agarrou a minha bochecha. Deixou uma lágrima escapar. Era como se não acreditasse no que eu estava dizendo.

– Você não tem… dúvida? Não tem medo? Brenda… – Ofegou. – Até outro dia você fugia de mim. Não queria papo.

Sorri para ele. Eu me sentia mais leve a cada segundo. Poderia flutuar feito uma pena a qualquer momento, porque finalmente reencontrei a minha paz. Deparei-me com a verdade indissociável do meu ser.

– Eu não fugi por ter dúvida, Silas. Agora entendo isso. – Dei um beijo no seu nariz. – Fugi porque, assim que te vi, fui arrebatada pela certeza. – Ri sozinha, um tanto nervosa. – Claro que surtei, até vomitei no carpete da VibePrint. Não soube lidar com nada. Quando reencontrei você, tive certeza de que havia cometido o maior erro da minha vida. Como suportar treze anos de remorso?

– Achei que só eu tivesse sentido isso.

Balancei a cabeça em negativa.

– Você conhece a minha nova versão. Jamais proporia algo tão sério se não fosse verdade. – As lágrimas dele se misturaram com as minhas, de tão próximos que nos mantivemos. – Talvez nunca me recupere dessa frieza, da ponderação… Mas eu tenho certeza, Silas. Tenho certeza de que não deixei de te amar.

– Ah, Brenda…

Silas me agarrou de vez e girou nossos corpos sobre o colchão. Sua grandeza e quentura pairaram por cima de mim. Trocamos um beijo profundo, intenso, capaz de me deixar acesa e de me fazer chorar mais. Sequer ousei sentir um pingo de medo. O único arrependimento que eu tinha era de demorar tanto para perceber o que estava na cara.

– Você não me respondeu. – Afastei-o um pouco, sorrindo e aguardando. – Está me enrolando, Silinhas? Se não quiser, tudo bem. Eu só precisava tentar. Claro, a gente pode namorar, ir com calma e…

Ele colocou o dedo na minha boca e soltou uma risada.

– Calma? Não, eu não tenho calma. Você é a minha pessoa, Brenda. – Beijou o meu olho direito. – O amor da minha vida. – Beijou o outro. – Nunca duvidei, só não quis te assustar nem forçar a nada. – Concluiu com um selinho nos lábios. – Acha que sou louco de te deixar escapar de novo? Ganhei a segunda chance de te fazer feliz e não pretendo desperdiçar. Você nunca terá motivo para dizer adeus.

Silas me encarou com um sorriso escancarado. Ficou paralisado daquela forma, como se eu fosse um tesouro ou algo com um valor inestimável. Senti-me tão amada que o coração quase escapulia pela garganta.

– Isso é um sim? – perguntei, porque eu não queria que sobrasse qualquer dúvida entre nós. Nunca mais. Silas sempre seria o primeiro a saber de tudo sobre mim.

Deveria ter sido assim desde o princípio. Seria a partir daquela noite.

– Você confia mesmo nisso? – ele questionou baixinho. Alisou meu rosto com certa apreensão. – Que não terá motivos para dizer adeus? Confia que vou te amar para sempre, como amei até agora?

Ponderei um pouco.

– Amor também é escolha, Silas. Pretendo fazer as certas. A minha decisão é te amar pelo resto dos meus dias e confiar nisso. Confiar em você.

Ele me apertou forte em seus braços.

– Então já podemos marcar a data. Inclusive, pode ser amanhã.

Nós dois rimos.

– E você, confia em mim? – perguntei, sobretudo porque havia outra decisão a ser tomada e precisava de que aquele homem estivesse comigo. Ele sabia disso. Não seria fácil realizar aquela escolha importante.

Talvez por esse motivo tenha ficado sério. Silas assentiu devagar, depois de analisar cada minúcia da minha expressão.

– Confio. Apenas te peço para sempre ser aberta comigo. O que agradar e o que desagradar... Eu quero e preciso saber, Brenda. Não esconda nada, por pior que seja.

Assenti.

– E eu preciso que tudo seja decidido entre nós dois. Juntos. – Ele concordou com a cabeça. – Tive uma ideia boa. Mas ela pode ficar para depois.

– Depois de quê? – Silas ficou confuso.

– Depois de você me pegar com força aqui na cama.

Acho que ele não esperava por aquela resposta ousada, por isso soltou uma gargalha espontânea que só não durou mais porque ficou ansioso para realizar o meu desejo. Foi natural nos despirmos em meio a beijos intensos, apaixonados. As alianças ficaram de lado, em segundo plano, porque o que mais importava estava dentro de nós.

Silas me fez dele até a exaustão, e eu sabia que só estávamos começando aquela nova etapa de nossa vida. Ou recomeçando. A gente merecia outra chance. E por mais que nada na vida fosse certo, a gente bem sabia disso, não havia tempo a perder com dúvidas. Ninguém chega aonde quer sem correr riscos.

Não me lembrava de ter me sentido tão feliz nos últimos treze anos.

A CULPA É

CAPÍTULO 26

Enquanto eu viver
Quero acreditar
Confiar
Amar...
Quero focar
O que de bom virá
Nunca esquecer
O que passou
Mas saber
Que posso mudar.

Enquanto eu viver
Vou me permitir
A minha decisão
É ser feliz
Sem me martirizar
Sem desculpas
Sem medo de errar
Sem qualquer culpa.

SEM DESCULPAS

Foi inevitável abrir um sorriso assim que despertei, porque senti o cheirinho de Silas no travesseiro e me considerei a mulher mais sortuda do mundo. Eu estava nua, enroscada nos lençóis dele, após uma noite intensa em todos os sentidos. Acima de qualquer coisa, sentia-me aliviada por ter tomado aquela decisão. Por tê-lo escolhido.

Encarei a aliança no meu dedo. Fiquei surpresa ao descobrir que ainda cabia. Trocamos as joias em algum momento apaixonado da noite, entre declarações, gemidos e promessas de amor eterno, uma coisa bem estilo romance meloso. O mais engraçado de tudo era não me sentir uma iludida. Não é ilusão quando a gente sabe que é real.

A dor que já fazia parte de mim foi arrancada do meu peito e, no lugar dela, fui preenchida pelos melhores sentimentos. Depois que ela se foi, notei o quanto era enorme. O quanto acabava comigo todos os dias. O quanto eu precisava, realmente, ter me livrado dela. Encontrar o caminho para fazer isso foi árduo, mas valeu a pena, porque uma nova Brenda ressurgiu. Aquela estava disposta a tudo para ser feliz.

Sabia que Fabinho estava no apartamento, por isso recoloquei a calcinha, o sutiã e o vestido, do contrário só usaria a camisa de Silas largada na mesa de cabeceira. Fiz a higiene no banheiro dele e saí do quarto devagar, sem saber se deveria fazer aquilo assim, sem mais nem menos.

Do corredor, vi Fabinho sentado à mesa, de costas para mim. Silas surgiu com uma frigideira de ovos mexidos em mãos, mas não me viu daquele ângulo. Cruzei os braços, apoiei-me na parede e me mantive atenta à conversa que se passava entre os dois, porque tinha certeza de que dizia respeito a mim.

– ... Se eu puder brincar no quintal – Fabinho dizia com sua voz infantil muito fofa. – A gente vai se mudar para a casa dela?

Silas riu e se sentou à mesa ao lado do menino. Continuou sem me ver ali, estava concentrado na conversa com o filho. Fiquei embasbacada porque claramente ele mencionara o casamento para o Fabinho. Levou a sério na mesma medida em que levei. Não tínhamos tempo a perder.

– Eu não sei, ainda não definimos. O que você acha?

– Vou poder ter um cachorro, papai? – o menino questionou e tive que prender o riso. – O senhor disse que teríamos um cachorro quando a gente tivesse um quintal grande, porque cachorro não gosta de apartamento pequeno.

Percebi o rosto de Silas avermelhar, contendo a vontade de cair na gargalhada. Ele estava tão lindo e espontâneo, naturalmente feliz. Observar aquele sorriso me agradou muito. Era daquela forma que eu queria vê-lo dali em diante. Faria de tudo para manter sua alegria e estar ao lado dele em todos os momentos.

– Acho que Brenda não vai se opor a um cachorro... Mas creio que, por enquanto, temos que cuidar da gatinha que ela adotou e que fará parte de nossa família, também. – Silas soava divertido e empolgado.

Tive uma vontade absurda de me atirar nos braços dele, ainda que tivesse feito isso durante a noite inteira. Nunca me cansaria.

– Teremos uma gatinha? – Fabinho praticamente berrou. Ergueu as duas mãos em comemoração. – Como ela é, pai? É pequena ou grande? É de que cor?

– Ela é bem pequenininha assim. – Silas gesticulou com a mão em concha. – O pelo é misturado, preto e branco, a coisa mais fofa. O nome dela é Florzinha. Acho que você vai gostar dela.

– Eu quero, papai! Vamos ver a gatinha hoje? Vamos agora? Hoje é sábado, não tem escola. Tia Brenda vai deixar eu segurar a gatinha?

Silas soltou uma risada e, finalmente, encontrou-me no corredor, já com um sorriso imenso aberto para ele. O seu próprio sorriso se alargou. Tive certeza de que nunca amei alguém tanto assim. Aqueles olhos me davam paz. Silas era a minha casa, e eu me sentia retornando depois de uma longa e exaustiva viagem.

– Por que você não pergunta para ela, filho? – Acenou para mim.

Fabinho se virou para trás e levou um susto. Sério, ele não esperava por aquilo. Deu um pulo tão grande na cadeira que pensei que fosse cair. No entanto, o garotinho se desvencilhou e veio correndo na minha direção. Atirou-se contra mim como fazia com Silas. Gritou o meu nome bem alto:

– BRENDA!

Quando eu o agarrei nos braços, senti duas coisas: que ele era muito pesado, por isso a minha coluna não o aguentaria por muito tempo, e uma emoção diferente no peito. No mesmo instante, eu soube que aquele era um tipo de amor que nunca tinha experimentado. Também compreendi que cresceria com o tempo, e que eu deveria me permitir sentir isso. Porque também queria Fabinho na minha vida, ainda que não fosse meu filho.

O sentimento foi tão instintivo que marejei de emoção. Não estava preparada para ser arrebatada daquela forma. Dei-lhe um beijo estalado na bochecha e o soltei de volta para o chão, porque ele era realmente pesado. Silas só devia conseguir por ser assíduo na academia, sem dúvida.

— Você está aqui, tia Brenda, eu não sabia — ele foi logo dizendo, todo animado. — Meu pai disse que vocês vão se casar. E que você tem uma gatinha. Posso segurar ela? A gente vai morar na casa com quintal?

A minha reação foi rir. Ele quase não estava respirando entre uma palavra e outra.

— Calma, Fabinho. Primeiro quero saber o que você acha do casamento. — Segurei a mão dele e o levei de volta para a mesa, onde o seu prato esfriava e a comida parecia intocada. — Como está se sentindo com isso?

O garoto sorriu. Ele me olhava como se estivesse maravilhado.

— Eu fico feliz porque você é legal, tia Brenda. A gente brincou muito aquele dia. — Sorri diante da forma que ele escolheu para se referir a mim. Gostei. E também achei o máximo o garoto não questionar o quanto tudo estava sendo rápido. Crianças são seres maravilhosos mesmo. — Meu pai precisava de uma namorada, ele fica muito sozinho quando não estou aqui. — De repente, Fabinho parou de tagarelar e fez uma careta engraçada. — Você dormiu aqui, tia Brenda?

Encarei Silas com os olhos esbugalhados. Não soube o que dizer.

— Dormiu, filho.

A criança se virou para o pai.

— E onde ela dormiu? A gente não tem outra cama.

O rosto de Silas nem tremeu. Como conseguia fazer aquilo?

— Comigo. Ela é minha noiva, esqueceu? Vamos dormir juntos.

Ouvir aquela palavra saindo da boca dele me fez sorrir feito boba, ainda que estivesse envergonhada. Eu precisava me preparar melhor para as perguntas daquele garoto, porque senti que elas viriam com força.

– Ah... É mesmo. – Fabinho assentiu. – Eu vou ter um quarto na sua casa, tia Brenda? – Virou-se para mim em seguida. – Posso ter um cachorro para ficar com a gatinha? Ela vai se sentir só, eu acho.

Silas e eu rimos, porque Fabinho estava dando um nó no nosso cérebro. Não havíamos parado para discutir nenhum detalhe.

– Vamos por partes... – Limpei a garganta. – Se a gente decidir morar na minha casa, claro que você vai ter o seu quarto, querido. Tem bastante espaço. – Silas olhava para mim com um brilho intenso em sua tez. – E se morarmos em uma casa com quintal grande, vamos poder adotar um cachorrinho.

– EBA! – Fabinho gritou com tanta força que ficou em pé em cima da cadeira. Silas puxou o braço dele, que voltou a se sentar. Eu não consegui parar de rir feito besta diante da alegria daquele moleque.

Até que Fabinho parou de comemorar e ficou sério. Piscou na minha direção, e deu para perceber a aflição que se instalava em seus pensamentos.

– Eu vou ter outra irmã? – questionou com a voz baixinha, coitado.

Deu muita dó. Silas parou de sorrir de imediato. Agarrou a mãozinha dele sobre o tampo da mesa, o que fez com que Fabinho o encarasse. Esperei por aquela resposta com muita apreensão. Aquele homem não podia negar para o próprio filho um desejo que eu sabia que era nosso.

– Nós nunca vamos deixar de te amar, filho. – Soltei o ar lentamente, embalada pelo alívio. – Se você se sentir triste ou sozinho, converse com a gente. Comigo, com a sua mãe ou com a Brenda.

Ele deu de ombros.

– Mamãe disse que vai voltar a brincar comigo. – Fabinho me olhou de novo. – Ela falou que me ama muito, tia Brenda. Eu perguntei.

– Que bom, Fabinho. Viu? Nada vai mudar. – Segurei a outra mão dele.

– Mas eu queria ter um irmão, dessa vez – ele comentou e tive que sorrir de novo. – Um menino, não uma menina. Já tenho uma irmã.

– A gente não tem como escolher isso – alertei com a voz suave, alisando seu braço. – Quem sabe o que virá? Mas você pode escolher o cachorrinho, quando chegar o momento. Já foi a um canil?

Ele arregalou os olhos.

– Não, nunca fui! Posso? Verdade? Posso escolher o nome dele também? – Virou-se para Silas, que apenas ria da gente.

Sua felicidade exalava pelos poros, como a minha própria.

– Claro, filho. Só acho que primeiro vou ter que decidir com a Brenda como a gente vai fazer para alimentar todo mundo. O número de bocas só aumenta!

Soltei uma gargalhada e, mesmo sem entender direito o que se passava, Fabinho riu com a gente. Aquele foi o começo dos melhores dias da minha vida. Silas e eu tomamos algumas decisões muito importantes e necessárias. Claro que estávamos empolgados pela emoção, porém, nos momentos mais sérios, conseguimos ser razoáveis.

Há coisas que só se conquistam com a maturidade.

Mais tarde, Fabinho conheceu Florzinha e não desgrudou dela nem um minuto sequer. Fez a gata participar de todas as suas brincadeiras no quintal. Claro que a safadinha amou gastar as energias. Os dois correram para todos os lados, enquanto Silas e eu alinhávamos as expectativas para um futuro só nosso.

Aquela conversa durou todo o fim de semana. Na verdade, acreditava que o meu diálogo com ele jamais terminaria, era um papo infinito e totalmente aberto. Nós dois já sabíamos o que queríamos. Tivemos muito tempo para pensar nisso.

Iniciar os planejamentos me enchia de uma empolgação diferenciada, uma ânsia de viver inexplicável. Enfim, eu me senti exatamente onde deveria estar. Sem erros ou dúvidas. Sem desculpas. Senti que estava vivendo a minha própria vida, do meu jeito. Aquela que escolhi por mim e para mim.

Assim que cheguei à VibePrint, deparei-me com Silas e Giovana alinhando os projetos que eles precisavam organizar todas as manhãs. Diferentemente das outras vezes, a assistente editorial se mantinha afastada, sem tocar nele, e até parecia um pouco emburrada enquanto o homem focava a papelada em suas mãos.

Ele me percebeu no ambiente, olhou para mim e sorriu de orelha a orelha. Acenei, sentindo-me um pouco nervosa, mas ele gesticulou em apoio, enviando-me forças para encarar a conversa que teria com Bartô. Decidi que não esperaria tempo algum. Precisava ser logo cedo, porque definiria o meu futuro profissional.

Bati na porta dele uma vez, e o chefe a abriu antes do que eu previa. Ele parecia estranhamente nervoso. Perguntei-me se já sabia o motivo de eu estar ali no primeiro horário do expediente. No entanto, Bartô virou as coisas e continuou andando de um lado para o outro, aos suspiros.

— Bom dia, Bartô. O que aconteceu? — sondei. Queria estar ciente caso a Visionaries ou o próprio Ivo Augusto tivesse enviado alguma mensagem, dado qualquer resposta, que eu sabia que seria negativa.

O chefe se sentou na sua cadeira, do outro lado da mesa bagunçada.

— Marisa não quis acordo. — Soprou o ar dos pulmões, apoiando a cabeça com as duas mãos. — Disse que não aguentava mais trabalhar aqui, vê se pode? Ainda falou que nossos livros são ruins e sem graça. Os livros que ela mesma editou! Que falta de consideração. Ainda disse que não se rebaixaria editando um livro de youtuber. — Bartô começou a ficar vermelho. – Aninha está com ela ao telefone, conversando sobre a demissão. Perdi uma ótima funcionária.

Fiquei um tanto constrangida, porque não esperava receber aquela notícia, que nada tinha a ver com o que fui fazer ali. Por outro lado, pensando melhor, a demissão de Marisa apenas ajudaria no meu propósito. Cairia como uma luva.

– Sinto muito, Bartô.

– Não gosto de desconsideração. Ela não era conhecida no mercado, quando a contratei. Confiei cegamente. Marisa fez seu nome como editora e depois me deixou chupando o dedo – resmungou, angustiado. – Nossos livros não são tão ruins, são? Vendemos bastante no último ano. Inclusive, neste mês faturamos muito bem por causa do nosso novo marketing. Aquelas coisas de redes sociais.

Assenti, sem saber mais o que dizer sobre aquilo.

– Bom… Preciso conversar com você, Bartô. O assunto é sério. É sobre o contrato com o youtuber.

Ele balançou a cabeça em negativa.

– Sei que você escreveu bastante semana passada, Bren-Bren. Mas, me desculpe, não tenho nenhuma notícia deles. Estão me ignorando. – O seu nervosismo apenas se intensificava. – Não sei se gostaram do seu projeto. Nem se vão fechar conosco. Acho que me precipitei. Sempre espero o melhor das pessoas e quebro a cara. Estávamos tão perto. – Apertou o dedo polegar no indicador. – Estávamos assim de fechar esse contrato. Não sei o que deu errado, querida. Sinto muito.

Senti verdadeira pena dele. Não era uma má pessoa, muito pelo contrário. Apesar de não ter o menor senso na maioria das vezes, era alguém com quem se podia contar, porque Bartô não sabia mentir nem disfarçar o que pensava.

A CULPA É DO MEU EX

– Este e-mail foi enviado para mim na sexta-feira. – Entreguei-lhe o papel que eu trouxe dentro da bolsa, com tudo já articulado. – Juntamente com este contrato. Por favor, leia com atenção, Bartô.

O chefe parecia assustado ao segurar aquelas folhas. Primeiro, leu o e-mail e soltou inúmeros xingamentos. Era de se esperar. Não tinha sensação pior do que a de ser ludibriado. Seu rosto foi ficando cada vez mais vermelho conforme passava as páginas do contrato que recebi. Fiquei em silêncio. Esperei que Bartô parasse de praguejar, afetadíssimo, até que, enfim, encarou-me.

O seu suspiro ruidoso e visivelmente decepcionado me comoveu.

– Eu não tenho como competir com isso, Brenda. – Jogou a papelada de volta para mim, sobre a sua mesa. Peguei-a e guardei novamente dentro da minha bolsa. – Mas entendo. – Ele encarou o chão e vi quando, contra toda a lógica, os olhos do coitado marejaram. – É um bom contrato. Queria fazer mais por você, mas não posso. – Engoliu em seco e ergueu o rosto, claramente contendo as lágrimas. – Esse mercado literário é um mundo porco. Tome cuidado com essa gente, querida. Não deixe que pisem em você, uma pessoa tão talentosa e de boa índole. – Soltou mais alguns ofegos. Parecia que tinha dificuldade até para respirar. – Aninha pode resolver sua papelada. Ela está acostumada com isso. Eu… – Calou-se. – Sabia que Edgar e Zoe estão namorando? Não queria que fosse embora sem saber isso, Bren-Bren. – Riu sozinho. – Chegaram de mãos dadas. A coisa mais romântica, eu adoro um final feliz.

Bartô levou as mãos ao rosto, contendo a emoção. Fiquei muito, mas muito surpresa com as reações dele. Não esperava por aquilo. Mas também não sabia o que esperar, de fato. O chefe era uma caixinha de surpresas. Todo dia podia vir uma coisa doida diferente. Silas não soube responder com certeza, quando discutimos a respeito disso ao longo do fim de semana.

Mas nenhum de nós apostou que ele choraria na minha frente.

– Bartô... – Assoprei, ajustando-me na cadeira para olhá-lo de perto. Ele ergueu o rosto avermelhado na minha direção. – Eu não vou a lugar algum.

Suas pálpebras tremelicaram.

– Como não? Esse contrato é perfeito para você.

Sorri com suavidade, porque a minha paz estava intacta.

– Não é. Eu não quero me envolver com essa gente – murmurei, convicta, enquanto o encarava. – Gosto daqui. Gosto de todos vocês, que me receberam tão bem. É por isso que tenho uma contraproposta para fazer a você, Bartô.

– C-Contrapro-pro-prost-ta? – O homem nem conseguiu dizer a palavra.

Apoiei minha coluna no encosto da cadeira.

– Exato. Eu já estou muito adiantada na escrita. Não quero engavetar um projeto tão legal, de fácil comercialização. A verdade, Bartô, é que não sou revisora, sou escritora. – Abri um sorriso largo ao dizer aquilo para ele. Era libertador compreender os meus próprios desejos e realizar as escolhas com base neles. – Queria muito que a VibePrint publicasse meus trabalhos. Já pensou em abrir um selo de ficção?

Ele estava embasbacado.

– Claro, essa... Essa ideia corre aqui faz muito tempo. Inclusive, Silas tem um projeto já pronto, muito completo, sobre esse selo, só nunca autorizei porque... – Bartô fez uma careta esquisita. – Eu devia ter autorizado. Confesso que não gosto muito de mudanças. Não estou a par das novidades literárias que esses jovens consomem hoje em dia. Acho que virei um dinossauro.

Assenti devagar.

– Por que não aproveita essa chance, Bartô? Ficarei muito feliz em estrear esse selo como autora. Sei que não será fácil, vamos precisar nos adaptar, mas estou aqui para trabalharmos juntos. – O chefe, enfim, sorriu também. – E Silas ficará contente de ter o projeto dele tirado do papel. Você sabia que ele é um ótimo editor? E eu soube agora mesmo que abrimos uma vaga para editor-executivo, não foi?

Bartô me pareceu um tanto confuso.

– F-Foi. É verdade. – Sorriu. – É verdade, Bren-Bren.

– O que acha disso? Você assina aquele meu contrato como adiantamento de direitos autorais, e eu ajudo o Silas a estrear o selo.

Bartô se levantou de súbito, empolgado. Ofereceu-me uma mão e trocamos um cumprimento sério, mas o chefe acabou me puxando para me dar um abraço bem forte. Eu ria enquanto o abraçava, achando tudo aquilo tão esquisito quanto genial.

Não sabia direito onde estava me metendo, mas tinha certeza de que, ao meu redor, só queria gente de confiança. Pessoas que me agradassem e fossem sinceras comigo. Serviços que me deixassem em paz comigo mesma, por mais insanos que fossem.

Nunca passaria a perna em alguém que me recebeu tão bem, mesmo eu tendo vomitado no carpete em meu primeiro dia, e ainda adotou uma gata para mim. Quais as chances? Além disso, jamais me submeteria a uma vida escrevendo para os outros, escondida no nome de outras pessoas, quando poderia ascender meu próprio nome. E não me interessava trabalhar longe do meu futuro marido.

Silas não acreditou na minha decisão, mas, para mim, era tudo tão óbvio. Aquele e-mail enviado pela Poliana nunca seria respondido. Enviei aos órgãos competentes a solicitação do registro legal do meu projeto ainda no fim de semana. Caso houvesse algum plágio, eu estaria muito bem protegida. Ninguém roubaria a minha ideia e sairia impune.

– Vamos fazer uma reunião urgente! – Bartô definiu, endireitando-se e enxugando o rosto, ainda que nenhuma lágrima tivesse caído realmente. – Temos que nos reunir! Isso, vamos definir os próximos passos.

– Sim, claro. – Caminhei até a porta, vagarosamente, e a abri. – Aliás, Bartô… – Virei-me na direção do chefe. – Silas e eu vamos nos casar em breve. Acho que devo mesmo conversar com a Aninha do RH.

Só fechei a porta depois que ouvi o berro empolgado que Bartô deu ao saber a notícia. Se ele pudesse, teria saído dançando. Talvez fizesse ainda, era cedo demais para saber com certeza.

Silas já estava me esperando do lado de fora da sala de Bartô. Assim que assenti para ele positivamente, o homem me puxou em seus braços e me beijou no meio do salão da VibePrint, para todo mundo ver. Ouvi gritos entusiasmados, mas não soube definir de onde vieram, talvez da Zoe e do Edgar. Ou do Clodô. Quem sabe da Aninha?

Não perdi tempo buscando clareza. Eu me perdi nos lábios daquele homem, do meu homem, e, mais uma vez, tive certeza de que estava exatamente onde deveria estar.

Nunca respondi àquele e-mail.

A CULPA É

EPÍLOGO

DE VOLTA AO COMEÇO.

O que fazer quando não se inicia do zero? Há bagagens que carrego, das quais não posso me livrar. Seria como arrancar um braço. E ele me parece tão inútil quanto necessário agora. É parte do que sou, indissociável, mas não sou eu, não posso ser esse estúpido e amargo braço. Sua aspereza, tão hostil forma de se defender, também me fere profundamente.

NÃO HÁ CULPADOS

(UM ANO DEPOIS)

Os últimos meses haviam sido insanos, mas muito gratificantes. Tantas coisas aconteceram ao mesmo tempo que foi difícil administrar. As transformações na minha vida vieram em todos os sentidos, de uma vez, e só não pirei completamente porque Silas estava ao meu lado dia após dia, segurando a minha mão e sendo a base sólida capaz de tornar tudo mais fácil.

O meu primeiro livro publicado, a promoção de Silas para editor-executivo da VibePrint, o lançamento do selo de ficção, a reforma para transformar a minha casa em nossa, depois a mudança definitiva dele e do Fabinho ocorreram enquanto a gente planejava, também, o nosso casamento, com tudo a que tínhamos direito.

Parecia que a gente já sabia o que viria, porque nós dois guardamos um bom dinheiro para o futuro, de forma que conseguimos juntar o montante para fazer com que cada detalhe ficasse do nosso jeito.

Silas vendeu o apartamento, o que também nos ajudou na rapidez do processo e ainda nos deixou com um saldo emergencial bastante confortável. Escolhemos morar na minha casa por causa do espaço maior, bem como do quintal grande, que ganhou a presença de um cachorro diante da insistência de Fabinho. Ele o batizou de "O Incrível Hulk", um vira-lata caramelo.

Trocamos alguns móveis, melhoramos os ambientes, telamos as saídas por causa da Florzinha, que, por sinal, detestou o Hulk no primeiro encontro. Depois de duas semanas de tensão, tornaram-se melhores amigos. E os dois bichinhos fizeram toda a diferença no comportamento do garoto, que sempre se esbaldava nos dias em que ficava com a gente. Fabinho nunca mais fingiu uma dor de barriga.

Recapitulando o último ano, sabia que aquela era a fase mais feliz da minha existência, a que me trouxe mais realizações e me encheu de esperanças. Ter me aberto totalmente foi a melhor decisão que tomei. Não havia arrependimentos. Quando nos fechamos, não deixamos que as decepções entrem em nosso interior, mas também batemos a porta na cara de qualquer chance de felicidade. E pior, não deixamos nada ruim sair.

Talvez a resposta seja sempre analisar com cuidado o que está entrando e saindo.

Silas e eu pensamos, avaliamos e medimos cada situação que entraria na nossa nova vida. Claro que não deu para ter controle de tudo, muitas vezes perdemos a paciência e nos irritamos, mas, no geral, a nossa relação seguia numa tranquilidade assustadora.

Apesar de termos sonhado com aquele instante durante longos anos, nada me preparou para vê-lo, tão lindo e charmoso, esperando-me sobre aquele altar bem-decorado, repleto de girassóis. Seus olhos verdes brilhavam. Silas chorava enquanto eu dava cada passo em câmera lenta, acompanhada pelo meu pai.

Segurei a emoção como pude, para não borrar a maquiagem, mas não me aguentei quando, enfim, coloquei-me na frente dele e recebi seu beijo na minha testa. Não escolhemos uma cerimônia comum. Eu usava um vestido de noiva elegante, talvez exagerado, com um véu tão grande que ocupava metade da igreja. Em seguida, teríamos uma festa num salão requintado, que prometia durar até a virada da madrugada e deixar todos os convidados completamente bêbados.

Silas soltou um soluço perto de mim. Bem que tentei enxugar as lágrimas dele, mas caíam em enxurradas, deixando-o todo vermelho. Ele sairia esquisito nas fotos, mas quem ligava? Aquele era o amor da minha vida, emocionado porque finalmente estávamos nos casando. A pessoa certa no momento exato.

– Você está tão linda… – ele murmurou, enquanto seguíamos para nos colocar na frente do padre. Decidimos nos casar religiosamente, também. Sentimos que precisávamos agradecer a Deus por ter nos colocado de novo na vida um do outro, por existirmos e, sobretudo, por não termos desistido. – Eu te amo tanto, docinho.

Abri um sorriso.

– Nem estou acreditando… – sussurrei de volta. A nossa família se sentou, como foi solicitado. A igreja estava cheia de parentes e amigos. Não poupamos convites, porque queríamos celebrar com o mundo inteiro. – Estamos mesmo nos casando? Me belisca.

Silas realmente me beliscou no braço, de leve, e rimos um pouco. O padre iniciou a cerimônia, e confesso que não consegui prestar muita atenção. Eu estava nervosa, meus dedos tremiam e, lá no fundo, senti certo receio. Não era para menos. Já havia me casado uma vez e deu tudo errado. Embora soubesse que com Silas seria totalmente diferente, parece que o corpo se prepara para se proteger de forma automática.

Pensei muito a respeito de cada um de meus receios. Sabia que não seria fácil me acalmar. Em algum momento, precisei fechar os olhos e repousei a mão sobre a barriga, buscando forças e coragem. O medo não é algo de que a gente simplesmente se livra. Não é assim que funciona. Ele existe e talvez sempre esteja ali; a diferença era que, daquela vez, eu não deixaria que me vencesse.

— Está se sentindo bem? — Silas perguntou ao meu ouvido, discretamente.

Assenti e sorri para ele.

— Tudo bem.

— Não saia correndo, por favor.

Ele me fez soltar uma risada espontânea e atrapalhar o discurso do padre. Fiquei envergonhada e me calei, então o sacerdote retornou com a sua fala sobre o amor, a fidelidade e o compromisso. Novamente, tentei prestar atenção, porém só sentia o meu coração bater forte, pulsando as têmporas. Mal podia respirar e começava a ficar bem enjoada.

Olhei a imagem do Cristo crucificado e pedi a Ele para que me mantivesse de pé até o "sim". Meu estômago precisava ficar quietinho, do contrário eu vomitaria em cima do altar e manteria de vez a minha fama de "vomitona".

Encarei Edgar e Zoe, um de nossos casais de padrinhos, elegantes e de mãos dadas à minha direita, como deveria ser. Todos os funcionários da VibePrint estavam presentes, inclusive o empolgadíssimo Bartô, e aquele trecho da igreja estava coberto por um tapete vermelho aveludado. Não daria certo se eu vomitasse, mesmo.

— Docinho, você está ficando verde… — Silas comentou mais uma vez, segurando a minha mão com força.

Eu o olhei e, de novo, sorri.

— Está tudo bem.

Mas ele deve ter percebido que meu sorriso foi de pavor.

— Quer fazer uma pausa?

Balancei a cabeça em negativa.

– Não… – O padre limpou a garganta e nos viramos para ele. Inclinei meu rosto um pouco para o lado. – Só peça para seu filho ficar quietinho, por favor. Talvez ajude.

Silas fez uma careta e olhou para a esquerda, onde Fabinho nos assistia com um sorrisão aberto. Ele estava tão charmoso, vestido de pajem ao lado de uma prima minha, de cinco anos, que estava fofa demais de daminha de honra.

– Ele não está quieto? – Silas murmurou a pergunta. Seu semblante ainda estava completamente confuso. Fabinho se mantinha muito comportado.

Eu não queria dar a notícia daquela forma, mas soube naquela manhã e quase implodi de apreensão. A vontade foi de ligar para ele contando a novidade, porém me impediram de vê-lo ou de falar com Silas antes da cerimônia. Vomitei enquanto fazia o cabelo, depois enquanto fazia a maquiagem, e o que achei ser nervosismo desde o começo, na verdade, tinha outro nome.

Minha mãe foi quem ficou esperta e surgiu com um teste, que fiz na hora. Apenas ela e minha irmã mais nova sabiam, até então. Implorei para que não dissessem nada antes do tempo. Não tive como planejar nada, e também sabia que não me manteria calada ao longo da noite. Nós havíamos esperado por isso durante todos aqueles meses.

Eu já estava ficando com medo de nunca acontecer.

– Não é do Fabinho que estou falando – respondi, tentando controlar os nervos.

Acompanhei quando Silas modificou o semblante para a mais completa surpresa.

– Oh, meu Deus… – sibilou, prendendo meus dedos na sua mão até realmente doerem. Parecia precisar que eu o segurasse, porque não conseguiria fazer isso sozinho. O rosto dele empalideceu. – Meu Deus, Brenda. É sério?

Assenti com um sorriso. Silas caiu em novo pranto. Não falou nada, apenas chorou e chorou, acho que todos acreditaram que tinha se emocionado com as palavras do padre. Vê-lo daquele jeito me fez chorar também, em silêncio, porque só a gente sabia o quanto havíamos penado para chegar até ali.

A nossa família aumentaria, e teríamos mais um recomeço.

Na hora da troca de votos, viramos de frente um para o outro, e Silas ainda não tinha parado de chorar. Achei que apenas repetiríamos as palavras que o sacerdote dissesse, mas fui surpreendida quando ele retirou do bolso um pedaço de papel.

– Eu não sei como farei isso sem chorar... – declarou ao microfone, com a voz desafinada, e a plateia riu. – Mas vou tentar. – Silas enxugou as lágrimas e respirou fundo. Segurou a minha mão e, com a outra, empunhava o texto que havia escrito.

Apertei seus dedos e esperei, já sabendo que me emocionaria.

– As pessoas me perguntaram por que decidi me casar tão rápido... – começou, e novamente a plateia riu. – A verdade é que, para mim, durou uma eternidade. Quase enlouqueci com a espera. E só agora percebo como cada segundo valeu a pena. – As primeiras lágrimas já estavam rolando pelo meu rosto. – Pensei muito sobre o tempo. Como é relativo! Os pouco mais de dois anos que vivi com você no passado foram um belo pedaço de infinito que nunca deixou de ser reprisado no meu peito. Depois passei treze anos sem a mulher da minha vida, para entender como merecê-la, e esses treze anos agora me parecem bem menos do que os meses que vivemos recentemente. E esses poucos meses, para mim, foram grandiosos, maiores do que aqueles dois anos do passado.

Assenti com veemência, porque eu entendia completamente o que Silas estava tentando dizer a respeito do tempo. Não fazia sentido se a gente mensurasse em números, mas dentro mim encaixava como um cálculo bastante exato.

— As pessoas também me perguntaram como pude me apaixonar de novo pela mesma pessoa... "Você ficou maluco?", me disseram. Acho que fiquei mesmo. – Ouvi alguns risinhos aqui e ali, acompanhando meu próprio riso. – A verdade é que não acho que me apaixonei de novo. Esse amor que estou sentindo não é outro. É o mesmo de treze anos atrás, em uma versão desenvolvida. É um amor que sabe o que é saudade. Um amor que sabe dialogar, que sabe respeitar e que, principalmente, sabe esperar. É um amor que foi colocado à prova e que sobreviveu a tantas intempéries que perdeu as contas. Ele ficou tão forte quanto poderia.

Silas teve que parar para chorar mais, enquanto o meu rosto inteiro já estava contorcido pelo pranto.

— É um amor de certezas. Certeza de que é para sempre. Certeza de que não pode falhar desta vez. Certeza do que fazer para que dure e se mantenha firme. – Apertei o dedo dele com mais força, aos soluços. – Não foi fácil me tornar o homem certo para você, Brenda. Tive que te perder e talvez ter te perdido seja a segunda melhor coisa que me aconteceu, porque ter te reencontrado é a primeira. A gente se preparou um para o outro. Chegamos fortes nessa encruzilhada, prontos para seguirmos juntos, do jeito certo, e tenho tanto orgulho de nós. Orgulho porque descobrimos que não há culpados, existem apenas as circunstâncias, e hoje me sinto preparado para ser feliz e te fazer feliz.

— Ah... – Ofeguei, muito emocionada.

— Eu te amo desde que te amei pela primeira vez e sei que vou continuar te amando, Brenda. Serei, para sempre, o que você precisar. Porque você é tudo de que preciso. – Silas desviou o rosto do papel, dobrou-o calmamente e o enfiou no bolso, antes de concluir: – Você e a família que estamos construindo.

— Ah, meu amor, eu te amo tanto, tanto... – choraminguei, atirando-me nos braços dele. Trocamos um beijo apaixonado que só não durou mais porque tínhamos que colocar as alianças nos nossos dedos. Havia um *script* a ser seguido.

Eu não consegui dizer nada naquele momento, em cima do altar. Sequer ousei tentar alguma coisa. Não havia preparado um discurso emocionado, porque não sabia que seria necessário. Silas e eu não discutimos a respeito disso. A minha cabeça não andava muito boa nas últimas semanas, e só naquele dia eu soube o motivo.

Eram tantas coisas acontecendo.

Contudo, mais tarde, antes da hora da valsa, fiz um discurso breve, agradecendo a presença de todos e avisando à família que eu estava grávida. Infelizmente, não pude encher a cara, como era a minha pretensão, mas Silas fez isso por nós dois. Ele estava tão feliz que não se conteve, curtiu a noite inteira em plena celebração do nosso amor e da vida que estávamos gerando.

A noite de núpcias foi regada a vômitos de ambas as partes, foi até engraçado. Silas tentava me amparar, todo preocupado, enquanto eu o agarrava para não se desequilibrar e cair de cara no chão. Gargalhadas por toda parte e zero sexo.

Ficamos completamente satisfeitos com isso.

(TREZE ANOS DEPOIS)

A ideia era ter três filhos, dois gatos e um cachorro, só que nem tudo sai como planejamos. A gente precisa conviver com os percalços da vida. Sim, nós tivemos três filhos, porque sempre contei com o Fabinho. Ele me chamava de tia Brenda o tempo todo, mas nunca deixei de pensar nele ou de considerá-lo como um filho de verdade. Aquele que não tinha saído de mim, mas que adotei assim mesmo, com todo o meu coração.

Heitor estava com doze anos. Era um rapazinho inteligente e curioso, que ficava cada vez mais apegado a Fabinho, ainda que a diferença de idade fosse considerável. Eram companheiros um do outro; às vezes eu sentia o Fabinho supermaduro perto dele, aconselhando-o como um irmão mais velho.

Eloísa já estava com oito anos e gostava mais de brincar com a Belinha. Viviam grudadas, porque fiz questão de conhecer Suzi e sua família, para que tudo ficasse mais fácil entre nós e Fabinho não se sentisse deslocado no percurso. Nós nos dedicamos muito a deixá-lo confortável com tantas mudanças.

Aquela ideia deu mais do que certo.

As coisas só começaram a desandar porque perdemos o controle da quantidade de animais a nossa volta. Estávamos no nosso sexto gato e no terceiro cachorro – para o pavor da já idosa Florzinha. A gata se estressava demais com os outros bichos, coitada. Passava a maior parte do tempo dormindo e reclamando do barulho que não tinha fim nunca naquela casa – que ela achava que era só dela.

Infelizmente, Hulk havia nos deixado cerca de cinco anos atrás, devido a uma doença. Os meninos ficaram arrasados. Passamos por um luto difícil em família, mas Silas não deixou que a gente parasse de criar bichos. Disse que eles precisavam da gente, que havia muitos abandonados, e que era uma prova de amor continuar adotando. Foi o que fizemos.

Depois de dezoito livros publicados pela VibePrint, eu estava consolidada no mercado. Tinha um nome a zelar, com um alto número de vendas e até fã-clube. Fizemos uma verdadeira revolução dentro da editora, e Bartô deixou que a gente tomasse as rédeas e nos modernizássemos. Deu certo.

Ele quase não aparecia mais na nossa sede, estava praticamente aposentado e treinou Silas para ficar no seu lugar como diretor. Ele foi o culpado pela maior crise de riso que já tive na vida, durante as brincadeiras do meu primeiro chá de fraldas, em que simplesmente achou boa ideia se fantasiar de bebê. Bartô continuava tão sem noção quanto sempre foi.

Eu atribuía o nosso sucesso profissional ao nosso sucesso pessoal, porque sabia que, separados, Silas e eu não teríamos chegado tão longe. Seguramos na mão um do outro e nos colocamos onde queríamos, fazendo o que amávamos, com todo suporte que deu para reunir e com as pessoas certas a nossa volta.

Edgar e Zoe se casaram anos depois, e logo também ganharam cargos melhores na VibePrint. A garota se deu bem no departamento de marketing, já o rapaz se tornou um ótimo editor, depois que o Gilberto saiu.

Sentia-me completamente realizada e estável, por isso estranhei quando Silas me colocou dentro de um carro e disse que tinha uma surpresa para mim. Éramos previsíveis um para o outro. A gente não curtia surpresas, ponderávamos sobre tudo para que não houvesse qualquer ruído na nossa comunicação.

Seguimos o trajeto rumo ao interior do estado e me senti cada vez mais esquisita.

— Para onde você está me levando, Silinhas? Viagem surpresa?

Fabinho já estava com vinte anos. Decidiu morar sozinho enquanto cursava Medicina Veterinária e fazia estágio. Estava todo adulto, a cópia de Silas quando mais novo, e até nos apresentou uma namorada, fato que deixou o pai de cabelo em pé. Heitor e Eloísa estavam na casa da vovó Zélia naquele fim de semana. Adoravam fazer bagunça por lá, por isso tínhamos dois dias completos só nossos.

— Vou te mostrar o que imagino ser o próximo passo. — Ele sorriu para mim, e achei incrível o fato de aquele sorriso ainda ser tudo na minha vida. Aqueles olhos me guiavam para o caminho da paz e da tranquilidade. Eram meu porto seguro.

— Próximo passo? — Fiz uma careta.

— Você vai gostar. Prometo.

Saímos da rodovia em algum momento e percorremos uma trilha curta até a entrada de um condomínio. Era tudo muito arborizado. Eu ainda estava sem compreender muita coisa, quando paramos na frente de uma casa enorme, de estilo interiorano. Desci do carro já com o coração acelerado pela emoção. Era o tipo de lugar calmo, onde a brisa parecia mais fresca e o silêncio reinava.

Era de um lugar assim que precisava para escrever. A nossa casa, ultimamente, começava a me enervar, talvez porque eu estivesse ficando mais velha e exigente. Rabugenta. Mas Silas discordava, achava que eu merecia ter mais paz para continuar entregando bons livros para a editora, agora que as crianças estavam maiores.

— Você… — Engoli em seco. — Comprou essa casa? — Olhei para ele.

Silas observava a construção com um sorriso imenso. Estava com os cabelos claros meio grisalhos dos lados. A idade havia chegado para ele, também. Passamos pelos quarenta à toda velocidade, batíamos à porta dos cinquenta, e talvez ele tivesse razão, merecíamos um lugar maior e melhor, para comportar a família toda.

— Claro que não. — Ele me puxou pela cintura. — Não faria isso sem o seu aval. Mas o preço está ótimo, e temos até o fim do dia para dar uma oferta. Se gostarmos… Vamos viver "no mato", como você sempre quis.

— Não fica meio longe da VibePrint e da escola das crianças?

— São só quarenta minutos da cidade, Brenda. Tiramos de letra. O que acha?

Virei-me para a casa. A entrada já dizia muito. Havia um enorme e bem-cuidado jardim, um caminho de pedras e uma porta grande de madeira. Parecia mais cara do que podíamos pagar, mas Silas e eu estávamos confortáveis financeiramente, sobretudo depois que meus últimos livros, com pegadas mais dramáticas, emplacaram de vez na lista dos mais vendidos.

– Adorei essa fachada.

Silas riu.

– Eu também. Mas você não viu nada. Precisa conhecer as varandas. – Sim, ele falou no plural. – Tem um quintal gigante atrás, com piscina e tudo. Dá para adotarmos mais bichos, inclusive.

Soltei uma risada.

– Não, nem pensar. Temos que ter algum freio. – Olhei para ele de novo, de muito perto. – A gente pode mesmo pagar por ela?

Ele assentiu.

– Vai ser um investimento grande, é verdade. Mas não vamos precisar de reforma e podemos vender a antiga casa para ajudar. Além do mais, já sou praticamente diretor-executivo da VibePrint.

– É verdade. O senhor já é quase um CEO.

– Trate de escrever mais livros, dona escritora. Quem sabe nossa próxima casa não seja maior ainda? Talvez dê tempo de fazer mais filhos. Você queria três.

Ele me deu um beijo estalado e sorriu de novo.

– Eu já tenho três filhos, amor. E não, não me engravide de novo, da última vez já foi traumatizante. – A gravidez da Eloísa foi horrível. Tive que passar meses deitada por causa do alto risco. Ainda bem que tinha a escrita ao meu favor, do contrário com certeza teria morrido de tédio. – Não tenho mais idade para isso, estou me tornando uma senhorinha, ou você ainda não percebeu?

Ele soltou mais uma de suas gargalhadas.

– A minha senhorinha. Estou ansioso para virar um velho gagá ao seu lado.

A CULPA É DO MEU EX

Nós dois rimos e trocamos um beijo apaixonado, como se fôssemos adolescentes.

Naquele mesmo dia, fizemos uma oferta na casa nova. Em poucos meses, nós nos mudamos e tivemos que contratar um jardineiro. Nunca imaginei que um dia eu seria o tipo de pessoa que contrataria alguém para cuidar do jardim, por ele ser enorme.

Fim

AGRADECIMENTOS

Agradeço imensamente pela minha história. Foi ela que me trouxe até aqui, que me deu subsídio para criar o Silas e a Brenda, com toda a emoção que lhes cabia, com toda a carga emocional necessária. Agradeço por ter sido capaz de exorcizar tanta culpa, de ressignificar feridas antigas depois de trazê-las à tona por meio da minha arte.

O caminho foi longo até chegar a esse nível de coragem. Deixei que as palavras me tocassem profundamente e aprendi muito com elas. Comigo mesma. Por isso agradeço ao Universo pelo que me trouxe ao longo da vida, coisas boas ou ruins, e por me tornar capaz de superar cada obstáculo.

Preciso agradecer, também, a todos os que seguraram a minha mão durante esse processo. Às minhas queridas leitoras betas, que me acompanharam nessa jornada e foram tão tocadas quanto poderiam. A gente não vai sair dessa sendo as mesmas. Sei disso. E é gratificante. Obrigada por escolherem se manter no meu caminho e serem as maiores apoiadoras que uma escritora poderia desejar.

A Leo, o homem que acolheu meus traumas e teve toda a paciência do mundo para entender o que se passava comigo: agradeço demais por tudo o que fez por nós. Achava que este livro se tratava do passado, mas, na verdade, ele se trata do futuro. Graças a você, pude enxergar isso.

Agradeço a você que chegou até o fim desta leitura. Espero que fique em paz e que tenha aprendido a respeitar a sua própria trajetória.

Que se mantenha aberta e otimista. Que tenha acolhido algumas dores e as transformado em girassol. Muito obrigada por dedicar um tempo para ler meus rabiscos.

Agradeço também à editora Citadel, pelo respeito e pela confiança, e à minha querida agente Alessandra Ruiz. Vocês foram incríveis comigo!

Beijos,
Mila

Livros para mudar o mundo. O seu mundo.

Para conhecer os nossos próximos lançamentos
e títulos disponíveis, acesse:

🌐 www.**citadel**.com.br

f /**citadeleditora**

📷 @**citadeleditora**

🐦 @**citadeleditora**

▶ Citadel – Grupo Editorial

Para mais informações ou dúvidas sobre a obra,
entre em contato conosco por e-mail:

✉ contato@**citadel**.com.br